***Michel Peyramaure**, né en Corrèze, est l'un des membres fondateurs de la célèbre École de Brive. Ce passionné d'histoire a publié une soixantaine de romans et de fresques qui ont conquis un lectorat toujours plus nombreux. Son œuvre à la fois inspiré, limpide et foisonnant a été couronné par le grand prix de la Société des gens de lettres et le prix Alexandre-Dumas.*

Les Flammes du paradis

Du même auteur

Le Château de la chimère, collection Terre de poche, De Borée, 2009.
Les Grandes Libertines, Robert Laffont, 2009.
Les Prisonniers de Cabrera, Presses de la Cité, 2009.
Le Bonheur des Charmettes, collection Terre de poche, De Borée, 2008.
La Reine de Paris, Robert Laffont, 2008.
Mandrin, Robert Laffont, 2007.
La Vallée endormie, Robert Laffont, 2007.
Les Roses noires de Saint-Domingue, Presses de la Cité, 2007.
Vidocq, Robert Laffont, 2007.
Cartouche, Robert Laffont, 2006.
Chat bleu, chat noir, Robert Laffont, 2006.
Le Parc-aux-cerfs, Robert Laffont, 2006.
Les Tambours sauvages, Presses de la Cité, 2006.
Le Temps des moussons, Presses de la Cité, 2006.
Le Bal des célibataires, Robert Laffont, 2005.

(voir suite en fin d'ouvrage)

Imprimé en U.E. en février 2010
Dépôt légal : mars 2010
ISBN : 978-2-8129-0044-0

MICHEL PEYRAMAURE

LES FLAMMES DU PARADIS

De Borée
Terre de poche

À Suzy Bourliaguet.

Été 1895.

On ne se méfie jamais assez des objets. De ceux, surtout, qui ressurgissent des profondeurs du passé, en apparence inoffensifs mais qui peuvent déranger et infléchir le cours du destin, vous confronter à des événements ou à des personnages perdus dans le temps et sans pouvoir sur votre destinée. Ils semblent, ces objets, se charger de malignité pour vous déconcerter par leur subtile résurgence, faire étalage de leur pouvoir magique et vous désigner comme la victime d'une fatalité inexorable.

Celui que j'avais entre les mains, ce matin, au départ de mon domicile, n'avait rien, en apparence, qui pût susciter en moi le moindre trouble. Ce n'était même pas à proprement parler un objet, mais plutôt une « chose » découverte dans un fatras de vieilleries qui, par leur insignifiance, ne méritent pas le nom de souvenirs.

J'ai interrompu l'opération de rangement à laquelle je m'adonne tous les ans lorsque le volume des impedimenta devient insupportable. Il a suffi que j'écarte au fond du carton cette alluvion de pointes rouillées, de clés de boîtes de conserves, de menus outils recueillis dans les vestiges de la forge du Paradou, pour que la « chose » me saute aux yeux, alors qu'elle aurait pu rester enfouie à cet endroit pour une éternité, étrangère pour toujours au souvenir de la vieille dame qui a jeté la « chose » dans ce fatras comme une rose sur un cercueil, persuadée de ne plus la voir surgir et me rappeler ma propre destinée. Comme si j'avais besoin, « au soir de la vie », comme on dit, de cette bouffée de nostalgie ! Mes yeux ont appris à ne regarder que les êtres et les objets d'où toute notion de surprise ou d'aventure est bannie. Peut-être, inconsciemment, avais-je le désir de resserrer autour de moi un univers affectif qui amorce sans amertume mais sans illusion le chemin menant au terme de mon existence.

Cette « chose », je l'ai chargée de tant d'émotion, l'espace de quelques instants, qu'entre mes mains, de nouveau, elle est devenue un véritable objet, un bijou presque, mais sans valeur autre qu'affective.

Dans le périmètre des anciennes forges, on trouve encore des monticules de déchets enrobés d'humus, où des plantes et des arbustes ont fini par proliférer. Ces scories, qu'on appelle « laitier », sont des résidus solides des mousses écumées sur le métal en fusion à la base des hauts-fourneaux et qui, refroidies, prennent des formes variées et des couleurs de joyaux. Les gosses de la forge comme ceux du château dominant les installations jouaient à collectionner ces verroteries dérisoires ; j'en avais garni le rebord intérieur de la fenêtre de ma chambre donnant sur la vallée de la Ganne et me plaisais à regarder la lumière jouer sur ces facettes qui rappellent les masques de jade des empereurs mongols ou des caciques précolombiens.

J'ai soufflé sur l'objet pour dissiper le léger voile de poussière qui le recouvrait. Au sommet des circonvolutions pâteuses entre lesquelles apparaît le brunâtre de la scorie brute, surgit une forme étrange qui rappelle un visage humain modelé par la main délicate d'un artiste. Aujourd'hui, il tient dans le creux de ma main, mais jadis, lorsque Pierre m'en fit présent, j'avais du mal à le tenir entre mes mains réunies.

« C'est pour vous, mademoiselle Séverine, m'a dit Pierre. Ça vous ressemble un peu, on dirait… »

Ça ne me ressemblait pas et je le lui dis d'un ton âpre. Il a tendu la main pour le reprendre, mais je l'ai gardé parce que la matière était belle et la forme mystérieuse, et qu'il ne détonnerait pas dans ma collection. Je me suis retenue de le remercier car j'étais la « demoiselle du château » et lui l'un de ces insignifiants petits-valets ou goujats, un de ces fils de métayers employés à collecter du minerai dans les champs labourés, à travailler à la forge dès l'âge de dix ans. Adresser la parole à un ouvrier était alors une indécence contre laquelle mes parents et le régisseur, Lajorie, m'avaient mise en garde ; mon père lui-même évitait de leur adresser directement la parole : notre régisseur ou notre contremaître était là pour ça. Je m'efforçais sans y parvenir de respecter ces coutumes singulières et ne marquais mes distances que par le refus de certaines familiarités.

Le chemin qui passait entre les cantines où vivaient quelques familles d'ouvriers travaillant à demeure, à « salaire-nourri », comme on disait, et la colline abrupte, broussailleuse surplombée par le château, matérialisaient une frontière invisible mais rigoureuse entre les gens d'« en haut » et ceux d'« en bas », entre ceux, comme Pierre, qui travaillaient et ceux, comme mes parents et moi, qui dirigeaient la production.

Je marquais parfois ma supériorité sur ces petits-valets par des réactions aberrantes mais que nous trouvions normales. C'est ainsi qu'en retournant au château pour ma leçon d'orthographe j'avais jeté l'objet dans la Ganne, sous les yeux de Pierre, et m'étais éloignée d'un air offensé. Le lendemain, j'étais allée le repêcher en veillant à ce que Pierre fût absent et en réprimant la crainte que j'éprouvais, comme chaque fois que je pénétrais dans la rivière, de voir surgir un de ces serpents d'eau qui, tapis sur le sable doré, semblent attendre leur proie. Lustré par le courant, l'objet m'avait paru plus beau que la veille, mais il était faux qu'il me ressemblât. Depuis, il ne m'a jamais quittée.

« Attendez-moi, Dominique. J'en ai pour quelques minutes.

– Voulez-vous que je vous accompagne ? »

Je fais signe que je préfère être seule. L'endroit est désert et je ne risque rien. Dominique a trouvé un coin d'ombre, sous un gros châtaignier, pour ranger la Peugeot ; en m'attendant, il va faire un petit somme sur la banquette, sa casquette sur le nez.

Dès les premiers pas, je respire avec délices cette chaleur d'été qui semble bourdonner sur le paysage profond et sombre malgré le soleil qui l'accable et dont me protègent mon ombrelle et mon large chapeau de paille. Ces odeurs, ce silence troublé par le seul murmure de la rivière et le monologue d'un merle, je les reconnais comme si j'avais quitté ces lieux depuis la veille. L'écriteau est toujours là, au niveau du barrage, un peu penché, comme une sentinelle endormie : FORGES DU PARADOU. PROPRIÉTÉ PRIVÉE, *mais nulle barrière ne s'oppose à l'entrée dans ce domaine qui fut le mien.*

Le sentier envahi par les herbes court entre les saules de la berge et le flanc de la colline où des pans de schiste brunâtre affleurent au-dessus des floraisons de bardanes, de genêts, d'églantiers, d'angéliques et des cascades de bruyère couleur de vieux vin. La Ganne semble accompagner mes pas comme un chien fidèle ; en aval, elle surgit d'un tunnel de verdure où nous jouions jadis à nous enfoncer, tassés dans la barque du grand Estève, notre maître puddleur – l'enfance est friande de ces petites peurs qui préparent aux grandes émotions, de ce sentiment d'insécurité qui prélude aux épreuves de l'âge adulte. Il n'est guère de jours de mon enfance et de ma jeunesse qui aient été privés de cette double présence vivante et amicale de l'eau et du feu : l'eau de la Ganne, le feu de la forge ; elle était en filigrane dans mes actes, mes pensées, mes rêves ; dans mon sommeil, elle se manifestait par le murmure constant de la rivière, le tintement de la cloche du chargeur, la lueur brutale du haut-fourneau et le tumulte des ateliers.

Le haut-fourneau surgit comme un donjon émergeant des nuits tragiques de l'histoire ; on l'a coiffé plus tard, sans doute pour le protéger des intempéries, d'un chaperon de tuilée au-dessus du gueulard dans lequel les chargeurs enfournaient jadis le mélange de mine, de charbon de bois et de liant de castine.

Autour de cette silhouette rébarbative, tout n'est que ruine, solitude et silence. Les ateliers aux murs défoncés par les crues, à la toiture dévorée par les intempéries, les fours éventrés laissant apparaître sous le crépi leur chair de brique, le hangar sous lequel on entreposait le charbon de bois, échoué comme une épave de navire en contrebas du chemin des muletiers, se présentent comme un champ de ruines. Plus personne dans les cantines aux portes enclouées. Il semble qu'un énorme cataclysme se soit donné libre cours sur une colonie de dinosaures, dispersant les os couleur de rouille autour de leur aire de vie.

Ma canne effraie une couleuvre ; elle disparaît à travers les herbes folles et les orties géantes, sous un gros muscle de fer marqué du nom d'un fabricant : Boillat, Bordeaux. *D'énormes roues crantées montrent des mâchoires rongées par l'oxyde ; sous les ronces des squelettes métalliques dessinent les images d'un paroxysme cosmique ; arraché à son socle, le marteau à drome ne broie plus que la lumière et le silence ; l'énorme conduite qui amenait au bocard le minerai brut à concasser gît comme un canon mort dans les fossés d'une citadelle… Proche de la berge se dresse encore la ruine de la masure à colombages où le régisseur distribuait leur paie aux ouvriers en fin de semaine.*

Il faudrait une machette pour accéder à la halle de coulée du haut-fourneau. Descellés par une mystérieuse puissance tellurique, les moellons qui en forment l'assise sont encore solides et il faudra des siècles pour que cette construction cyclopéenne sombre dans la végétation sauvage. Le lierre a masqué la muraille et les inscriptions gravées dans la pierre en lettres anciennes, mais je les connais par cœur : IN TE DOMINE CONFIDO *(En toi, Seigneur, je me confie), prière permanente pour ceux qui affrontaient le monstre aux entrailles de feu, et cette pancarte, aujourd'hui illisible, qui disait :* Celui qui se conduira mal dans l'atelier et la forge sera poursuivi. *Autant de résurgences ostentatoires des autorités divines et patronales.*

Avec précaution, j'avance dans les flancs de cet antre de l'ombre et du silence. La bédière, où les ouvriers se reposaient entre deux services sur des matelas de feuilles de maïs, ne subsiste que par la murette de pierres sèches qui la délimitait. Des escaliers démantibulés montent à travers une perspective à la Piranèse vers un enchevêtrement de structures de bois et de fer barbouillées de poussière et de suie que traversent de rares rayons de soleil ; jadis je les escaladais sous l'œil réprobateur de Lajorie qui redoutait de me voir chuter sur le carreau de terre battue où les coulées s'échappaient en serpents de feu ; par défi je montais allègrement, sans me tenir à la rampe, en relevant mes jupes sur mes mollets, et Pierre ne me quittait pas des yeux. Pierre…

Autre imprudence de vieille femme intrépide : la visite de la forge abandonnée, nid de souvenirs qui ressurgissent dans le silence et la pénombre de cette cathédrale de pierre noire, de cendres, de suie et de poussière, où Pierre était parfois employé. Il me semble revoir son visage barbouillé de poussière de charbon, brûlé par le feu, bouche béante, bras écartés, debout au bas de l'escalier, comme s'il allait s'élancer à ma suite. Je croyais qu'il se contentait de lorgner mes mollets ; j'ignorais, comme il me le confia plus tard, qu'il voyait en moi « un ange tombé du ciel ».

Plus tard, alors que les aléas de l'existence me détachaient du Paradou, que les écailles me tombaient des yeux, je convenais de ce qu'il y avait d'incongru dans la présence de cette forge au milieu d'une nature sauvage et inviolée. Cette petite civilisation industrielle est née d'une illusion : celle que l'alliance du bois, du minerai, de l'eau pourrait apporter jusqu'à la fin des temps la richesse à une contrée qui paraissait vouée à la ruralité et à la misère. C'était oublier que l'on ne viole pas impunément des siècles d'aliénation, qu'il est des natures qui se rebellent contre toute forme de progrès et qu'un jour ou l'autre cette inadéquation suscite un phénomène de rejet. Le progrès industriel n'était pas destiné à ce domaine de la forêt, des eaux vives et des loups. Des quelque deux cents petits établissements industriels qui vomissaient flammes et fumées dans les vallées du Périgord, il ne reste aujourd'hui que de rares vestiges voués à l'artisanat, là d'où jadis sortaient des canons de marine. Cette illusion a nourri fallacieusement une partie de mon existence, et Pierre partagea ces illusions.

Les industries sont faites pour les plats pays où la nature a renoncé à sa sauvagerie originelle, où les horizons semblent faits davantage pour les panaches de fumée que pour le moutonnement des forêts, où l'être humain devient fourmi, où la vie est un enfer accepté. Cette vie-là, les fils de Jacquou le Croquant n'y étaient pas préparés.

Les dernières paroles de Pierre, murmurées d'une voix éteinte, je les entends encore, loin dans ma mémoire :

« Il ne faut rien regretter, Séverine : nous avons vécu une belle aventure… »

I

L'étincelle

Automne 1830.

LORSQUE NOUS SOMMES ARRIVÉS dans la halle de coulée, les ouvriers nous attendaient.
Ils étaient alors une trentaine : quelques spécialistes demeurant aux cantines, des paysans au visage et aux mains brunis par les travaux de l'été passé ; ils avaient revêtu leur chemise à col ouvert des jours de fête et tenaient leur casquette ou leur chapeau à deux mains sur leur ventre ; certains, au front dégarni précocement, semblaient coiffés d'un bonnet d'un blanc blafard, arrêté au niveau où le soleil l'avait brûlé.

Ils s'écartèrent pour nous laisser passer.

« Bonjour, mes enfants ! » lança mon père, avec un petit signe de la main, comme pour les bénir.

Je l'ai rarement entendu s'adresser directement à notre personnel, mais, à cette occasion, il ne pouvait faire moins que de renoncer à cette réserve traditionnelle qui, de sa part, n'indiquait ni orgueil ni mépris, mais soumission à une règle implicite que je me suis attachée très tôt à négliger, ce que les ouvriers, d'emblée, ont accueilli comme un mouvement naturel de la part de cette « petite demoiselle » qui ne faisait pas de façons, qui n'était, disaient-ils en langue du pays, « *pas fachounaïre* ».

La cérémonie d'allumage du haut-fourneau préludait à la campagne de fondage qui durerait sans interruption jusqu'au printemps. Toute ma famille était présente : parents, frères et sœur, en compagnie du curé, l'abbé Mespoulède, et de trois messieurs des forges de Ruelle, près d'Angoulême, venus passer commande de fer pour leurs canons et leurs armes.

L'émotion me nouait la gorge. Chaque année, depuis ma prime enfance, j'assistais à ce rituel de la mise à feu, mais, cette année-là, c'était moi la marraine. On dirait plus tard dans le pays : « L'année où Mlle Séverine a allumé le fourneau. » Cet honneur insigne faisait alterner en moi émotion et fierté. « Je sais que tu as bonne main, m'avait dit mon père. La campagne sera fructueuse. Tu vas nous porter chance. »

C'est l'émotion plus que la fierté qui dominait dans le tête-à-tête entre l'enfant que j'étais et le haut-fourneau, ce monstre en sommeil depuis des mois – une hibernation à rebours – qui, comme par un tour de magie, allait retrouver vie, recommencer à cracher des flammes et à rejeter du métal en fusion, à procurer, sinon la richesse, du moins une aisance relative à ma famille et aux paysans. Un dialogue secret et impatient semblait s'établir entre nous deux. Le monstre enfoui dans sa tanière de pierre noire me sollicitait : « Qu'attends-tu, petite ? Tu l'allumes, ce foyer ? »

J'éprouvais une jouissance aiguë de cette attente du mastodonte, et je lui disais : « Gonfle bien tes mamelles et que le lait bouillant en sorte à flots. » D'avance, je lui pardonnais toutes les nuits où ses digestions laborieuses m'empêcheraient de trouver le sommeil.

« Eh bien ! Séverine, dit mon père de sa voix bourrue, tu rêves ? »

Il prit le brandon enflammé que me tendait le grand Estève et dont j'hésitais à m'emparer ; il le mit dans ma main qu'il guida vers la gueule béante où je l'enfonçai avec vigueur. Lorsque la tornade de feu éclata en grondant dans la *brasse* du causse, l'énorme muraille qui tenait le monstre prisonnier sembla parcourue d'un frémissement dionysiaque. Un murmure courut dans le groupe des ouvriers. Ils lançaient, dans leur langue :

« La petite demoiselle va nous porter chance, pour sûr. Nous allons travailler avec cœur, monsieur Laveyssade… »

Même les ouvriers et paysans républicains (les « jacobins », disait mon père), ceux que les « Trois Glorieuses » faisaient rêver d'un nouvel ordre social, participaient à l'alacrité générale. Des femmes s'essuyaient l'œil avec un coin de leur *devantal.*

« Monsieur l'abbé, dit mon père, s'il vous plaît… »

L'abbé Mespoulède s'avança vers le foyer avec l'allure d'un gros dindon arthritique ; il murmura une rapide prière, sortit de son bréviaire un chromo de saint Éloi et me le tendit. C'était une de ces images pieuses que les colporteurs distribuaient dans les campagnes à la sortie de la messe. Celle que me tendait le curé représentait le « miracle du pied de cheval ». Impuissant, racontait la légende, à ferrer un cheval rétif, le saint avait eu l'idée de lui trancher la jambe pour accomplir son travail sans risque, comme s'il se fut agi d'une méthode banale. Je jetai dans le brasier l'image du saint patron des forgerons, qu'une flamme happa d'un coup de langue.

Entre le haut-fourneau et le bocard, mon père avait fait installer une longue table sur laquelle trônait un majestueux *barricot* de vin de Puy-la-Brame, dans le canton de Tourtoirac, où nous avions un arpent de vignoble tourné plein sud, en bonne terre, qui donnait un vin honnête. Il avait fait garnir la table de tourtes de pain blanc, de grands plats de poulet froid, de *meillassous* de blé d'Espagne et de quelques fiasques de *riquiqui* pour les hommes. Il trinqua avec les messieurs de Ruelle, le régisseur, le grand Estève, et fit décrire à son verre, face au groupe des ouvriers, un arc de cercle majestueux avant de le vider cul sec. Tourné vers ses invités, il s'écria joyeusement :

« Eh bien ! mes amis, nous allons nous aussi passer à table. L'heure avance et vous devez avoir, comme on dit chez nous, la conscience basse. »

Lorsque je passai près de Pierre, fière et distante comme une miraculée, il ôta son bonnet et me lança :

« Bon appétit, mademoiselle ! »

Il me faisait honneur en me parlant en bon français, lui dont les parents, misérables métayers et collecteurs de mine des environs, ne parlaient que « patois ».

Ces « repas de gala », comme disait mon père, m'ennuyaient. Je passais d'un saut des hors-d'œuvre au dessert que j'allais quérir directement à la cuisine après en avoir demandé la permission. Les conversations des grandes personnes m'excédaient ; leur bourdonnement insipide m'enveloppait sans m'atteindre ; Alban et Élie, mes frères aînés, bâillaient poliment derrière leur serviette ; ma sœur cadette, Emma, se tenait figée comme une image de l'ennui courtois, mais, trop gourmande pour renoncer aux agapes, elle restait jusqu'au bout. Quant au curé, il somnolait entre les plats et ne se réveillait que lorsque de nouveaux mets ou quelques bouteilles de bergerac apparaissaient sur la table.

Ces repas de jadis duraient des heures, avec une telle profusion de plats et de vins que j'en étais écœurée à l'avance. Dans son roman récemment publié, *Le Moulin du Frau,* mon ami Eugène Le Roy raconte un de ces repas de fête : cela tient du banquet de Trimalcion, avec en plus une convivialité de bon aloi et en moins le caractère orgiaque. Entre le melon qui ouvrait ces agapes et les desserts suivis de liqueurs fines destinées à « dégraisser les dents », s'étendait un espace de réjouissances pantagruéliques. Je leur préférais la frotte à l'ail du petit matin, qui donne de l'alacrité aux pires journées d'hiver, la *mique* froide de la veille ou les crêpes de sarrasin appelées *tourtous,* que l'on mangeait dans la chaleur des fenaisons et des moissons, à l'ombre des chênes de lisière où chantaient les cigales. Mon goût pour ces nourritures frustes ne s'est jamais démenti.

Ce jour-là, je restai à table plus longtemps que d'ordinaire où il n'était question que de la qualité et du prix des dernières livraisons ou des difficultés croissantes à se procurer du charbon de bois de bonne qualité.

Un des jeunes messieurs de Ruelle, M. Rousseau, arborait une barbe républicaine, ou jugée telle. Ses yeux d'un bleu délavé s'attardaient volontiers sur moi, au point de me troubler. À la demande de mon père, il se mit à raconter les événements dont il avait été le témoin à Paris, où vivaient ses parents, dans le courant de l'été. Il s'était rendu dans sa famille en juillet, alors que le « spectre de la République », comme disaient les gazettes, se dessinait entre l'abdication du roi Charles X et l'avènement du duc d'Orléans, qui allait devenir roi constitutionnel sous le nom de Louis-Philippe. Il mettait tant de chaleur dans le récit de ces journées sanglantes, sans autre geste que de tourner en tous sens sa fourchette, que je vivais intensément les événements qu'il évoquait.

Le 28 juillet, alors que tonnaient devant les barricades les canons de l'armée royale et que l'émeute tournait à la guerre civile, il avait assisté, de la rive gauche de la Seine où ses parents tenaient boutique de mercerie, à l'assaut de l'armée populaire contre l'hôtel de ville dont on distinguait au loin la silhouette massive estompée par un écran de fumée qui s'étirait le long des quais, zébré par les éclairs des canons et des fusils. Il avait vu le drapeau tricolore des insurgés papillonner au milieu du pont en direction de la rive droite où bouillonnaient uniformes et cavalerie.

Moite d'émotion, j'entendis mon père déclarer :

« Vous parlez d'une "armée populaire", monsieur Rousseau. Comment était-elle composée ? À lire la bonne presse, on a parfois le sentiment que ces insurgés, dont vous parlez avec tant de chaleur, n'étaient que des repris de justice. »

M. Rousseau riposta, avec une aigreur dans la voix :

« Je dois à la vérité de dire qu'il s'agit d'une calomnie. Il y avait parmi eux des gens du peuple, des artisans, des bourgeois, mais aussi des officiers et des polytechniciens. Ces combattants ne manquaient pas d'allure. J'avoue avoir été troublé par ces chants, ces musiques, cet élan d'une population persuadée de lutter pour défendre des idées de justice... »

Un des collègues de M. Rousseau, M. Rivière, lui coupa vivement la parole en frappant du plat de la main sur la table.

« Vous vous laissez aller à vos démons ! Chacun connaît votre attachement aux institutions, votre loyauté, mais aussi cette fâcheuse tendance à vous laisser bercer par de dangereuses idéologies...

– ... Par des utopies, disons le mot ! lança d'une voix dentale l'autre confrère, M. Mandon. Vous êtes un naïf, c'est pourquoi nous vous pardonnons vos excentricités de paroles. »

Pourquoi, dans le silence qui accompagna cette altercation feutrée, le regard de M. Rousseau s'est-il de nouveau attardé sur l'insignifiante fillette de douze ans qui lui faisait face ? Cherchait-il la caution de l'innocence pour se faire pardonner ses « excentricités » ? Les faits qu'il avait relatés dépassaient mon entendement. On parlait rarement de politique au Paradou, mais je savais que Dieu le Père avait pris la main du souverain légitime de la France, de Charles X, ce Bourbon surgi comme par miracle des brumes de sang de la Révolution et de l'Empire, pour conduire notre pays vers des destinées prospères. L'abbé Mespoulède nous avait distribué au catéchisme des images coloriées, aux franges de dentelle, représentant ce « grand souverain » protecteur des lois et de l'Église, mais il ne me plaisait pas, avec ses yeux éteints, ouverts, semblait-il, sur un autre monde que le nôtre, son visage chevalin, ce harnachement d'hermine et de médailles.

Le sourire de M. Rousseau se fit ironique lorsqu'il reprit son récit. Mon père avait dissipé le malaise en annonçant le saint-émilion qui accompagnerait l'omelette aux truffes, deuxième plat après les hors-d'œuvre. M. Rousseau leva son verre dans la lumière qui coulait de la fenêtre ouverte sur le gros tilleul de la cour.

« Peut-être, après tout, suis-je un naïf, dit-il, mais j'estime que le roi Charles est mieux à sa place dans son exil en Angleterre que sur le trône de France, et qu'il n'a guère fait qu'enfiler les sottises comme des perles. Ces ordonnances supprimant la liberté de la presse étaient pis qu'une maladresse : une énorme bévue. Il l'a payée de sa couronne. Je vois dans cet événement la main de la justice divine. »

Il se lança dans la description de la barricade que les émeutiers avaient élevée non loin de la mercerie de ses parents, près du Pont-au-Double. C'était une sorte de pyramide tronquée sur la crête de laquelle des hommes en manches de chemise, le chapeau orné de rubans tricolores, brandissaient des fusils et tiraient en direction de la Seine enfouie à quelques dizaines de mètres sous les lourdes fumées des canonnades. Un jeune polytechnicien s’était avancé hardiment dans son bel uniforme à parements rouges et, debout sur cette vague de barriques, de sommiers, de voitures renversées, avait entonné *La Marseillaise.* L’odeur des vieilles fûtailles se mêlait dans le vent du fleuve à celle de la poudre et de la sueur. On marchait, ici et là, dans des flaques de sang…

« Allez-vous cesser ! dit rudement M. Mandon. Vous oubliez que des enfants vous écoutent !

– Brisons là, si vous le permettez, monsieur Laveyssade, dit M. Rivière d’un ton conciliant. Bien que mon jeune collègue semble le regretter, ces colères de la populace, qui ne méritent pas le nom de révolution, ne nous ont pas conduits, Dieu merci, à l’anarchie et au désordre. L’essentiel est que nous ayons conservé un trône à la royauté. Je n’ai guère de sympathie pour cet Orléans qui a pris la place du Bourbon, mais, à tout prendre, cette “monarchie de Juillet”, comme disent les gazettes, est le moindre mal. »

M. Rousseau me dédia un regard d’une tendre intensité avant d’ajouter, avec ce sourire qui biseautait agréablement ses moustaches :

« Pardonnez-moi, mademoiselle Séverine, et vous, les enfants, si mes propos vous ont offusqués. J’oubliais que la politique doit rester l’affaire des adultes. »

M. Rivière provoqua une diversion en faisant claquer au bord de son verre une langue gourmande : ce vin était une « pure merveille »…

« Je ne sais qu’en penser, à la vérité, dit mon père. Je lui trouve certes ses qualités habituelles : vigueur et parfum, mais je regrette cette pointe d'acidité. Cette bouteille est pourtant d'une excellente année.

– Je parlerais plutôt, ajouta M. Rivière, d'un soupçon d'amertume, encore que ce détail ne gâte rien. En revanche, ce léger goût de truffe est un enchantement. »

M. Mandon fit jouer le vin dans sa bouche, les yeux au ciel, comme s'il attendait une inspiration, et décréta que ce goût de truffe pouvait venir de nouveaux cépages, ce que mon père confirma, ajoutant :

« Et vous, monsieur Rousseau, qu'en dites-vous ?

– Monsieur Rousseau, intervint vivement M. Mandon, n'entend rien aux grands vins. Je le soupçonne, connaissant ses affinités idéologiques, de leur préférer ce "vin bleu" qu'on boit dans les cabarets et les auberges.

– Vous êtes sévère, cher confrère, dit M. Rousseau d'un ton pincé. Certains charbonniers ou rouliers pourraient vous en remontrer sur ce chapitre. »

Le rire de mon père détendit l'atmosphère qui menaçait de tourner à l'aigre. Il fit bifurquer la conversation sur la situation en Périgord. À l'en croire, la province avait été à deux doigts d'une révolution. Il exagérait à peine. À Pazayac, dans le sud du département, des groupes de paysans avaient pillé le château. À Domme, une petite guerre civile avait éclaté entre « jacobins » et légitimistes. Il avait surgi des émeutes en divers endroits, où les percepteurs du Trésor avaient été lapidés. Sarlat vivait dans une fièvre révolutionnaire permanente. Fêtes et foires étaient troublées par des rassemblements. On criait : « Vive la République ! Thiers au pouvoir ! » ; on arborait des cocardes tricolores, on brandissait des drapeaux, et le « vin bleu » chauffait les esprits.

« Votre province, dit M. Mandon, a toujours eu au plan de la politique une réputation détestable, depuis cette fameuse insurrection des croquants, dans les siècles passés. »

Les croquants… Eugène Le Roy m'en parlait récemment dans son domicile d'Hautefort où il exerce la charge de percepteur. Sa barbe de patriarche en frémissait d'émotion. Cette émeute de Pazayac, il s'est promis d'en faire un roman ; son personnage principal sera un croquant en révolte contre le seigneur.

« L'insurrection populaire… murmura M. Rousseau. Vous en faites une sorte de fatalité, comme la peste ou le choléra. Elle constitue en fait le seul recours des pauvres gens contre l'oppression et la misère. »

Mon père toussa dans sa serviette et déclara d'un ton sentencieux :

« Messieurs, Mme Laveyssade va nous faire les honneurs de ce lièvre à la royale qu'elle prépare elle-même, et seulement pour les grandes occasions. »

Il sembla qu'une brise légère se mît à souffler à travers la pièce, suscitant un profond murmure de ravissement. Les visages se détendirent, sauf celui de M. Rousseau, qui demeurait empreint de gravité.

« Ma dernière royale de lièvre, dit M. Mandon, remonte à l'automne dernier. C'était chez Véry, à Paris. Nous étions les invités, mon épouse et moi, d'un industriel lorrain, Schneider. Les entrées aux truffes étaient un délice, mais la royale de lièvre, messieurs… »

Mon père lui adressa un regard ironique.

« Pardonnez-moi, monsieur Mandon, mais les Parisiens n'entendent rien à la préparation du lièvre. Ils n'en font que de vulgaires capilotades bourrées d'ail et d'échalote, qui n'ont de “royal” que le nom. Attendez d'avoir goûté celle de mon épouse… »

Ma mère sourit avec sa discrétion habituelle et fit signe à notre petite servante, Mélie, d'apporter la terrine qui habillait le chef-d'œuvre d'une carapace de terre vernissée que mon père découvrit d'un geste religieux, la narine palpitante, l'œil allumé d'une étincelle de gourmandise. Il fit monter du cellier deux bouteilles de pomerol de quinze ans d'âge (« l'année de Waterloo ! » s'écria-t-il comme s'il célébrait une victoire). Je l'entendis égrener une litanie si familière qu'elle avait cessé de faire impression : braiser, débrider, truffer… Un vocabulaire dont mon père, qui prétendait avoir manqué sa vocation de cuisinier, se gargarisait sans modestie. Il conclut lourdement :

« Ne tentez pas de séduire mon épouse pour lui arracher son secret, qu'elle tient de sa mère. Le diable lui-même n'y parviendrait pas. N'est-ce pas, Élodie ? »

Ma mère opina du chef sous le bonnet tuyauté qui lui faisait un visage de nonne et rougit en murmurant :

« Voyons, Martin… les enfants…

– L'ambiance de votre forge, dit M. Mandon, semble être calme. Et pourtant, tous ces événements…

– Les événements auxquels vous faites allusion, répondit mon père, se sont produits alors que nos ouvriers étaient aux champs. On compte parmi eux quelques “jacobins”, et même, dit-on, un anarchiste, mais le travail n'en pâtit nullement. N'est-ce pas, Lajorie ? »

Le régisseur se tenait au bout de la table proche du vestibule, entre ma mère et le curé. Il bougea lourdement sur son siège comme si quelque insecte s'était introduit dans son pantalon. C'était un homme lent et lourd, monolithe de chair blafarde, économe de paroles autant que de sourires, véritable machine à collecter les propos, les comportements, les événements, pour les traiter à sa façon, dans son for intérieur, avant de les restituer à bon escient. Il était entièrement dévoué à mon père qui le méprisait mais lui vouait une confiance absolue.

« Nous n'avons rien à craindre, monsieur, dit Lajorie. Les fortes têtes se tiennent tranquilles. Au besoin nous saurions les ramener à la raison ou les éliminer. Ce n'est pas chez nous qu'il se formera des associations d'ouvriers comme on en voit dans certaines entreprises. Quant aux grèves, il n'en a jamais été question. »

Lorsque la cloche placée au sommet du haut-fourneau eut retenti pour annoncer une nouvelle charge, il fit avec son couteau une croix sur le bâton placé près de son assiette.

Mon père et moi étions convenus d'un code tacite qui me permettait de me retirer sans attirer l'attention des convives : je levais discrètement ma main droite et il me répondait d'un battement de cils. Nul ne parut s'apercevoir de mon départ, sauf M. Rousseau qui me fit un petit signe de la main.

En vérité, je ne savais comment occuper le restant de la journée : il était trop tard pour une promenade et trop tôt pour la toilette du soir. Je passai par la cuisine où Mélie me coupa une part de tarte aux pommes en regrettant que je n'aie pas eu la patience d'attendre les entremets et les desserts.

En montant à ma chambre située au premier étage du bâtiment central, au-dessus de la cuisine, je songeais à la rédaction que je n'avais pas achevée et que Céline, notre gouvernante, qui faisait office de préceptrice, demanderait à lire le lendemain matin. C'était un devoir sur la mode, ce qui n'éveillait pas en moi le moindre intérêt, incapable que j'étais de faire la différence entre les manches à gigot et à pattes de mouton.

L'automne s'avançait lentement par notre pays, à petites étapes de journées rondes, tendres et bleues. La lumière avait perdu de sa dureté, le temps de son épaisseur. Une chaleur molle coulait sur nos forêts et laissait subsister le matin sur la rivière les franges d'une brume délicate, lente à se dissiper. La dernière clarté de l'après-midi balayait le parquet de ma chambre que je partageais avec ma sœur Emma. C'était un temps à rêver et à lire. Derrière le rayon consacré à mes ouvrages scolaires je dénichai un beau livre à couverture dorée, cadeau d'une cousine éloignée de ma mère : *Les Orientales*, de M. Victor Hugo, édité à Paris l'année passée. Je dégustais ces poèmes à petites doses, comme une liqueur. Cette lecture me mettait le rose aux joues et un trouble étrange dans le cœur. Le rythme lent persistait dans ma mémoire comme celui du hamac sur lequel était allongée la jeune Orientale :

Sarah, belle d'indolence
Se balance
Dans un hamac, au-dessus
Du bassin d'une fontaine
Toujours pleine
D'eau puisée à l'Illisus…

J'avais achevé la lecture de quelques poèmes lorsque, par la porte palière qui donnait sur l'escalier menant au vestibule et à la salle à manger, je perçus ce murmure de porcelaine qui s'installe entre le moment où les convives passent au salon fumer leurs petits cigares, boire le café et les liqueurs, et celui où les domestiques lèvent la table. Peu après, un double brouhaha monta vers moi : celui de la cuisine où les servantes et quelques personnes de la réserve[1] achevaient les restes, et le salon où la conversation reprenait avec une intensité accrue entre les messieurs. J'entendis le pas sec du curé sur les galets du vestibule alors qu'il quittait le château après être passé à la cuisine prendre quelques restes pour son dîner.

La belle voix de baryton de mon père dominait le chœur bourdonnant autour de la vieille prune. Il semblait très en colère, mais ce n'était chez lui qu'une façon naturelle de montrer son autorité. C'est ce même ton bourru qu'il adoptait en diverses circonstances, appuyé, semblait-il, sur les divinités tutélaires de la Logique et de la Raison. Il manifestait cette autorité de

1. *La « réserve » était l'ensemble des parcelles composant le domaine purement agricole du château.*

parade à la forge, à la réserve, dans ses entretiens professionnels, mais aussi dans ses rapports avec ma mère et, sans doute, avec les drôlesses qu'il culbutait dans les granges.

Je surprenais depuis le palier des bribes d'entretien :

MON PÈRE : Des soufflures ! Trouvez donc une fonte sans soufflures et je vous offre un merle blanc !

M. MANDON : Vos dernières livraisons en comptaient trop. Nos techniciens sont formels.

MON PÈRE : Vos techniciens sont des ânes ! Je le leur dirai à la première occasion.

M. RIVIÈRE : De plus, monsieur Laveyssade, vous avez augmenté indûment vos prix. Les forges de M. Festugière, aux Eyzies, celles de Payzac, nous font de meilleures conditions pour une qualité supérieure.

MON PÈRE : Eh bien ! messieurs, qu'attendez-vous pour leur passer commande ? Je ne manque pas de clients. Ma fonte et mon fer sont les meilleurs de la région, quoi que vous en disiez. Les meilleurs du Périgord !

La voix s'enflait, prenait un ton et des volumes jupitériens, faisait vibrer les vitres des fenêtres et les pampilles du lustre, passer dans la cuisine un souffle de terreur panique. Elle devait s'entendre jusqu'aux écuries et donner des frissons à notre cheval. Cette colère étudiée était le fruit d'une stratégie simple mais efficace : mon père s'ingéniait à traiter fournisseurs et clients avec un faste digne des meilleures tables du Périgord, ce qui les mettait en condition pour accepter les lois du marché que dictait le maître de forge du Paradou.

Cette stratégie, malgré quelques sursauts des messieurs de Ruelle, parut une fois de plus réussie, si j'en jugeais par le silence qui accueillit la diatribe paternelle et le ton uni de la conversation qui suivit, ponctuée par les rires tonitruants du maître de maison.

J'attendis le départ de nos visiteurs en lisant *Les Orientales* dans la dernière ondée de soleil jaune qui crépitait à travers la frondaison du tilleul. J'étais certaine que M. Rousseau ne quitterait pas le château sans me faire un petit signe d'amitié, comme si, au cours du repas, il s'était instauré entre nous une certaine connivence dont les motivations me demeuraient mystérieuses.

Un murmure dans le vestibule m'arracha à mon fauteuil. Je me penchai à la fenêtre au moment où le groupe joyeux débouchait dans la cour, chaque invité doté d'un panier de truffes et d'une boîte de cigares. Je ne quittai pas de l'œil M. Rousseau ; les mains dans le dos, il attendait que Lajorie, faisant office de palefrenier, amenât le coupé attelé qui devait reconduire ces messieurs à Ruelle, avec un arrêt à Périgueux pour la nuit. Lorsqu'il m'aperçut, il sourit, ôta son chapeau haut-de-forme et s'inclina d'un air plus amusé que cérémonieux. Je lui répondis d'un sourire et d'un geste de la main.

Il connaissait mon prénom et j'ignorais le sien. J'aurais donné mes biens les plus chers : mes livres et ma collection de laitiers par-dessus le marché, pour l'apprendre et en savoir plus long sur lui. À quelque temps de là, mon père interrompit la lecture de *L'Écho de Vésone* pour dire à ma mère qui tricotait près de lui :

« Nous aurons de la visite le mois prochain : ce petit blanc-bec de Sylvain Rousseau vient prendre livraison d'une commande de gueuses de fonte. »

Attelée de deux superbes pouliches blanches, la voiture fit un tour d'honneur dans la cour. Je ne la quittai pas des yeux jusqu'au moment où elle disparut au fond de l'allée de marronniers longeant les communs.

C'est alors que me parvint, lointaine, une rumeur qui rappelait celle d'un orage : le capitaine Mérillou faisait des siennes dans sa masure de l'Homme-Mort.

* *
*

La demeure d'Antoine Mérillou se situe à la racine d'un de ces frénétiques ballets de roches brunâtres à reflets violets, dressées à la verticale, qui semblent narguer les lois de l'équilibre et lâchent de temps à autre des esquilles dans la vallée en évitant, comme par un contrat tacite, la toiture crevée malgré tout par endroits, mais sous d'autres assauts : ceux de la pluie et du vent. Cette ancienne tour de guet est constituée de trois murs de maçonnerie grossière, le quatrième étant la roche elle-même qui, aux premières pluies d'automne, suinte de toutes ses fissures. Les sentinelles exilées jadis sur ce promontoire devaient communiquer avec le repaire du Paradou par les fumées des feux allumés sur la sole d'argile ombragée par un bouquet de sureaux, où le capitaine Mérillou avait installé une table et deux bancs, pour lui et sa fille, Joséphine. C'est là qu'ils se plantaient, côte à côte, pour donner une aubade de tambours militaires aux gens de la vallée. On les entendait des termes de Canteloube, hameau perdu dans le ciel, en amont de la Ganne, jusqu'au bourg de Saint-Saturnin dont nous dépendions, situé à cinq bons kilomètres à vol d'oiseau, en passant par le Paradou qui recevait la rumeur de plein fouet.

On disait alors :

« Tiens, voilà le père Mérillou qui pique sa crise ! »

Cela pouvait durer une demi-heure, parfois davantage. Lorsque le temps était bas, on pouvait croire à la montée d'un orage. Mérillou et sa fille battaient la caisse tantôt de concert, tantôt séparément, et leur répertoire ne manquait pas de diversité. Je me demandais, à les entendre, comment une peau de chèvre frappée par deux baguettes de bois pouvait susciter ce frémissement d'émotion qui me parcourait des chevilles à la racine des cheveux et faire naître ce désir d'arpenter la campagne. Certains jours d'hiver, alors que des nuages bas pesaient comme une tenture funèbre sur la vallée, ce concert tenait de l'hallucination.

Pourquoi l'Homme-Mort ? Peut-être avait-on découvert dans ce lieu sinistre le cadavre abandonné du dernier guetteur, avec son arc et ses flèches près de lui, comme ce spadassin des guerres de religion retrouvé sous forme de squelette, avec cuirasse et morion, dans le tronc d'un châtaignier, des siècles plus tard.

Ancien officier des armées impériales, Antoine Mérillou semblait, dans l'uniforme râpé qu'il ne quittait que pour se baigner dans la rivière et pêcher la truite à la main, sortir tout habillé de la légende. C'était un de ces demi-solde qui traînaient leur misère glorieuse non seulement au café *Lamblin*, à Paris, dont ces parias de l'histoire avaient fait le refuge de leurs nostalgies et de leurs complots, mais dans les campagnes les plus reculées, les décrets royaux les ayant assignés à domicile sur leur lieu d'origine, avec interdiction d'exercer un métier et de se marier sans autorisation. La loi s'étant adoucie, ils avaient pu choisir librement leur épouse ; les femmes ne manquaient pas, après les grandes boucheries impériales, et ils pouvaient choisir une profession, mais certains, comme Mérillou, préféraient vivre chichement de la demi-solde de misère qu'ils étaient tenus d'aller percevoir au chef-lieu du canton.

Par pitié prétendait-il – en fait par intérêt –, mon père avait proposé à ce vétéran la place de régisseur de la forge qui se trouvait vacante. Sa connaissance des hommes et des langues étrangères – il baragouinait quelques rudiments d'allemand et d'espagnol et pouvait réciter un chapelet d'injures en langue russe – ainsi que sa rigueur militaire auraient pu le rendre utile pour notre entreprise et lui permettre, son salaire s'ajoutant à sa solde, de vivre dans une aisance relative. Il avait accepté par désœuvrement plus que par conviction, son jardinet ne suffisant plus à occuper ses journées. Mon père ne tarda pas à comprendre qu'il avait fait un mauvais choix, et Mérillou qu'il s'était fourvoyé. La compétence de l'ancien officier n'était pas en cause : il avait travaillé à la forge dans sa jeunesse et, durant ses campagnes au cœur de l'Europe, comme il n'avait pas les yeux dans sa poche et se montrait curieux de toute chose, il avait appris qu'on fabriquait ailleurs qu'en

Périgord, dans de meilleures conditions et sur une autre échelle, des fontes, des fers et des aciers de bonne qualité.

Ce misanthrope resta six mois seulement à son poste. Il avait, pour le travail, gardé le ton militaire de commandement qui imposait au personnel et avait apporté à la fonderie et au four à puddler des améliorations qui ravissaient mon père et attiraient au nouveau commis le respect des ouvriers. Cette situation dura jusqu'au jour où mon père tomba, à Saint-Saturnin, au café Jardon, au milieu d'une réunion d'ouvriers où Mérillou jouait avec beaucoup de talent les prédicateurs d'auberge, vouant aux gémonies les « fossoyeurs de l'Empire », les « rapaces et les vautours qui nichaient dans le nid de l'aigle », les « négriers » qui menaient leur chiourme à la baguette pour des salaires de misère.

Le lendemain, mon père monta à pied à l'Homme-Mort, suant sur le sentier de chèvres (le *rapétou*, comme on dit chez nous) qui, entre des haies de buis et de genévriers géants, accède à la masure. Joséphine me raconta la scène.

« Mérillou, dit mon père, je viens te signifier ton congé. J'ai ajouté à ton compte une indemnité pour services rendus.

– Le motif, patron ?

– Tentative de subversion des ouvriers.

– Ton compte et ton indemnité, Laveyssade, tu peux te les foutre au cul !

– Tu as osé me traiter de "négrier" alors qu'on reconnaît partout mon sens de la justice !

– Les nouvelles vont vite dans le pays. Je maintiens ce que j'ai dit. Tes ouvriers travaillent comme des nègres de plantation. Tu les exploites jusqu'aux subsistances que tu leur vends pour les salaires-nourris, ce qui te permet d'écouler à bon compte les produits de ta réserve. »

Mon père avait haussé le ton, comme à son habitude, mais il avait affaire à forte partie : l'ancien capitaine des grenadiers de la Garde, qui comptait une dizaine de campagnes, autant de blessures, sans compter les orteils qu'il avait laissés dans les glaces de la Berezina, le toisait de ses six pieds trois pouces et le foudroyait de son regard d'un bleu d'acier au-dessus de ses grosses moustaches jaunies par le brûle-gueule.

« Méfie-toi, Laveyssade, ajouta Mérillou. Quand le "Petit Tondu" reviendra, tu auras des comptes à lui rendre.

– Il ne reviendra pas, tu le sais bien. Il est mort à Sainte-Hélène il y a dix ans.

– C'est ce qu'on voudrait nous faire croire, mais patience ! Un de ces jours, il débarquera, comme au retour de l'île d'Elbe, et ce jour-là votre roitelet prendra la poudre d'escampette, tonnerre de Dieu ! »

Mérillou entra précipitamment dans sa cabane, en ressortit la poitrine ornée de la croix de la Légion d'honneur, le visage animé non plus de colère mais d'arrogance. Il dit d'un ton radouci :

« Cette distinction, Laveyssade, tu peux te brosser pour la décrocher ! Je l'ai payée de mon sang en Italie, en Égypte, en Espagne, en Russie… C'est l'Empereur lui-même qui me l'a décernée à Wagram où j'ai reçu la sixième blessure qui a failli me faire passer l'arme à gauche. Sais-tu ce qu'il m'a dit ? "Mérillou, vous êtes un brave. Si tous mes soldats vous ressemblaient, nous serions les maîtres du monde." C'est gravé là, dans ma foutue caboche. Vive l'Empereur ! nom de Dieu ! et mort aux Bourbons ! »

Martin Laveyssade avait trouvé son maître. Il préféra filer doux et tourna les talons avec un simple haussement d'épaules.

« Ne pars pas si vite, Laveyssade ! » s'écria Mérillou.

D'un large revers de main, il balaya la table et fit voler dans la poussière les quelques billets que mon père y avait déposés, mais le « patron » était déjà loin. Le lendemain, il recevait, enveloppé dans une feuille de journal, l'argent dont le vieux soldat n'avait pas voulu.

Nous entretenions, Joséphine et moi, des rapports qui, sans être réguliers, révélaient une bonne entente. Elle était mon aînée de trois ans, ayant été conçue durant les vacances militaires précédant les Cent-Jours. Sa mère, lasse d'attendre son héros, avait levé le pied avec un rémouleur cantalou aussi habile à donner du fil aux couteaux qu'à mener rondement une idylle avec ses pratiques féminines.

Après Waterloo, dont il revint les bras ballants et la moustache basse, n'ayant rien compris à cette défaite qui avait débuté comme une victoire, le capitaine Mérillou avait vendu sa maison de Saint-Saturnin pour acheter à mon père la tour de l'Homme-Mort.

Il était malaisé, même avec une bourrique ou un mulet, d'accéder à ce lieu écarté. Je m'y rendais à pied. La cabane était située à deux kilomètres environ du

Paradou, mais c'étaient des kilomètres qui comptaient double. Il fallait longer la Ganne par un sentier de braconnier ; après s'être enfoncé dans la touffeur des taillis de chênes, nos *garrissades,* on débouchait sur une petite terrasse plantée comme un jardin d'agrément de genévriers et de chênes verts, avec des coquetteries de chèvrefeuilles où la lumière semblait jouer avec le lourd silence de la vallée et les bouffées de fraîcheur qui coulaient par grappes d'une succession d'aimables falaises de schiste menant en escalier au plateau. Une sorte de borne moussue semblait marquer le début du *rapétou* jouant les couleuvres à travers la végétation sauvage qui parfois faisait voûte et me baignait d'une senteur de reposoir. La terre montrait ses os ici et là, et il fallait presque se mettre à quatre pattes pour continuer sa marche.

Mérillou ne me tenait pas rigueur de son altercation avec mon père et me faisait même assez bonne figure. Quant à moi, je n'éprouvais aucun scrupule à me rendre à son domicile. Dès mon plus jeune âge, j'eus le sentiment aigu de l'indépendance et de la liberté, avec la sainte horreur du pharisaïsme courant dans notre milieu.

Ce n'est d'ailleurs pas Mérillou qui m'attirait à l'Homme-Mort – ce personnage excentrique et marginal me fascinait plus qu'il ne me séduisait. En revanche, j'avais très vite fait de Joséphine une amie, encore que sa conquête n'eût pas été facile. J'avais dû l'apprivoiser et, pour ce faire, me dépouiller de tout ce qui pouvait transparaître en moi des manières et des airs du château pour me trouver de plain-pied avec elle.

En apparence, aucune affinité ne semblait nous unir, sinon, peut-être, notre goût commun pour la lecture. Je lui prêtais des livres extraits subrepticement de la bibliothèque que mon père n'utilisait que pour en faire les honneurs à ses visiteurs ; elle émergeait d'un vieux fonds familial nourri, génération après génération, d'alluvions parcimonieuses : cela commençait avec Virgile, se poursuivait avec Fénelon et se terminait avec Chateaubriand, en passant par les généreuses mièvreries de Mme de Genlis. Joséphine dévorait les ouvrages que je lui confiais et me les rendait recouverts de papier journal.

Nous passions des heures, assises sur l'aire, dans l'ombre des sureaux à l'odeur sucrée, à lire et à commenter nos lectures, le plus souvent seules, tandis que Mérillou chassait dans les communaux, braconnait sans scrupule sur notre domaine, buvait la chopine au café *Jardon* où il passait des heures à palabrer et, une fois ivre, ce qui lui arrivait fréquemment, à entonner des chants de la Révolution et de l'Empire.

À quelques jours de l'éviction de Mérillou, Joséphine s'ouvrit à moi de ses inquiétudes :

« Ton père ne lui pardonnera pas cet esclandre. Il va le dénoncer. Nous allons voir arriver les bicornes, et mon père se retrouvera en prison. Et moi, qu'est-ce que je vais devenir ? »

Je la rassurai de mon mieux, persuadée cependant que ses craintes étaient justifiées. Elles l'étaient en effet : une semaine plus tard, deux gendarmes de Thiviers escaladaient à pied le sentier menant à l'Homme-Mort. Mérillou était en train de dépecer un lièvre. Croyant qu'on venait l'appréhender pour délit de braconnage, il jeta le gibier à leurs pieds en criant qu'il s'en foutait et que, d'ailleurs, il n'avait rien à se reprocher, ayant tiré ce capucin dans les garennes de la Salvetat où tout le monde avait droit de chasse.

« Nous ne venons pas pour ça, dit le brigadier. Si nous devions arrêter tous les braconniers du pays, les prisons de Périgueux seraient vite pleines. Motif… »

Il tira un papier de son baudrier, toussa et lut :

« Le dénommé Mérillou Antoine est mis en état d'arrestation pour tentative de constitution d'association ouvrière, d'encouragement à la révolte et de propos séditieux contre le gouvernement, tenus dans un lieu public. En vertu de quoi…

– Permettez que je prenne quelques effets, dit-il.

– Faites vite, dit le brigadier, et pas d'entourloupe. »

Mérillou reparut vêtu du manteau percé de trous comme un ciel d'étoiles, qu'il avait ramené de la retraite de Russie ; il avait coiffé son bonnet à poil et épinglé sur sa poitrine l'insigne de la Légion d'honneur. Il tenait d'une main un fusil et de l'autre un pistolet. Il s'écria de sa voix la plus militaire, comme s'il commandait à un bataillon :

« Capitaine Mérillou Antoine, dix campagnes, dix blessures, quinze citations, Légion d'honneur reçue des mains de l'Empereur à Wagram ! J'ai deux pruneaux à votre disposition au cas où vous seriez assez stupides pour faire un pas de plus. Si vous parveniez à m'arrêter, petits trous du cul, dites-vous qu'à ma libération il y aurait un troisième pruneau pour celui qui m'a dénoncé.

– Vous aggravez votre cas, Mérillou, dit le brigadier. Je vais être obligé de faire un rapport, et ce sera le bagne. »

Il s'avança, les chaînes dans les mains.

« Tonnerre de Dieu ! s'écria Mérillou, tu vas reculer, sinon… »

Il leva le bras qui tenait le pistolet. Le brigadier fit marche arrière, menaçant :

« Vous le regretterez, Mérillou. Cette fois-ci, vous n'y coupez pas de vingt ans à Cayenne. Nous partons, mais nous reviendrons avec des renforts.

– Alors vous aurez ma mort sur la conscience. J'ai un quatrième pruneau en réserve, et il sera pour moi. À présent, rompez, mauviettes ! »

Mon père attendait les gendarmes au débouché du chemin descendant vers la rivière. Après avoir écouté leur rapport, il les précéda jusqu'au château où il leur fit servir du vin. Le soir, il confia à ma mère :

« Affaire réglée. Je vais intervenir auprès de mon ami le préfet pour qu'il referme ce dossier. Cette histoire risque de faire trop de bruit et de nous nuire. Mérillou a le sang un peu vif mais il est moins mauvais qu'il veut le faire croire. D'ailleurs il se tiendra tranquille. Il a pris une bonne leçon. »

Dans les jours qui suivirent, Mérillou me fit grise mine, et j'ignorais pourquoi jusqu'à ce que Joséphine, qui avait assisté à la scène, m'en eût fait le récit, ajoutant :

« Mon père ne te reproche rien et ne te parlera jamais de cette affaire. Il sait que tu es *différente.* »

* *
*

La forge tournait de nouveau à plein régime, dans la vallée où coulait un heureux automne de velours bleu.

À condition que le chargeur lui apportât sa ration de mine, de charbon et de castine plusieurs fois par jour, en faisant chaque fois tinter la cloche, le haut-fourneau ronronnait de plaisir sur ses énormes digestions et libérait sans histoire ses coulées ardentes. Il marchait à la clochette comme un domestique, même au cœur de la nuit. Il avait un appétit terrible ; son gueulard restait ouvert en permanence comme un bec d'oiseau antédiluvien qui attendrait la becquée. Il occupait le cœur du petit monde de la forge et régnait sur lui sans partage. Une digestion banale, et le manège tournait rond autour du monstre ; un embarras dans ses tripes, comme cela se produisait parfois, et tout s'arrêtait ; de jour comme de nuit, on voyait alors mon père débouler du château, pester contre le chargeur qui avait mal mesuré les proportions de matériaux, ce qui provoquait des engorgements, des entruchements, dont les conséquences pouvaient être graves car, le haut-fourneau en panne, tout s'arrêtait, dans un silence de catastrophe haché par les coups de gueule du patron qui menaçait de « foutre dehors tous ces incapables ».

Je l'ai vu à plusieurs reprises surgir dans la halle de coulée, en chemise de nuit et pantalon, tournant sur lui-même comme un spectre dans un cimetière, au milieu des ouvriers figés de terreur. Il appelait le responsable, se faisait expliquer les raisons de la panne, la composition du mélange, qui variait selon qu'on le destinait au fondage des gueuses, à la fabrication de la poterie domestique, des plaques de cheminée (les taques) ou qu'on le confiât aux puddleurs qui le brassaient pour produire des gueuses de fer en l'épurant. Chercher à le berner eût été illusoire : il connaissait trop bien le métier, avait l'œil à tout et rien ne lui échappait. Voulait-il de la fonte grise ? Il fallait qu'elle eût la couleur et la texture souhaitées, qu'elle fût liée et peu fragile. Il disait :

« Je la veux gris brun, entre fin et gros, plus gris que blanc, sinon ces messieurs de Ruelle ou de Tulle me la retourneront. Si vous me sortez à la coulée de la fonte blanche qui casse comme du verre, tonnerre de Dieu ! je vous fous mon pied au cul ! C'est pas sorcier de doser le minerai, foutre ! »

Il était capable de violence sur une contrariété. Un soir de colère, il avait écrasé son poing sur le visage d'un chargeur ivre, responsable d'une fonte brûlée, d'un noir de jais, d'un grain trop fin, une fonte *bourrue,* pleine de soufflures et de chambres.

« Au travail, bande de fainéants. Et je veux entendre cette putain de cloche. »

J'accompagnais parfois mes frères, Élie et Alban, qui faisaient mine de s'initier, en dilettantes, à l'entreprise, persuadés l'un comme l'autre qu'ils ne feraient pas carrière dans la sidérurgie. Ils laissaient espérer à notre père que tout viendrait à son heure, qu'ils devaient avant tout penser à leurs études. Pour lui, il ne faisait aucun doute qu'ils lui succéderaient dès qu'il serait en âge de s'arrêter.

Cette dernière perspective s'imposait avec d'autant plus d'évidence qu'il ne ménageait guère sa santé pour le travail comme pour le plaisir.

C'était un homme de forte constitution. Il avait été dans sa jeunesse large d'épaules et mince de tour de taille, mais trois repas à la fourchette par jour avaient vite inversé ces proportions, si bien qu'à quarante ans son corps avait pris l'apparence d'une poire de curé : son torse s'était resserré, il bedonnait outrageusement et une goutte sournoise commençait à faire ses ravages. Il ne se plaignait jamais de sa santé, et ma mère avait appris à ses dépens qu'il était téméraire de l'entreprendre sur ce chapitre. Il avait renoué des liens d'amitié avec le médecin de Payzac, le docteur Malefaye, ami de collège, qui avait table ouverte au Paradou et qui, à plusieurs reprises, et sans succès, s'était proposé pour un examen général. La riposte avait fusé droit comme une belle coulée de fonte :

« Écoute, Julien, si tu veux que nous restions amis, fous-moi la paix. Ma santé ne regarde que moi. Je m'en remettrai à ta foutue science de morticole que pour constater mon décès. »

Plusieurs fois par mois, il se rendait avec son tilbury à Périgueux. Motif officiel : aider son collègue Étienne Durant de ses conseils pour la création d'une forge avec haut-fourneau, atelier de tréfilerie et de laminage. Il ne s'attardait aux Forges de la Cité que le temps strictement nécessaire. Son temps libre, il le passait chez les putains des bas quartiers, dans une rue chaude, à l'*Hôtel de la Lune*, qu'on appelait aussi le « Gros Numéro » ; il ramenait parfois de ses mauvaises fréquentations des maladies qu'il faisait soigner discrètement par le sorcier de Canteloube qui avait des herbes pour tous les maux de la terre. Il avait choisi sur le tard de rompre avec ce cycle infernal et de régulariser ses écarts de conduite en choisissant une jeune veuve dotée d'un appartement sur les allées de Tourny, près du palais de justice, qui partageait ses faveurs entre le préfet, un juge de paix, des officiers et quelques gros négociants, tous gens de bonne compagnie. Elle était laide de visage, mais arborait, avec un tempérament de feu, le « plus beau cul de la province ».

L'âge venant, il compensait ses insuffisances sexuelles par un penchant de plus en plus prononcé pour la « science de gueule ». Ma mère, qui avait depuis belle lune renoncé aux épanchements matrimoniaux et ne se faisait aucune illusion sur la conduite de son époux, se l'attachait au mieux, en désespoir de cause, par des raffinements culinaires auxquels il se montrait sensible. Fille d'un modeste châtelain des environs de Thiviers, ma mère avait été initiée dans sa prime jeunesse, comme à un sacerdoce, aux mystères de l'office. Outre qu'elle devait y trouver plus tard une compensation à une existence d'épouse délaissée, elle frémissait sous les flatteries sans paraître se douter qu'elle creusait ainsi la tombe de son époux. Entre les caresses généreuses de sa maîtresse et les gâteries gastronomiques de son épouse, mon père offrait une image d'épanouissement qui n'était qu'un faux-semblant : en fait il s'étiolait ; il en avait conscience, mais avait choisi ce mode épicurien de suicide.

La lignée des Laveyssade, maîtres de forge de père en fils, ne pouvait prendre fin avec lui. Il montrait avec orgueil à ses visiteurs les portraits de ses ancêtres, œuvres de mauvais artistes régionaux. Ces personnages hors du temps assistaient d'un regard fixe et lointain, sur les murs de la salle à manger et du salon, aux festins gargantuesques et aux colloques passionnés sur l'économie et la politique. La galerie prenait sa source sous le règne du Vert-Galant ; ce souverain avait promis d'anoblir la famille en récompense des bons et loyaux services rendus à son armée par la fourniture de canons qui avaient donné quelques victoires de province aux parpaillots, mais il était mort sous le couteau de Ravaillac avant d'avoir pu honorer sa promesse. On se transmettait dans la famille, de génération en génération, cette nostalgie d'un titre nobiliaire. On avait même jadis, dans l'attente de la distinction royale, fait fondre une taque avec des armes, une litre tenue par des anges et portant une devise en latin disant à peu près : « Bon feu ne s'éteindra jamais. » Pour ne pas paraître se prévaloir d'un titre de noblesse usurpé, on avait remisé la taque dans la cave, en attendant une improbable occurrence. La famille avait payé cette inconstance du destin d'une discrimination sévère dans ses rapports avec d'autres maîtres de forge du Périgord devenus nobles par grâce royale, mais les rigueurs égalitaires de la Révolution, en revanche, l'avaient épargnée : il n'y avait chez nous ni girouette à décrocher ni bancs d'église à brûler en place publique. Les Laveyssade n'étaient que des roturiers, et la

Révolution avait passé au-dessus du Paradou, qui n'avait rien d'un repaire de ci-devant.

Ce château, je m'y suis souvent sentie comme étrangère. Dieu sait pourquoi. Peut-être était-il pour ma petite personne, malgré ses dimensions assez modestes, sombre, massif, triste et trop vaste, sans ces recherches et ces agréments que je rencontrais en d'autres lieux. Mes parents n'avaient ni le goût ni les moyens nécessaires à en faire un petit Versailles ; ils étaient d'ailleurs ancrés dans des habitudes de vie qui excluaient toute velléité de luxe. Le mobilier souffrait d'une lente et insidieuse consomption ; les sièges montraient le crin sous la tapisserie élimée datant du Bien-Aimé ; les pieds de la grande table sinistre comme un catafalque étaient vermoulus au point de menacer ruine et rejetaient une poudre jaunâtre ; le tissu lie-de-vin qui tapissait les murs se décollait et se boursouflait par endroits. Nous vivions là comme dans un sanctuaire dédié aux mânes de la famille, où le moindre changement eût semblé sacrilège, alors que ce faux respect n'était que l'expression d'une négligence généralisée, comme si notre race allait disparaître.

Le même sentiment de décrépitude et d'abandon se lisait dans toutes les autres pièces. Seule, la chambre que je partageais avec Emma, un simple paravent séparant nos lits, échappait à cette fatalité. J'en avais décoré les murs de gravures découvertes dans le grenier, de dentelles, d'éventails, de franfreluches jaunies par le temps ; je l'ornais en toute saison de fleurs et de verdure ; ma collection de scories déposée sur le rebord de la fenêtre faisait une transition entre le château et la forge. Mes parents n'y pénétraient jamais, ce qui me laissait libre d'organiser à ma guise ce lieu de vie. Emma n'y trouvait rien à redire : elle s'en moquait.

La seule pièce vraiment vivante du château était la cuisine. Je l'ai toujours vue peuplée, en plus des domestiques, de nombreux visiteurs : le piéton venu porter le courrier s'y attardait devant une chopine en faisant le joli cœur avec les servantes ; des métayers et métayères, des gens de la réserve y déposaient des victuailles ; des ouvriers de la cantine venaient y faire la causette entre deux services ; chasseurs et braconniers venaient y proposer le produit de leur chasse et de leur pêche. Il s'y ajoutait à la saison les collecteurs de truffes dont ma mère faisait une grosse consommation pour sa cuisine et pour des cadeaux aux clients de Ruelle ou de Tulle. Les rapports s'y organisaient autour d'une image symbolique : la grosse soupière en faïence de Thiviers, toujours prête à recevoir et à distribuer la soupe au visiteur qu'il fût un habitué ou un vagabond.

Par son aspect extérieur rébarbatif, le Paradou n'encourage guère à y pénétrer. Les échauguettes qui flanquent le corps central ne font guère illusion et, aujourd'hui, menacent ruine. On a recouvert le mauvais schiste du pays d'un enduit qui, en s'écaillant, révèle sous la peau grisâtre une chair violette. Les encadrements des fenêtres, bâtis dans une pierre calcaire, s'effritent. On a renoncé depuis des décennies à réparer la toiture et, au temps de ma jeunesse, l'eau coulait à travers la tuilée, recueillie par toutes sortes de récipients et servant pour la lessive. Le cadran solaire datant des premiers Laveyssade a perdu son doigt de fer ; depuis, le temps semble s'être figé au Paradou.

* *
*

Je ne me sentais en plein accord avec moi-même que lorsque j'avais franchi pour m'en éloigner l'enceinte de ce mausolée familial qui m'oppressait.

La forge était mon véritable domaine. Je m'y rendais chaque jour, comme si, déjà, j'avais conscience que plus tard je serais maîtresse de ces lieux, que je régnerais sur le petit royaume laborieux, que ma vie serait fixée là pour longtemps.

Pour les ouvriers, j'étais la « petite demoiselle ». Certains parmi les vétérans me tutoyaient, sans que l'idée me soit jamais venue de refuser cette familiarité et de garder mes distances. Je les connaissais par leur nom, leur prénom ou leur sobriquet (le *châffre),* et ils m'en savaient gré.

Lorsque Lajorie, notre régisseur, était absent, ils m'expliquaient les finesses du métier dans cette langue du pays que j'ai pratiquée depuis ma plus tendre enfance et qui a toujours été pour moi comme une seconde nature. La complexité des installations m'effrayait et me fascinait. J'avais hérité de ce respect sacré, teinté de ferveur religieuse et de terreur panique, qui, depuis des temps immémoriaux, a fait des métallurgistes des êtres à part, des sortes de sorciers à la fois vénérés pour leur pouvoir de changer la nature des minéraux et redoutés pour le mystère qui entourait leur puissance.

La coulée était pour moi le comble du mystère. La *dame* relevée à la base du haut-fourneau, la nef de la grande halle s'illuminait soudain d'un orage de feu qui transformait les ouvriers en statues ardentes, dans un brasillement d'étincelles bleues lent à s'éteindre, qui s'estompait, renaissait dans les cris et les ordres tonitruants du maître fondeur, grand diable athlétique beau comme un dieu de l'Antiquité païenne. J'éprouvais chaque fois la même joie naïve mais profonde à voir le serpent de feu jaillir, s'échapper, répandre sa lave ardente dans les rigoles de sable et prendre la forme des gueuses que des géants dépoitraillés, au visage tanné par le feu et luisant de sueur, saisissaient à l'aide d'énormes pinces pour les diriger vers le four à puddler[1], le seul de toute la région, que mon père avait fait installer à grands frais et dont il était légitimement fier.

C'est à la suite d'une de ces coulées que Pierre m'avait offert ce laitier qui, disait-il, avait la forme d'un visage ressemblant au mien.

« C'est pour vous, demoiselle. On dirait que ça vous ressemble. »

Il avait dû faire effort pour s'exprimer en français. Peut-être même avait-il tourné plusieurs fois ces deux

---

1. Invention anglaise. Les gaz qu'on injectait dans le métal en fusion l'enrichissaient et le transformaient en fer.

phrases dans sa tête pour les répéter comme un compliment.

Je le rencontrais de temps à autre. Il portait la main à son bonnet et je lui répondais d'un signe de tête. Quel visage pouvait-il avoir réellement ? Il était toujours barbouillé de poussière de charbon et de fumée, mais il avait des yeux tendres, un sourire délicat et, dans ce visage de sauvage, une superbe denture. De tout le temps que je restais à la forge, il ne me quittait pas des yeux, au point de se faire parfois réprimander par les ouvriers.

Malin comme un singe, il avait organisé avec des galopins de son acabit une collecte clandestine de minerai qu'ils volaient dans les champs retournés par l'araire, le plus souvent à la lanterne. Une nuit, le métayer de l'Espérut s'était dit, au moment de gagner son lit, qu'il y avait dans son champ d'étranges vers luisants. Armé de sa pétoire, il s'était glissé dans l'ombre jusqu'au groupe des voleurs qui, en le voyant surgir, avait décampé. Tous, sauf Pierre. Il avait, comme on dit, « son honneur ».

« Ton nom !

– Chadeuil Pierre.

– Le fils du métayer des Mirandes ?

– Oui, monsieur.

– Eh bien ! mon drôle, ton compte est bon. Demain j'irai trouver ton père.

– Si vous le faites, il me tuera.

– Alors nous irons trouver M. Laveyssade. Tu lui remettras ta récolte avec tes excuses. Et n'essaie pas de te défiler ! »

La punition ne fut pas sévère. Mon père s'était-il souvenu que, dans sa prime jeunesse, il s'était adonné à ce genre de rapine plus par jeu que par nécessité ? Toujours est-il qu'il botta les fesses du petit sacripant et le condamna à livrer chaque jour à la forge, durant une semaine, un sac de 60 livres de minerai à prendre en un lieu éloigné ; il devrait le porter sur ses épaules et ne serait pas payé. Pierre s'acquitta ponctuellement de la sanction à l'issue de laquelle mon père lui dit :

« C'est bien, mon drôle. J'espère que la leçon aura été profitable. Sais-tu que tu peux gagner des sous autrement qu'en volant la mine ? En la ramassant par exemple pour mon compte ? Tu peux aussi aller faire du charbon de bois dans la forêt de Bord ou même entrer à la forge comme goujat.

– Je préfère la forge, monsieur.

– Tu parles correctement le français. Tu sais peut-être aussi lire et écrire ? »

Pierre hocha la tête : il lisait le journal à son père ; il pouvait écrire une lettre, ce qu'il faisait parfois pour des voisins. L'école ? Il y était resté quelques mois, mais le maître était un fainéant qui se souciait davantage de son potager que de ses élèves. Il avait parachevé seul son éducation dans de vieux almanachs et des gazettes, en se cachant, car son père l'aurait tanné s'il l'avait surpris à lire autre chose que ses manuels scolaires. Il avait lu de bout en bout, et relu, l'*Atala* de M. de Chateaubriand qu'il avait dérobé au maître ; il en connaissait des pages par cœur, sans bien comprendre la psychologie des personnages et quel était cet étrange pays. Il a gardé jusqu'à la fin de ses jours ce livre fétiche ; il pouvait retrouver dans ses pages les brins d'herbe qu'il y avait laissés en guise de signets.

Mon père fouilla dans son gousset, lui tendit une pièce de monnaie et lui dit :

« Présente-toi à la forge lundi matin, à 6 heures pile. Le moindre retard et tu retournes chez ton père. »

Chadeuil fit des manières : il avait besoin de son fils pour la métairie, qui relevait du domaine. Les frères et sœurs de Pierre étaient trop jeunes pour garder et aider aux gros travaux.

« Je te l'emprunte pour la fin de la campagne, dit mon père. Il sera nourri et payé. C'est une faveur que je te fais. S'il ne convient pas, je te le rends, mais ça m'étonnerait. Ton drôle est dégourdi pour son âge. »

Chadeuil n'apprit jamais ce qui valait à son fils la faveur du maître. L'eût-il appris qu'il n'eût pas compris que M. Laveyssade, rigoureux sur les principes d'honnêteté, pût récompenser un pilleur de mine.

* *
*

La solitude que j'avais tissée, jour après jour, comme un cocon, autour de ma petite personne, relevait peu à peu de l'exclusion volontaire.

Il semblait qu'il y eût, en Paradou et aux alentours, des chemins pour les uns et des chemins pour les autres ; ils se croisaient rarement et n'aboutissaient jamais aux mêmes lieux. J'avais mes itinéraires, mes frères les leurs, ainsi que ma sœur Emma, encore qu'elle se complût dans une sédentarité grisâtre promise au pensionnat de Périgueux où l'on finit par renoncer à l'envoyer.

Mes rapports avec mes collatéraux, leurs rapports entre eux ne se signalaient par aucune agressivité : ils étaient pratiquement nuls. Il nous avait manqué, dès notre départ dans la vie, ce ciment d'affection qui, faisant fi des affinités, rassemble les membres d'une famille, ne serait-ce que par des fils ténus. Rompus très tôt entre père et mère, ces liens s'étaient relâchés entre les enfants ; nous les traînions comme les franges d'un habit démodé.

Des six enfants auxquels ma mère avait donné naissance, il ne restait que nous quatre. Elle nous avait eus à des intervalles très rapprochés, avant que mon père eût repris sa liberté, notre mère ayant perdu, très tôt et très vite, les grâces de la jeunesse. Cette situation, qui semblait la laisser indifférente, convenait à mon père qui, entre deux séjours à Périgueux, satisfaisait sa libido avec des filles du pays, de ces *bringues* délurées qui faisaient payer leurs faveurs, souvent par des chantages que sa qualité de maire et ses ambitions (il ne visait rien moins que la députation) lui commandaient d'étouffer. Nous croisions parfois dans les parages des drôles ou des drôlesses qui nous ressemblaient.

Des rapports d'affinité auraient pu s'établir entre mon frère Élie et moi : il partageait ma passion pour la lecture, mais il se fermait à la moindre tentative d'approche comme dans la crainte d'un viol.

Un archéologue des environs des Eyzies lui avait ouvert les portes d'une science toute nouvelle à laquelle une poignée d'érudits de la province s'adonnait avec autant de bonne volonté que de maladresse : ils massacraient sans discernement, à la pioche et à la pelle, des sites précieux qui eussent exigé le doigté et la patience d'une dentellière.

Adolescent, Élie avait accompagné durant une semaine dans la vallée de la Vézère M. de Bellefont, notaire à ses moments perdus, dont la véritable vocation, récemment révélée, était la paléontologie[1]. Il était revenu avec deux musettes pleines de silex taillés, d'os et de bois gravés représentant des animaux, la tête bourrée de rêves et d'utopies. Lorsqu'il me montra son trésor, proclamant que ces objets avaient été façonnés par des hommes qui vivaient des millénaires avant notre époque, bien avant la date que notre curé assignait à la Création, je m'esclaffai, sans susciter en lui d'autre réaction qu'une indifférence méprisante.

À Périgueux, Élie poursuivait sans ardeur et sans conviction des études dont il ne s'évadait que pour se précipiter chez M. de Bellefont et l'aider à gratter le sol des cavernes. Il ne daignait paraître au Paradou qu'une fois ou deux par mois ; il arrivait, nimbé d'une extase muette ramenée du mystère des origines. L'alcôve qui lui servait de chambre avait pris l'apparence d'un musée avec ses étagères ployant sous la pierraille. J'avoue m'être sentie troublée le jour où il me révéla sa récente découverte : un harpon en os de renne gravé d'une frise d'animaux.

---

1. *On dit aujourd'hui la préhistoire.*

« Un jour, dit-il, je te mènerai si tu le veux bien dans la caverne où j'ai trouvé cette merveille. Les murs sont recouverts de fresques gravées, de mains d'hommes faites au pochoir, de traces de peinture. Ces chasseurs... ces artistes... »

Il flottait comme un ectoplasme sur le fil invisible tendu entre le présent et un passé qui, disait-il, « se perdait dans la nuit des temps », une expression qu'il savourait comme une friandise.

Incapable de le suivre sur ces routes incertaines, je finis par l'abandonner à ses rêveries. Il ne m'en tint pas rigueur ou du moins se garda de me le reprocher ; il vivait dans *son* monde, dans *son* temps ; il s'y est éteint au milieu de ses gravats, pauvre mais reconnu comme une sommité de la science paléontologique.

Alban était d'une autre nature. Il avait acquis très tôt une certitude : il ne se ferait une place dans la société qu'en poussant ses études avec patience et conviction, bien qu'il fût peu doué, d'une intelligence moyenne et d'une imagination sommaire. Cette vie, il la vouait déjà, héritier de l'hédonisme paternel, en grande partie aux plaisirs. Il était aidé dans cette ambition par l'absence de scrupules. J'avais détecté ce travers et m'en méfiais, ce qui conférait à nos rapports la distance et la froideur dont ils ont longtemps été imprégnés.

Contrairement à son cadet, Alban ne tenta jamais de se confier à moi, pas plus qu'à Élie ou à Emma, et moins encore à nos parents. Il s'était installé dans une sorte de forteresse d'où il nous dominait de son regard froid et distant : un regard de serpent.

Seule notre gouvernante-préceptrice, Céline, avait accès à ce repaire mental et aurait pu en dire long sur sa perversité. Il s'était instauré entre eux une complicité hermétique qui datait des premiers rudiments de culture qu'elle lui avait enseignés. Le B.A.BA de l'alphabet débouchait sur des entretiens secrets puis sur des confidences, peut-être en raison d'une similitude de leur nature.

Fille d'un propriétaire de tuileries de la haute Corrèze voisine, Céline était pour nous un personnage énigmatique. Laissée-pour-compte d'une intrigue sentimentale, elle portait allègrement une quarantaine aride et rébarbative. Mon père, pour s'être frotté à ses jupes noires, n'avait retiré de ses tentatives que des piqûres d'épingle. La demoiselle demeurait cloîtrée dans ses souvenirs comme Alban dans ses ambitions, mais ils communiquaient par des issues secrètes.

Je n'osais supposer qu'Alban s'était attaché à Céline par intérêt, mais elle lui passait ses pires caprices, le maternait, lui consentait des prêts en argent à fonds perdus. Le pécule qu'elle avait placé chez un banquier de Périgueux fondait sous les demandes répétées de mon frère, mais l'affection qu'il semblait lui témoigner la payait de son sacrifice.

Je ne pénétrais que rarement, en son absence, dans la pièce occupée par Céline. Voisine de celle de mes frères, cette chambre ouvrait par une imposte sur le délire de verdures gorgées d'humidité qui encadrait la falaise de schiste précédant le plateau. Les murs de cette cellule de moniale étaient badigeonnés d'un enduit qui avait tourné au gris de l'angoisse. La base des plinthes était semée de boulettes de poison destinées aux rats qui n'existaient que dans son imagination. On y respirait une odeur douceâtre de sacristie à laquelle se mêlait celle du papier d'Arménie qu'elle faisait brûler sur sa table de nuit. La pièce s'ornait d'un seul tableau, placé au-dessus du lit : il représentait un Christ à barbe blonde, qui rappelait Sylvain Rousseau, découvrant sa poitrine où brûlait un cœur plus grand que nature, sous une douche de rayons dorés. Un interminable chapelet de buis aux énormes grains noirs vermiculés pendait sous le Christ, en accolade, terminé par une grosse croix d'argent terni.

Le coffre placé dans une encoignure en révélait bien davantage sur la vraie nature de Céline. J'y découvris, au milieu d'une stratigraphie de vieilles frusques saupoudrées de lavande, un paquet de lettres noué d'une faveur de soie rose et d'une chaînette d'or portant une médaille de pèlerinage marial. Le cœur battant, je défis la liasse et me mis à lire, au mépris de la plus élémentaire discrétion. Son fiancé, nommé Alcide, demeurait à Limoges et, à ce que je crus comprendre, avait des intérêts dans les tuileries du père de Céline. Ses lettres à elle, d'une écriture fiévreuse et serrée, penchée comme sous le souffle d'une tornade, étaient rédigées dans un style romantique avant la lettre, un peu brouillon, mais avec des élans de poésie qui me ravissaient. Il lui répondait par des billets brefs, rédigés dans un style de notaire, toujours interrompus par des obligations que je n'avais aucune peine à supposer imaginaires. Il avait le souffle aussi court que ses sentiments ; ceux de

Céline la soulevaient ; ceux d'Alcide le plaquaient au sol.

Du jour où j'eus découvert ces petits mystères, Céline me devint plus proche sans que nos rapports en fussent améliorés. J'eusse aimé qu'elle me témoignât autant d'affection qu'à son protégé, mais elle n'était pas d'une nature à se disperser. Nos leçons terminées, elle m'embrassait sur le front, sans jamais le moindre compliment ni un mot d'affection, et il en allait de même pour Élie et pour Emma. Céline nous apprit beaucoup, ayant enseigné jadis dans une institution religieuse de Limoges, mais sans rien livrer d'elle-même. Cette montagne d'indifférence était creusée d'une seule galerie : celle qui menait vers Alban.

Aujourd'hui encore je m'interroge sur la véritable nature d'Emma.

Il aurait pu s'établir entre nous certaines connivences du fait que nous partagions la même chambre et certaines habitudes de vie quotidienne. Dans ce milieu clos du Paradou, où chacun vivait à sa manière, j'étais la seule à manifester quelque velléité d'ouverture auxquelles ma sœur ne répondit jamais. Dès les premières années de notre adolescence, j'ai vainement cherché à déceler en elle la trace d'une curiosité ou d'une passion : elle était nue, vide, si transparente qu'on aurait pu lire en elle s'il y avait eu quelque matière à intérêt. Elle n'était point sotte, et Céline n'avait que rarement à se plaindre de son élève, mais les êtres, les choses, les événements glissaient sur elle comme des ombres.

Emma était assez jolie et l'est restée longtemps, mais pas de cette beauté pathétique qui jette les hommes dans les errements de la passion et les rend fous. Tout en elle semblait ordonné pour conférer à sa personne un attrait que ses qualités intellectuelles étaient incapables de lui procurer. Son miroir était devenu le centre de son existence, l'élément indispensable à sa survie dans l'univers étriqué où, par sa faute peut-être, elle se sentait en état de relégation. Elle aurait pu rester des heures en contemplation devant cette merveille de la nature dont il lui renvoyait l'image ; elle l'interrogeait comme une boule de cristal et en attendait la révélation d'une destinée princière. Elle a dû déchanter : sa vie n'a été, jusqu'aux premiers symptômes de la vieillesse, qu'une succession d'aventures sentimentales dans lesquelles elle s'engageait d'un pied léger en évitant de donner trop d'elle-même pour ne pas se sentir liée, et dont elle se retirait avec du plomb à ses semelles. Liée à des hommes, elle ne le fut jamais vraiment, si ce n'est, parfois, par lassitude, à l'extinction de ses feux, lorsqu'elle laissa à un fabricant de porcelaine de Limoges, veuf de fraîche date, le soin d'étouffer la dernière étincelle.

Nous ne nous sommes jamais éloignées l'une de l'autre. Emma tenait, par vanité, à me faire part de ses conquêtes qui pouvaient durer quelques jours ou quelques mois, mais qui, le moment de la rupture venu, ne la laissaient qu'en apparence sur le flanc ; elle ressurgissait de ses déboires comme une balle plongée dans l'eau. Elle m'écrivait :

Petite sœur, j'ai rompu avec Philippe, tu sais, ce petit fonctionnaire de préfecture dont je t'ai parlé, il avait trente-cinq ans, un vieux, et il était près de ses sous, impossible de lui faire acheter la moindre fanfreluche et le moindre bijou, joli garçon mais rien dans la tête et dans le cœur, il voulait m'épouser, ce tindorel, *alors je l'ai plaqué et je suis libre à présent, la vie est belle...*

Joli garçon mais rien dans la tête et dans le cœur... Ils semblaient donc faits pour s'entendre, mais il aurait fallu la fortune d'un Rothschild ou d'un Pereire pour que ma sœur consentît à s'engager.

Aujourd'hui, Emma n'est pas malheureuse dans sa retraite sentimentale, à Tourtoirac, où, confite en religion, elle refait avec un brin de nostalgie le compte de ses aventures sentimentales. Ces dernières années encore, dans la voiture de son mari, elle me rendait visite, mais je ne suis pas dupe : ces confrontations avaient surtout pour but de comparer au mien son degré de décrépitude.

Officiellement, suivant une coutume ancestrale, l'abbé Mespoulède recevait toute la famille en confession, mais il avait depuis belle lurette renoncé à cette sinécure qui lui valait d'avoir table ouverte au Paradou et de manger nos restes. Outre qu'il devenait sourd au point que ses messes du dimanche tournaient parfois à la farce, l'implacable consomption de ses facultés mentales le vouait à une retraite prématurée. Devenu obèse et boulimique, il rabrouait sa gouvernante lorsqu'elle l'obligeait à faire sa toilette, si bien qu'il « sentait le renard », comme disait ma mère, et qu'on aurait pu suivre sa trace à l'odeur. En société, on n'en tirait que des bredouillements. Le jour de la réception des messieurs de Ruelle, il s'était endormi entre les mets et le dessert, avec des flatulences hautes et basses qui tiraient à nos invités des sourires indulgents.

Alors que j'abordais le temps de ma première communion avec les illusions et la gravité de la prime jeunesse qui se dégage de l'enfance, il avait tenté d'explorer mon petit monde intérieur. Il le fit avec une telle maladresse, une telle platitude, que je tins très vite ces confessions pour ce qu'elles étaient : une duperie et une indiscrétion. Je pris le parti de m'en divertir, tantôt m'accablant de péchés imaginaires, tantôt jouant les saintes-nitouches. Ma sœur décida de m'imiter, mais elle le fit sans discernement ; les monstruosités qu'elle avouait mettaient le pauvre homme dans un tel état d'indignation qu'il l'accablait d'une avalanche d'actes de contrition.

Pauvre vieux curé !... La marée basse de la foi, au temps de l'Empire, avait laissé sur nos plages cette épave lourde et inepte que le nouveau flux, né de la deuxième Restauration, n'était pas parvenu à remettre à flot.

Un jour des années trente, il vint nous faire des adieux larmoyants. L'évêché avait désigné son remplaçant : un jeune prêtre frais émoulu du séminaire de Sarlat, qui avait l'apostolat chevillé au cœur. Il avait refusé d'héberger une gouvernante, fût-elle d'âge canonique, se nourrissait de rogatons que des menettes déposaient à sa porte, passait son temps à arpenter les chemins menant à ses ouailles. Il se faisait appeler

Étienne, son prénom, comme les saints des premiers âges. Il entrait dans son nouveau domaine comme dans une terre de mission, en retroussant ses manches.

Le zèle de ce nouveau desservant agaçait un peu mon père, mais il m'amusait : je trouvais Étienne sincère et attachant. Nos séances de confession prenaient avec lui un ton nouveau : il s'était assez colleté, comme Jacob, avec anges et démons pour qu'on ne pût lui en conter, et je savais que la moindre audace m'eût fait exclure de la communauté.

Ma sœur suivait une voie différente : elle tenta de le séduire, dans le feu de ses seize ans. Elle le regardait de son regard froid et ironique se débattre dans des sentiments dont il se croyait à tout jamais protégé. Il n'y eut entre eux rien que de platonique ; ma sœur n'envisagea pas un instant de profiter de la faiblesse de cet athlète de Dieu, et il n'alla pas jusqu'à jeter son froc aux orties. Comme il était honnête et sincère, il confia ses tourments à ma mère qui s'affola ; il fut convenu qu'il ne reviendrait plus au Paradou et se contenterait de nous recevoir en confession, dans ses meubles et à des dates sagement espacées. Vint à son départ, quelques mois plus tard, un autre capelan, celui-là maigre, laid, inoffensif.

On pourrait croire que je haïssais ma famille : il n'en est rien. J'avais simplement établi une telle distance avec ses membres que je me permettais de les juger, sans acrimonie mais sans complaisance, à leur juste valeur. Aujourd'hui que le temps a donné du flou aux caractères et aux événements, je ne me reproche rien. Cette distance n'était ni de ma volonté ni de mon fait.

* *
*

Je croyais le Paradou inhabité ; il ne l'est pas.

La canicule et le mauvais état de mon cœur m'avaient fait hésiter au moment de m'engager sur le chemin de muletier montant au château. Ma voiture, rétive aux côtes prononcées et aux chemins difficiles, n'aurait pu m'y conduire sans risquer de s'arrêter à mi-parcours, bien que Dominique fût un excellent chauffeur.

L'herbe a envahi le chemin par où les hommes de la forêt nous faisaient livrer par des ânissiers[1] *les chargements de charbon de bois venu des forêts voisines ; ils le déversaient, après le compte des bastes par Lajorie, dans le hangar situé à l'extrémité du périmètre de la forge, au-dessus du bocard aujourd'hui ravagé par les crues.*

La pente est raide. En me retournant, j'ai fait un petit signe à Dominique, inquiet de ma témérité. Mon ombrelle refermée, je m'en sers comme d'une canne pour pénétrer dans le tunnel de verdures sauvages, au sol pavé de scories brillantes et noires. Il reste de la dernière pluie d'orage des nacrures de lumière plaquées au flanc des parois de schiste roux dévorées par une verdure luxuriante. D'opulentes angéliques d'un blanc nuptial s'épanouissent en ombelles grasses sous les frênes, les saules, les chênes. À main gauche s'ouvrent des échappées sur l'orage de chaleur qui pèse sur la vallée paradisiaque. Ces terres pauvres ont parfois des densités de forêt vierge, des épaisseurs torrides de désert végétal

1. Ânissiers : conducteurs d'ânes, dans le langage du pays.

hanté par des fauves de légende. Sur la rive opposée de la Ganne, en aval du moulin de la Garennie qui appartenait jadis à ma famille, se trouve le rocher du Loup. Au sommet d'une cascade de pierraille et de rochers anguleux se dresse un éperon plat comme la main sur lequel, certains soirs, à la tombée de la nuit, venait se poster un vieux loup solitaire ; il signalait sa présence par une série de hurlements modulés dans lesquels semblait passer toute la détresse du monde ; il était inoffensif, si bien que les gens du pays s'en amusaient. Ce vestige de la sauvagerie ancestrale et des terreurs paysannes était devenu pour moi une sorte d'ami. Accompagnée de Pierre, armée d'un fusil pour me défendre le cas échéant, j'ai à plusieurs reprises, grimpant et rampant à quatre pattes, tenté d'approcher le fauve, mais il se dérobait toujours, et nous ne trouvions sur son observatoire que des chapelets de crottes moisies.

J'ai mis longtemps à parvenir sous les murs du château qu'ombragent encore des ramures d'ormes centenaires et d'ifs tourmentés. Le souffle me manque et mon cœur bat la breloque. Avant de m'engager plus avant, je m'assieds sur un fragment de linteau de fenêtre datant de la Renaissance.

La cour est déserte. Un chien efflanqué s'approche en remuant la queue, langue pendante entre ses dents jaunes, acquis, semble-t-il, à l'idée que je ne suis pas tout à fait étrangère à la demeure. Poules et dindons m'observent en revanche sans aménité.

Le château n'est pas abandonné, et cela éclaire ma nostalgie – je craignais d'accéder à une ruine. Une grosse femme aux cheveux raides et gras s'extrait du logement occupé jadis par Lajorie. Elle s'essuie les mains à son devantal, repousse d'un revers de poignet la mèche qui lui tombait sur l'œil et, s'avançant vers moi, m'apostrophe avec rudesse :

« On visite pas, madame. C'est une propriété privée. »

Elle a bien appris sa leçon. Je souris et me fais connaître. Son visage s'éclaire d'un sourire.

« Madame Séverine… Si je pouvais me douter…

– Je sais : j'ai bien changé. »

Malgré les années, elle se souvient de moi. Elle va chercher la clé, revient avec une grappe de marmots accrochée à ses jupes, m'apprend qu'elle m'a connue jadis. C'est la fille des Magnoux, nos métayers qui exploitaient un beau vignoble du plateau, sur les riches espaces de Fontenille, autour de cette fontaine fameuse qui ne tarit jamais, fume en hiver, avec un climat de légende autour d'elle et, sur le rocher qui lui sert de conque, une inscription singulière que personne n'a jamais déchiffrée, sinon pour convenir qu'elle doit « remonter aux Gaulois ».

Soudain elle se retourne, lance ce nom qui pénètre en moi comme une liqueur à la fois brûlante et douce :

« Pierrou ! »

Avec son visage long et triste, ses cheveux coupés au bol, ses yeux minces et glauques, l'adolescent ne ressemble pourtant pas à mon Pierre à moi. Elle lui lance en patois :

« Tu vas accompagner la dame. Laisse-la voir ce qu'elle te demandera. C'est madame Séverine, l'ancienne propriétaire. »

Mon cicérone me regarde d'un œil intéressé. La tête penchée sur le côté, il essuie sa morve d'un revers de poignet. La clé grince dans la serrure, la porte du vestibule s'ouvre et le parfum du passé me saute aux narines. On peut oublier des paroles, des images, des personnages ; on n'oublie pas les parfums et les odeurs : ils sont comme la chair du souvenir.

* *
*

Des années plus tard, Pierre m'écrivait :

Je ne sais ce qui m'a pris. Comme on dit dans les romans, je suis tombé amoureux de toi dès que je t'ai vue. Amoureux ? C'est beaucoup dire. Je sentais un sentiment aigre-doux bouger en moi, très profond, intense. Aigre parce que je n'espérais pas attirer ton attention, mériter un regard, une parole ; doux parce que j'éprouvais de la joie à te voir presque tous les jours. Comprends-tu cela ?

J'avais du mal à le comprendre, mais je savais qu'il ne jouait pas avec ses sentiments. Il ajoutait :

Je n'ai jamais connu le désespoir parce que je suis resté longtemps à me dire qu'une telle ambition était absurde. Tu étais en moi comme une image de sainte.

M. Rousseau réapparut au Paradou à la date annoncée ; au cours des années qui suivirent notre première rencontre, il revint à plusieurs reprises, le plus souvent sans nécessité, si bien que je finis par avoir la certitude, et ma famille avec moi, que ses visites n'étaient pas motivées uniquement par les affaires. Il y avait chaque fois des cadeaux pour ma sœur et pour moi, que nous échangions suivant nos goûts. Il manifestait une certaine expectative dans ses démarches car j'étais trop jeune pour qu'il se déclarât, mais nous nous amusions de ces approches discrètes.

« Tiens, disait Emma, ton amoureux vient d'arriver. »

Je protestais :

« C'est de toi qu'il est amoureux. Il te couve des yeux. »

Elle était prête à me croire, et ses yeux pétillaient de plaisir et de fierté.

Il faut dire qu'il était beau, mon soupirant, et pas de cette beauté mièvre, affectée, des petits hobereaux du voisinage qui venaient papillonner au Paradou et nous emmenaient en promenade dans leur tilbury. Sa barbe soignée lui donnait l'air mâle et sérieux ; il avait la vue faible, mais, par coquetterie, il ne portait de lorgnons que lorsqu'il y était contraint. Il était toujours tiré à quatre épingles, avec sa redingote violette, ses pantalons crème à sous-pieds, ses souliers vernis, ses cravates aux pointes impertinentes. Il affectait une façon très particulière de marcher, sa canne sous le bras gauche, les mains dans le dos tenant son chapeau et ses gants, la tête légèrement penchée en avant comme pour observer l'endroit où il mettait ses pas.

Sylvain aimait nous surprendre dans nos jeux. D'un air détaché, il demandait à ma mère à quoi s'occupaient « ces demoiselles ». Il se mêlait volontiers à nos promenades, ne dédaignait pas de participer à des parties de barre ou de colin-maillard, mais il préférait les échecs, un jeu auquel il excellait.

Un dimanche d'automne, Sylvain nous surprit dans une occupation singulière. Accompagnées de Joséphine, nous avions rejoint, ma sœur et moi, un groupe d'enfants des cantines auxquels Pierre Chadeuil s'était mêlé, bien propre, le visage lavé de son enduit ordinaire au point qu'il me surprit agréablement avec ses traits pleins, ses pommettes rondes, colorées comme les reines des reinettes, et le feu liquide de son regard.

Ils s'ingéniaient à construire un four archaïque pour y effectuer une opération de fonte. La mine concassée et le charbon de bois qu'ils s'étaient procurés s'entassaient à proximité. Pierre dirigeait l'opération d'une voix autoritaire, qui baissa d'un ton lorsqu'il nous aperçut.

Pierre nourrissait ce projet depuis des mois. Il n'avait pas découvert cette technique empirique dans l'imposant *Manuel des maîtres de forge* ou dans l'*Encyclopédie* de Diderot, mais dans une gazette qui traînait chez le capitaine Mérillou et qui enseignait la construction de fours de campagne dans les armées impériales.

Il avait entouré une sole de terre battue d'un cercle de pierres destiné à délimiter le foyer. Il avait placé la mine dans un creuset rudimentaire en terre cuite posé sur une couche de charbon de bois où commençait à s'allumer la braise animée par deux soufflets faits de vieilles peaux et de tuyères de roseau terminées par des embouts d'argile enfoncés dans le charbon. Le foyer semblait vivre, palpiter au rythme de la soufflerie en jetant des bouquets d'étincelles bleuâtres. Sans cesser, par un mouvement alternatif des mains, d'animer les soufflets, il s'écria :

« Aux chalumeaux ! »

Trois garçons s'emparèrent de roseaux creux et se mirent à souffler dans le foyer à s'en faire péter les joues. Pierre criait :

« Encore ! N'arrêtez pas ! *Buffez* plus fort ! Ça commence à fondre... »

Il jeta une poignée de castine dans le creuset, touilla et reprit sa gymnastique manuelle. Nous le regardions, interloquées par cette opération, quand une voix d'homme dit derrière nous :

« Intéressant... Ingénieux... Cependant, les enfants, vous n'arriverez à rien. Vous ne fournissez pas la chaleur suffisante. »

Sylvain s'accroupit en relevant les basques de sa redingote, répétant :

« Ingénieux... Vraiment ingénieux... Vous avez tout prévu, même les pinces et le moule. Il représente quoi, ce moule ?

– Un cœur, bredouilla Pierre.

– Tu comptais l'offrir à ta bonne amie ? »

Sylvain expliqua que ce four était identique à ceux que construisaient les hommes vivant en Périgord aux premiers âges de la métallurgie et que des peuplades d'Afrique l'utilisaient encore de nos jours, mais la production de fer nécessitait une installation plus perfectionnée.

« J'avais l'intention de fabriquer du bronze, dit Pierre, mais nous n'avons ni le cuivre ni l'étain nécessaires.

– Qu'à cela ne tienne ! Je m'en procurerai à mon prochain voyage et nous ferons une tentative, mais je ne réponds de rien. »

Il demanda le nom du « maître fondeur », s'informa de son emploi à la forge, de son degré d'instruction.

« Petit-valet, goujat de chargeur… dit-il. Tu mérites un meilleur poste. Je vais parler de toi à ton patron. Je ne comprends pas que l'on t'ait maintenu dans cet emploi subalterne. »

Le lendemain, lorsque mon père descendit à la forge, il prit le petit-valet par l'oreille et, par jeu, fit sa grosse voix :

« Alors, mon drôle, qu'est-ce que j'apprends ? Tu montes ta propre forge après avoir volé de la mine ! Tu veux faire concurrence à ton patron ? »

Pierre répondit que c'était une simple distraction.

« Drôle de distraction ! Tu sais que je pourrais dire deux mots de ta conduite aux gendarmes ? Mais je me contenterai d'en parler à M. Lajorie. Puisque tu es si fort, on tâchera de faire de toi un fondeur ou un chargeur. Qu'est-ce que tu préfères ? »

Le petit drôle chancela d'émotion, incapable d'exprimer sa gratitude. Il m'avoua plus tard qu'il avait vécu ce jour-là une des plus intenses émotions de sa vie : tout tournait autour de lui, la terre se dérobait sous ses pieds. Les ouvriers, croyant à une nouvelle semonce, échangeaient des sourires amusés. Pierre parvint à articuler.

« Fondeur, monsieur.

– C'est bien, dit mon père. Tu finiras ton service de la semaine. À partir de lundi, tu seras ouvrier fondeur et tâche de ne pas te laisser monter sur les pieds par ces rustres qui te regardent en rigolant. Tu gagneras deux francs par jour pour commencer, salaire-nourri si ça te chante. À la fin du mois, si tu fais l'affaire, tu recevras quelques gratifications en nature. Allez ! campo pour aujourd'hui ! Va annoncer la nouvelle à ton père. »

Au cours de l'hiver suivant, je me levais parfois au milieu de la nuit pour regarder tourner la forge.

Nous nous couchions le repas du soir achevé, si bien que les heures consacrées au sommeil étaient interminables. J'enfilais mon manteau et me plantais devant la fenêtre entrebâillée sur le noir et le froid. Par temps de neige, le spectacle était hallucinant. Les flammes à la base du haut-fourneau illuminaient de lueurs fauves le versant opposé de la vallée où les girandoles et les dentelles de givre prenaient des teintes de sang. Les nuages bas en étaient colorés comme d'une lueur d'incendie. La cloche annonçant les charges, le grondement de la forge, les appels des ouvriers bourdonnaient autour du monstre qui, à heures fixes, lâchait ses borborygmes en évacuant sa coulée ardente.

Pierre était souvent de service de nuit, ce qui lui laissait des journées libres pour aller travailler avec son père, pêcher ou braconner. J'imaginais ce jeune athlète, chemise échancrée sur une poitrine rouge et suante, levant la dame qui obturait le creuset, guettant le bon aloi des ruisseaux de lave en fusion, maniant les pinces pour guider la fonte encore molle vers le four à puddler où un autre athlète, armé d'un ringard, brassait le liquide ardent, le nourrissait de fortes giclées d'oxygène pour produire du fer.

Le jour, lorsqu'ils me voyaient paraître, souvent seule, parfois accompagnée de mon père, les ouvriers souriaient en touchant le bord de leur chapeau ou de leur bonnet. Ils disaient entre eux : « Elle est pas fière, la petite demoiselle, et le travail semble l'intéresser. » Ils ne se trompaient pas : la forge me fascinait. En revanche, je n'aimais guère les manifestations d'autorité de Lajorie. Il jouait volontiers les gardes-chiourme, menait, au propre comme au figuré, ses esclaves à la baguette – il portait en permanence sous le bras ou à la main un jonc à poignée de métal qui faisait impression. En traversant la halle de coulée, je jetais un regard furtif dans la bédière : c'était, dans le noir et le chaud, un espace consacré au repos des ouvriers, entre deux services ; ils y dormaient sur des paillasses d'herbe jetées à même le sol ou cassaient la croûte dans la lumière d'une chandelle ; l'espace d'un instant, je pouvais apercevoir le flanc d'une bouteille, la lame d'un couteau, des visages lourds de fatigue.

« Dommage, me confia un jour Lajorie, que vous ne soyez pas un garçon. M. Laveyssade n'aurait pas de soucis à se faire pour sa succession. »

Une femme maître de forge ? L'idée n'avait rien d'incongru et il y avait des précédents. On avait même connu un prêtre qui dirigeait sans orémus une forge des environs.

« Alors, Pierre, ce four à couler le bronze ? »

Je m'étais, non sans réticence, enhardie à lui poser la question. Il rougit, baissa les yeux, gratta le sol de la pointe de son sabot comme pour y creuser le trou où disparaître. C'était la première fois que nous nous trouvions seuls, face à face, moi montant de la rivière avec une bassine de linge sur la tête, lui son baluchon à l'épaule, regagnant ses foyers pour la nuit.

Il répondit simplement :

« Il fonctionne, demoiselle.

– J'aimerais le voir.

– Quand il vous plaira.

– Ce cœur que vous vouliez fondre, vous l'avez réussi ? »

Il paraissait surpris du voussoiement. Je n'ai jamais pu, sauf à de rares exceptions, me résoudre à tutoyer nos ouvriers. Question de respect. Il ouvrit son baluchon, en sortit une pièce de bronze qu'il me tendit : le cœur était large comme la main, d'une belle teinte d'eau verte, soigneusement ébarbé et poli, avec un léger brasillement dans le soleil.

« Il a des défauts, s'excusa-t-il. Quelques soufflures. C'était pourtant mon dixième essai, mais je crois que j'arriverai à une meilleure qualité avec une température suffisante.

– Vous le portez toujours avec vous ? Comme un porte-bonheur, peut-être, ou pour en faire cadeau à votre petite amie ?

– Je n'ai pas de petite amie, répondit-il d'un ton un peu rogue. Si ça peut vous faire plaisir, il est à vous. »

C'était presque un dialogue d'amoureux transis dans un roman rustique de George Sand. Je me sentais d'autant plus hardie que je le devinais embarrassé, impatient de rompre cet entretien qu'il avait souhaité.

« C'est le deuxième cadeau que vous me faites, dis-je en le fixant d'un regard effronté. Ce laitier qui me ressemble, vous vous souvenez ?

– Pardonnez-moi ! dit-il abruptement.

– Vous pardonner ? Et pourquoi ? »

J'acceptai le cadeau et, sortant de ma ceinture un petit livre de poèmes de Lamartine, *Les Méditations,* je le lui tendis. Il le regarda, éberlué, rougit violemment.

« Eh bien ! dis-je, prenez ! Je sais que vous aimez la lecture. Ce sera mon cadeau à moi. Il est de bien peu de valeur comparé au vôtre. »

Ce livre m'avait été offert par M. Rousseau pour mes seize ans, noué d'une faveur rose et accompagné d'un mot de tendresse sucrée.

« Ce sera mon deuxième livre, dit-il. Le premier, c'est *Atala,* de M. de Chateaubriand, que j'ai lu au moins dix fois. »

Le cœur de bronze gît quelque part au fond de la rivière, dans un nid de sable doré. Personne ne le retrouvera jamais. C'est là que je l'ai jeté un jour de colère.

* *
*

Au début, ces leçons m'amusaient. Je tenais le tambour pour un instrument de nature inférieure, destiné à anesthésier les troupes pour les envoyer au massacre. Des gravures, des images d'Épinal, relataient l'histoire de ces petits tambours coiffés d'un bicorne trop grand pour eux, marchant d'une allure martiale, la bouche ouverte sur un chant funèbre. Plus tard, en écoutant Joséphine et son vieux fou de père faire rouler dans la nuit leurs batteries oppressantes, je me sentais gagnée par une sorte de narcose, réminiscence des premiers âges de l'humanité, quand les grands singes précédant l'*Homo sapiens* découvraient l'obsession des sons qui deviennent musique pour serrer le cœur.

Antoine Mérillou harnachait sa fille comme une jument, ajustait en travers de sa poitrine le baudrier passé à la pierre de craie, réglait l'inclinaison de la caisse sur le ventre puis, après avoir pris lui-même le second tambour, lançait d'une voix militaire :

« Tu vas me faire une dizaine de *papa maman* en tâchant de ne pas toucher le cercle avec tes baguettes. Nom de Dieu ! tu les tiens comme ta cuillère et ta fourchette ! Celle de droite à pleine main ! Celle de gauche à quatre doigts ! Allons, frappe ! *Pa pa... ma man...* Continue. Tape bien au centre de la peau. »

Le sérieux de la novice... Bien droite, figée dans un impeccable garde-à-vous, elle se mordait le coin des lèvres, le regard fixé sur la peau de chèvre noircie en son milieu. Mérillou grondait :

« C'est ça que tu appelles un roulement ? Faut pas laisser au tambour le temps de respirer. Il se fatigue pas, lui ! Reprends : deux coups de la main droite pour un de la main gauche, en continu. »

Je m'esclaffais. Le capitaine Mérillou me foudroyait du regard.

« Ça t'amuse, bécasse ? Attends un peu que je t'apprenne. C'est autre chose que le piano ou le violon ! Essaie de faire marcher une armée derrière un violon ! »

Il avait fallu plusieurs semaines pour que la pauvre Joséphine parvînt à donner à ses roulements un son uni, sourd, profond comme le battement d'un cœur. Mérillou hochait gravement la tête en suçant son brûle-gueule ou la pointe roussie de ses moustaches.

Joséphine avait été plusieurs mois avant de s'initier aux mystères du *fla,* du *fla pata,* du *ra pata fla fla* à trois coups et de cette merveille : le *ta da fla fla :* un coup de la droite, un de la gauche et deux *fla* pour suivre. Elle s'y perdait et parfois, lorsque la colère du maître se déchaînait sur ses tresses, elle se mettait à pleurer.

« Niguedouille ! tonnait Mérillou. Tu croyais peut-être que c'était aussi facile que de faire du tricot ? Si ça t'emmerde, tu peux arrêter. On suspend le tambour, et fini la musique ! »

Elle s'obstinait, torchait ses yeux d'un revers de poignet, reniflait en reprenant le garde-à-vous, l'œil noyé dans le bleu de la vallée : un tambour ne regarde jamais son instrument mais l'ennemi, là-bas, en face, sur lequel il faut marcher en enjambant les cadavres. Un silence, un *ra ta fla fla* manqué peuvent faire trébucher une compagnie de grenadiers.

« C'est bien, ma drôle ! Serre un peu tes passants de cuir. Ça sonne mou. Ça fait tambour mouillé. Reprends : *ra ta fla fla... ta da fla fla* ! Tu tiens le bon bout ! »

Joséphine, sans se décourager, passa au *ra de trois* (deux coups de la main droite, un de la main gauche). À l'accéléré cela faisait un ronflement continu : *raaaaa.*

Elle trébuchait parfois sur le *ra de quatre,* et Mérillou enflait sa voix :

« Reprends, tonnerre de Dieu ! Fais-moi un beau *fla,* un coup fort, un coup faible en même temps. Un *fla* et trois coups de baguette pour bien appuyer. C'est pourtant pas sorcier ! Si tu avais entendu la Marguerite… »

Il avait connu cette cantinière dans une bataille près de Salamanque. Elle jouait du tambour à ses heures, pour rigoler. Le petit tambour mort au cours d'une charge, elle l'avait remplacé de son plein gré. Une belle garce, avec, disait-il, un cul et des mamelles comme ça ! Il en parlait avec une grosse tendresse.

Il y eut le *ra de cinq,* puis de *six,* puis de *sept* : un *fla* et six coups de baguettes, pour les marches lentes. Là, Joséphine faisait des prodiges.

Après quelques mois de ce régime d'enfer, Joséphine pouvait rythmer une marche impériale comme un vétéran de la musique de la Garde. Elle avait, me confiait Mérillou, « l'oreille militaire ».

« C'est pas demain la veille, ma drôle, disait-il, que tu pourras sonner le *Rigaudon* ou le *Réveil en campagne.* Pour le *Ratésauté* ou le *Coup anglais,* compte pas sur moi pour te les apprendre. Faut passer par les écoles et j'ai pas les moyens de t'y envoyer. »

Un matin, après un an et demi de leçons, il la récompensa d'un verre de gnôle et lui dit :

« Ma drôle, si le Petit Tondu t'entendait il serait fier de toi et te donnerait la médaille. Il s'y connaissait, le bougre ! Fallait pas essayer de lui faire prendre des vessies pour des lanternes. Je l'ai entendu engueuler un tambour de la Garde qui avait raté son *Réveil en campagne* pour n'avoir pas dormi de trois nuits. Quand il reviendra, nous irons lui donner sérénade aux Tuileries. »

Mérillou détestait la prêtraille et ne croyait pas plus au bon Dieu qu'aux Bourbons. Les deux tambours, certains soirs, au moment de l'angélus, sonnaient sur les hauteurs de l'Homme-Mort. Ce concert donnait de la sauvagerie au crépuscule. On entendait ce roulement d'orage à des kilomètres à la ronde. La gloire de l'Empire, à travers ces roulements funèbres, semblait rendre son dernier soupir, mais elle avait la vie dure, et ce n'est pas ce demi-solde de Mérillou qui s'apprêterait à célébrer ses obsèques. Il avait son idée là-dessus : l'Empereur allait surgir des brumes de Sainte-Hélène et tout repartirait comme avant, dans le frémissement des aigles.

Une chanson me parvenait parfois lorsque j'escaladais les marches de terre et de roc précédant l'Homme-Mort. J'arrivais et on me disait : « Assieds-toi. On va t'en pousser une. » Je m'asseyais dans l'herbe, sous les sureaux qui, à la belle saison, bourdonnaient jusqu'au cœur d'insectes suceurs de pollen, avec parfois le zinzin d'une cigale qui s'était trompée de province et de soleil.

« Qu'est-ce que tu veux qu'on te chante, petite ? » me disait Mérillou.

Je connaissais son répertoire ; il n'était ni varié ni abondant. Ces chansons étaient toutes dédiées à l'Empire ; depuis leur avènement, les Bourbons les avaient interdites, mais le capitaine Mérillou s'en foutait. Il en connaissait une dizaine, la plupart de Béranger ; il les chantait dans les veillées ou sur la fin des repas de fenaison, de dépiquage ou de vendanges. Il pouvait vous servir d'un trait dix couplets et autant de refrains, avec entre eux une gorgée de vin. Joséphine les avait apprises en énoisant, les soirs d'hiver, et les chantait sans y attacher malice et sans faire taire son maillet.

Je demandais *L'Égyptienne* ou *Il n'est pas mort,* qui se chantait sur l'air des *Trois couleurs.* Ils se plantaient devant moi, côte à côte, et se mettaient à chanter d'une voix qui rappelait davantage celle des pastours appelant leurs ouailles que celles des grandes scènes :

À moi, soldat, à vous, gens de village,
Depuis huit ans on dit : « Votre Empereur
A dans une île achevé son naufrage.
Il dort en paix sous un saule pleureur. »
Nous sourions à la triste nouvelle.
Ô Dieu puissant qui le créa si fort,
Toi qui d'en haut l'as couvert de ton aile,
N'est-il pas vrai, mon Dieu, qu'il n'est pas mort ?

Sa chanson terminée, Mérillou s'asseyait près de moi, passait un bras sur mon épaule et me disait d'une voix pleine d'un gravier d'émotion :

« Faut pas croire, petite, tout ce qu'on raconte sur l'Empereur au jour d'aujourd'hui. Ma main à couper qu'il n'est pas mort ! On le verra un jour rappliquer, les mains dans le dos, son chapeau sur l'œil, un peu décati (parbleu, à soixante ans...), mais l'œil vif et la voix brusque. Ce jour-là, tu ne me verras plus dans le pays ! Je suis prêt à le suivre où il voudra, le temps qu'il faudra. S'il me trouve trop racorni, je lui en voudrai pas… »

Dans les veillées ou les repas de fin de travaux champêtres, il s'en trouvait pour tenter de lui clouer le bec et lui ôter ses illusions. Il les faisait taire de quelques coups de gueule qui mettaient les rieurs de son côté. On bâillait un peu, en revanche, quand il jouait les prophètes ou racontait ses sempiternels récits de bataille que tous connaissaient sur le bout des doigts :

« Un jour, les gars, sur la Moskova, les Ruskofs… »

J'étais trop jeune et trop *nescie,* trop innocente, pour m'intéresser à la politique, mais, si les discussions qui se tenaient au château, autour du cigare et des liqueurs, me laissaient indifférente, je me laissais volontiers emporter par le lyrisme sauvage du capitaine Mérillou, ardent comme une coulée de fonte brute.

Joséphine n'était pas vraiment jolie, mais elle se parait d'une sorte de charme tenant à sa carnation de Sarrasine et à son allure de chèvre des montagnes. Elle n'abusait jamais de ses attraits auprès des garçons lorsqu'elle allait faire ses emplettes à Saint-Saturnin ou descendait musarder à la forge dans l'espoir de m'y rencontrer.

Une fois par mois, Antoine Mérillou se rendait à Thiviers pour y toucher sa maigre solde et prouver aux autorités qu'il n'avait pas levé le pied et ne s'était pas remarié. Chaque fois, c'était l'esclandre prémédité. Pour se mettre en condition, il vidait deux ou trois chopines sur une table d'auberge, y ajoutait deux verres de gnôle, et vogue la galère ! Il entrait en zigzaguant, comme la foudre, chez le préposé, tapait du poing sur le comptoir et commençait sa litanie : ces « putains de Bourbons », cette « canaille de Polignac », cet « enfant de salaud de Charles »… On le laissait chanter sa chanson qui amusait la galerie. Tant qu'il n'en venait pas aux voies de fait, on se gardait d'alerter la maréchaussée. En repartant, il baissait sa culotte à pont-levis, souvenir râpé des campagnes impériales, et pissait contre la porte du préposé. On le laissait courir : c'était une manière d'idiot de village, personnage sacré dans nos campagnes, comme chez les peuplades primitives.

Où il exagérait, Mérillou, c'était au cours des *votes,* ces fêtes de village où il se rendait avec sa fille pendue à ses basques, qui le retenait d'une main ferme mais impuissante lorsqu'il humait le fumet irrésistible des cabarets. Malgré la modicité de ses ressources, il ne lésinait pas sur la bouteille. Le soir, sa fille le ramenait chez eux ivre mort, et ils dormaient souvent dans les fossés.

Il n'eut qu'à de rares reprises affaire aux cognes.

Un jour de vote à Hautefort, alors que le vin lui avait tapé sur la cocarde, il avait traversé la foule en arborant un bouquet de rubans tricolores et en chantant *Les Deux Grenadiers* devant la gendarmerie. On lui avait mis la main au collet, mais il avait fait un tel raffut qu'on avait renoncé à le mettre au clou.

À la vote de Plazac, peu de temps après, il avait sorti son couteau et s'était jeté sur un drôle qui, pour répondre à un pari, avait commencé à dévorer une volaille vivante. Ce coup-là, on l'avait mené au brigadier et mis à l'ombre pour quelques heures. Mérillou, cœur de loup ; Mérillou, cœur tendre…

Sa colère qui, cette fois-ci, ne devait rien à la bouteille, atteignit son paroxysme le jour où, de retour à sa cabane après sa visite au préposé de Thiviers, il trouva sa fille en larmes dans ses vêtements déchirés. Il dut la menacer et la frapper pour qu'elle consentît à expliquer qui l'avait mise dans cet état, et pourquoi.

Ce jour-là, mon frère Alban avait fêté son anniversaire en invitant au Paradou quelques hobereaux des environs, fils, comme lui, de maîtres de forge.

Le repas terminé, ayant bu plus que de raison, ils s'étaient donné un peu d'exercice en faisant galoper leurs chevaux sur une *prade* non encore fauchée concédée à des métayers. Ils l'avaient tellement piétinée qu'elle présentait un aspect désolé, comme après le passage d'une tornade. Poujade, le métayer, surgit, accompagné de son fils, fusil au poing. C'était un brave homme, assez accommodant d'ordinaire, mais auquel il ne fallait pas échauffer les oreilles. Il interpella les joyeux drilles et les mit en joue.

« Mes amis, décréta Alban, nous allons tirer les oreilles de ces rustres et les faire galoper ! »

Ils piquèrent des deux en hurlant sur les pauvres bougres qui n'eurent d'autre recours que de décamper. Les cavaliers les poursuivirent en les flagellant de leurs cravaches. Ils entrèrent à la suite du métayer et de son fils dans la cour de la ferme, jouant à disperser la volaille dans un nuage de plumes et de duvet. Ils tuèrent quelques poules et quelques oies, blessèrent le chien et brisèrent une patte du cochon.

« Rendez les armes, croquants ! s'écria l'un d'eux, et criez "Vive le roi !" J'ai quelques grammes de plomb à votre service. »

Il tira de ses fontes un pistolet chargé à balle et fit mine de viser le chien qui boitillait en geignant, quand une détonation partit de la fenêtre de la cuisine. Joséphine en sortit d'un pas assuré, tenant en main le fusil qu'elle avait arraché à Poujade et dont le canon fumait encore. Le garçon qui avait proféré des injonctions lâcha son arme et porta la main à son épaule avant de basculer sur sa selle.

« C'est un avertissement ! s'écria Joséphine. Il me reste une autre balle. Avis aux amateurs ! Alban, dis à tes complices de se retirer, sinon je vise plus bas.

– Salope ! Putain ! Bonapartiste ! s'écria Alban. Tu auras bientôt de mes nouvelles. »

Les cavaliers firent retraite sans insister.

« Eh bé… dit le métayer en se grattant la barbe, nous voilà dans de beaux draps ! Tu as blessé un fils du maître de forge de Jumilhac, un Montastier…

– Ils étaient dans leur tort, dit Joséphine. Vous risquez rien, Poujade. C'est eux qui devront vous dédommager, et m'est avis que ça va leur coûter cher. Ils auront affaire aux gendarmes. »

Ce ne sont pas les gendarmes qui se présentèrent à l'Homme-Mort un peu plus tard, mais Alban et ses complices. Joséphine à peine de retour avec un panier de cresson, ils surgirent de derrière les sureaux.

« Alors, la drôlesse, dit Alban, on ne fait plus la fière ! Tu as failli tuer notre ami Montastier. Son père est une vieille connaissance du préfet. Tu n'y coupes pas de la prison. En attendant… »

Ils se rapprochèrent en cercle serré. Elle les attendait avec le gourdin noueux de son père. Alban évita le premier coup qui meurtrit l'épaule de son voisin.

« En avant, les amis ! s'écria Alban. La pucelle est à nous ! »

Joséphine n'était pas de force à leur opposer une longue résistance. Elle eut beau crier, se débattre, ils la renversèrent. Elle vit danser au-dessus d'elle des visages haineux, rouges de colère et de convoitise, des sourires de loups. Ils retroussèrent ses jupes, lui arrachèrent son corsage.

« Messieurs, dit Alban, à moi l'honneur ! Tenez-la ferme ! »

Joséphine devait me confier quelques jours plus tard :

« J'ignore ce qui s'est passé ensuite, mais je n'ai aucune peine à l'imaginer : ils ont dû me violer à tour de rôle, mais je ne sentais rien. J'étais comme en train de planer dans un ciel d'orage, avec des éclairs plein ma tête. Quand je me suis réveillée, le ventre me faisait mal et il y avait du sang sur mes cuisses. Après… »

Après, ce fut la colère de Mérillou. Un jaillissement de lave suivi d'un calme glacé et d'une résolution.

« Suis-moi, petite. Nous allons au château. Je prends mon fusil. Prends le tien. On va dire deux mots aux Laveyssade et, si la parole suffit pas, nous ferons parler la poudre. »

Elle ne se fit pas prier pour le suivre.

C'était nuit tombée. La vallée était calme, la forge étant en sommeil. Poujade était déjà passé pour présenter ses doléances car, lorsque je revins de ma promenade à cheval, une discussion orageuse faisait trembler les vitres du salon. Ce soir-là, je sautai le dîner, me contentant d'une soupe et d'une tranche de pain. Céline me servit elle-même en m'informant de l'« affaire ». Je vis passer dans le couloir, blême et chancelant dans la clarté des chandelles, un Alban qui portait des traces de coups sur le visage, mon père l'ayant flagellé avec la badine de Lajorie. Il passa sans me regarder et monta précipitamment s'enfermer dans sa chambre.

« Il vaut mieux que tu ailles te coucher, toi aussi, dit ma mère. D'ailleurs personne ne dînera ce soir. Ne va pas embrasser ton père. Il est en colère contre tout le monde. »

Environ une demi-heure plus tard, Mérillou et Joséphine surgissaient au château et se plantaient au milieu de la cour, l'arme au poing. J'entendis Mérillou rugir :

« Montre-toi, Laveyssade ! J'ai deux mots à te dire ! »

Il repoussa d'un coup de crosse le chien qui menaçait de lui mordre les mollets en grognant.

« Toi, sale cabot, ferme ta gueule ! »

Comme personne ne répondait, il haussa le ton :

« Laveyssade, tonnerre de Dieu ! tu vas te montrer avant que je tire ? Salaud de négrier ! Fumier ! »

La porte s'ouvrit lentement sur Lajorie.

« Qu'est-ce qui t'arrive, Mérillou ?

– Va chercher ton patron.

– Il est couché.

– Eh bien ! foutre ! dis-lui qu'il se lève, et son brigand de fils avec lui, sinon ça va péter !

– Reviens demain. On te recevra.

– C'est pas demain que j'aurai des choses à dire. C'est maintenant.

– Mon maître dort.

– Alors, on va le réveiller. Joséphine, la fenêtre du premier, à gauche. Vise bien ! »

La détonation nous fit reculer, ma sœur et moi. Des échos d'orage roulaient dans la vallée, et une odeur de poudre montait jusqu'à nous. Tenu en joue par Mérillou, Lajorie n'avait pas bougé, tandis que Joséphine rechargeait son arme à la baguette avec une dextérité militaire. Quelques instants plus tard, mon père surgissait, sa chemise de nuit débordant du pantalon.

« Eh bien ! Mérillou, qu'est-ce qui se passe ? Tu es devenu fou ou tu as trop bu ?

– Ni l'un ni l'autre. Malgré les apparences, je suis très calme. Je pourrais te tuer de sang-froid et sans remords, mais je préférerais que ce soit ton fils.

– Qu'est-ce qu'il a encore fait, nom de Dieu ? Lajorie, va le chercher. Qu'il descende immédiatement. »

Lajorie revint quelques secondes plus tard, poussant devant lui une sorte d'ectoplasme.

« Ah ! te voilà, chenapan, hurla Mérillou. Tu dois savoir ce qui m'amène, avec ma fille et mon fusil ? »

Alban fut pitoyable. J'entendais sa voix aiguë et plaintive jurer qu'il n'avait rien fait de mal, qu'il avait bu avec quelques compagnons et qu'il s'était un peu amusé avec Joséphine. Il n'y avait pas de quoi en faire un drame.

Là, Mérillou ne se contint plus :

« Pas de quoi en faire un drame ! Vous vous y êtes mis à tous pour violer ma fille et tu voudrais peut-être que je te remercie pour l'amusement ! Brigand ! Il y a une heure, si je t'avais tenu à la pointe de mon fusil, j'aurais fait sauter ta sale gueule ! »

Mon père se fit expliquer en quoi avait consisté l'« amusement ». Je le vis se tasser sur lui-même, les mains sur son visage, comme s'il avait reçu une balle en plein front.

« Ta fille ! Ta fille ! ripostait Alban d'une voix suraiguë. Elle a blessé un de mes amis. Elle aurait pu le tuer.

– Elle aurait dû ! rugit Mérillou. Ça aurait débarrassé le pays d'une vermine de ton espèce. »

Mon père intervint d'une voix pâteuse :

« Écoute, Mérillou. Mon fils a mal agi, j'en conviens, mais il faut le comprendre : il avait bu. C'était son anniversaire. Toi-même, quand tu as ton pompon…

– Je fais pas de mal au pauvre monde, moi ! J'ai jamais violé une innocente ! »

Mon père eut un mot malheureux : il parla de le dédommager. La riposte fusa :

« Mon cul ! Tu peux garder tes dédommagements. Qu'est-ce que tu pourrais bien me proposer, bandit ? Que ton salaud de fils épouse ma Joséphine ? J'en veux pas de cette ordure, et ma fille encore moins. Pas vrai, ma belette ? »

Joséphine hocha gravement la tête.

« Peut-être que tu me proposerais de l'argent pour oublier l'affront ? Tu peux te le mettre où je pense. J'ai tué beaucoup de pauvres bougres, dans mon existence, sur les champs de bataille, mais pas une seule fois, tu m'entends, Laveyssade, j'ai failli à l'honneur, sinon, ma médaille, je l'aurais foutue aux orties ! »

Il se retira de quelques pas, fit signe à sa fille de l'imiter, et s'écria :

« Une dernière décharge dans les fenêtres ! En joue ! Feu ! »

Je me retirai en entraînant Emma. La décharge vola jusqu'au plafond où elle laissa des griffures. Quand nos agresseurs se furent retirés, un silence de fin de monde suivit l'algarade. J'entendis hurler le vieux loup sur son observatoire, puis le murmure de la Ganne sur le barrage. C'était une belle nuit d'été, alourdie d'odeurs sauvages, avec, au-dessus des collines, un ciel de Galilée.

L'affaire n'eut pas de suite. Mon père dédommagea grassement le métayer, lui concéda l'exploitation d'une petite *garrissade,* un taillis de chênes où il pourrait faire son bois d'hiver et récolter quelques paniers de truffes. Quant aux joyeux lurons, ils ne mirent plus jamais les pieds au Paradou ni en aucun coin de notre domaine. Mérillou et Joséphine cuvèrent leur affront avec honneur, mais durant une semaine, chaque nuit, autour du château, nous entendîmes une provocante aubade de tambours qui réveillait la maisonnée et les gens de la réserve.

Le souvenir de cet anniversaire, Alban devait le garder longtemps en lui comme une blessure infligée à son amour-propre. J'ignore si les regrets et les remords l'effleurèrent : il avait le don de convertir une mauvaise action en expression d'une justice immanente assortie de justifications oiseuses, auxquelles il faisait mine de croire. Les bonnes raisons qui ne s'imposaient pas d'emblée à lui pour justifier ses comportements, il les puisait dans le passé et, comme il avait une excellente mémoire, il découvrait toujours quelque élément favorable à sa défense. Mon père n'était pas dupe de cette imposture : il pouvait admettre que le métayer Poujade, qui avait été surpris à tricher sur le partage des récoltes, méritait une leçon ; il convenait que Mérillou empoisonnait l'esprit de la commune par ses propos et ses actes, mais il contestait à quiconque, fût-ce aux membres de sa famille, le droit d'exercer la justice à sa place.

À la suite d'un conseil de famille auquel je fus conviée et qui s'érigea en tribunal, Alban fut condamné à un mois de travaux forcés, ce qui n'était pas cher payé. Mon père lui laissa le choix entre travailler à la forge comme goujat ou aider un charbonnier qui venait de perdre un de ses fils, avec obligation de livrer une fois par semaine le combustible à la forge dans le charreton d'un ânissier. Alban, ayant choisi la seconde proposition, partit dès le lendemain, à pied, avec promesse de ne pas se dérober à sa peine. Le maître charbonnier, Jarjanette, Corrézien des environs de Juillac, sorte de demi-sauvage, avait reçu consigne de le surveiller afin qu'il ne prenne pas la clé des champs et ne « tire pas la flemme », comme on dit chez nous.

L'affaire aurait pu avoir des conséquences graves : elle retomba d'elle-même dans un huis clos qui, sans effacer les rancœurs, surtout de la part de Mérillou et de sa fille, ne suscita aucune rumeur en dehors des limites de la commune. Comme il n'y avait pas eu de témoin à charge étranger, le silence fut rigoureusement observé de part et d'autre, si bien que ni le préfet ni les autorités judiciaires n'en furent jamais saisis.

* *
*

M. Rousseau avait attendu mes seize ans pour se déclarer. Ce n'était qu'une formalité : depuis belle lune, son manège, ses approches assorties de menus présents ne trompaient personne, surtout pas moi. Son comportement me divertissait et je n'y attachais guère d'importance ; lorsqu'il était de retour à Ruelle, je méditais gravement sur une perspective qui se précisait à chacune de ses visites. Ma sœur me tint rigueur de ce choix que je n'avais rien fait pour orienter et encourager.

Personne n'était dupe des manœuvres de M. Rousseau pour me circonvenir. En parlant de lui on me disait : « ton amoureux » et on me demandait d'un ton badin quand j'allais faire « manger noces » ; je répondais d'un sourire pincé et d'un haussement d'épaules. Autant la présence de mon prétendant me divertissait, autant l'idée de quitter le Paradou m'effrayait. J'étais trop attachée à cette terre, à cette forge, à ces gens que je côtoyais chaque jour, ouvriers, paysans ou les deux ensemble, pour envisager un exil.

La perspective du mariage en elle-même me laissait indifférente. Mes sentiments étaient loin de répondre à ceux de M. Rousseau qui, d'ailleurs, ne s'inscrivaient qu'en filigrane dans nos rapports, limités à des propos et à des attitudes de pure convenance ; je trouvais même que, pour un prétendant avoué, il manquait de chaleur, mais c'était le fait d'une nature pondérée. D'ailleurs, je n'avais que seize ans et ne connaissais rien du monde ; il me devait cette délicatesse dans ses démarches.

J'attendais avec curiosité mais sans impatience qu'il m'adressât une lettre ou un poème dans le style des écrivains de l'époque, mais il n'avait ni l'esprit, ni le cœur, ni même le talent pour ce genre d'exercice. Ses goûts en matière de lecture allaient à des ouvrages techniques dont il apportait toujours quelques exemplaires dans ses bagages, ce que je savais pour les avoir visités secrètement.

À tout prendre, si, à cette époque de ma vie, j'avais eu à me choisir un compagnon, c'est vers Pierre que j'eusse porté mon choix. Il n'y avait rien d'artificiel, de guindé, dans son attitude à mon égard. J'aimais qu'il m'aimât et me le manifestât par des présents dérisoires. M'eût-il avoué sa passion, je n'eusse pu, quoique flattée, y répondre : la demoiselle du château n'épouse pas un ouvrier de la forge. J'imaginais le scandale…

J'allais avoir seize ans. Le pays tout entier basculait doucement dans un automne qui tricotait dès le matin ses écharpes de brume légère et, le soir, de lourdes couettes de laine grasse, dans l'odeur des figues mûres et du moût de raisin répandu autour des maisons et des futailles lavées. Le temps des vendanges approchait. À Saint-Saturnin, comme dans tous les hameaux et métairies des environs, résonnait le choc des herminettes et des marteaux ; on rapetassait les futailles, on les ceinturait de *vîmes*[1] neuves encore gluantes de sève, on les calfatait à la bourre de chanvre et à la colle de farine. Des cuviers solennels trônaient au seuil des granges, au milieu d'une cour de barriques, de barricots, de comportes radoubés de frais. L'été chaud et sans orage avait alourdi les ceps de grappes opulentes dont se gavaient déjà les chiens errants, les grives et les étourneaux. Ces vignes d'avant le phylloxéra produisaient un vin rude, franc, âpre mais savoureux, sans que l'on eût à enrichir le sol de ces engrais sophistiqués qu'on emploie aujourd'hui ; je le préférais au bordeaux ou au bergerac de la table familiale.

Les métayers faisaient demander au château si la « petite demoiselle Séverine » et quelques ouvriers de la forge pouvaient aider aux vendanges. Je ne me suis jamais dérobée. Ce travail me procurait une sorte de joie païenne ; je vendangeais en compagnie de Virgile et de l'abbé Delille, ce poète à la mode qui parlait si bien des petits bonheurs et des grandes joies de la vie aux champs.

Je revêtais une vieille jupe et un corsage défraîchi, coiffais un chapeau de paille tressé par nos servantes

1. *Vîmes : liens d'osier.*

et je partais dans l'aube brumeuse et odorante. Légère comme une quenouillée de lin, je portais à mon bras le panier dans lequel je ramènerais pour ma famille quelques belles grappes.

Un matin que j'aidais aux vendanges à la métairie de Fontenille, je me trouvai dans le même rang que Pierre ; il était d'humeur radieuse et bavardait comme un pinson. Quand il trouvait une belle grappe, il en détachait le plus gros grain et me le tendait du bout des doigts ; j'acceptais la becquée et il était au comble du bonheur.

Nous étions presque les seuls à parler français ; il en profitait pour me rendre compte des livres que je lui prêtais. Ce matin-là, il me parla du roman de Lamartine, *Graziella.* La diversité, l'immensité du monde l'émerveillaient ; chaque ouvrage lui faisait découvrir des Amériques ; plus que les sentiments des personnages, qu'il jugeait excessifs et affectés, les descriptions des paysages, de la vie rurale et urbaine, des péripéties, retenaient son attention. Livre après livre, il se créait un univers où il évoluait les yeux ouverts, sans autre ambition que d'en recevoir sa part de merveilles. Les voyages qu'il devait effectuer plus tard à travers le pays l'ont souvent déçu ; jamais ses errances imaginaires dans des pays lointains.

Il me dit ce matin-là, avec le tutoiement dont nous étions convenus :

« Si j'étais riche et que je puisse voyager, tu accepterais de m'accompagner ? »

Je haussai les épaules. Pierre était pauvre ; il ne possédait pas un sou vaillant, ne gardant de son salaire que ce qui était nécessaire à l'achat de vêtements de travail. La richesse ne coulait que dans ses rêves, mais à plein bord.

J'étais occupée à détacher une grappe disputée aux guêpes et aux frelons lorsque, en face de moi, les feuilles épaisses et déjà frangées d'un liséré brun s'écartèrent comme un rideau de théâtre, laissant apparaître, à la place de Pierre, la barbiche de M. Rousseau.

« Nous ne vous attendions que demain, dis-je maladroitement.

– Me reprocheriez-vous d'être en avance ?

– Vous m'avez surprise, mais je suis contente de vous voir.

– À la bonne heure ! »

J'accompagnai son mouvement quand il se leva ; il fit le tour du rang pour s'avancer vers moi avec ses souliers fins déjà maculés de terre molle. Il prit mon panier pour le porter au cuvier.

« Vous n'êtes pas en tenue, dis-je. Vous risquez d'abîmer vos souliers et votre habit. »

Il s'arrêta à mi-chemin pour souffler.

« Qui est ce jeune paysan avec qui vous parliez ? N'est-ce pas lui qui s'était mis en tête de fondre du bronze comme les Gaulois ?

– C'est bien lui, et il y est parvenu. Vous l'y avez aidé, d'ailleurs.

– C'est donc un ami pour vous. Un confident, peut-être ? »

Je ne répondis pas ; il garda le silence jusqu'à la maison de vigne, simple cabane de pierres sèches ombragée d'une treille muscate. Le cuvier, dans lequel s'activait le bouleur armé d'une dame taillée dans une grosse branche, était placé sous un figuier qui laissait pendre ses fruits éclatés dans un bourdonnement d'insectes.

On vendangeait, ce jour-là, chez les Vergnes, des Bordes, une métairie de modestes dimensions qui produisait un fameux tabac avant que l'Empereur en eût interdit la culture, et servait de modèle pour la qualité de ses produits et la gentillesse de ses gens, sans susciter de jalousie, ces paysans-là n'étant pas fiers, et « bien de service », comme on dit. On se proposait volontiers chez eux pour les grands travaux, certain d'y être traité comme étant de la famille. Rien ne manquait aux repas qui accompagnaient les travaux, et les simples *mérindés,* toujours abondants, donnaient du cœur à l'ouvrage.

Il y eut un joyeux ballet de chapeaux de soleil au fond des rangs, contre le bleu des falaises qui indiquaient, au-dessus de la vallée, le cours de la Ganne. Je vis surgir la Marguerite de chez Vergne, femme de tempérament rude et jovial, entourée d'un groupe de drôlesses qui pépiaient dans son sillage comme un vol de passereaux.

Elle avait fait préparer un meillassou, ce gâteau de maïs à chair profonde que je préfère à toutes les autres pâtisseries. Dans deux grands paniers recouverts d'un linge, elle portait l'omelette aux oignons, les tourtous, dont je n'ai pas oublié le moelleux fondant, un chapelet de fromages de chèvre, des cabécous de brebis et quelques gousses d'ail pour frotter la croûte du pain frais… Une des filles portait sous le bras l'énorme tourte sortie la veille du four ; une autre, des bouteilles contenant un vin léger que les hommes commençaient à lorgner.

Les travailleurs s'assirent sur l'herbe, dans l'odeur sucrée des figues écrasées et du moût, dans le ronflement des guêpes et des frelons. La chaleur de l'après-midi montait de la vallée à lourdes vagues mêlées à quelques crêtes de fraîcheur annonçant l'approche du soir.

La Marguerite étendit un sac de jute sur le sol et invita Sylvain à s'y asseoir, ce qu'il fit sans manière. C'était une nature simple et facile qui me le faisait estimer avant que de l'aimer. Bien que ce ne fût pas « son heure » et qu'il n'eût accompli aucun effort – il était monté jusqu'à nous en voiture –, il accepta une tranche de meillassou encore tiède que je lui tendis du bout de mes doigts poisseux du suc de la vigne ; il but même un gobelet de vin en laissant son regard flotter sur la vallée où la lumière commençait à se faner. Il me dit :

« Séverine… »

Simplement « Séverine », sans le « demoiselle ». « Eh bien ! me dis-je, nous y voilà ; il va me la faire, sa déclaration ! » J'étais impatiente de l'entendre, mais sans la moindre émotion. J'avais préparé la parade : j'étais trop jeune encore pour songer au mariage ; qu'il attende un peu ; rien ne pressait… Il garda le silence, comme s'il hésitait à se décider, puis il posa sa main sur la mienne et me dit en évitant d'affronter mon regard :

« J'ignore si vous l'avez deviné, mais j'ai l'intention de demander votre main à M. votre père. Je ne sais rien non plus de vos sentiments à mon égard, mais cela fait des années que je souhaite faire de vous mon épouse. Vous me connaissez assez pour savoir que vous ne serez pas malheureuse. J'ai une bonne situation et un peu de bien... »

Trop sûre de moi, je n'avais pas prévu ce qui suivit : au lieu de la réponse que j'avais méditée, je me mis à trembler, ma tête tournant dans un vide vertigineux. Je lui tendis le *croustet* de pain frotté d'ail et revêtu de lard que j'avais préparé pour moi. Il repoussa ma main : l'ail lui était insupportable.

J'allais imiter les vendangeurs qui commençaient à se lever autour de nous, mais il me retint : il attendait, avec un sourire anxieux, une réponse que j'étais incapable de lui donner. Je finis pourtant par articuler :

« Lâchez-moi : on nous regarde ! »

Il m'avoua plus tard qu'il avait cru à un refus de ma part et que, tout le reste de la journée, il avait été « très malheureux ». En cet instant, s'il avait exigé une réponse, j'aurais répondu non.

Je venais de constater que Pierre avait disparu.

Au Paradou, l'heure venue de passer à table, je n'avais pas faim. Mon mérindé pesait à mon estomac comme un sac de plomb, et les propos de Sylvain menaient dans ma tête une ronde hallucinante. Je ne pouvais m'empêcher de songer que Pierre devait se morfondre aux Mirandes ou dans la bédière de la forge. J'avais beau me répéter que je ne lui devais rien, que j'étais libre de choisir mes rapports et mes décisions, je portais malgré moi le remords d'une petite trahison.

Pour ne pas paraître bouder notre invité, je m'installai dans un fauteuil, le dos tourné à la table, assez près du lustre pour lire le feuilleton de *L'Écho de Vésone.*

À table, on parlait politique. Sylvain avait, comme disait mon père, « mis de l'eau dans son vin », un vin qui avait été rouge et qui, sous le poids des événements, virait au rosé. J'avais admiré le républicain qu'il avait été, le socialiste même que les Trois Glorieuses avaient profondément remué. Comment aurais-je pu oublier le récit qu'il nous avait fait, avec un feu de passion, de cette révolution parisienne qui avait mis bas le régime anachronique des Bourbons ? Il avait cru à l'instauration d'un régime démocratique ; on l'avait berné : Orléans s'asseyait sur le trône encore chaud de Charles X qui méditait dans son exil, en Angleterre, les sanctions de l'histoire.

À l'amertume de sa déception s'était mêlé un sentiment de confortable tiédeur : Louis-Philippe, brave homme de souverain, avait renoncé aux ordonnances qui privaient les Français de leurs dernières libertés ; il conservait à la nation ses trois couleurs ; la machine de l'État tournait rond ; la bourgeoisie libérale l'entourait d'un murmure flatteur ; son légendaire parapluie semblait protéger le pays des orages… Les centaines de victimes de l'insurrection lyonnaise des canuts – ces « nouveaux barbares », comme l'écrivait Saint-Marc de Girardin – n'étaient pas oubliées ; le feu avait repris dans cette ville où de nouvelles émeutes avaient fait trois cents morts. À Paris comme en province, l'idéal républicain, que l'on avait cru étouffé par les féroces répressions de Guizot et de Thiers, s'étendait comme le feu souterrain mûrissant sous les volcans. L'affaire de la rue Transnonain, à Paris, avait tourné au massacre des innocents ; les « partageux » s'étaient retrouvés au cimetière ou en prison. L'exécuteur féroce de cette journée semblait être Thomas-Robert Bugeaud, maréchal de camp, qui possédait un important domaine agricole non loin du Paradou, dans les parages d'Excideuil. L'ordre régnait.

« Bugeaud ! s'écriait mon père. Voilà l'homme qu'il nous fallait. La canaille républicaine ne lui fait pas peur, à lui. Dieu m'est témoin que je n'ai jamais aimé Napoléon, mais ils étaient faits pour s'entendre. L'autorité, mon cher Rousseau, il n'y a que ça… »

Mon père avait connu Bugeaud alors que le futur maréchal de France végétait dans la misère en compagnie de ses sœurs. Après les Cent-Jours, réduit à la demi-solde, il s'était efforcé de faire du domaine de la Durantie, entourant un château délabré, un modèle d'exploitation agricole. Mon père avait tenté de séduire une de ses sœurs, la blonde Hélène, mais elle l'avait éconduit.

Avec une certaine délicatesse, qui n'était pourtant pas dans sa nature, mon père évitait de rappeler à son invité son passé républicain, qu'il tenait pour une erreur de jeunesse. En revanche, il ne perdait aucune occasion, avec un sentiment de fatuité et un sourire indulgent, de le pousser dans ses nouvelles opinions, histoire de tester leur sincérité. Il l'avait mis en garde contre ses foucades, mais M. Rousseau était un naïf de type généreux ; il se coulait mollement, sans enthousiasme, dans le moule de conformisme qu'on lui imposait en faisant mine de le lui proposer.

« Les républicains, affirmait-il, n'ont pas dit leur dernier mot. Il suffit de lire *Le Populaire*, d'Étienne Cabet, ce communiste, et *Le National*, d'Armand Carrel, cet insurgé permanent, pour se convaincre que le feu couve sous la cendre.

– Qu'attendent Guizot et Thiers, rugissait mon père, pour les envoyer à Cayenne ? Une nouvelle insurrection ? S'ils savaient tenir l'opinion comme je tiens mes ouvriers et mes paysans… »

Je murmurai entre mes dents : « Tes esclaves… »

« Ce n'est pas si simple, répondit M. Rousseau. Il faudrait en revenir au roi Charles et à ses ordonnances.

– Eh bien ! foutre ! qu'on y revienne !

– Au prix de nouveaux troubles ?

– Nous avons Bugeaud pour les réprimer. »

J'étais écœurée et trop lasse pour en entendre davantage. Cette journée de vendanges, qui serait suivie de quelques autres dans les jours à venir, m'avait brisée. J'abandonnai le feuilleton dont je n'avais lu que le résumé des chapitres précédents, pour monter dans ma chambre.

M. Rousseau ne me quittait pas des yeux.

Le lendemain, avant mon départ pour Fontenille dans le matin brumeux, mon chapeau de soleil sur la tête et mon panier au bras, ma mère me rejoignit dans la cour alors que je montais sur ma mule, le hameau étant assez éloigné du Paradou.

« M. Rousseau t'a-t-il parlé, hier ? »

Je hochai la tête.

« Et que lui as-tu répondu ?

– Rien.

– Tu n'es pas d'accord ?

– Je suis trop jeune. Il faut que je réfléchisse.

– Réfléchis, mais dis-toi que c'est un bon parti et que tu risques de ne pas en trouver de meilleur. »

J'échappai à ces banalités en montant sur ma mule. Plantée au milieu de la cour, près du puits, ma mère me regarda partir avec un sourire triste sur son visage couleur de vieille chandelle. Cette insistance m'excédait. La veille, au moment de me coucher, j'avais rembarré ma sœur qui souhaitait elle aussi connaître ma réaction. Pourquoi M. Rousseau n'avait-il pas porté son choix sur elle ? Emma n'eût pas fait tant de façons.

Ni ce jour-là ni les jours qui suivirent je ne vis Pierre. Je n'osai m'informer de son absence, mais j'en devinais sans peine la raison. J'aurais aimé lui dire… mais quoi au juste ? Je l'ignorais mais je ne me faisais guère d'illusion : je devrais en passer par le souhait de M. Rousseau et la volonté de mes parents qui semblaient acquis à cette union. J'imagine la tempête que mon refus aurait soulevée si, en plus, j'avais osé leur avouer mon attachement pour Pierre, ce bouseux, ce croquant… Je n'avais alors qu'une idée imprécise de la nature de cet attachement qui n'était pas de l'amour mais un peu plus que de l'amitié. Il était devenu très beau avec ses six pieds de haut, sa poitrine épanouie, son visage rond et dur coiffé d'une tignasse d'un blond tirant sur le roux. C'était le plus grand – excepté Estève – et le plus beau de tous les ouvriers de la forge, pour la plupart des malingres au visage osseux barré de grosses moustaches, toujours mal rasés, dont je me demandais comment ils pouvaient assumer sans faillir leur travail infernal.

* *
*

Je n'ignorais pas que les trois filles de Chambaraud, boulanger à Saint-Saturnin, étaient peu ou prou amoureuses de Pierre et ne le lui envoyaient pas dire.

Anaïs, Chloé, Esther étaient trois grandes Allasses, des triplées qui, en naissant, avaient fait le malheur de leur mère morte d'épuisement, et le bonheur de leur père qui ne pouvait plus supporter cette mégère.

Serrée entre deux maisons cossues, la maisonnette étriquée de la boulangerie avait du mal à contenir le boulanger et sa boulangère qui devaient bien peser chacun leurs deux cents livres et passaient leur temps à s'écraser les orteils, se frottant au passage de l'épaule et du ventre en échangeant des coups de gueule. À la mort de sa femme, le boulanger avait décidé de s'enfermer dans l'antre qui lui servait de four et de boutique et de laisser aux triplées devenues grandes le reste de la masure : une chambre exiguë et un bout de grenier disputé aux chats.

Elles étaient inséparables comme peuvent l'être de vraies triplées. Leurs babillages puis leurs querelles animaient le bourg ; elles passaient le plus clair de leur temps sous le Sully de la place, quand elles n'étaient pas occupées à tenir la boutique à tour de rôle, à livrer le pain dans une voiturette attelée d'un bourricot, aux villages des environs, à descendre chez le meunier de la Garennie prendre livraison de farine, à fagoter ou à préparer les repas. Le boulanger se contentait de faire tourner le four ; peu à peu, solitaire en dépit des apparences, il virait à l'ivrogne, sans excès comme sans éclats. On le voyait passer deux fois par jour, le ventre en avant, son tablier noué à la taille, bras et épaules nus, sa pipe au bec, en direction du cabaret où l'attendait la même petite table, prolongement de son univers familial, avec la même chopine de vin de Sorges. On le croyait malheureux ; il était au comble du bonheur : délivré de la tyrannie de son épouse et n'ambitionnant rien d'autre que la liberté de boire et de fumer à sa guise.

Anaïs, Chloé, Esther…

On les voyait descendre plusieurs fois par semaine à la forge, distante du bourg d'un peu plus de deux kilomètres. Côte à côte, balançant les bras et les hanches au rythme de la marche, leur jupe s'enroulant autour de leur taille, elles ressemblaient à ces *baraquaines,* vendeuses de vannerie et voleuses de poules qui faisaient parfois halte près du bourg. C'était déjà un spectacle. Avec leur démarche et leurs regards provocants, leurs cheveux libres, leurs chansons, on eût dit qu'elles partaient à la conquête du monde.

Esther, la plus délurée, avait une imagination diabolique pour faire tourner la tête des hommes. Lorsqu'on apprenait que l'un d'eux était victime d'une facétie, on savait à qui l'attribuer. Cela pouvait tourner au drame, comme lorsque Chloé, à l'instigation d'Esther, avait donné rendez-vous à un ouvrier un peu simple, en faisant en sorte que sa femme fût prévenue.

Lorsqu'on les voyait paraître derrière les aulnes, sur la rive de la Ganne opposée à la forge, on devinait qu'il y avait de l'amusement dans l'air. Du temps que les trois luronnes restaient plantées là, les ouvriers n'avaient guère le cœur à travailler. Pour un oui, pour un non ils s'absentaient, descendaient vers la rivière. Elles criaient :

« Ohé ! Germain, tu traverses ?

– Et pourquoi je traverserais ?

– Je veux te montrer quelque chose.

– Et quoi ?

– Mon cul ! »

Elles proposaient parfois des rendez-vous illusoires.

« Dis, Léo, tu viendras ce soir sous le rocher de la Garennie ?

– Et pourquoi j'irais sous le rocher de la Garennie ?

– Pour te faire sentir ma fleur, tiens ! Et gratis en plus. »

Ou bien :

« Oh ! Joseph ! Tu me feras danser au bal, samedi soir ?

– Je pourrai pas. Ma femme est malade.

– Elle est pas malade pour aller traîner avec son galant dans les *grèzes* de Fontenille !

– Taisez-vous, mauvaises filles !

– Surveille ta femme, cornard ! »

Et autres finesses de langage...

Ces trois bringues avaient fait scandale un jour d'été où elles s'étaient baignées nues, sans crainte des serpents, en face de la forge. Lajorie, furieux, était allé brandir sa badine au nez du boulanger ; Chambaraud lui avait répondu entre deux vins qu'il s'en foutait, que ses filles étaient libres de faire ce que bon leur semblait :

« Écoute, Lajorie, tu n'es pas marié, alors tu sais pas de quoi tu parles. Moi je te le dis : il est plus facile de garder un cent de chèvres qu'une fille de seize ans. Et moi, des filles, j'en ai trois ! »

Le samedi soir, lorsqu'elles pouvaient soutirer quelque argent à Chambaraud pour aller danser, la soirée prenait tout de suite de l'animation. Ces trois bringues buvaient sec, parlaient haut, dansaient en balançant leur ventre comme des moukères, se battaient avec d'autres filles qui n'acceptaient pas qu'on vienne leur souffler leur cavalier. La soirée se terminait souvent par une rixe générale, surtout lorsqu'il s'y mêlait une de ces querelles inexpiables entre clochers ; les jeunes de Saint-Saturnin et ceux de Savignac, depuis des générations et pour d'obscures raisons, ne perdaient aucune occasion de s'y affronter jusqu'au sang. Cela fleurait la vendetta.

Informée de ces événements par nos petites servantes, je m'en délectais.

Pierre n'avait pas échappé aux manœuvres des trois garces mais n'avait cédé qu'une fois, peu après mon mariage, par dépit sans doute. C'était avec Chloé qui, pour une fois, n'agissait pas sur les conseils pervers d'Esther. Informé des méfaits du trio diabolique, il avait pris ses précautions et guetté la donzelle. Elle était arrivée la première au rendez-vous ; il en avait conclu qu'elle n'était pas accompagnée et l'avait entraînée au fond d'un carré de trèfle rouge de plus de trois pieds de haut, sous les basses branches d'un orme. Ils s'étaient donné du bon temps durant un mois, mais, lorsqu'elle avait parlé mariage, il avait prudemment battu en retraite. Chloé était une belle fille, robuste et saine, mais insatiable et d'une telle vulgarité qu'il en avait vite été dégoûté. Poussé par ses filles, Chambaraud était venu lui jouer du violon pour le persuader qu'il ferait un beau mariage ; de la trompette ensuite, devant la résistance du garçon, pour le menacer. Il avait suffi à Pierre de jeter à la moustache du boulanger les noms de quelques drôles qui s'étaient, avant lui, partagé les faveurs de la belle pour se débarrasser du bonhomme.

Ce matin-là, sur la route de Fontenille, je fis un crochet par chez Chadeuil, aux Mirandes, pour m'informer des raisons qui motivaient l'absence de Pierre à la forge et ailleurs.

C'était la plus pauvre de nos métairies. Le père Chadeuil était un sauvage réfractaire à tout progrès, que les admonestations de mon père n'avaient pu convaincre d'adopter les méthodes modernes de mise en valeur prônées par Bugeaud, devenu depuis peu député de la Dordogne ; il s'enfermait dans sa misère comme pour y attendre la fin du monde mais sans se ménager, au point que ce diable d'homme, qui ressemblait à un croquant du temps des grandes révoltes, n'était plus qu'un paquet d'os et de nerfs, long et mince comme un échalas, avec un regard et une mâchoire de vieux loup.

Sa femme, Edmonde, qu'on appelait Monde, vint à ma rencontre. Elle était aussi grosse qu'il était maigre, aussi loquace qu'il était taciturne. Avec ça, vêtue comme un épouvantail. Il sortait de son corsage de petits cris qui me firent sursauter. Elle plongea les mains dans son *parpail,* en retira un oisillon tout neuf, d'un beau jaune canari, qui agitait ses petites pattes roses.

« Les pauvrets... me dit-elle. La mère canne a été enlevée par le renard. Alors c'est moi qui les couve. Cani... Cani... »

Pierre ? Je n'étais donc pas au courant ? Il était parti pour les forges de M. Festugière, à Gandumas, pour demander de l'embauche.

« Il ne supportait plus ce Lajorie qui était toujours dans son dos, à l'asticoter pour des riens. Il a demandé quelques jours de congé pour aller voir ailleurs. »

Je sentis mon sang se glacer : ce n'était pas à cause de Lajorie que Pierre quittait le Paradou, mais pour s'éloigner de moi.

« Finissez d'entrer, me dit Monde. Vous allez vendanger à Fontenille, je parie ? Une belle vigne qu'ils ont. Nous, on vendangera sans tralala. Avec nos trois rangs de vigne... »

J'entrai dans la masure en sautant par-dessus les flaques de fumier. Monde chassa les poules qui somnolaient sous la table avec le cochon et le chien, sortit du bahut de bois blanc un verre sale et une bouteille de riquiqui. La pièce unique puait la misère, la fiente, la fumée ; des toiles d'araignée pendaient aux courtines de serge couleur de moût ; un maigre feu palpitait sous le *toupi* où cuisait la soupe du cochon. La pièce était séparée de l'étable par une cloison de bois montant à mi-hauteur, avec des œilletons pour surveiller les bêtes. Je bus avec répulsion une gorgée aigrelette et montrai les paillasses réparties autour du lit à courtine, en demandant si Pierre couchait là.

« Non, demoiselle. Ça c'est les lits des drôles. Notre Pierre est un original. Il a une chambre pour lui tout seul. Venez voir : ça vaut le coup d'œil. »

Elle me précéda dans la cour en faisant ces « cani... cani... » à l'intention de ses pensionnaires qui devaient fienter entre ses mamelles car elle puait fort. Le séchoir à châtaignes, le *clédier,* était de l'autre côté, sous un pommier entièrement couvert de gui. J'y pénétrai en me baissant. Le local était exigu mais agréable et relativement propre, comparé à l'intérieur de la masure. Le lit fait au carré, inséré dans un cadre de bois, se composait de couvertures, les draps étant un luxe, avec, en guise d'oreiller, un gros bissac bourré d'herbe ; les murs étaient entièrement recouverts d'estampes et de portraits d'hommes célèbres, découpés dans des revues, occupés par des étagères chargées de laitiers noirs et verts et de quelques objets de bronze aux formes tourmentées ; une marmite éventrée servait de brasero.

« Quand je vous le disais que mon Pierre est un original ! glapit Monde. Il se plaît que là, le bougre ! »

Elle ouvrit une caisse de bois blanc contenant des livres que je lui avais prêtés et qui paraissaient rescapés d'un autodafé. Monde m'expliqua que le père Chadeuil, las de voir son fils perdre du temps et brûler de la chandelle pour lire ces *âneries* qui ne servaient à rien et lui donnaient des idées bizarres, les avait jetés au feu un jour de colère. Pierre avait protesté ; ils s'étaient battus ; Pierre avait réussi à sauver quelques volumes que le feu n'avait fait que lécher sur les bords : *Candide, Paul et Virginie, Graziella, Han d'Islande*...

« Pierre, dit Monde, j'ai jamais pu le comprendre. C'est pas un mauvais drôle, mais il a dans la tête des idées de grandeur. Mon mari est fatigué et nos drôles sont trop jeunes pour nous aider. J'aurais voulu qu'il reste avec nous à la ferme, mais c'est pas son affaire, à ce qu'il dit. Ces jours-ci, il est pas à prendre avec des pincettes. Il y aurait quelque fille là-dessous que ça m'étonnerait pas. »

Il y avait bien « quelque fille là-dessous ». Et cette fille, c'était moi.

Je priai instamment Monde de ne pas parler à Pierre de cette visite ; elle ne tint pas sa promesse, et Pierre me tint rigueur de ce qu'il appelait une « curiosité déplacée ». Quelque temps après mon mariage, je le rencontrai à la foire de Brantôme où Sylvain m'avait amenée pour me distraire. J'étais seule dans mon tilbury avec notre petite servante quand je le vis s'avancer vers moi, la pipe aux lèvres. Il m'invita à descendre de voiture, m'entraîna sous un tilleul et, assis sur un muret, me dit d'un ton désinvolte :

« J'ai failli t'écrire, mais c'était risquer de déclencher un drame au cas où cette lettre serait tombée en d'autres mains que les tiennes.

– M'écrire, Pierre ? Et pourquoi ? »

Il tapa le fourneau de sa pipe contre la pierre et la mit dans sa poche.

« T'écrire, oui : pour m'étonner que tu aies osé te présenter chez moi et entrer dans ma chambre sans ma permission. »

Je répliquai d'un ton ironique :

« Ta chambre, dis-tu ? Un séchoir à châtaignes… »

Nous avions pour ainsi dire sorti nos couteaux et nous nous affrontions en refusant de baisser les yeux.

« C'est une curiosité déplacée, dit-il sèchement. Tu n'avais rien à faire aux Mirandes. Je t'aurais pardonné si tu m'avais parlé de cette visite, mais il a fallu que ce soit ma mère. Elle n'a pas pu tenir sa langue. Tu as dû penser que nous vivions comme des sauvages. C'est encore vrai pour mes parents ; ça ne l'est plus pour moi : je vis ailleurs et je gagne des sous !

– J'en suis heureuse pour toi. Tu le mérites. Mais pourquoi tant de sévérité pour une bagatelle ? Il y a autre chose : tu as mal accepté mon mariage avec Sylvain. Tu étais jaloux, et tu l'es sûrement encore, sinon tu ne serais pas là, à me chercher une mauvaise querelle pour cette affaire qui remonte à plus d'un an. Tu ne peux rien me reprocher parce que je ne t'avais rien promis. »

Il en convint, baissa les yeux, reprit sa pipe.

« C'est vrai, Séverine. Je me suis inventé un tas de raisons absurdes pour te détester, mais je n'en ai pas trouvé une seule, ce qui a motivé ma colère, puis ma tristesse, mais, quand j'y pense, toi aussi tu es à plaindre : tu t'es mariée sans amour… »

L'indignation me fit monter le rouge aux joues.

« Sans amour ? Qu'en sais-tu ?

– Je le sais.

– Alors tu en sais plus que moi. Un comble ! »

Je soupirai, lui pris la main.

« Cette querelle est ridicule. Entre nous il n'y a rien eu et il ne pouvait rien y avoir, mais si je t'avais aimé j'aurais été capable de braver mes parents et de partir vivre avec toi.

– Mais tu ne m'aimais pas...

– Pas vraiment. Pas tout à fait. Un coup de tête de ma part aurait été une folie.

– Tu es bien la fille de Laveyssade ! Tu pèses tes sentiments comme une marchandise...

– Tu es odieux !

– Non : je suis lucide. Tout est clair entre nous, désormais. Adieu, Séverine. »

Sylvain, à son retour d'une promenade avec un attaché de préfecture, me trouva pâlotte.

« La chaleur et la fatigue du voyage, dis-je. Ce n'est rien. »

Je n'eus aucune peine à lui faire admettre cette raison : nous étions au cœur d'un de ces étés torrides qui sèchent les prairies comme des tapis-brosses. Sylvain ajouta en prenant les guides et en faisant claquer sa langue :

« ... Et puis la grossesse est toujours une source d'ennuis pour les femmes. »

II

La braise

J'AIMAIS CETTE TERRE des Charentes, mais elle ne me faisait pas oublier le Périgord.

Cet été, la campagne s'éveillait sous des ciels de plâtre derrière lesquels mûrissait la fournaise. Sur le coup de 10 heures, elle pesait déjà sur ce pays animé d'amples mouvements de terre riche, fatiguée par la canicule.

Sylvain avait loué à un adjoint au maire de Ruelle une maison de cinq pièces, proche de l'église au clocher bancal et du moulin sur la Touvre. De la terrasse d'où me chassait la première chaleur de la matinée mais où je me tenais dès le soir, je dominais un petit nid de jardin plein de roses trémières hautes et droites comme des cierges de communion, d'œillets d'Inde et de bégonias, cette espèce mise à la mode par M. Bégon, de Rochefort-sur-Mer, d'où Sylvain, qui s'y rendait souvent, avait ramené de la graine. Plus loin s'étalait, majestueuse et indolente, une Touvre encombrée d'herbes autour desquelles se pavanaient des escadres de cygnes et de canards.

Assourdis par la distance, les bruits de la forge me parvenaient comme une rumeur de bataille, avec parfois le coup de tonnerre d'un canon mis à l'épreuve. Leurs fûts énormes sortaient des immenses bâtiments de l'usine lacustre assise sur des courants d'eau séparés par des ponceaux de pierre. Sylvain travaillait dans un de ces bâtiments de pierre blanche, d'une architecture rigoureuse, au fronton orné d'ancres de marine, qui me faisaient rêver de voyages lointains, de grands vaisseaux aux ailes déployées cinglant vers les *isles du sucre*. Lorsque je lui rendais visite, je le trouvais affairé autour de puissantes machines à forer les canons de marine destinés à l'arsenal de Rochefort. Une main à ma taille, il prenait plaisir à me promener à travers les immenses ateliers, fier des regards admiratifs ou amusés des contremaîtres et des ouvriers ; il m'expliquait les processus de fabrication, consignés le soir sur le registre qui me tenait lieu de journal. Cette précaution l'amusait. Il disait :

« Bon sang ne saurait mentir. Tu es bien une Laveyssade, ma chérie. »

J'étais une Laveyssade. Née dans le bruit, l'odeur, le spectacle de la forge, j'en gardais et j'en ai gardé toute ma vie ou presque une passion viscérale, avec cette joie païenne qui devait accompagner les hommes aux premiers âges du fer.

« Je ne comprends pas ton père, me disait Sylvain. Il néglige le magnifique instrument qu'il possède. La routine semble avoir eu raison de lui. Dans ses installations, rien ou presque n'a changé ; il travaille comme travaillaient ses ancêtres. Je lui ai proposé des innovations. Il me répond chaque fois : “Après moi, le déluge !” »

Ce que Sylvain ignorait, c’est que la fortune héritée de ses anciens s’effritait inexorablement entre les mains de mon père. La famille vivait au jour le jour, ses ressources entamées pour les études d’Alban et d’Élie, ces songe-creux, ces fruits secs, mais surtout par l’intempérance du chef de famille.

Non seulement mon père n’avait pas renoncé à ses dispendieuses tournées dans les bordels de Périgueux ou chez sa belle veuve de Saint-Yrieix, sa dernière conquête, pas plus qu’aux agapes avec les représentants de l’autorité provinciale, mais, revenu au Paradou, il ne cessait de courir la gueuse, sa bourse toujours ouverte sur des libéralités ostentatoires.

Il avait frisé le scandale à la suite de ses rapports avec une des filles du boulanger, cette grande carnassière d’Anaïs.

J’ignore dans quelles circonstances ils s’étaient rencontrés, mais leurs rapports, pour relativement discrets qu’ils fussent, n’avaient pas échappé à la communauté, sans doute du fait de la fille, qui se vantait sans scrupule de ses bonnes fortunes. Avec mon père, elle avait subodoré le pactole et usait de tous ses charmes pour s’attacher durablement cette conquête.

Leur lieu de rendez-vous était une cabane à usage indéterminé, peut-être une ancienne maison de vigne, située sur la pente d’une colline dominant le moulin de la Garennie.

Peu après mon mariage, j’appris de notre servante, Mélie, qui m’avait accompagnée à Ruelle, le scandale qui venait d'éclater : Anaïs s'était fait faire un enfant ; elle ne cachait nullement sa grossesse, sans pour autant, par un reste de pudeur, dénoncer le coupable, dont personne ou presque n'ignorait l'identité. Mon père ergota, prétendant que la belle ne lui gardait pas l'exclusivité de ses faveurs, ce qui amena Chambaraud au Paradou, vêtu de son costume des dimanches, qui était celui de son mariage. Le boulanger ne voulait pas faire d'esclandre, mais il exigeait réparation. Une « réparation » qui coûta à mon père la vente d'une métairie. Ma mère prit si mal cette révélation qu'elle en tomba malade – de langueur, dirent les médecins...

Le scandale étouffé mais non oublié – chez nous, ce sont des événements que l'on n'oublie jamais –, je pensais que mon père allait se ranger, l'âge venant et la situation de son entreprise courant à la ruine, mais le démon n'avait pas dit son dernier mot. Ce diable d'homme laissa de nouveau libre cours à ses penchants, en prenant soin toutefois de ne pas s'engager à la légère dans des intrigues dangereuses.

C'est une aventure d'un autre genre qui l'attendait un soir, au retour d'une foire à Hautefort où il s'était rendu en compagnie d'un garçon de la réserve, un nommé Garrigou, lequel me raconta longtemps après cet incident qui avait failli tourner au drame.

Ils avaient vendu une couple de bœufs de labour et s'en retournaient à la tombée du jour, la bourse bien garnie, armés chacun d'un pistolet, la région étant infestée de brigands. Aux environs des Broussilloux, un violent orage les avait contraints à faire halte, le cheval refusant d'avancer dans la danse de la foudre qui crépitait autour de la carriole. À peu de distance du village, ils aperçurent une auberge aux fenêtres lisérées de lumière et allèrent frapper à l'huis. Le cheval bouchonné, une couverture jetée sur son échine, ils s'attablèrent pour dîner.

« C'était, me dit Garrigou, un véritable coupe-gorge. Nous n'étions pas les seuls clients : un groupe d'habitués battait la carte près de la cheminée. Une sorte de malitorne sale, crêpue et noire comme une *baraquaine,* nous servit une soupe qui n'était qu'un brouet de chien, avec un vin copieusement arrosé. »

Mon père ayant demandé autre chose que cet en-cas de mendiant, la fille lui fit signe qu'il faudrait payer le supplément. Il sortit imprudemment son portefeuille et aligna quelques billets sur la table. La servante tira d'un bahut un jambon entamé et une bouteille de bergerac.

« Nous avons poursuivi notre repas à la lumière d'un *chaleil* qui laissait tomber du plafond une lueur fumeuse et une odeur âcre, lorsque je remarquai un mouvement parmi les joueurs de cartes. Un personnage vêtu d'une blouse, coiffé d'un large chapeau, barbu comme un ermite, s'avançait vers nous en se curant les dents avec la pointe de son couteau. »

« Vous restez pour la nuit, dit-il. Nous avons une chambre garnie.

– Garnie de quoi ? dit mon père.

– De robes à ramages, de linge fin avec dessous de la chair fraîche.

– Merci, dit mon père. L'orage a cessé et nous allons reprendre la route.

– L'orage ? Il va durer toute la nuit. Je fais préparer la chambre. Vous paierez plus tard. »

Le barbu alla fermer la porte, mit la clé dans sa poche.

« Voilà… dit-il. Vous ne pouvez plus partir, mais vous ne le regretterez pas. »

Il lança au groupe des habitués :

« Simon, fais-nous un peu de musique ! Quinquette, va chercher la gnôle ! Nez-Noir, range les tables et les chaises dans le fond, qu'on puisse se dégourdir les jambes. Ginette, Minette, en piste ! Le bal va commencer. »

Mon père se leva pour prendre les pistolets dans les poches intérieures des manteaux de pluie : ils avaient disparu.

« J'ai cru prudent, dit le barbu d'un ton mielleux, de vous confisquer vos joujoux. Il aurait été dommage de gâter la soirée.

– Vous ignorez qui je suis ! s'écria mon père : Martin Laveyssade, maître de forge au Paradou !

– Très honoré, dit le barbu en s'inclinant, une main sur le cœur. Nous allons nous efforcer de distraire *Votre Honneur* de notre mieux. »

Il fit sauter d'un coup de pouce le bouchon d'une pinte de bois cerclée de fer, remplit de gnôle des gobelets et força ses hôtes, malgré leurs protestations, à boire avec lui.

« À la bonne heure ! s'exclama-t-il. Vous auriez eu tort de refuser de trinquer avec Burgou.

– Burgou ! s'écria mon père en recrachant sa gnôle. Le bandit Burgou ?

– C'est moi, *Monseigneur.* Sans vouloir vous offenser, je suis aussi connu que vous dans le pays, mais pas pour les mêmes raisons, il est vrai.

– Je vous dénoncerai aux gendarmes. Ils feront fermer votre auberge !

– Faites-le, mais demain nous serons loin et vos cognes ne nous retrouveront jamais. En revanche, je sais où vous trouver et vous risqueriez de gros ennuis... »

Au troisième verre de gnôle, mon père et Garrigou flottaient sur un nuage. Ils regardaient comme à travers un voile de gaze évoluer deux gaillards et deux filles qui troussaient haut leurs jupes pour danser l'*Aiga de rosa,* le *Pélélé* et le *Rifoufouté* au son de la vielle dont Simon jouait avec un certain talent.

Le suint des hommes se mêlait à l'odeur des femmes qui s'étaient inondées d'un parfum bon marché, si tenace qu'il effaçait les effluves de suie, de fumée et de cuisine. Garrigou, qui supportait l'alcool mieux que mon père, étant plus jeune, se disait : « Si nous cédons à l'ivresse nous sommes foutus. Ces gredins vont nous détrousser, nous serrer le kiki et nous jeter dans un ravin. » Il avait remarqué que seul Burgou tenait bon la rampe ; le bougre faisait semblant de boire en fumant dans sa pipe un gros tabac de contrebande. Il avait glissé les deux pistolets dans sa blouse.

« Dis, Burgou, fit Garrigou, c'est bien généreux à toi de faire boire gratis ta bande et tes invités, mais je te trouve bien sobre.

– Je suis sobre parce que je suis prudent.

– Dis plutôt que tu ne tiens pas la chopine et le verre de gnôle.

– À malin, malin et demi… Si tu t'imagines que je vais tomber dans le panneau… Tu ferais mieux de faire comme ton patron et de prendre un peu de bon temps au lieu de chercher comment jouer la fille de l'air. »

Mon père était entré dans la danse d'une allure incertaine et gambillait pesamment, faisant sauter sa chaîne de montre et les basques de son habit, poussant des hennissements en frappant le plancher du talon. Simon avait beau annoncer les danses nouvelles comme la *Varsovienne* ou la *Danse du Lébérou,* le ballet tournait à l'agitation simiesque et, pour tout dire, à la bacchanale, chaque danseur, chaque danseuse étant incapable de régler ses mouvements au rythme de la musique. Cette image de mon père, à travers le souvenir qu'en avait gardé Garrigou, me fascinait et m'écœurait ; aujourd'hui encore, où ma mémoire s'effrite, je la garde intacte, comme si j'avais été témoin de ces ébats.

« Tonnerre de Dieu ! s'écria Burgou, on crève de chaleur et ça pue le renard malade. Les filles, les gars, mettez-vous à l'aise. Toi aussi, Laveyssade, et toi, le valet ! »

« Le sang me virait au vinaigre, me dit Garrigou, quand j'ai vu votre père, sauf votre respect, vider un autre gobelet de tord-boyaux, défaire la cravate, tomber la veste et le gilet, tandis que Minette et Ginette lui sautaient sur les genoux. Je gardai un œil sur la redingote qui contenait le portefeuille, mais la turne était pleine d'un tel charivari qu'une truie n'y aurait pas retrouvé ses petits. »

« Simon, cria Burgou, un *méniguet* pour faire plaisir à ces dames ! »

La plainte geignarde de la vielle, son rythme lent et pesant accompagnaient l'effeuillement des deux hétaïres qui furent bientôt, précisa Garrigou, « aussi nues que la main ». La décence m'interdit de poursuivre ; d'ailleurs Garrigou lui-même n'évoquait cette orgie que par de discrètes circonlocutions.

« Toujours est-il, madame Séverine, que nous avons dû à grand-peine monter votre père jusqu'à l'étage. Le pauvre était ivre mort, troussé comme un chapon et il a dormi comme un bienheureux au paradis d'Allah. Moi, je suis resté dans la salle, mais, Dieu me pardonne, je me suis endormi sur la table. »

Lorsque Garrigou s'éveilla, l'orage avait cessé et l'auberge était vide. Il escalada l'échelle de meunier conduisant à l'étage, réveilla mon père qui ne se souvenait de rien et ignorait où il se trouvait. Des pistolets et du portefeuille, plus de trace ; le cheval et la carriole s'étaient envolés. La seule présence vivante était celle des rats qui se promenaient le long des plinthes, et le gros œil rouge de la dernière braise. Il *pluviotait* encore sur le pays noir où le jour avait du mal à paraître. La forêt d'alentour ployait sous la dernière averse.

« Nous avions l'impression, dit Garrigou, d'être abandonnés au bout du monde. Il ne nous restait plus qu'à prendre la route à pied. Nous devions nous arrêter souvent. Votre père, madame Séverine, n'était pas un fort marcheur et il avait de plus, ce matin, la tête lourde et l'estomac chaviré. Dans les parages de Saint-Martial-Laborie, sous le puy de Mongiaud, nous sommes tombés sur une pauvre métairie. La femme a accepté de nous tremper une soupe et d'y joindre le vin du chabrol. Le métayer nous a prêté un mauvais char à bancs attelé d'un mulet et nous sommes repartis pour le Paradou dans ce triste attelage, votre père ayant laissé sa montre en gage. Les brigands avaient oublié de la lui voler ! »

Mon père s'abstint de prévenir la maréchaussée, moins par crainte de la vengeance de Burgou qu'en raison d'une certitude : cela ne servirait à rien, la bande étant réputée insaisissable. Elle ne devait être arrêtée que quelques années plus tard et faire l'objet d'un procès en cour d'assises qui a défrayé la chronique durant des mois.

Dans les dernières semaines de ma grossesse, deux ans environ après mon mariage, alors que je venais d'entrer dans mes dix-huit ans, je décidai de supprimer les longues promenades. Celle que je faisais encore, en compagnie de notre servante Mariette, me conduisait en tilbury à trois ou quatre kilomètres du bourg de Ruelle, aux sources de la Touvre.

C'est, dans un large pli de colline, au milieu des prairies et des champs de maïs, un endroit idyllique. Sous les murs gris d'un four à chaux, une pente légère mène à une large et profonde source vauclusienne au débit constant. Je m'approchais du bord d'où se détachaient des roches plates qui s'étiraient au-dessus d'une vertigineuse profondeur d'eau noire et limpide, couverte par endroits d'herbes aquatiques. On affirmait que ce gouffre n'avait pas de fond. Sylvain, qui en savait davantage, éclaircit pour moi ce mystère : la Touvre, qui jaillissait à quelques pas en aval, dans un friselis de lumière et d'herbes, était le fruit du mariage de deux rivières du Périgord : le Bandiat et la Tardoire. J'imaginais ces noces souterraines, ces étreintes d'eaux vives, ces enlacements de muscles glacés dans le noir de la terre, cette lente et perpétuelle copulation de mollusques et, dans ce berceau profond, la naissance d'une eau nouvelle, toujours fraîche, toujours abondante malgré la rigueur des étés.

Sylvain s'absentait fréquemment, parfois plusieurs jours, pour aller chercher du charbon de bois dans la forêt de la Braconne où les forges s'alimentaient en combustible. Il refusait ma compagnie, moins en raison de ma grossesse que de la présence dans ces parages de brigands qui attaquaient les voyageurs solitaires. Des histoires effrayantes couraient le pays et faisaient frémir les femmes durant les veillées.

C'est au cours d'une de ces absences que Pierre, en dépit de ce qu'il m'avait annoncé à Brantôme, me donna de ses nouvelles. Sylvain, présent, eût ouvert la lettre, et je blêmis en imaginant ce qu'il aurait pu penser, dire et faire devant cette résurgence de ce qu'il tenait pour une amitié amoureuse, dont, bien qu'il en eût été informé lors des vendanges à Fontenille, il ne m'avait plus jamais soufflé mot.

Cette première lettre de Pierre, je l'ai conservée longtemps. Peut-être la retrouverai-je dans mes papiers de famille, si j'en avais le goût et le courage, mais je suis à cette époque de ma vie où la poussière du temps fait peur, où la moindre tentative de rangement rappelle une précaution *ante mortem*. À quoi bon, d'ailleurs, fouiller dans ce substrat familial, puisque les grandes lignes, à défaut des termes précis que Pierre employait dans cette lettre, sont restées dans ma mémoire, comme d'autres faits qui échappent miraculeusement à la dégradation du temps ?

Pierre n'avait fait aux forges de Gandumas, puis des Eyzies, que de brefs séjours mis à profit pour se perfectionner. Attiré par la renommée du domaine agricole de la Durantie, qui produisait vingt mille sacs de blé par an, disait-on, que Bugeaud avait quitté pour aller guerroyer en Afrique, il y avait séjourné le temps des grands travaux, peinant, mais pour un bon salaire ; il avait observé attentivement l'organisation et le fonctionnement de cette ferme où s'élaborait une race bovine limousine qui faisait l'admiration du pays. Tout un printemps, tout un été, il s'était embauché chez un patron tuilier de Saint-Pardoux-le-Neuf, en Creuse, passant d'un chantier à un autre, poussant jusque dans les terres grasses de l'Allier ; devenu chef de brigade d'une demi-douzaine d'ouvriers, il avait si bien su se faire apprécier que son patron avait souhaité le prendre pour gendre et associé. Pierre remercia, écarta cette offre alléchante, alla travailler comme scieur de long dans un chantier forestier, puis à la faïencerie de Thiviers avant de se retrouver dans un creux de pays, près de Juillac, en Corrèze, à faire du charbon de bois. La mort de son père l'avait ramené à la métairie des

Mirandes qu'il avait trouvée dans un état tellement pitoyable qu'il avait renoncé à s'y fixer.

Cette activité anarchique témoignait de la part de Pierre d'un désarroi auquel je n'étais pas étrangère. Il terminait sa lettre en me disant à peu près :

Je ne suis pas un homme de la terre. Ma voie est ailleurs. Elle a pris naissance à la forge ; elle doit m'y ramener. Le malheur, c'est que mon état de fortune ne m'ait pas permis d'entrer à l'École des mines de Saint-Étienne…

Il avait conclu un arrangement avec mon père : la métairie serait confiée à un journalier qui avait fait ses preuves et avait accepté de garder sa mère et ses frères et sœurs dont deux étaient en âge de travailler ou du moins de garder. Il terminait sa lettre en me confiant qu'il avait rassemblé un pécule suffisant pour aller chercher fortune en Amérique. Son courrier était posté de Fumel où l'on installait un complexe sidérurgique très important.

La conclusion de cette lettre m'assurait de ses « sentiments sincères ». Il ne donnait aucune adresse, si bien qu'il m'ôta le souci de lui répondre, ce que j'aurais fait de mauvaise grâce.

Cette lettre, sans un mot d'amitié ou d'affection, sans rien qui puisse inciter à lire entre les lignes, je la gardai entre mes mains comme un bloc de glace. J'étais partagée entre deux sentiments : ou cette lettre, dans sa sécheresse, trahissait de la détresse, ou elle avait pour intention de me narguer en me montrant que le petit goujat du Paradou faisait son chemin, sans moi et loin de moi.

Je faillis brûler cette liasse ; je ne l'ai pas fait et même, quelques jours plus tard, Sylvain la trouva sur son bureau. Après l'avoir lue, il me la rendit en me disant :

« C'est un brave garçon à ce qu'il semble. Il écrit un français impeccable et son orthographe est assez bonne pour un roturier. Mais sait-il vraiment ce qu'il souhaite ? S'il se présentait à Ruelle je pourrais lui trouver de l'embauche… »

Quelques jours plus tard, alors que l'automne essorait ses nuages sales au-dessus des Charentes, je quittai Ruelle pour le Paradou, ayant obtenu de Sylvain la permission d'accoucher dans ma famille. Je voyageai par petites étapes, en compagnie de Mariette.

En entrant en Périgord il me semblait que, peu à peu, bouffée par bouffée, je respirais plus profond un air plus riche et que toute ma personne prenait une autre dimension.

* *
*

L'odeur est là, vivante, tenace, inchangée. On peut débarrasser un logis de ses meubles, de ses revêtements, l'odeur des lieux persiste, comme si les murs en étaient imprégnés en profondeur.

L'odeur du Paradou, je la reconnaîtrais entre mille. Non qu'elle soit agréable. Au contraire. Au milieu du vestibule pavé de galets gris et bleus vernis par les semelles, avec des motifs en forme de cœur et d'étoile, je m'arrête et, les yeux clos, je la respire : c'est un mélange insolite de cuisine de campagne, de soupe froide, de fumée et, venant de la salle à manger et du salon, de celle, plus discrète, comme intime, des vieilles étoffes recouvrant les sièges et les tentures, avec une fragrance délicate de tabac. En contrepoint, légère comme une toile d'araignée, l'odeur de toutes les demeures abandonnées : celle des musées.

« La cuisine... » dit mon petit guide en reniflant sa gourme.

Un monstrueux tas de betteraves déborde de la souillarde comme un tas d'excréments. La grande table est toujours là, posée sur le sol dallé, brune, massive, inviolable comme ces dolmens qui surnagent sur les landes du plateau. Une place vide attire mon regard et me blesse le cœur : celle de la grande soupière en faïence de Thiviers où je puisais si souvent à la louche au retour de mes promenades un bouillon gras que je noyais d'une rasade de vin. Elle était, cette soupière, réceptacle d'une invocation permanente aux dieux lares, intarissable comme la source de la Touvre ; on y puisait sans relâche et elle ne se vidait jamais, alimentée constamment par le gros toupi de fonte fabriqué à la forge, qui trônait sur le feu du cantou. *Je vois en elle, aujourd'hui, l'égale de cette marmite que les janissaires du Moyen Âge emportaient avec eux en campagne et qui était autant un symbole d'aisance qu'un objet utilitaire, et dont la perte était ressentie comme une humiliation. Cette soupière du Paradou, j'en connaissais toutes les ébréchures, toutes les fêlures, tous les raccords réalisés par les raccommodeurs ambulants avec des crochets de fer.*

Le cantou n'est plus qu'un antre noir et humide. Les flammes qui jadis le transfiguraient sont éteintes depuis longtemps, mais les bancs de bois abritant le coffre à sel et la cendre destinée à la conservation des jambons sont encore là, démantibulés. Sur le montant de pierre biseauté, une trace luisante est encore visible : celle que des générations de vieux y ont laissée par le frottement de leur main quand ils se levaient.

« Les landiers, dis-je, que sont-ils devenus ?

– Le moussur *les a vendus à l'antiquaire de Sarlat. »*

Ces landiers de fer, massifs et sans ornements, remontaient aux origines de la demeure ; ils supportaient, comme le cratère d'un feu rituel, les bols de soupe des vieux, des servantes, des chasseurs et des braconniers qui venaient réchauffer leurs jambes et sécher leurs fonds de pantalons dans une odeur d'automne mouillé.

La plaque de cheminée – la taque – a disparu elle aussi ; elle était ample, majestueuse, coiffée d'un triangle en guise de fronton. Je regardais parfois, à travers les flammes, s'animer un monde fabuleux de griffons affrontés à des serpents, autour d'un écusson portant une torque de baron. Un ancêtre de notre famille l'avait fait fabriquer à la forge, avec un brin de fantaisie et d'imagination – il n'y eut jamais trace de noblesse dans la famille des Laveyssade, malgré requêtes et doléances aux souverains qui se montraient parcimonieux pour ce genre de libéralités. Mon père l'avait trouvée dans la cave et l'avait réinstallée dans le cantou.

« Et la taque, dis-je, qu'est-elle devenue ?

– Elle s'est fendue. L'antiquaire l'a emportée pour la faire réparer. »

J'ai l'impression de parcourir une immense coquille de noix vide. Tout ce qui aurait encore pu me rattacher à cette demeure s'est envolé. On a même tenté de desceller le potager de pierre, mais ce monument a résisté au pillage.

« La salle à manger est à côté », dit le petit guide.

Avec l'absence de mobilier, le plancher dépourvu de tapis, les murs nus, cette pièce me semble encore plus vaste que jadis. Pierrou ouvre une fenêtre, pousse les volets grinçants harnachés de toiles d'araignée et d'un vieil essaim desséché. J'aperçois dans la cour, sous le tilleul, mon chauffeur en train de s'éventer le visage avec sa casquette. Ce cher Dominique… Il ne quitte pas sa maîtresse d'une semelle. « Vous en demandez trop à vos forces, madame… »

Rien. Il ne reste rien dans cette pièce que le revêtement mural en tissu, trop vétuste sans doute pour avoir pu intéresser l'antiquaire de Sarlat. De place en place, se dessinent en grenat, la couleur originelle, l'emplacement des tableaux dont j'ai pu, grâce à Dieu, sauver ceux qui m'étaient les plus proches côté cœur : un dessin à la plume de Delacroix représentant la tour de l'Homme-Mort, un petit Corot glauque, Bord de Glanne au printemps, *ramené à mon domicile, à Brive.*

Même la lumière a changé : elle n'a plus aucune aspérité où s'accrocher. Disparus la table cérémonielle, autel affecté aux célébrations gastronomiques, les chaises de tapisserie à haut dossier, les guéridons, la desserte, le grand bahut chargé de vaisselles anciennes... Il semble qu'une crue de la Ganne ait tout emporté.

J'avais obtenu du nouveau propriétaire de la forge et du château qu'il conserverait l'essentiel du mobilier : il s'est empressé de tout liquider à la suite d'ennuis financiers. Sur le damier de mon existence le Paradou est devenu une case vide.

Dehors, la fermière vient d'engager la conversation avec Dominique dans cette langue du pays qu'il connaît parfaitement. Elle parle haut et fort, avec des éclats ; il lui répond sur un ton discret et uni. Cette cour, jadis, comme la cuisine, était un lieu de rencontres, d'échanges, de conversations interminables dans ce patois que j'ai souvent pratiqué moi-même, autant par plaisir que par commodité au point d'en faire ma langue vernaculaire par excellence.

Mon père ne manifestait aucune hostilité contre ce dialecte que certains tiennent à raison pour une langue, mais il acceptait mal que nous le parlions au château, et il ne l'employait lui-même que dans ses rapports avec les métayers et les ouvriers, dont c'était la langue naturelle, quand il daignait leur adresser directement la parole.

Il s'en expliquait un soir avec M. Festugière, maître de forge d'Ans, autour de la table sur laquelle trônait le lièvre à la royale de ma mère. J'entends encore sa voix un peu grasseyante quand il parlait calmement, mais qui, dans l'emportement, pouvait libérer des éclats jupitériens :

« Mon ami, quoi qu'on pense, un cloisonnement sera toujours nécessaire à la survie de notre société. La langue

est le ciment qui en assure l'étanchéité. Je suis très éloigné de ces utopistes, de ces laïques irresponsables qui rêvent d'imposer à notre pays une seule langue. Le français et le dialecte doivent demeurer les langues propres, l'un à la bonne société, l'autre à la paysannerie et au peuple. Uniformiser notre moyen d'expression, c'est ouvrir la porte à une nouvelle révolution, aux socialistes, aux communistes, aux anarchistes, à tous les "partageux" que nous nourrissons dans notre sein comme une vermine et qui nous dévoreront si nous n'y prenons garde. Nos paysans et nos ouvriers en ont bien conscience qui, entre eux, ne parlent que leur *langage et respectent ainsi nos différences. Nous aurions tort de ne pas en faire autant. »*

M. Festugière avait surenchéri en tortillant d'un doigt bagué la pointe de ses moustaches.

« Je vous suis, mon cher Martin, et même, si vous permettez, je vous précède : trois langues seraient nécessaires : une pour la noblesse, une pour la bourgeoisie et une pour le peuple. »

Alban ne put se retenir de lancer d'un ton narquois :

« Pardonnez-moi, monsieur Festugière, dit-il, mais vous oubliez le clergé. Nous voilà revenus aux états généraux de 89… »

Mon père lui avait montré la porte et il s'était retiré dignement, avec un sourire à mon intention. Le patois, il l'avait pratiqué par la force des choses durant la quinzaine qu'il venait de passer dans la forêt de Bord, en compagnie de ces sauvages qui fabriquaient du charbon de bois. Un châtiment bénéfique : il se conduisait comme un petit saint, avait repris ses études, sans que rien n'indiquât formellement qu'il eût renoncé à ses folies.

« Vous voulez voir la cave ? » demanda Pierrou en me désignant la trappe, au fond du vestibule.

Je n'avais aucune envie de plonger dans cette nuit froide et humide qui suintait des voûtes et du sol de terre battue. Du temps où ma famille occupait le château, nous laissions pourrir le pressoir, l'énorme cuvier, les futailles et les comportes dans ce silence et cette pénombre de crypte, près des casiers où mon père rangeait ses vins et ma mère ses conserves. Je garde des souvenirs pénibles de ce monde souterrain où mon père nous enfermait pour des vétilles. Assise durant des heures sur un escabeau, sans autre lumière que celle, parcimonieuse, suintant d'un soupirail, je peuplais cet ergastule d'énormes crapauds, d'araignées géantes, de serpents visqueux, de spectres blafards, imaginant mille aventures dont j'étais l'héroïne victorieuse des forces maléfiques. J'inventais même des êtres diaboliques, qui n'avaient pas forme humaine ou animale, un pandémonium hallucinant que j'animais avec le souci constant de m'affranchir de mes terreurs puériles que j'exorcisais en donnant à ces êtres imaginaires des noms ridicules.

« Merci, Pierrou. Je ne tiens pas à me rompre le cou. »

Je retrouve avec soulagement la cour au sol pelé, le tilleul épanoui dans un bourdonnement d'insectes ivres, le puits à la margelle entamée par les cordes, l'auge de pierre en forme de sarcophage, la chaleur brutale mais tonique.

Dominique s'avance vers moi :

« Madame, il se fait tard et vous avez rendez-vous à Hautefort avant la nuit... »

* *
*

Céline était au bord des larmes. L'émotion semblait la tenailler si fort qu'elle se laissa tomber devant moi sur le banc du vestibule. C'était le signe qu'elle avait des choses importantes à me dire. Elle ne s'y décidait pas, comme si les mots avaient fait pelote dans sa gorge ou qu'une pudeur la retenait.

Pour l'encourager, je posai ma main sur son épaule, puis, comme elle semblait redouter d'être surprise, je l'invitai à me suivre dans la cour. L'automne était doux comme du miel, avec des odeurs de sureau. Une colonie de passereaux faisait la fête dans le grand orme qui commençait à perdre ses feuilles.

« Ce que vous avez à me confier, dis-je, est-ce si important ?

– Je n'en dors plus, Séverine. C'est rapport à M. Alban. »

Elle m'avoua – ce que je savais déjà – qu'il la « tapait », comme on dit vulgairement. Ses « emprunts » se bornaient à de petites sommes qu'elle lui confiait sans trop rechigner, mais sur la destination desquelles il ne lui rendait, du moins dans les premiers temps, aucun compte, ce qui l'agaçait. Parmi sa petite classe du Paradou, Alban était son préféré, elle était ravie de la facilité avec laquelle il apprenait, plein d'une souveraine désinvolture, comme s'il portait en lui un moule où les connaissances se coulaient naturellement, encore qu'il n'eût guère de goût pour les études. Elle l'aimait comme le fils qu'elle n'avait pas eu et n'aurait jamais. À cette tendresse sans faille et sans repentir il répondait par des attentions distraites ; ce qu'elle lui donnait en or, il le lui rendait en monnaie de plomb.

« On sait bien que tu es son chouchou ! lui lançait Emma. Elle te cite toujours en exemple ! »

Alban haussait les épaules et jetait d'un air méprisant :

« Cette vieille peau… »

Du jour où Alban dut quitter le Paradou pour aller suivre à Bordeaux des études de droit qui ne constituaient que des velléités illusoires, les « emprunts » à la gouvernante prirent de l'ampleur. Volontairement ou par nécessité, mon père ne lui concédait que des subsides mesurés au plus juste, qu'il complétait par des provisions de bouche. Les études d'Alban ne progressaient guère ; en revanche il avait appris à jouer à un jeu récemment importé d'Amérique : le poker. Il s'y adonnait plusieurs soirées par semaine, dans la bonne société des Chartrons, perdait des sommes minimes mais dont le total, à son échelle, devenait vertigineux.

Céline me dit en reniflant ses larmes :

« À chaque visite au château, c'est la même chanson : il doit honorer d'urgence une dette d'honneur, au risque de disparaître ou de se battre en duel. Je le connais : il n'hésiterait pas à risquer sa vie. Il dit qu'il s'en moque, que la mort ne lui fait pas peur et que même, à certains moments, elle serait la bienvenue. Alors je lui donne tout ce qu'il me demande.

– Vous avez tort, ma bonne Céline. Il vous le fait au chantage. Dorénavant, refusez de payer. Il n'en mourra pas et même il renoncera à son vice.

– J'ai essayé. C'est impossible. Si vous lisiez ses lettres… »

Je les imaginais aisément. Céline étouffa un sanglot avant d'ajouter :

« Si j'étais riche, je l'aiderais car c'est un bon garçon et un sujet d'élite. Il fera son chemin dans la vie. Mais je me suis saignée aux quatre veines pour lui et maintenant je suis sans un sou. Les 300 francs qui me restaient, je les lui ai envoyés la semaine passée, et ils se sont déjà envolés. Il prétend que la chance finira par tourner et qu'il me remboursera. Vous y croyez ? »

J'en doutais, mais je n'en dis rien. Céline reprit :

« Vous avez eu la chance, Séverine, d'avoir épousé un homme convenable et fortuné, un monsieur. Moi je ne suis qu'un laissé-pour-compte. Qu'est-ce que je deviendrai, une fois vieille et sans ressources ?

– Par la force des choses il faudra bien que vous lui refusiez toute nouvelle demande. S'il vous harcèle, menacez de tout révéler à son père. Ça le guérira peut-être. »

Elle s'écria, les mains sur son visage :

« Oh ! non, Alban ne me le pardonnerait pas. Surtout ne dites rien, à personne, jamais ! Je vous en supplie. »

Je sentis une bouffée de colère me monter au visage lorsqu'elle me demanda de parler à Alban, de tâcher de le ramener à la raison. La raison… Comme si ce mot avait un sens pour lui. Ma consternation s'accrut quand elle m'avoua :

« Il m'a écrit. Ce matin même. Il me demande de lui envoyer 50 francs. Je ne les ai plus. Si vous pouviez me les prêter… »

Je répliquai sèchement :

« Céline, vous êtes la dupe d'un voyou. Vous croyez lui rendre service et vous ne faites que l'enfoncer dans son vice. Même si j'avais cette somme je ne vous la prêterais pas. Ce serait une mauvaise action. »

Elle s'arrêta, figée dans une attitude de vierge martyre.

« Alors il ne me reste plus qu'à disparaître ou à mourir. Parlez-lui ! »

L'énormité du propos et le ton de solennité qu'elle affectait me firent éclater de rire.

« Pardonnez-moi, ma bonne Céline, mais je sais d'avance qu'Alban ne m'écouterait pas. »

Quelques semaines me séparaient du terme d'une grossesse qui s'annonçait normale. Je les passai en promenades sur le bord de la Ganne, dans un soleil d'automne tendre comme du pain frais, tantôt seule, tantôt en compagnie d'Emma qui me racontait des idylles plus ou moins imaginaires et des perspectives de mariages fabuleux. Sur les instances du docteur Malefaye, je renonçai à pénétrer dans l'enceinte de la forge. Le son de la cloche du gueulard rythmait mes nuits et mes jours. Les matinées étaient consacrées à la confection de la layette. Mon père avait ramené triomphalement de Payzac un berceau royal qui trônait dans le vestibule, enguirlandé de rubans et de dentelles.

« Tâche de me faire un garçon, me disait-il. J'ai besoin d'un héritier pour me succéder. Si je comptais sur tes ganaches de frères... »

Il n'espérait guère qu'Alban puisse prendre en main les destinées de notre entreprise, et pas davantage Élie. Ce dernier avait trouvé un emploi à la perception de Sarlat, ce qui le rapprochait des territoires de ses rêves et de ses ambitions ; les vallées de la Vézère et de ses affluents. Il passait son temps de loisir à fouiller les cavernes en compagnie de prêtres à la soutane crottée et ramenait de ses prospections des vestiges qui le mettaient au comble du bonheur. Sa chambre du Paradou était devenue un musée ; il préparait une étude sur l'art pariétal en Périgord.

Un soir de la fin d'octobre, alors que je revenais au Paradou, je rencontrai Joséphine que je n'avais guère revue depuis l'« affaire ». Elle revenait de la forge et se dirigeait vers l'Homme-Mort. Je la trouvai changée : plus femme, plus rude dans son allure, plus assurée dans sa façon de s'exprimer. Elle travaillait avec deux autres femmes à la fabrique de clés et de pointes que mon père, pour compléter ses revenus, avait adjointe à la forge. Le travail lui plaisait ; il rapportait peu – une « misère » – mais, depuis la maladie de son père...

« J'ignorais que ton père était souffrant. »

Depuis son retour de la campagne de Russie, le capitaine Mérillou avait une sainte horreur de la neige. La moindre chute le reléguait au coin du feu ; il luttait contre l'engourdissement à coups de bols de vin chaud et d'eau-de-vie. Une bourrasque de fin d'hiver l'avait surpris au retour de Thiviers ; un mal de poitrine l'avait terrassé ; depuis il était, comme on dit, « sur l'échine », ne quittait plus sa tanière et ne voyait personne d'autre que le médecin qui venait une fois par semaine. Le soir, à la chandelle, Joséphine réveillait sa nostalgie de vétéran de la Garde en jouant du tambour.

« Quand tu auras un moment, dis-je, passe me voir au château. Nous bavarderons. »

Elle ne viendrait pas, je le savais. Le souvenir de l'« affaire » était encore trop vif dans sa mémoire, et mon père, qui avait accepté, par pitié, de l'embaucher à la pointerie, aurait mal accepté sa présence.

« Compliment pour ta grossesse, dit-elle. C'est pour bientôt ?

– Avant Noël, sans doute. »

Je la regardai s'éloigner de son allure un peu hommasse et dégingandée. J'aurais aimé l'aider par des provisions et de l'argent, mais je connaissais sa fierté : elle aurait refusé.

« Vous ne savez pas, me dit Mélie, qu'elle vit avec le grand Estève ? Elle vient le retrouver souvent aux cantines où il a sa chambre.

– Eh bien ! ça finira par un mariage.

– J'en doute. Estève est un brave garçon, mais il s'attache pas. Les filles lui courent après. Avant Joséphine, il a eu les trois filles de Chambaraud. On dit même qu'il a fait un petit à Esther et qu'elle l'a fait passer. Après la Joséphine, il y en aura d'autres. »

Les trois bringues continuaient à faire parler d'elles. Elles avaient plus que jamais, disait vulgairement mon père, le « feu au cul » et ne se montraient guère exigeantes sur le choix de leurs partenaires. Je les rencontrais parfois à Saint-Saturnin ou dans les environs de la forge, malgré l'interdiction que mon père leur avait faite de se promener dans les parages. Elles me faisaient un petit salut ironique de la main ou, pour se moquer de mes formes opulentes, elles se dandinaient comme des oies grasses, bras écartés, joues gonflées. Elles ne m'aimaient guère ; je les détestais.

Chaque semaine, à jours fixes, le piéton me remettait les lettres de Sylvain : ces missives brèves et sans tendresse me racontaient son travail et ses déplacements. Toutes commençaient par la même formule : *Ma chère femme…*, mais les épanchements en restaient là. Les assiduités qui avaient précédé notre union m'apparaissaient comme une approche patiente et habile destinée à capturer une proie d'avance consentante car, comme disaient mes parents, M. Rousseau était « le meilleur parti dont je puisse rêver ». Autant mes rapports avec Pierre m'avaient ouvert discrètement des horizons sentimentaux, autant, du côté de Sylvain, cet horizon s'était révélé stérile. Cette union, je ne l'avais acceptée que parce que je redoutais sottement de finir mes jours comme Céline. Je me « plaçais », comme on dit, sans illusion comme sans joie. Il n'y eut jamais, entre Sylvain et moi, qu'une entente sans nuages, du moins dans les débuts, mais sans passion. Le désaccord qui allait surgir sonna le glas de ses ambitions : il se voyait maître de forge au Paradou dont il aurait souhaité faire une entreprise modèle. Ce projet, il l'avait mûri avec détermination et patience ; je ne tardai pas à m'en rendre compte et, sans en venir à le détester, je ne voyais pas autre chose en lui qu'un aimable paravent derrière lequel macéraient les rancœurs des ambitions déçues.

Mes lettres étaient de la même eau. Je devinais que ma santé ne lui importait que dans la mesure où celle de l'enfant en dépendait.

Dans un de ses courriers il avait glissé celui – qu'il avait ouvert – que m'adressait Pierre. Malgré la réponse favorable de M. de Wendel à une demande d'embauché, il avait renoncé à partir pour la Lorraine et choisi de faire valoir ses talents aux forges de Fumel. Plus tard, il m'avoua que c'était afin de ne pas trop s'éloigner de moi. Ses talents, son expérience, on n'avait pas tardé à les reconnaître et à les récompenser. Il avait accédé à la maîtrise et avait fait admettre un brevet d'invention dont il avait tiré quelque argent, ce qui lui permettait d'aider sa famille et de se loger convenablement.

J'aurais aimé en savoir plus, sur sa vie sentimentale notamment, mais il n'en disait rien. Je redoutais la lettre où il m'annoncerait une liaison sérieuse et la rupture définitive de nos rapports.

Alban...

J'étais bien décidée à provoquer un entretien ; je n'eus pas longtemps à attendre. Une semaine environ après les confidences de Céline, il débarqua au Paradou, à pied, la diligence l'ayant laissé à quelques kilomètres du château. Il dîna debout dans la cuisine d'un croustet de pain et de grillons, but un verre de cidre et alla se coucher sans saluer personne, en me disant simplement, avec un sourire fatigué :

« Demain, il faudra que nous parlions. C'est très important.

Je passai une partie de la nuit à me demander ce qui pouvait être si important et nous concerner, lui et moi, mais j'en avais quelque idée. Alban était de ces êtres qui ne se livrent que poussés par d'impérieuses nécessités et répugnent à montrer le fond de leur nature. Au cours de notre jeunesse, il m'avait rarement honorée de ses confidences, évitant de pousser des portes secrètes qui n'ouvraient pas sur des spectacles agréables. Le bonheur – mais fut-il heureux une seule fois dans sa vie ? – ne l'incitait pas à s'ouvrir aux autres. Nature secrète, pudique, égoïste ? Je l'ignore. Élie, au contraire, s'ouvrait pour ainsi dire à la demande, mais c'était toujours sur les mêmes perspectives mentales : ses dadas archéologiques qu'il chevaucha jusqu'à la fin de ses jours. Alban était une nature granitique ; on ne pouvait la pénétrer que par des soupiraux.

Comme si notre entretien ne pouvait attendre, il vint me trouver au saut du lit. Il insista pour que je reste allongée, s'assit à mon chevet et, ce qui mit un comble à ma confusion, me prit la main. Comme s'il m'avait au préalable tenu au courant de ses actes et de ses pensées, il me dit :

« Tu ne devines pas ce qui motive cet entretien, seul à seul ? »

Je jetai à tout hasard, sans conviction :

« Tu as décidé de t'occuper de la forge. »

Il leva les yeux au plafond, secoua la tête.

« Tu vas te marier ? »

Il éclata de rire.

« C'est beaucoup plus sérieux. J'ai une affaire d'honneur sur les bras.

– Importante ?

– L'honneur, c'est toujours important. Je dois honorer une dette de deux mille francs, et je n'ai même pas l'argent pour mon billet de retour.

– Une dette de jeu, naturellement… »

Il sursauta :

« Comment l'as-tu appris ?

– Je l'ai appris.

– Il faut que tu me prêtes cette somme, sinon…

– Sinon ?

– Je devrai me battre en duel, et tu sais que je ne suis habile ni au pistolet ni à l'épée. »

Je dégageai ma main pour remonter une mèche et répondis froidement :

« Je n'ai pas cet argent. À vrai dire, mon mari ne m'en envoie pas. Je ne pourrais même pas te payer ton billet pour Bordeaux. »

J'ajoutai d'un ton plus acerbe :

« Même si j'avais cette somme, tu n'en aurais rien. »

Il blêmit, se leva brusquement, murmura :

« Ainsi, tu n'estimes pas mon honneur et ma vie à 2 000 francs ! »

Excédée, je criai :

« Cesse de parler de ton honneur ! Je ne m'appelle pas Céline, et tu n'auras rien de moi ! »

Il se laissa retomber lourdement sur le lit.

« Céline ? Que t'a-t-elle dit ?

– Tout. Elle est aux abois. Tu l'as ruinée et, par-dessus le marché, tu l'affoles avec tes chantages.

– Céline ne t'a pas tout dit. Il y a entre nous des secrets qu'elle ne peut révéler à personne. Moi, je peux. Je lui avais demandé de garder le silence sur cet emprunt, et... »

Je ricanai :

« Des emprunts, dis-tu ?

– Dès que la chance aura tourné, je la rembourserai. Là encore, c'est une question d'honneur. Céline m'a trahi. Pourquoi l'épargnerais-je ? Elle et moi... »

Leurs rapports n'étaient pas ce que j'imaginais qu'ils fussent. Ils étaient proprement *inavouables*. Un instant je crus qu'Alban, pour faire illusion, se livrait à une fabulation démoniaque, mais il était sincère et précis dans ses assertions, avec, à l'appui de ses révélations, des dates et des faits irréfutables.

La tendresse que Céline avait vouée au bel adolescent avait insensiblement dérivé vers cette zone trouble où les sentiments semblent se dérober à toute qualification, où les frontières deviennent floues entre les mots et les actes.

Les actes ? Alban me les révéla dans toute leur crudité : Céline l'avait *initié*. Elle n'était pas, disait-il, la vierge un peu rance que l'on croyait. Elle avait un passé à travers lequel évoluaient quelques silhouettes masculines. Et moi qui la croyais victime d'une unique passion amoureuse ! Il y avait encore du feu sous ces jupes noires. Elle cachait bien son jeu, la garce ! Elle donnait parfois à Alban des leçons de français dans sa chambre à elle, et cela se terminait par la lecture de quelques passages de l'*Art d'aimer* d'Ovide, suivie d'exercices pratiques. Certains jours, en la voyant paraître à notre table, les yeux battus et les pommettes avivées, traînant avec elle une subtile odeur de papier d'Arménie, je me disais qu'elle avait dû s'abîmer dans ses souvenirs et ses prières.

Alban éclata d'un rire aigrelet :

« Ses souvenirs… Ses prières… Tu parles, Charles ! Elle se donnait du bon temps avec le fils de la maison, et avec une ardeur insoupçonnable. Elle pleurait, gémissait, jurait qu'un démon la possédait, que sa chambre était un lieu de rendez-vous pour incubes et succubes, et autres balivernes. Elle se jetait à genoux devant son crucifix, se frappait la poitrine, récitait à la chaîne des *Pater* et des *Ave,* jurait que c'était la dernière fois. J'avais vite appris la musique. Il n'y a pas eu de dernière fois, mais nous sommes au bout du rouleau. Il y avait dans nos rapports une notion d'intérêt qu'elle aurait mauvaise grâce à contester. Elle avait des économies ; j'en ai profité. Ça semblait lui faire plaisir et elle s'imaginait qu'ainsi elle me tiendrait mieux et plus longtemps.

– Alban, comment as-tu pu ? Elle est laide ! Même notre père n'a jamais prêté la moindre attention à elle.

– Son visage est ingrat, j'en conviens, mais je suis arrivé à lui composer un autre visage avec des fards empruntés à Emma, et je l'ai trouvée appétissante. Quant à ce que cachent ses jupes noires, beaucoup d'hommes s'en contenteraient. »

J'étais atterrée, incapable de réagir par autre chose que des banalités, avec en moi, cependant, un aigre filet de plaisir en songeant qu'Alban, pour la première fois de sa vie et peut-être pour la dernière, m'avait ouvert les portes de ses turpitudes.

Il soupira en se levant :

« Voilà. Je t'ai tout dit, et c'est la vérité. Quel intérêt aurais-je à inventer tout cela ?

– Et maintenant ? »

Il fit quelques pas dans la pièce, revint vers moi.

« Je suis dans une alternative : ou disparaître, ou me battre. Je connais mon adversaire : il a déjà eu trois duels sur les bras, dont il s'est tiré à son avantage. Un quatrième ne lui fait pas peur.

– Demande cette somme à notre père ?

– Impossible ! Il refuserait. D'ailleurs il est pour ainsi dire ruiné. »

Il ajouta après un silence :

« Reste ton mari. Je lui rendrai cet argent avec intérêt.

– Il refusera lui aussi. Nous vivons dans l'aisance, mais au jour le jour. »

Ce que je n'ajoutai pas, c'est que Sylvain détestait Alban.

Mon frère ne s'attarda guère au Paradou. Il occupa ces quelques jours à d'interminables courses à cheval, parfois sous la pluie, sollicitant vainement de ses anciens amis l'aide qu'il en espérait.

J'empruntai à ma mère, en secret, de quoi payer son billet de retour. Je lui dis :

« Ne fais pas de sottises. Refuse ce duel. Cache-toi.

– Ce serait inutile. Mon adversaire me retrouverait. Je vais donc accepter ce duel. Si tu n'as pas de nouvelles d'ici une semaine, c'est que j'en serai au *resquiescat in pace…* »

Je guettais chaque jour le piéton avec l'impatience que l'on imagine. Une semaine après le départ de mon frère, je reçus une longue lettre : il avait été blessé et gardait la chambre. La balle lui avait arraché une partie de la pommette et emporté le lobe de l'oreille droite. *Je vais ressembler*, écrivait-il, *à un de ces* junkers *allemands qui portent avec fierté la trace de leurs duels.*

Il ne tarissait pas de détails sur cet exploit :

J'avais choisi de me battre à l'épée. Les témoins adverses refusèrent. On tirerait au pistolet et, s'il n'y avait pas de résultat, à l'épée. Il fallut en passer par là. Il fut convenu que nous tirerions chacun deux coups puis, dans l'éventualité d'un échec, que nous terminerions à l'épée ou au sabre. Un seul coup de pistolet a suffi pour me mettre sur le carreau. Le bougre ne m'a pas raté ! Il vint me dire qu'il regrettait de n'avoir pas visé plus juste ! Moi, je jubilais : ce beau coup lui avait coûté 2 000 francs !

Alban ajoutait en *post-scriptum* :

Fini le poker ! Je me range. Quant à la dette envers qui tu sais, je l'honorerai dès que possible. Au total, cela doit se monter à 3 000 francs…

Alban a tenu parole sur un point : il n'a plus touché une carte de sa vie. En revanche il n'a jamais eu à rembourser Céline : sa mort a effacé la dette.

Nous eûmes, Céline et moi, dans les jours qui suivirent, un entretien assez vif. Je la sentais fiévreuse, animée du désir de recevoir des nouvelles de son chouchou. Je la laissais tournicoter dans ma chambre en pétrissant sa croix pectorale, l'œil chargé de suppliques.

Un matin, à une ou deux semaines de mon terme, elle n'y tint plus, mais en mettant des formes à sa requête – j'étais inquiète au sujet de mon accouchement, l'enfant se présentant par le bassin.

« Pardonnez-moi, Céline, lui dis-je d'un ton aigre, mais j'ai d'autres soucis en tête que vos problèmes sentimentaux.

– Je vous en prie, parlez-moi d'Alban. Que vous a-t-il dit à notre sujet ?

– Tout, Céline.

– Tout ?

– Absolument. Vous avez bien caché votre jeu.

– Le petit monstre ! Il a osé… Je suis perdue !

– Allons, pas de simagrées ! Qu'attendiez-vous de lui ? Qu'il vous épouse ? À votre âge… Laissez-moi. Vous n'êtes qu'une folle. »

Elle parut figée, chancela, se retint au dossier d'une chaise.

« Je ne peux plus rester dans cette maison, dit-elle. Je vais la quitter d'ici quelques jours.

– C'est le mieux que vous ayez à faire. »

Je conviens avoir été injuste envers cette pauvre fille égarée, qui avait vécu en secret le grand amour de sa vie et le payait cher. Je n'ai jamais toléré qu'on joue avec les sentiments qui sont notre seule vraie richesse ; l'insincérité dans ce domaine m'est toujours apparue comme une monstruosité. Cependant, les rapports entre Alban et Céline se présentaient comme un jeu dramatique qui avait failli entraîner la mort de mon frère et causa celle de notre gouvernante.

Céline quitta le Paradou sans larmes et sans histoire. Mon père ne fit aucune difficulté pour lui accorder son congé, sans s'informer des motifs de son départ, qui lui ferait des gages en moins à payer. Il n'y avait plus d'enfant à élever au château, et son poste n'avait plus de raison d'être.

Elle se retira à Thiviers, chez sa sœur qui avait épousé un cordonnier un peu poète nommé Bourliaguet, conteur plein d'humour et de fantaisie, créateur de proverbes qui naissaient dans son atelier, sous le nez de sa clientèle, comme une floraison printanière. Elle vécut là dans une solitude proche de la relégation volontaire, au milieu de ses souvenirs et de ses peines.

On la retrouva quelques mois plus tard pendue dans le grenier.

* *
*

L'accouchement se déroula moins mal que je ne l'avais redouté, mais moins bien que je ne l'avais espéré. L'enfant, une belle grosse fille prénommée

Clarisse, devait toute sa vie porter à la tempe la trace des fers qui l'avaient meurtrie ; elle mit quelques minutes avant de pousser son premier cri, au point que le docteur Malefaye la crut morte. Je fus longue à me remettre de cette épreuve, au point que je retardai aux beaux jours mon retour à Ruelle.

Le docteur Malefaye me citait comme une parturiente exemplaire. J'avais horreur de me plaindre, d'étaler le spectacle de ma souffrance. Née dans une civilisation primitive, j'aurais accouché dans les bois, seule, avec un couteau pour trancher le cordon. Écartelée, déchirée, j'ai contenu la douleur en moi jusqu'au moment de la délivrance ; je ne pus réprimer des hurlements, mais je n'étais alors qu'à demi consciente et mon parti pris de stoïcisme se relâchait.

De tout le temps que dura le travail me parvenait à travers la nuit de neige et de vent le ronflement rassurant de la forge, elle aussi en gésine, et le tintement régulier de la cloche. Il me plaisait de savoir que les premiers sons que ma petite Clarisse entendrait seraient ceux d'une nuit de labeur, que ses yeux s'ouvriraient pour la première fois sur cette neige d'avant Noël que les lueurs jaillissant du gueulard teintaient de rouge et d'orangé.

J'attendais Sylvain ; il ne vint pas, les intempéries lui interdisant un long voyage par des routes incertaines. En revanche il me fit parvenir quelques lettres fort tendres et, pour mes étrennes, une robe d'intérieur molletonnée et brodée de motifs exotiques.

Il arriva dans les premiers jours de l'année, frais et pimpant ; il avait fait tailler court sa barbe et ses moustaches. Je le trouvai plus séduisant mais, singulièrement, il ne parvenait pas à me troubler, peut-être parce qu'il portait sur lui le reflet d'une autre présence, mais cela, je n'en eus la certitude que plus tard.

Il voulut partager ma couche ; je m'y refusai, prétextant les séquelles de ma grossesse. Il fit semblant de me croire, mais je compris qu'il n'était pas dupe. Il n'insista pas, réaction singulière de la part d'un homme sevré d'amour – du moins le pensais-je.

Durant les trois jours qu'il daigna passer au Paradou, il se garda de renouveler son approche, et mon orgueil souffrit de cette réserve qui confinait à l'indifférence. Loin de me battre froid, il m'entourait de prévenances et même d'une certaine tendresse, mais son attitude paraissait calculée. Au moment de partir, il ne manifesta aucun empressement à me voir revenir à Ruelle, me recommandant même de rester aussi longtemps que je le jugerais bon au sein de ma famille. C'était plus qu'il n'en fallait pour éveiller mes soupçons, mais je ne lui en montrai rien. Je me plaisais au Paradou et m'ennuyais à Ruelle. Il repartit avec notre petite servante, Mariette, qui, elle, regrettait ses Charentes.

Une de mes premières sorties, passé mes couches, fut pour rendre visite à Mérillou.

Je me fis accompagner de Mélie, crainte qu'une faiblesse me prît en chemin. Nous marchions si lentement qu'il nous fallut une bonne heure pour accéder à l'Homme-Mort. Connaissant le bonhomme, j'avais garni deux paniers de vendangeur de bouteilles de vin cachetées, d'une fiasque de vieille prune et de quelques cornets de tabac pour la pipe ; j'y avais joint des conserves et la moitié d'un jambon.

C'était une de ces journées de soleil qui font paraître la neige moins inhumaine et donnent à la campagne des airs de jeunesse. La Ganne était prise par les glaces en certains endroits, sous les falaises, mais pas suffisamment pour arrêter les roues de la forge.

Mérillou était assis au coin de la cheminée faite de trois lourdes dalles de schiste, pas assez profonde pour l'abri d'un cantou mais qui donnait une bonne chaleur. Il avait le visage creusé par la fièvre, les yeux injectés de sang et les joues cireuses sous une barbe de quinze jours. Sa santé se rétablissait lentement, mais il n'avait pu se décider à quitter sa tanière pour chasser, histoire de ramener un peu de viande fraîche. Il avait jeté sur ses épaules sa vieille vareuse militaire et s'était coiffé du bonnet de police d'où sortaient des mèches de cheveux gris. Un vieillard.

« Tu es une bonne petite, Séverine. Pose ça sur la table. »

Je lui demandai de ses nouvelles.

« C'est mon dernier hiver, dit-il, et bien heureux si j'en réchappe. Putain de neige ! Au moins quinze jours qu'elle tient le pays. Elle ne m'a pas eu en Russie et à Somosierra, mais elle m'attendait ici. Quand je la regarde par le fenestron, j'ai l'impression qu'elle me guette. »

J'eus un propos maladroit :

« Allons ! capitaine, il faut vous secouer. Le jour où l'Empereur reviendra, il vous demandera de reprendre du service. »

Un éclair passa dans ses yeux.

« Je ne joue plus à ce jeu-là, petite ! dit-il d'une voix sombre. L'Empereur est mort, je le sais. Finies les illusions ! Je faisais semblant de croire à son retour, mais aujourd'hui je sais qu'il ne reviendra pas. Les British l'ont tué à petit feu, empoisonné, sans doute. L'Aiglon lui aussi est mort. Je ne l'ai vu qu'une fois, ce petit drôle, et j'en ai pleuré dans mes moustaches tellement il était beau... »

Il était intarissable sur ce chapitre, mais c'est surtout de Bugeaud qu'il me parla. Il avait de l'estime pour ce bonapartiste sincère qui, lors des Cent-Jours, avait manifesté sans ambiguïté son attachement à l'Empereur. Cette fidélité lui avait coûté l'estime des autorités royalistes et une sévère mesure de relégation, mais il avait tourné casaque et, pour revenir en grâce auprès de Louis-Philippe, accepté de mater le peuple de Paris puis les troupes d'Abd el-Kader.

« La France, dit-il, est en train de crever dans la soie. Il suffit que le peuple puisse mettre un peu de vin dans son eau et de beurre dans ses épinards pour en faire un troupeau de moutons. Pauvre France... Elle a perdu le sens de la grandeur. Républicains, bonapartistes, ils s'endorment tous dans le ronron de leurs discours. La presse est libre, mais elle est incapable de faire bouger le monde. »

Il bourra lentement sa pipe avec le tabac frais que je lui avais apporté, l'alluma à la braise et cracha dans la cendre une salive lourde et grise.

« Le toubib m'a interdit le tabac, mais, foutre ! il faut bien crever de quelque chose.

– Vous n'en êtes pas à ce point !

– Je sais ce que je dis, ma drôle. Tu vois ce fusil, là, dans le coin ? Il y a une balle dans le canon. Je l'ai coulée moi-même. Alors, puisqu'il n'y a plus rien à espérer, il me reste plus qu'à me faire sauter la caisse. Personne me regrettera.

– Joséphine…

– Cette petite garce se débrouillera sans moi. Elle gagne sa vie à la forge. Elle mariera peut-être l'Estève et quittera ce trou à rats. »

Mérillou et sa fille avaient perdu le goût du tambour : elle parce qu'elle partageait avec son amant une sorte de bonheur ; lui parce qu'il ne croyait plus à rien et que même le tumulte d'une bataille n'aurait pu réveiller ses nostalgies.

Je le quittai avec l'impression qu'il était déjà mort.

Comment Pierre avait-il appris mon séjour prolongé au Paradou ? Je l'ignorais. Dans les premiers jours de mars, le piéton déposa sur la table de la cuisine une lettre gonflée de documents comme un portefeuille. Elle venait de Fumel. Profitant d'une absence d'Emma, je l'emportai dans sa chambre pour la lire.

Pierre m'apprenait une nouvelle qui me bouleversa : il avait reçu un courrier de Sylvain lui demandant de cesser de m'écrire. Sylvain ne m'avait rien dit de cette démarche. Jaloux, lui ! Qu'un sentiment d'amitié pût lier un homme et une femme dépassait son entendement ; l'esprit mesquin de nos provinces lui donnait raison.

Pierre, sans m'en prévenir, avait passé quelques jours, au temps de ma grossesse, chez le métayer qui avait pris la succession de son père. Au cours d'une promenade, il était passé près du château sans oser s'y présenter, ce dont je lui sus gré. Le style de ses lettres s'était dépouillé de sa sécheresse habituelle ; certaines phrases présentaient même aux entournures de petits souffles de tendresse qui me faisaient fondre le cœur. Je n'avais jamais reçu de lettre d'amour, mais j'en connaissais le ton, ayant lu les auteurs du siècle passé, et notamment *Les Liaisons dangereuses* qui m'avait appris que les mots peuvent avoir un pouvoir mortel et un double sens. Quand Pierre me parlait de sa « solitude habitée », je devinais par qui. Je ne fus pas longue à comprendre qu'il n'avait pas cessé de m'aimer, sans pouvoir l'exprimer autrement que par un langage codé. J'en fus tout illuminée de bonheur.

Pierre avait joint à sa lettre une liasse de documents relatifs à l'une de ses inventions : un monte-charge révolutionnaire destiné à faire passer la mine, le charbon et la castine du sol au gueulard par un système de contrepoids hydraulique. Un procédé tout simple, mais auquel les maîtres de forge de notre province, pour la plupart endormis dans la routine, n'avaient jamais songé. J'examinai attentivement les schémas et me reportai au *Manuel* qui trônait sur le bureau de mon père, qu'il m'arrivait souvent de feuilleter avec intérêt.

« *Ce procédé,* écrivait Pierre, *demande un investissement assez faible pour un rendement accru. La fatigue des ouvriers s'en trouve diminuée…* »

Tentée de faire part à mon père de cette invention, j'y renonçai. Comment lui révéler l'origine de cette initiative ? Comment lui en faire admettre l'utilité ? Il se satisfaisait d'une production médiocre. Il écoulait sans peine, grâce à ses amis de Ruelle et de Tulle, une fonte et un fer de bonne qualité et se reposait sur Lajorie du soin de l'administration.

Souffrant déjà de ses excès de table, mon père s'enfermait de plus en plus profond dans une indifférence qui confinait à la désertion. J'étais persuadée que, si Pierre avait résolu de demeurer au Paradou, notre entreprise aurait acquis une autre dimension.

Pierre m'apprit également qu'alors qu'il se trouvait dans le pays à la fin de son congé, en janvier, il avait assisté à une opération délicate : la réfection de la chemise interne du haut-fourneau et le remplacement des briques réfractaires. Je relevais alors de mes couches et j'aurais pu le rencontrer au cours d'une promenade.

« *Parfois,* m'écrivait-il, *je levais mon regard vers le château dans l'espoir de te voir paraître, ce qui m'aurait comblé de bonheur... Puis je me disais que j'aurais éprouvé du regret à ne pouvoir monter jusqu'à toi. J'aurais aimé te rencontrer sur le bord de la Ganne, te prendre par la main, te dire que la vie loin de toi n'est pas la vie, que le travail n'est pas tout et que l'ambition est sans but quand elle se réalise dans la solitude.* »

J'appris ainsi qu'il vivait seul et j'en conçus un sentiment trouble, fait du regret que, peut-être à cause de moi, il renonçait à partager son existence avec une autre femme, et du plaisir de savoir que je tenais une grande place dans sa vie, malgré le peu d'espoir qu'il pouvait fonder sur la reprise de nos relations.

Après mûres réflexions, je me décidai à parler à mon père de cette invention que je fis hardiment passer pour mienne. Sans m'y autoriser formellement, Pierre ne me l'avait pas interdit et je ne pensais pas abuser de sa confiance.

Mon père m'écouta attentivement en prenant son café et en fumant son cigare. Assise sur le bras de son fauteuil, je lui glissais sous les yeux les schémas que j'avais décalqués sur ceux de Pierre avec, pour faire plus vrai, des maladresses ostensibles. Il émettait alternativement des rots et des grognements. L'odeur du cigare et celle d'une digestion laborieuse me soulevaient le cœur.

Pour mieux l'intéresser à ce projet je comptais sur l'autorité relative qu'une femme prend dans sa famille en devenant mère. Douce illusion… Mon père m'écouta sans m'interrompre puis explosa :

« Depuis quand les femmes se mêlent-elles de mécanique ? Une pisseuse venir me donner des leçons à moi ? Tonnerre de Dieu ! c'est un peu raide ! Jette ces inepties au feu ! Contente-toi de t'occuper de ta fille. »

Une Laveyssade ne saurait se laisser démonter, étant certaine de son bon droit. Je protestai :

« Père, je vous plains. Vous êtes opposé à toute idée de progrès. Votre forge est la plus archaïque du Périgord. »

Sa riposte me cloua sur place par sa franche vérité :

« À mon âge, pourquoi et pour qui j'investirais ? Pour mes enfants ? Ils refusent de me succéder et moi… moi, je ne tarderai pas à prendre ma place au cimetière.

– Père !

– Je sais ce que je dis, petite. »

Il m'écrasa d'un regard ironique :

« Tu comptes peut-être prendre ma succession ? »

Je répondis hardiment :

« Et pourquoi pas ? »

Il s'arracha pesamment à son fauteuil, vida cul sec son verre de vieille prune et partit d'un gros éclat de rire qui vaporisa quelques gouttes sur son gilet déboutonné. Il vociféra :

« Elle est bien bonne ! Une femme maître de forge ! Dis, Séverine, tu te fous de moi ?

– Je ne serais pas la première. Il y a même eu un curé… »

Il me foudroya d'un de ces regards qui faisaient rentrer sous terre les contremaîtres et les ouvriers et, d'un geste brutal, balaya les feuillets en hurlant :

« Au feu, ces sornettes ! Je ne veux plus entendre parler de cette invention que tu es allée pêcher Dieu sait où. Au fait, qui t'a donné cette idée stupide ? Ton mari ? »

Il attendit une réponse qui ne vint pas. Je le regardai se servir un autre verre d'alcool et le considérer d'un air contrit, les deux mains appuyées au rebord de la table. Je l'avais blessé dans son autorité, son point le plus sensible. Il aurait du mal à me pardonner cet écart de conduite.

Il leva le doigt vers le plafond et me dit à voix basse :

« Ta fille pleure. Elle te réclame. Contente-toi de lui donner ton lait et ne t'occupe pas des affaires de la forge. »

Je restai glacée de surprise lorsqu'il me serra contre lui et me dit avec une grosse émotion dans la voix :

« Pardonne-moi de m'être emporté, petite. De tous mes enfants, c'est toi que je préfère. Cette petite Clarisse que tu m'a donnée, c'est le bonheur de ma vie... »

Je sentis le chaud de ses larmes sur ma joue lorsqu'il m'embrassa.

Lajorie m'aborda alors que je promenais ma fille dans la cour, par un tiède soleil de mars. Le vent du sud-ouest (le vent de *soulière,* comme on dit dans le pays) avait amené puis remporté de grosses averses qui avaient donné à l'air une senteur de fruit blet. Mon père, revenu sur ses préventions, lui avait parlé de ce monte-charge en souhaitant que je lui confie mes documents.

Lajorie ajouta que cette idée lui paraissait astucieuse et qu'il allait l'étudier, avec le grand Estève. Le seul problème était celui du remplissage en hauteur de la cuve servant de contrepoids ; il faudrait amener l'eau de la Ganne par un siphon...

Cet homme lent, grave, peu loquace mais attentif ajouta :

« C'est étrange... Comment cette idée a-t-elle pu venir de vous ? »

Je lui parlai des forges de Ruelle. Il n'insista pas et ajouta :

« Votre père n'est pas tout à fait convaincu, mais il n'a pas voulu renoncer à ce projet avant de m'en parler. »

Il ajouta cette phrase qui me bouleversa :

« Je crois aussi qu'il tient à vous faire plaisir. »

* *
*

Si mon père avait nourri quelque illusion sur l'attrait que le métier de maître de forge pouvait exercer sur Alban, il aurait vite déchanté : devançant le tirage au sort, mon frère venait de s'engager dans les chasseurs d'Afrique, il suivait l'exemple de Maxence, un des fils du baron de Damas, seigneur d'Hautefort. Ils avaient noué des liens d'amitié dès l'adolescence et s'étaient livrés à la chasse à courre dans les forêts voisines. Ils avaient le même âge et des goûts communs. Après leur période d'instruction à Auch, ils étaient partis avec le 4e régiment de chasseurs pour l'Algérie où Bugeaud et quelques officiers incapables menaient ce qu'ils appelaient des « campagnes de pacification » et qui n'étaient en fait qu'une guerre de conquête.

Alban, avant son incorporation, traversait une mauvaise passe.

Le duel qui l'avait guéri de sa passion pour le jeu n'avait pas éteint celle des jolies femmes. Plusieurs filles de bonne famille de la société bordelaise, qui avaient cru à des intentions honorables de sa part, avaient été les dupes de ce beau parleur sans scrupule. Il avait une fois pour toutes banni le mot « mariage » de son vocabulaire. S'il lui arrivait de l'entendre dans le murmure des confidences, il se hérissait, dérivait dans un mouvement de panique, se voyait attaché pour la vie à un banc de galérien avec un boulet au pied. Que ce boulet fût d'or massif ne changeait rien à ses préventions : il coupait court et disparaissait sans laisser d'adresse, ce qui l'obligeait à de fréquents changements de domicile. Soucieux d'éviter toute liaison qui pût aboutir à cette perspective abominable, il se réserva pour des femmes mariées déçues dans leur vie matrimoniale, ce qui lui ouvrait un choix large et moins dangereux.

Il m'avait dit :

« Je n'éprouve aucun scrupule à me conduire ainsi. Tant d'hommes mariés, qui dorment avec un trésor de femme dans leur lit, le dédaignent ou ne s'y intéressent que pour en avoir des héritiers. J'accomplis en séduisant ces femmes une œuvre de moralité : je leur donne le plaisir auquel elles ont droit. »

Un peu choquée en apparence, je ne pouvais dans le fond de moi-même lui donner tort, tout en redoutant qu'un de ces mâles, atteint dans son sens de la propriété, ne réagît avec violence en apprenant ses déboires.

Un mois avant de quitter Bordeaux pour Auch, il m'avait confié :

« Mon choix est fait. Je suis las de cette vie de papillon et je me sens toujours incapable de fonder une famille. C'est dans ma nature et je n'y puis rien changer. Tu me connais assez pour savoir que je n'ai pas l'esprit militaire et que la discipline m'indispose, mais je compte trouver dans cette nouvelle existence un exutoire à mon désordre intérieur. Ma décision n'est pas un sacrifice : on dit que les femmes d'Algérie sont belles et faciles... »

Avant leur départ, Maxence de Damas avait organisé dans les parages d'Hautefort, en guise d'adieu à ses amis et à ses maîtresses, une gigantesque chasse aux loups. Invitée, je m'abstins d'y paraître, moins en raison de mes récentes couches que par haine contre cette forme de chasse qui, sous les apparences d'un spectacle moyennâgeux, n'est qu'un massacre, aussi cruel, aussi stupide que les corridas.

Emma me remplaça.

Ma sœur était aux anges depuis que le beau Maxence avait tenté de la prendre dans ses filets. L'entreprise l'avait trouvée consentante. Elle avait rangé comme dans un placard son chapelet d'illusions sentimentales. Maxence venait souvent au Paradou, soupait, couchait, passait des soirées à s'entretenir avec mon père des problèmes de leur réserve agricole qui, du côté des barons de Damas, se montait à neuf domaines de 600 hectares au total. Emma ne quittait pas des yeux son soupirant, s'abreuvait de ses propos comme de l'eau d'une source. Elle me disait, la fièvre aux joues :

« Tu crois qu'il va bientôt se déclarer ? Je l'aime et il m'aime. »

Elle se voyait déjà châtelaine à Hautefort. Elle aurait une foule de domestiques à son service. Elle serait une sorte de reine dans cette énorme bâtisse qui compte autant de fenêtres que de jours dans l'année...

« Ne rêve pas trop, Emma. Je connais bien Maxence. C'est un coureur de jupons, comme Alban. »

Elle refusait obstinément de me croire. J'ignore jusqu'où sont allés leurs rapports. Ils partaient ensemble pour de longues promenades à cheval d'où ils revenaient roses de plaisir, les joues en feu, une étincelle dans l'œil. On commençait, dans notre famille et dans le pays, à prétendre qu'ils « étaient faits l'un pour l'autre », quand eut lieu cette mémorable chasse aux loups qui devait durer trois jours.

Un matin de brume, 400 tireurs, dont une vingtaine de cavaliers auxquels s'était mêlée une « mystérieuse amazone », raconta un journaliste de *L'Écho de Vésone,* se trouvèrent à pied d'œuvre.

On avait signalé au baron de Damas un loup, sa louve et une portée de *louvards* dans l'immense forêt de Bord. L'impressionnant équipage était conduit par M. Piston d'Eaubonne, lieutenant de louveterie, qui avait mis sur pied la portée, dans les règles de l'art.

La chasse avait débuté avec un appareil de bataille impériale, dans le tintamarre des cors, des abois de meute, des appels de piqueurs et des hennissements. Le premier jour, on était parvenu à rejoindre et à tuer le mâle, un fauve superbe qui fit se pâmer les dames et se gonfler d'orgueil les « valeureux Nemrods ».

Le lendemain, déception : ce qui restait de la famille des loups avait déserté la forêt et on avait passé des heures à chercher sa voie. On ne l'avait repérée que le lendemain. La meute était parvenue à débusquer la louve qui s'était habilement dissociée de la compagnie. Deux coups de feu en eurent raison, au grand dam des chasseurs qui auraient préféré la forcer plus longtemps, « pour le sport ». On avait ajouté deux louvards au tableau de chasse.

Emma revint très excitée de cette partie de plaisir. Maxence ne l'avait pour ainsi dire pas quittée ; elle avait tiré un louvard mais n'avait fait que lui friser le poil.

« Tous ces fauves alignés sur la terrasse du château, me dit-elle avec un air de ravissement, quelle merveille ! Maxence m'a promis une chasse à courre aux cerfs pour l'automne prochain. »

Lors du repas qui avait couronné la fête, elle avait failli vomir : le baron de Damas avait servi à ses invités, sans les prévenir, des filets de louvard. Un frisson d'horreur avait passé dans l'assistance, encore que le mets fût excellent.

Il n'y eut pas d'autre chasse à courre pour Emma.

Ses rapports avec Maxence fraîchirent puis s'espacèrent et s'éteignirent. Les raisons de cette rupture restèrent mystérieuses. Emma faillit dépérir de chagrin mais ne s'ouvrit jamais à moi de ses déboires, par fierté sans doute. Peut-être ignorait-elle ces raisons. Alban, mieux informé que moi, me les révéla : Maxence, séduit par la gentillesse, la gaieté, la grâce d'Emma, n'avait pu, à la longue, supporter le revers de la médaille : la frivolité, la sottise, la vulgarité de celle qu'il avait tenue un moment pour une fiancée potentielle. Elle avait, me dit Alban, choqué le vieux baron par son comportement d'une désarmante puérilité. D'ailleurs, une Laveyssade, fille d'un industriel au bord de la ruine et de fâcheuse réputation, n'était pas un parti acceptable pour le rejeton d'une famille illustre.

Retour d'Afrique avec des épaulettes d'or, Maxence devait trouver un parti plus digne de sa haute noblesse : Blanche-Marie de La Panouse, qu'il épousa en l'église de la Madeleine, à Paris, et qui devait mourir un an plus tard en lui laissant une fille.

Je tentai vainement de consoler ma sœur.

Elle s'enfermait dans une solitude sèche comme un espace de désert, où elle s'étiolait, racontant qu'elle avait repoussé les avances du hobereau, qu'elle aurait été malheureuse dans cette famille, que leurs « chichis » étaient ridicules, et autres fariboles qui m'auraient fait sourire en d'autres occasions. Je l'écoutais chantonner le jour pour donner le change et pleurer la nuit. Je la regardais se faner au point de ressembler à notre pauvre Céline, sans pour autant redouter qu'elle en vînt aux mêmes extrémités.

Peu à peu, le fond d'optimisme et d'illusion qui alimentait son caractère prit le pas sur son désespoir.

Nous n'avons jamais pu nous attacher l'une à l'autre jusqu'aux confidences : elles nous eussent permis de traverser l'interminable période de l'enfance et de la jeunesse qui fut pour nous, pour elle surtout, un continent stérile qu'elle meublait de ses fantasmes, moi de ma passion pour la nature et la forge.

Plus tard, séparées, nous nous écrivions rarement, toujours pour échanger des nouvelles, comme pour une ennuyeuse partie de volant. Elle n'aimait pas écrire et je n'aurais pris aucun plaisir à lui raconter ma vie, persuadée que, intéressée d'elle seule, elle s'en moquait. Son existence sentimentale, partagée entre des foucades sans aboutissement, était une mer grise et sans profondeur, traversée à de rares intervalles de risées de soleil et de petites tempêtes qu'elle prenait pour des cataclysmes.

Eugène Le Roy, auquel je rends parfois visite dans sa maison d'Hautefort, lieu de sa naissance, me parle parfois, avec un sourire ironique dans sa barbe de patriarche, de ces écrivaillons régionaux qui venaient lui confier leurs œuvres immortelles : poèmes, monographies, nouvelles, et qui, durant des heures, ne l'entretenaient que de leur précieuse personne.

« Je les comprends, me dit-il. Ils me prennent pour Dieu le Père parce que mes œuvres sont reconnues et qu'on parle de moi à Paris. On confie à Dieu ses préoccupations. On ne lui demande pas de ses nouvelles… »

Emma, elle, ne m'a jamais prise pour Dieu le Père, mais elle s'est toujours comportée comme si ma vie n'offrait qu'un intérêt dérisoire.

À tort ou à raison je passe auprès de mes relations pour alimenter en moi une manière de misogynie. Je regrette que l'on y perçoive un sentiment de supériorité ou d'égocentrisme, alors qu'il s'agit d'une notion de différence. Je me suis toujours sentie éloignée de ces petites dindes qui gravitaient dans notre monde : des filles de châtelains ou d'industriels confites dans l'ambiance pharisaïque de leur milieu, entre les ambitions matrimoniales et les prêches sulpiciens, mûres pour l'esclavage conjugal et la vocation de parturientes. Différente, je l'étais de même de ces grandes hétaïres, de ces lionnes folles de leur cœur et de leur corps, courant l'aventure et le plaisir en marge de la moralité bourgeoise étriquée de notre temps.

L'aventure, je ne l'ai jamais vécue qu'avec des compagnons fiables, dans une constante intensité, en donnant tout de moi-même, au besoin jusqu'au sacrifice. Le plaisir, je l'ai toujours voulu empreint de gravité païenne, comme pour un jeu dramatique ou une guerre. Cette misogynie, qui n'aboutissait qu'à faire valoir ma différence, s'exerçait à l'encontre d'Emma, mais elle avait sa part de responsabilité dans la distanciation de nos rapports.

Emma… Qu'est-elle devenue aujourd'hui ? Je ne connais d'elle que le lieu de sa résidence : Tourtoirac, où, deux ou trois fois chaque jour, elle va tremper sa main de menette dans l'eau bénite, vouée à une solitude partagée avec le curé et quelques bigotes de son acabit. Elle n'a que sur le tard renoncé à ces mirages vers lesquels elle se jetait à corps perdu, sans se ménager des retraites. Sa mort ne fera pas plus de bruit qu'un caillou tombant du haut du pont dans l'Auvézère.

* *
*

Avant mon retour à Ruelle, je promenai une dernière fois ma petite Clarisse dans les parages du Paradou.

L'air de ces premiers jours d'avril avait cette viscosité des sèves en travail, ces odeurs de tubéreuse nées d'un souffle et aussitôt effacées. Les nuits étaient sonores du friselis des courtilières, du concert des grillons, du ronflement de la forge qui lâchait ses geysers de feu jusqu'aux nuages bas. Certains soirs, mon vieil ami le loup me donnait une aubade sur son rocher ; j'avais obtenu non sans peine de mon père qu'il épargnât ce mâle vénérable dont même les paysans ne se méfiaient plus, impuissant qu'il était à s'attaquer aux troupeaux et aux hommes.

Mon départ avait été retardé par la santé de mon père. Le docteur Malefaye ne m'avait guère donné d'espoir : son malade ne prolongerait son existence de quelques mois qu'à condition de renoncer à ses excès, mais il n'y paraissait guère disposé. Le temps que je restai au Paradou, j'eus le loisir de constater la lente reptation de la maladie. Une attaque l'avait laissé sur le flanc durant une semaine, mais sa robuste constitution avait vite repris le dessus. Il dut renoncer au tabac, au vin, aux repas pantagruéliques, et son caractère s'en ressentit.

Ma mère fit la première les frais de ses humeurs. Rembarrée pour des vétilles, la pauvre femme avait fini par prendre son parti de ces emportements ; elle ne lui adressait la parole que par nécessité, ne le côtoyait que lorsque leurs chemins les contraignaient à se croiser. Il finit par élire domicile dans son bureau ; il y fit installer un lit posé sur un simple cadre de bois, sous la bibliothèque où, ce qui me surprit, il puisait pour d'interminables lectures, comme s'il voulait retrouver en elles l'écho de ses turpitudes et de ses angoisses. Je lui amenais Clarisse et la laissais seule avec lui. Il écoutait son babil, lui parlait, la berçait quand elle pleurait. Ce serait, disait-il, « une fière drôle ». Il ne put retenir ses larmes lorsque je lui annonçai mon départ.

« Je ne peux pas te retenir, me dit-il, mais je crains que tu ne me retrouves pas vivant à ton retour. J'aurais aimé que ma petite-fille soit assez grande pour se souvenir de moi. »

Quelques jours avant le départ, mon père reçut la visite d'un vieil ami qui se piquait de poésie : Gaston Castagné, venu lui faire l'hommage de sa récente publication : *Élégies périgourdines*, une plaquette de poèmes qui avait obtenu une mention aux Jeux floraux et un deuxième prix au festival de poésie de Monpazier.

Castagné était un ancien percepteur des amendes de Nontron. Les poèmes émanant de cet ectoplasme blanchâtre sentaient la fleur des prés, mais le personnage dégageait cette odeur *sui generis* d'urine rance qui imprègne certains érudits dont la passion excuse l'incontinence.

De tout le temps que dura le dîner il ne fut question que de poésie. Castagné se prenait pour un émule des Latins, depuis qu'un journaliste de *L'Écho de Vésone* l'avait affublé du titre pompeux de « Virgile du Périgord ». Il accumulait des fiches en vue d'un livre de souvenirs sur son enfance à Domme et nous régala (façon de parler) de quelques anecdotes « savoureuses ». Mon père s'endormit au milieu du repas, et je supportai seule la logorrhée.

C'est sans plaisir que je vis arriver la voiture de Sylvain, en retard de quelques jours sur la date qu'il m'avait annoncée. Il était resté plus d'un mois sans me rendre visite, pris, disait-il, par des « obligations impératives ». Il faisait effort pour paraître heureux de nous revoir, ma fille et moi, mais je décelais sous cette bonne humeur factice un fond d'amertume, comme si mon retour à Ruelle l'indisposait.

Charitable, Emma alla dormir dans la chambre libérée par le départ d'Alban. Sylvain insista pour partager mon lit et je m'y résignai. Les préliminaires à notre étreinte durèrent longtemps : il se démenait, transpirait en poussant de petits gémissements comme pour s'encourager à persévérer, puis il me demanda piteusement de lui pardonner son échec. Il prétexta la fatigue du voyage et ses préoccupations professionnelles.

Quand il eut retiré de moi son sexe affligeant, je montai la flamme de la lampe qu'il avait demandé de laisser en veilleuse « pour mieux me voir ». Clarisse dormait, ses petits poings sous le menton, paupières entrouvertes, une rosée de sueur aux tempes, car la nuit d'avril était tiède.

« Maintenant, laisse-moi seule », dis-je en me recouchant.

Cette odeur de sueur laborieuse m'était insupportable, autant que cette chair blême qui émergeait des draps bouleversés par une lutte stérile contre son impuissance.

« Je reste, dit-il. Ça ira mieux tout à l'heure. »

Comme je protestai que j'avais sommeil et que j'étais moi aussi fatiguée, il eut cette réflexion surprenante :

« Je sens que tu ne m'aimes plus, Séverine. Pourquoi ? »

Je ripostai avec aigreur :

« Quel toupet ! ce serait plutôt à moi de te demander des comptes ! »

Je me radoucis pour ajouter :

« Dis-moi ce qui ne va pas. Es-tu vraiment fatigué, malade, ou alors… »

Il jeta violemment sa tête dans mon épaule et se mit à geindre.

« Il y a une autre femme, n'est-ce pas ? Dis-moi la vérité. Je ne t'en tiendrai pas rigueur. »

Il y *avait eu* une autre femme : une veuve d'Angoulême qu'il avait rencontrée un an auparavant, au cours d'un récital de piano dont ma grossesse m'avait dispensée. Il venait de rompre avec fracas.

« Tu l'aimais ? »

Il ne savait pas. Il ne savait plus. Il était à ce point entortillé dans des sentiments contradictoires qu'il n'arrivait plus à démêler le vrai du faux. Il avait pris pour une passion ce qui n'était qu'un jeu sexuel intense mais exclusif de tout sentiment profond et durable.

« Elle te manque ? »

Il hocha gravement la tête : elle lui manquait. Terriblement. Comme s'il était soudain privé de boire et de manger. Privé d'air et de lumière.

« Alors c'est que tu l'aimes. Pourquoi cette rupture ? »

Il malaxait péniblement, avec sa salive et ses larmes, des mots sans suite pour me dire qu'elle l'avait mis en demeure de choisir entre elle et moi ; elle avait autant besoin de cette passion toute neuve que des subsides qu'il lui consentait pour l'aider à se maintenir dans sa condition. Ils s'étaient affrontés, déchirés ; elle avait décrété que, s'il revenait au Paradou, il ne la retrouverait pas à son retour.

« C'est fini, dit-il en sanglotant. Je ne la reverrai plus. Ne m'abandonne pas. Je vous aime : toi et Clarisse. J'aime la vie que nous menions avant. Nous allons recommencer. »

Je savais bien, moi, que rien ne serait comme avant. Cela se lit dans les romans ; dans la vie, c'est plus difficile. On ne replonge pas dans les mêmes sentiments, de même qu'on ne se baigne pas deux fois dans le même fleuve.

« Tâchons de dormir à présent, dis-je. C'est ce que nous avons de mieux à faire. »

Dormir… Ni lui ni moi ne le pouvions.

Nous passâmes la nuit enfermés chacun dans notre tempête, ballottés bord sur bord dans ce lit qui était devenu en quelques heures une cellule fiévreuse. J'aurais aimé qu'il m'en dît davantage, pour ma délectation perverse, sur cette créature à laquelle je cherchais vainement à donner une apparence physique, un nom, un lieu de vie. Je souhaitais la définir pour mieux la haïr. La haïr ? Peu vindicative, je n'y parvenais pas, mais je ne parvenais pas non plus à pardonner à Sylvain sa trahison.

Lorsqu'il tentait de se rapprocher de moi, je le repoussais comme le contact d'une pieuvre. Ce corps, qui avait éveillé en moi les premières émotions des sens, m'était devenu odieux. Il eut sur le matin une honorable érection qu'il me présenta comme un cadeau de retrouvailles, mais que je refusai. Et pourtant, comme je les aimais, ces étreintes de soie du petit matin, quand la fraîcheur de l'air se marie à la fièvre des corps, de même que ces heures chaudes des siestes d'été qui me rendaient moite de désir…

Sylvain passa la matinée à la forge. Il en revint affligé du laisser-aller, de la mauvaise tenue des ouvriers, de leurs propos ironiques, de l'état négligé du matériel, du bocard notamment, qui n'avait pas été rénové depuis des lustres en dépit de ses recommandations. En revanche, il félicita mon père de sa décision d'édifier un monte-charge qui fonctionnerait, affirmait Lajorie, pour la prochaine campagne. La qualité de la fonte et du fer mal épurés laissait à désirer ; sans ses instances des messieurs de Ruelle en auraient depuis longtemps refusé la livraison.

À son retour au château, il s'enferma avec mon père dans le bureau et en sortit la mine soucieuse. Il me prit par le bras pour traverser la cour et me fit asseoir près de lui sur la murette dominant la vallée.

« J'ai du mal à reconnaître ton père, me dit-il. Il s'exprime comme s'il ne lui restait que quelques mois à vivre.

– C'est peut-être le cas.

– En d'autres temps, il n'aurait pas supporté la moindre critique concernant la gestion de son entreprise. Aujourd'hui, il admet sans réserve qu'elle va à vau-l'eau et il semble en avoir pris son parti. S'il ne réagit pas, il n'y aura pas de nouvelle campagne. Les ouvriers n'en font qu'à leur tête. Ce matin, deux d'entre eux étaient ivres, ce qui risque de provoquer des accidents graves et d'arrêter la production. L'un d'eux m'a même menacé d'un ringard en me disant de me mêler de mes affaires. »

Il ajouta après un silence :

« Sais-tu ce que ton père m'a proposé ? De quitter Ruelle et de m'installer ici. Je lui ai répondu que je ne pouvais laisser la proie pour l'ombre. Pour rénover cette forge, il faudrait qu'il consente à vendre de la terre et qu'il emprunte. Il refuse ces solutions, comme s'il souhaitait que sa forge s'éteigne avec lui. De toute manière je ne désire pas me fixer dans cet endroit trop éloigné de tout. Des promotions m'attendent à Ruelle ou à Rochefort ; ici, ce sont des tracas pour un profit dérisoire. Je n'ai pu tirer aucune promesse de ton père, sinon qu'il allait réfléchir. »

Il ajouta avec un sourire glacé :

« Autant dire que la forge du Paradou aura bientôt cessé d'exister. »

Il était pressé de retourner à Ruelle pour une importante livraison de canons destinés à l'arsenal de Rochefort. Son exaltation fut sensible durant presque tout le voyage, qui me parut interminable en raison de cette mauvaise pluie d'hiver qui noyait le pays. Pour rendre le voyage plus supportable, nous arrêtâmes la voiture à Brantôme pour la nuit. L'auberge étant mal chauffée, nous nous serrâmes l'un contre l'autre toute la nuit. Il me fit l'amour avec de gros élans de tendresse, au point que je le crus revenu aux premiers temps de notre mariage.

À Ruelle, malgré l'animation du bourg, cette fin d'hiver était lugubre. Marinette s'efforça de rendre agréable ma réinstallation, mais les gens dont elle m'entretenait étaient devenus étrangers pour moi, comme si j'avais quitté depuis dix ans cette petite société. Les quelques mois de séjour au Paradou m'avaient lavée de ce passé futile et sans consistance et je n'éprouvais aucun plaisir à renouer les fils de l'ennuyeuse tapisserie charentaise.

Mes rapports avec Sylvain reprirent sur un mode insolite.

Je l'observais avec une attention et une sévérité guère propices à une reprise détendue. Je n'étais pas de ces épouses au tempérament fouisseur, habiles à creuser sous leur ménage des galeries souterraines pour tenter de déceler des détails révélateurs d'une éventuelle infidélité, qui prennent à cet exercice un plaisir pervers et, au moindre indice, s'exaltent d'un sentiment de revanche. Mes devoirs d'épouse accomplis avec célérité, j'estimais que Sylvain était libre de ses mouvements, de ses actes et de ses sentiments. Il eût été odieux de ma part de vouloir, par je ne sais quelles menaces ou quels chantages, tenter de me l'attacher ; je ne pouvais non plus rester indifférente à son comportement extraconjugal, ce qui aurait signifié une attitude complaisante, peu conforme à mon caractère.

Durant deux ans, nous vécûmes, Sylvain et moi, comme aux premiers temps de notre union.

Il s'absentait rarement et prenait chaque fois le soin de m'informer des motifs de ses absences, comme s'il souhaitait s'éviter des interrogations gênantes. Je l'écoutais avec au coin des lèvres un sourire dont il ne soupçonnait pas la nature. Il voulait m'envelopper de certitudes rassurantes et je me demandais, moi, s'il ne souhaitait pas ainsi anesthésier mes soupçons, revenir à pas feutrés vers son aventure passée.

Je n'étais pas dupe de ces précautions. Sylvain m'avait trompée et j'étais en droit, sans l'accabler de ressentiment ni l'enfermer dans mes alarmes, de garder une attitude défensive à son égard et de rester dans l'expectative.

Nous avions retrouvé le rythme un peu convenu de nos rapports sexuels. Sauf lorsque j'avais mes « fleurs », comme il disait, ils étaient la conclusion de nos soirées mondaines du samedi d'où nous revenions avec des dispositions favorables. Nous manquions rarement ces réunions de la petite société provinciale où les messieurs, laissant au vestiaire soucis professionnels et vanité des promotions, faisaient assaut d'esprit, de bonne humeur, et parfois de séduction.

Sylvain brillait dans ces rencontres, et je constatais avec une légitime fierté qu'il était considéré avec sympathie et intérêt par ses pairs et ses supérieurs. Cette impression se confirmait lors des visites que je faisais aux ateliers de fonderie ; il était respecté de tous : ouvriers, commis, contremaîtres, qui répondaient avec déférence à ses propos. J'étais heureuse de cette considération méritée.

Ces soirées me donnaient l'occasion d'exercer une sagacité un peu perverse en observant les belles dames qui évoluaient autour de nous. Je me demandais lesquelles avaient eu les faveurs de mon époux ou auraient pu se flatter de ses attentions. Un geste, un simple regard suscitaient mes soupçons. Rien de plausible ne se dégageait de ce qui n'était qu'un jeu, mais je me plaisais à imaginer que telle jeune épouse de barbon directorial aurait pu avoir des faiblesses pour Sylvain.

La jalousie n'entrait pas en compte dans cette prospective imaginaire ; je n'étais motivée ni par une passion exclusive pour Sylvain ni par le sens de la propriété conjugale, mais par une curiosité teintée de malignité. Aucune certitude ne se dégageait de cette discrète inquisition, à peine des soupçons. Quant à la veuve d'Angoulême, dont il se proclamait guéri, elle ne parut jamais dans ces assemblées mondaines, ce qui n'impliquait pas qu'elle eût disparu.

À défaut de chaleur, les étreintes de Sylvain manifestaient une rassurante et constante intensité. Moi qui n'avais jamais connu d'autre forme de passion, je devais m'en satisfaire. Je me livrais sans déplaisir à ces sages copulations bourgeoises du samedi soir, régulières et monotones comme un rituel.

La vie quotidienne, entre Clarisse et Mariette, était d'un calme plat qu'aucune querelle ne vint jamais compromettre. J'écoutais attentivement mon époux parler de son travail. J'organisais mon train de maison avec assez de soin pour qu'il n'eût rien à me reprocher : je veillais à ce qu'il eût toujours à son lever des vêtements impeccables et des souliers cirés, un déjeuner fumant sur la table avec, à l'anglaise – il en avait pris l'habitude depuis un séjour qu'il avait effectué à Londres –, du thé, des œufs au bacon, des toasts et de la marmelade qu'il faisait venir d'Angleterre, alors que je me contentais d'un café noir et parfois, les matins de nostalgie, d'une soupe réchauffée et d'un croustet frotté d'ail.

Les jours s'écoulaient sans poids et sans couleur.

Par beau temps, en compagnie de Mariette et de Clarisse, je me rendais aux sources de la Touvre dont le mystère m'obsédait. Je rendais visite à des amies, femmes d'ingénieurs ou de directeurs de production ; nous disputions des parties de cartes, nous papotions interminablement autour d'un thé ou d'un chocolat ; quand l'une d'elles acceptait de s'asseoir au piano, nous nous régalions de musique. Cette vie sans surprise, terne, monotone, m'engourdissait agréablement.

À diverses reprises, je reçus des nouvelles d'Alban. Il s'était embarqué en compagnie de Maxence de Damas, avec son régiment, pour rejoindre les troupes qui livraient une guerre impitoyable aux malheureuses populations kabyles. Il avait participé à la prise de Constantine. Le climat était rude, le pays aride, la guerre inhumaine, mais les femmes étaient belles.

Emma oubliait Maxence jour après jour et se reprenait à vivre. À la suite d'une partie de chasse au loup, elle avait jeté son dévolu sur un fonctionnaire de préfecture séparé de sa femme et qui trompait sa solitude dans les parties de chasse et les mondanités. Il n'était plus très jeune mais portait beau et elle en était très amoureuse.

À la suite de la découverte d'un gisement paléontologique proche de Brantôme, Élie venait de publier un fascicule aux pages constellées de dessins à la plume représentant des silex taillés et des bois gravés. Il me fit don d'un exemplaire.

De bonnes nouvelles me parvenaient de mon père. Il saluait sa rémission en reprenant ce que ma mère appelait ses « mauvaises habitudes ». Les premiers essais du monte-charge hydraulique avaient donné pleine satisfaction, et mon père ne tarissait pas d'éloges à mon égard, ce qui n'était pas dans ses habitudes. Un ouvrier ivre s'étant fait écraser une main dans le bocard, il avait fallu l'amputer et lui verser une forte indemnité. Les socialistes, les « rouges » poursuivaient leurs menées souterraines et l'ambiance de la forge s'en ressentait.

Pierre n'avait pas renoncé à m'écrire.

Par chance, le piéton ne déposait le courrier qu'en fin de matinée, alors que Sylvain se trouvait à l'usine. Je détruisais ses lettres après les avoir lues et relues. Elles ne présentaient au demeurant rien de suspect, et Sylvain aurait pu en prendre connaissance sans éprouver de jalousie. Il allait quitter Fumel pour Saint-Étienne où l'attendait une honorable promotion. Il vivait seul, m'affirmait-il, mais j'avais peine à le croire. Il devait m'avouer plus tard qu'il avait vécu quelques aventures et qu'il rendait parfois visite aux filles des rues chaudes. Lui répondre m'était impossible : il ne mentionna jamais son adresse. Il lui suffisait de savoir que je recevais ses lettres, ce qui ne me satisfaisait pas. Il était le seul être à qui j'eusse aimé me confier. Je n'éprouvais pour lui qu'un sentiment d'amitié qui tenait à des riens mais dont l'accumulation créait un sentiment indéfinissable, mélange puissant et subtil qui me portait à des spéculations sentimentales contre lesquelles je luttais sans conviction.

Je me trouvai de nouveau enceinte, sans plaisir comme sans amertume, au printemps de l'année 1839, soit environ trois ans après la naissance de Clarisse. Sylvain, lui, rayonnait. Il voulait des enfants, beaucoup d'enfants, alors que mes ambitions restaient modestes.

Le Paradou me manquait. Lorsque j'informai Sylvain de ma volonté d'aller y faire mes couches, comme précédemment, il n'y trouva rien à redire. Au milieu de l'été, il prit un congé pour m'y conduire.

En retrouvant mon Périgord, je sentais se développer autour de ce petit nœud de chair que je portais en moi quelque chose qui ressemblait au bonheur.

* *
*

Les affaires de la politique ne m'ont jamais intéressée que dans la mesure où notre province en éprouvait des frémissements, ce qui était rare, l'onde de choc des événements nationaux ne pénétrant qu'avec une extrême lenteur dans nos pays. La plupart des nouvelles nous étaient connues par les colporteurs, les rémouleurs, les rétameurs, gens de grands chemins, collecteurs de nouvelles et de ragots. L'intérêt de leur fréquentation tenait moins au contenu des événements qu'ils relataient qu'à la qualité de leurs récits, pleins de verve et d'invention. La politique était pour eux un spectacle tenant du carnaval, de la parade ou du drame. Pour nos paysans analphabètes, c'était cocagne : ils s'abreuvaient ainsi d'informations plus ou moins fantaisistes qui leur donnaient le sentiment de n'être pas tout à fait oubliés.

Les colporteurs montaient jusqu'au château. Ils déballaient dans la cuisine leur bagage magique d'où sortaient des rubans de couleur, des épingles, des boutons, des images d'Épinal, des bondieuseries, et parfois, quand ils étaient en confiance, des estampes à la gloire de l'Empereur et des écrits factieux ou érotiques. Certains avaient sur l'épaule un perroquet, un corbeau ou un singe. Suivant son humeur ou celle de son maître, le perroquet grasseyait : « Vive le roi ! », « Vive l'Empereur ! », ou « Vive la République ! ». Lorsqu'ils avaient fait de bonnes affaires, ils distribuaient aux enfants des friandises poisseuses. Ils me fascinaient comme des rois mages chargés des trésors de Golconde. En fouillant du regard leur petit étalage, je respirais une odeur troublante. Lorsque mon père était présent, il leur payait à boire et plaisantait avec eux, car il les connaissait tous par leur nom et leur origine.

Le rémouleur ne passait guère plus d'une fois l'an. Il était du genre chanteur, et gai comme un pinson. J'ai oublié la plupart des airs de son répertoire, mais non sa voix : celle, un peu voilée, d'un ténor qui aurait forcé sur la bouteille. On l'entendait venir de loin et on disait en faisant allusion au plus grand chanteur de l'époque : « Tiens, voilà Garat qui s'amène. Va pas tarder à pleuvoir. » C'était injuste : il chantait joliment des romances comme *Fleuve du Tage* ou *Plaisir d'amour ;* je pouvais passer des heures à l'écouter, assise sur la murette de notre cour. Sa voix dominait le ronflement du haut-fourneau et le geignement suraigu de la meule qu'il faisait tourner par son chien. Il était assez joli garçon et portait toujours une fleur glissée dans la ganse de son feutre. À la fin de l'été, il est parti avec une des filles de la réserve.

Celui de ces nomades que je préférais était le rétameur auvergnat dont j'ignore le nom mais que, dans le pays, en raison peut-être de son physique fluet, on appelait Laripette (un châffre qui lui allait comme un gant). Il était coiffé d'un large chapeau noir à la mode d'Auvergne, sous lequel on ne distinguait qu'un regard de fouine, des joues maigres et hirsutes et une paire de moustaches à la gauloise.

Ce rétameur, qu'on appelait aussi le *peyroulier,* passait pour un monsieur malgré les apparences : d'abord il venait de cette Auvergne un peu mythique où les hommes semblent tous nés du froid de la neige et du feu des volcans, avec des airs de dieux déchus, chassés de leur montagne par les colères du ciel et de la terre pour aller porter le feu magique aux provinces lointaines ; ensuite il se déplaçait avec sa maison traînée par un mulet : une simple roulotte aux flancs constellés de toupis, de *peyrolles,* de louches et de casseroles qui lui donnaient l'aspect redoutable d'un chariot des temps barbares.

Laripette était accompagné d'une naine pêchée, disait-il, sur une foire où elle vendait de la pacotille. Séduite sans doute par le palace étincelant du nomade, elle avait accepté de le suivre. Ils faisaient un couple parfait : lui grand et taillé comme un sifflet ; elle petite et ronde ; ensemble ils devaient peser moins du quintal. Elle maniait le soufflet de cuir tandis qu'il rétamait. En s'installant sur la place de Saint-Saturnin, deux ou trois fois l'an, il lançait sa partenaire à travers le bourg et les hameaux des environs. Elle tapait sur une vieille poêle en criant d'une voix éraillée : « Au rétameur ! », et moi, je comprenais : « Au ricaneur ! » car, étant d'origine italienne ou espagnole, elle s'exprimait avec un accent bizarre.

L'atelier en plein air de Laripette était déjà un spectacle. Il était toujours entouré d'un public de drôles et de drôlesses attentifs au mystère de ses gestes pour reculoter un pot, calfater un toupi ou une *bandelle* de cuivre, ressertir une louche, mais le vrai spectacle se tenait le soir, au café *Jardon* qui, pour le coup, refusait du monde.

Laripette faisait danser sa naine, qu'il appelait Lola. Vêtue d'un corsage pailleté et d'un tutu de tulle rose, cette guenon savante faisait des galipettes, sautait sur les genoux des hommes, leur faisait des agaceries, buvait dans leur verre, les décoiffait et terminait son exhibition par le grand écart. Comme elle n'était pas laide de visage et coiffée d'une chevelure ultramontaine à reflets bleus, les mâles de l'assistance rêvaient de faire danser ce petit animal sur leur ventre. Le spectacle terminé, ils faisaient la quête, se retiraient dans leur palace ambulant, se glissaient comme des blaireaux dans la tanière qui leur servait de chambre, à l'arrière de la roulotte. Leurs ébats faisaient, dit-on, grand bruit, car on les disait très épris l'un de l'autre.

Laripette joignait à ses dons pour le rétamage et l'organisation des spectacles un sens inné de l'art de conter, encore qu'il s'exprimât dans un patois des montagnes, avec des chuintements qui rappelaient ceux de son soufflet. Dépourvu d'instruction, il avait comme qualité première dans la conversation de conférer aux événements relatés un tour particulier : il leur donnait un ton poétique qui l'apparentait, la culture en moins, au poète Jasmin qui, au milieu du siècle, vint faire sonner ses alexandrins en langue d'oc dans la bonne société périgourdine.

Durant ma deuxième grossesse, alors que j'avais accompagné Mélie faire quelques emplettes à l'épicerie de Saint-Saturnin, j'entendis le rétameur parler de la guerre en Algérie. Il y avait participé à l'origine, neuf ans auparavant, sous les ordres du général Bourmont ; il avait participé à la prise d'Alger au cours de l'été 1830, contre le gendre du dey, Ibrahim. Je l'écoutais avec d'autant plus d'attention que mon frère Alban était lui-même en train de guerroyer sur ces terres lointaines et qu'il nous envoyait peu de nouvelles. L'Auvergnat donnait à ses récits un caractère proprement littéraire, avec un lyrisme populaire qui m'enchantait : il parlait des douars, des oueds, des fatmas comme s'il avait quitté ce pays la semaine précédente.

Il racontait que, lorsque la nourriture faisait défaut ou qu'il était dégoûté de la viande de mouton et de chèvre, il mangeait des sauterelles.

Des exclamations fusaient autour de nous :

« Des sauterelles ? C'est pas mangeable !

– Tu nous racontes des balivernes ! »

Il répliquait sans se démonter :

« Eh bien ! vous allez voir. Lola, va m'en chercher. Des grosses et des vertes si possible. »

Lola partit vers la prairie voisine accablée de chaleur, revint avec une boîte grouillante d'insectes. Laripette prit les sauterelles délicatement, une à une, les enfila vivantes à une fine aiguille à tricoter et les posa sur son réchaud où elles se mirent à grésiller. Il en croqua quelques-unes avec des mines gourmandes, tendit la brochette à des femmes qui s'écartèrent avec des cris de dégoût. Un chaland accepta la dégustation.

« Goûte, dit Laripette. Ché fameux !

– Ouais, fit l'homme. C'est un peu comme des écrevisses, mais il en faudrait un cent pour faire un plat.

– Ché pas cha qui manque et ché gratuit. Avec une pointe de vinaigre, ché encore meilleur. »

C'est aussi de la bouche de Laripette que nous apprîmes les événements qui avaient secoué la capitale ; il nous en fit le récit avec un luxe de détails qu'il tenait, disait-il, d'un cousin de Saint-Flour, propriétaire d'un bouchon à Paris.

Les « rouges » menés par Blanqui avaient pris l'hôtel de ville et la préfecture. On avait dressé des barricades dans les faubourgs. Ça tiraillait de toutes parts et on avait relevé des centaines de morts. Les ministres, Guizot et Thiers, avaient été remplacés par des gens comme le maréchal Soult, plus aptes à mater les républicains. La monarchie de Juillet était minée par les factieux réunis dans des sociétés secrètes. Certains ne donnaient pas cher de cet État bourgeois qui avait enfermé la nation dans une relative aisance mais jetait un voile pudique sur des guerres ruineuses.

Ce jour-là, en retournant au Paradou, je me souvenais de cette journée de l'été 1830 où un certain Sylvain Rousseau nous avait parlé, avec une grosse émotion dans la voix, des Trois Glorieuses et du frisson démocratique qui avait secoué la capitale. Il avait bien changé depuis dans ses opinions, mais je ne lui en tenais pas rigueur : celles qu'il avait nourries dans sa jeunesse l'auraient fait exclure de la bonne société.

Le temps des *métives* réveillait chaque été en moi un goût sauvage et âpre pour les grands travaux. Après l'extinction des feux de la forge, la campagne de fondage achevée, je renonçais aux leçons que me donnait Céline pour me jeter dans la grande bataille du blé qui suivait celle des fenaisons.

Levée au chant du coq, je passais chercher Joséphine que je prenais en croupe. Nous montions à dos de mulet jusqu'à l'une des métairies où l'on s'apprêtait à moissonner. En voyant arriver la « petite demoiselle du château » on n'avait plus ces sourires ironiques et ces plaisanteries souvent un peu lestes qui m'accueillaient au début.

À ma demande, Mérillou m'avait appris, en même temps qu'à sa fille, à manier la faux, et je m'acquittais convenablement de ce travail d'homme. Aux premiers feux du jour, dans le chant des alouettes, j'entamais mon rang avec ardeur. Il est vrai que j'étais une grande et forte fille que rien ne distinguait de celles des métayers, qui préféraient manier la faux que d'aider à préparer les repas, mais je ne pouvais, pas plus qu'elles d'ailleurs, prolonger mon effort au-delà des heures brûlantes de midi.

« Arrêtez, les petites, nous disait le métayer. C'est pas un travail pour vous. Laissez faire les hommes. »

Il ouvrait nos mains rouges et suintantes de cloques crevées, hochait la tête, nous faisait allonger à plat ventre au soleil, l'ombre des arbres de lisière risquant de nous bloquer les reins. Nous restions dans l'herbe tiède, le menton sur nos mains blessées, à regarder les peupliers faire leur fête de lumière en bordure du chaume où se tortillaient parfois les grandes couleuvres mordorées coupées par la lame des faux, le ciel ardent éclaboussé d'un orage de feu, les lourdes collines tranchées par la lisière nette et sombre des forêts. J'aimais cette terre. Je l'aimais à en pleurer, dans ces heures ardentes où je sentais des courants mystérieux me relier aux puissances souterraines, à leur royaume de racines et de sources. Allongée près de moi, Joséphine me prenait la main et me regardait avec un sourire chargé de tendresse.

« Je me sens bien près de toi, disait-elle. Je voudrais qu'on reste toutes les deux ensemble, jusqu'à la fin de notre vie. »

Lorsque les femmes de la ferme arrivaient, porteuses du *mérindé,* cette forte collation de crêpes, de poulet froid et de ces beignets qu'on appelle merveilles, nous émergions de notre engourdissement et, détendant nos membres harassés, nous mangions et buvions de grand appétit au milieu des hommes au visage brûlé, dépoitraillés, un mouchoir à carreau autour du cou, qui riaient de nous voir faire honneur au repas. Jadis je retrouvais parfois Pierre au milieu d'eux ; il faisait déjà un travail d'homme. Un jour que je peinais sur mon rang, les reins moulus, maudissant la taupinière qui m'obligeait à affûter mon dail, un sein jaillit de mon corsage noué bas et que l'effort avait relâché, Pierre avait rougi violemment sous son chapeau de paille et s'était détourné.

Avant le repas du soir qui rassemblait les moissonneurs dans la grange ou dans la cour, nous partions, Joséphine et moi, nous baigner dans la Ganne, en veillant à ne pas poser le pied sur un de ces serpents d'eau qui abondent dans cette rivière. Nous choisissions une conque d'eau limpide, au fond sablé d'or, formée par des barrages végétaux, et nous batifolions, vêtues simplement de notre chemise. C'est là que Joséphine m'apprit à nager.

Les nuits grésillaient d'insectes en amour, mais je n'y prêtais qu'une oreille distraite. À peine couchée, le sommeil m'emportait. J'étais debout dès l'aube et j'attaquais de nouveau mon rang en regardant de temps à autre le soleil qui, après sa toilette du matin, dans un bain de nuages et de brume, jaillissait lentement au-dessus des collines.

Ma première grossesse m'avait interdit ces bonheurs rudes et simples et je savais dès lors qu'ils ne se reproduiraient pas. Les métayers me rappelaient parfois ce temps où j'aidais aux métives et, pour me faire plaisir, disaient que je leur manquais. Je n'étais plus que spectatrice. Si, parfois, il m'est arrivé, plus tard, de remettre la main à la faux ou de battre au fléau lors du dépiquage du blé, ce n'était que pour me donner un moment de plaisir.

À la mi-août, alors que mon ventre commençait à prendre des formes, mon père reçut la visite d'un confrère de la Corrèze, Charles Lafarge, qui possédait une entreprise au village de Glandier, non loin de Pompadour ; il venait de ramener d'un séjour à Paris une jeune épouse, Marie Capelle. Il avait été fasciné par cette élégante qui prétendait être la fille de Philippe-Égalité et de Mme de Genlis et par conséquent descendre de Louis XIV et de Mme de Montespan ; elle avait été attirée par ce hobereau de province, un peu rustre dans ses manières, mais qui possédait château en Limousin.

Ma mère se mit en quatre pour les recevoir, sortit ses cristaux, sa porcelaine, son argenterie, leur prépara un lièvre à la royale et des pâtés aux truffes, accompagnés du meilleur de nos bordeaux.

Je n'eus pas de peine à deviner que ce mariage boitait : cette Parisienne de noble extraction et ce lourdaud n'étaient pas faits pour s'entendre. De tout le temps que dura le repas, ils ne cessèrent de se quereller : elle ne lui passait aucune vulgarité dans son comportement et ses propos ; il semblait prendre plaisir à la choquer puis, quand il la sentait hors d'elle, il l'appelait sa « petite canne » ou sa « biche », ce qui avait le don de l'irriter plus encore. Elle ne supportait pas de l'entendre parler patois, ce qu'il faisait sciemment, pour la provoquer.

« Ou je me trompe fort, me dis-je, ou voilà un ménage qui ne tiendra pas longtemps… »

On avait achevé la *cajasse* parfumée au vieux rhum et mon père, sortant ses cigares, proposait à Lafarge d'aller boire le café et la vieille prune au salon, quand Marie Lafarge me jeta :

« Ma chère, que diriez-vous d'une promenade ? Si vous êtes fatiguée, prenons mon briska.

– Je préfère marcher, dis-je. C'est mieux, dans mon état. »

Nous passâmes par la forge à la demande de Marie. Je constatai avec surprise qu'elle était loin d'en ignorer le fonctionnement et le vocabulaire. Elle s'entretenait familièrement avec les ouvriers, s'informait de leur salaire et de leurs conditions de travail. Cette petite femme tournoyant dans sa robe de mousseline, son ombrelle rose sur l'épaule, riant et plaisantant au milieu de ces pauvres hères dépenaillés, faisait un spectacle étonnant.

« Mon savoir semble vous étonner, dit-elle. Sachez que, depuis mon arrivée à Glandier, il y a quelques semaines, je m'intéresse à cette activité et que je compte bien apporter quelques innovations au fonctionnement de notre forge qui n'a pas l'importance de la vôtre. C'est le seul point qui m'attache encore à mon époux. »

Je comprenais sans peine son désir de me parler de son ménage. Elle le fit avec de l'acrimonie dans la voix et de vifs mouvements de bras qui se répercutaient dans mon ventre, sans que j'ose lui en faire l'observation, tant cette femme élégante et jolie m'imposait.

Si elle avait épousé Lafarge, me dit-elle, c'était pour céder aux instances de sa famille qui lui faisait miroiter une vie fastueuse dans un château du Limousin.

« Le "château" ? Parlons-en ! C'est une immense et laide bicoque à moitié en ruine, la demeure du capitaine Fracasse… Les rats pullulent jusque dans les chambres, ma belle-mère élève des dindons dans la sienne, et la cuisine est envahie par les chiens et la volaille. Imaginez ma déception lorsque je suis entrée dans ce taudis ! Charles m'a trompée, et je ne lui pardonnerai jamais. Quant à la société dans laquelle il m'entraîne, elle suinte d'ennui et de conformisme. Si vous connaissiez Paris vous me comprendriez mieux.

– Je vous comprends, dis-je, mais cette société que vous détestez est la mienne et je n'en connais pas d'autre, hormis celle de Ruelle, qui n'est guère plus brillante. Pour tout vous dire, j'aime malgré tout ce pays et je n'ai jamais souhaité vivre ailleurs.

– Vous avez bien de la chance. »

Elle ne me poussa pas aux confidences, ayant elle-même trop de rancœurs à exprimer.

Avant de quitter le Paradou, Marie m'embrassa avec une vigueur qui me surprit et me dit :

« Je suis contente de vous connaître, Séverine. Nous nous reverrons, n'est-ce pas ? Vous viendrez me voir à Glandier dès que vous serez remise de votre accouchement et que j'aurai procédé à divers aménagements. Quelque chose me dit que nous deviendrons amies. Je suis à peine plus âgée que vous : quatre ans, peut-être trois… »

Quelque chose me disait à moi que cette amitié dont elle me parlait avec feu ne durerait pas plus que son mariage, et que cette jeune femme mince et pâle, au regard fiévreux, qui semblait échappée à un drame romantique, ne ferait que passer.

Les vendanges furent maigres et le vin de médiocre qualité, en raison d'un été frais et pluvieux. Il y avait trop de foin et pas assez de blé et de raisin. « Année de foin, dit le proverbe, année de rien... » Les proverbes avaient raison une fois de plus. On ne les écoute jamais assez, ces voix prophétiques, nous chanter à l'oreille le temps des saisons à venir.

Pour rien au monde je n'aurais manqué les vendanges. Ma grossesse m'interdisant la cueillette et le transport des paniers aux comportes, j'aidais les femmes des métairies à préparer les repas.

On avait, dans toute la province, retardé les vendanges dans l'espoir d'une ultime risée de soleil qui eût fait gagner en alcool la récolte de l'année, mais la pluie ne cessa plusieurs jours durant, et les grappes perdirent leurs grains épargnés par les cailles et les étourneaux. Le pays baignait dans une brouillasse tiède et fade qui détrempait la terre grasse du plateau collant aux socques et faisant s'embourber les charrettes chargées de comportes.

Magnoux, le métayer de la ferme de Fontenille à la belle fontaine, se lamentait :

« Pauvre... Nous ferons deux fois moins de vendange que l'année dernière, et pour ainsi dire de la piquette. Pareil pour le blé et la civade. Heureusement nous aurons des patates et du blé noir. Ça compensera un peu, mais c'est la misère qui nous guette, tu pourras le dire à ton père. »

Mon père n'avait pas attendu les doléances de Magnoux pour s'indigner de la malignité du temps et parler lui aussi de misère, mais la proximité de mes couches dissipait en partie ces ombres. Je le retrouvais tel qu'il était jadis : bon vivant, fier de sa bedaine barrée d'une chaîne de montre qui rappelait, toutes proportions gardées, celle qui ferme le port de La Rochelle. Il ne courait plus la gueuse, se donnait tout au plus l'innocent plaisir de peloter nos servantes qui se contentaient de balancer leur croupe pour lui faire lâcher prise. Il s'accordait chaque jour un cigare et un doigt d'eau-de-vie. Une résurrection. Le docteur Malefaye y perdait son latin.

« Petite, me disait mon père, je compte que, cette fois-ci, tu vas me faire un drôle ! »

Garçon ou fille, peu m'importait. J'étais une parturiente du genre indifférent, soucieuse seulement de voir l'épreuve se terminer dans de meilleures conditions que la première. Le médecin était optimiste :

« Cette fois, tu tiens le bon bout. Tu vas te libérer comme on jette sa gourme. »

On dit aujourd'hui : « Ça passera comme une lettre à la poste… »

L'été de la Saint-Martin s'acheva dans les râles du cochon. En raison de la pluie on l'égorgea dans la grange du château, avec tout l'appareil d'une fête païenne qui ne commençait pour moi, sensible que je suis à la souffrance des hommes et des bêtes, que lorsque le moussur, le « monsieur », s'était vidé dans un gargouillis des dernières gouttes de son sang. Je prétextais toujours quelque obligation impérative pour échapper à ce spectacle qui attirait les enfants, et je me bouchais les oreilles pour ne pas entendre l'aigu insoutenable de la bête égorgée. Pour moi, la fête venait après. Je regardais sans déplaisir l'épicier du bourg, boucher aux longs couteaux et aux mains rouges, ouvrir le ventre pesant de ce Marsyas de chair rose accroché à l'échelle, écartelé, livrant des paquets d'entrailles à la faim des hommes. Je prêtais la main, sans dégoût et même avec un certain plaisir, à la préparation de la cochonnaille, le moussur n'étant plus qu'une marchandise à l'étal.

Une semaine plus tard, mon enfant poussa son premier cri. C'était un beau garçon de huit livres qui, contrairement à sa sœur, n'avait pas fait d'histoire pour saluer la vie. Mon père était aux anges : il tenait son héritier et, celui-là, il ne le laisserait pas s'échapper pour courir le monde comme Alban ou s'attacher à des occupations futiles comme Élie. Ma mère pleurait en m'embrassant. J'avais l'impression d'avoir fait à ma famille un cadeau royal.

Sylvain, comme pour mon premier accouchement, ne se rendit au Paradou que plusieurs jours après la naissance, alors que mes relevailles se terminaient dans l'odeur des bouillons de poule que me préparait ma mère.

« Tu arrives à point, dis-je sur un ton ironique. J'allais t'envoyer un carton pour te faire part de la nouvelle.

J'ai pris en ton absence la liberté de l'appeler Jérôme, comme mon grand-père maternel.

– C'est un joli prénom », dit-il en m'embrassant sur le front.

Il s'excusa, avec les mêmes arguments que la première fois, mais il ajouta qu'il revenait d'un voyage en Lorraine et à Paris, dont il me raconterait les péripéties. J'y comptais bien. De tout le temps que j'avais passé au Paradou, je n'avais reçu de lui que des lettres brèves et sèches comme des bulletins de service ; curieusement, elles alternaient avec celles que je recevais de Pierre, lesquelles proclamaient le désir et le besoin de me revoir, comme s'il avait lu dans les astres la promesse de prochaines retrouvailles que, pour ma part, je jugeais aléatoires. Pierre m'aimait ; il osa enfin me l'avouer, sans pour autant exprimer la certitude de voir nos destinées se rejoindre par je ne sais quelle manœuvre subtile du destin.

Dans une de ses lettres, enfin, il me donnait son adresse ; je la retins mentalement après avoir détruit sa lettre comme les précédentes et lui répondis sans m'ouvrir à lui de mes propres sentiments, d'ailleurs imprécis. Je n'avais jamais connu les atteintes de la passion et m'en méfiais comme de ce choléra qui ravageait les grandes villes, Périgueux notamment, et venait de terrasser le roi Charles dans sa retraite d'Angleterre ; en revanche, me savoir aimée m'était une consolation et un appui dans l'incertitude où me cantonnait mon époux. Sylvain respirait un bonheur qui, je le devinais, avait sa source ailleurs que dans sa profession ou son ménage.

De nouveau je me posai la question : comment diable Pierre était-il tenu au courant de mes faits et gestes ?

Il me racontait dans ses lettres des choses étonnantes.

On avait lancé à Saint-Étienne, en 1827, la première ligne de chemin de fer ; elle reliait la ville à Andrezieux. Une seconde ligne de construction récente irait de Saint-Étienne à Lyon. Pierre avait lié connaissance avec l'ingénieur qui avait présidé à ces merveilles de la technique, Marc Séguin, et ils étaient devenus bons amis, au point que ce personnage important lui avait proposé d'entrer dans sa compagnie. J'avais peine à imaginer cette monstrueuse machine de fer et d'acier traînant son serpent de wagons à travers les montagnes, à des allures terrifiantes qui, logiquement, auraient dû rendre fous les passagers ou les asphyxier lorsqu'ils traversaient les tunnels.

J'ai fait un rêve, m'écrivait Pierre. *Nous embarquions tous deux à bord d'un de ces wagons, le plus luxueux, et nous partions pour un long voyage à destination de Venise…*

Venise… Ce pauvre fou de Pierre ! Il n'avait pas perdu l'habitude de rêver.

* *
*

Moins pénible que le premier, mon accouchement m'avait fatiguée davantage, peut-être en raison d'un hiver rigoureux qui avait obligé, la Ganne étant prise par les glaces, à mettre la forge en sommeil.

La neige dura une semaine avant et une semaine après mon accouchement ; le froid semblait devoir s'attarder, si bien que je m'abstins de suivre Sylvain à Ruelle. Outre que je craignais les risques d'un voyage avec mes deux enfants dans le vent, la pluie ou la neige, je n'avais nulle envie d'aborder avec mon époux une de ces périodes difficiles où l'on joue cartes sur table ; je ne m'en sentais ni la force ni la volonté, mais je pressentais qu'une heure de vérité entre nous était inévitable et ne tarderait guère.

Dans les premiers jours de février, alors qu'un pâle soleil entortillé de filasses grises s'écartelait sur les collines en marge d'un ciel de fer, nous eûmes la visite d'un personnage étranger à la commune et qui, du moins à mes yeux, paraissait être un monsieur.

Il se présenta à mon père vêtu correctement mais sans la moindre affèterie, d'un costume de drap gris levé dans ces étoffes rustiques que les paysans tissent en hiver pour les porter au *sartre* le printemps venu, afin qu'il y taille une paire de pantalons pour les drôles et un costume pour eux. Il tenait contre son ventre, entre ses mains roses de froid, un chapeau en peau de lapin à oreillettes ; il paraissait jeune – moins de trente ans – mais peu santeux avec ses épaules étriquées, son visage hâve, ses yeux larmoyants et la tignasse terne et rare qui hérissait son front ridé. Sans sa tenue honnête on eût pu le prendre pour un mendigot, comme celui que notre métayer des Landes avait trouvé mort de froid dans son clédier, et que l'on avait enterré dans la fosse commune.

« Mon nom est Nadal, dit-il. Joseph Nadal. Je suis votre nouvel instituteur. »

Mon père l'attendait, la préfecture l'ayant prévenu que le poste était pourvu.

« Vous n'êtes pas le *nouvel* instituteur, dit mon père. Il n'y en avait pas avant vous, et je dois vous dire que vous n'êtes pas désiré.

– Mais, monsieur le maire, c'est la loi ! gémit Nadal. Dois-je vous rappeler que M. le ministre François Guizot…

– Il n'est plus au gouvernement. Il a été destitué et c'est un bien pour la nation.

– Peut-être, monsieur le maire, mais la loi demeure et, que cela vous plaise ou non, je dois occuper la place qu'on m'a confiée. Loi du 28 juillet 1833…

– Jeune homme, je connais la loi mieux que vous et je vous rappelle que vous aurez à diriger une école *confessionnelle non obligatoire.* En tant que maire, je dois vous verser une somme annuelle de 200 francs et vous fournir un local pour votre école et votre logement. Vos clients vous paieront directement l'écolage pour chaque élève que vous enseignerez. On vous indiquera au bourg votre domicile. Vous êtes marié ?

– J'ai une femme et un enfant en bas âge.

– Hum… je crains que le local qui vous est affecté soit un peu juste, mais il faudra vous en contenter. Notre commune est pauvre. »

Avant de le congédier, il le conduisit à la cuisine pour lui faire tremper une soupe.

L'enseignement primaire était presque totalement négligé à Saint-Saturnin. Notre nouveau curé, un pauvre hère porté sur la bouteille, avait obtenu par une lettre d'obédience la faculté de dispenser un enseignement dont lui-même aurait eu grand besoin : il ne savait que son latin d'église et parlait plus volontiers le patois que le français. Je garde de ce personnage un souvenir amusé : un dimanche où mon père l'avait invité à sa table, je l'avais vu ouvrir les huîtres en se servant du bas de sa soutane pour ne pas se blesser les mains. Les élèves avaient fini par déserter son presbytère pouilleux, qui n'avait d'école que le nom.

« Je vous ai trouvé bien sévère avec ce pauvre garçon, dis-je à mon père. Ce n'est pas lui qui a demandé à s'installer chez nous.

– Peut-être ! bougonna-t-il, mais ces instituteurs laïques sont une race exécrable. Tous de la graine de révolutionnaire. Celui-là ne me paraît guère dangereux, mais il faut se méfier des eaux dormantes. Quoi qu'il en soit, je le materai et il viendra me manger dans la main. »

Je lui opposai des arguments pitoyables : les paysans et le peuple avaient droit à l'éducation… on les avait trop longtemps considérés comme des bêtes de somme… il était temps de…

« Qu'est-ce que ce langage ? hurla mon père. Tu parles comme Blanqui à présent ? Où as-tu été pêcher ces idées ? À Ruelle ? Quand comprendras-tu que nos fils de paysans, s'ils dépassent un certain degré d'instruction, deviendront des personnages inutiles ? Le travail de la terre, celui de la forge leur paraîtront indignes d'eux. Ils se prendront pour des phénix. L'instruction pourrit le peuple et ruine les entreprises ! Cette loi que

Guizot a fait voter est une abomination. Je ne veux plus entendre parler de ce...

– Nadal. Joseph Nadal. »

Mon père était à ce point agité que je craignis une attaque et me retirai dans ma chambre pour donner le sein à Jérôme qui commençait à s'impatienter. J'imaginai Pierre privé de cette instruction à laquelle il aspira durant toute son enfance et sa jeunesse, souffrant de sentir en lui des élans étouffés et des talents inexploités. Mon père avait tort, mais je ne pouvais lui en vouloir : il était le dernier vestige d'une société bourgeoise sans morale et sans entrailles.

Joseph Nadal revint au château quelques jours plus tard, emmitouflé, en raison de la pluie, d'une pèlerine trouée comme par des balles sur un champ de bataille. Mon père le reçut dans son bureau mais le laissa debout devant lui, malgré l'état d'épuisement du pauvre diable.

« Alors, *monsieur l'instituteur,* dit-il d'un air narquois, vous voilà dans vos meubles ?

– C'est beaucoup dire, monsieur, car, en fait de meubles...

– De quoi vous plaignez-vous ? »

Nadal sortit un billet de sa poche et commença l'énoncé de ses doléances :

« La grange que vous appelez pompeusement "école" est ouverte à tous les vents.

– Le grand air est excellent pour la santé.

– La toiture prend eau de toutes parts.

– Vos élèves trouveront ainsi une occasion de se laver les pieds, ce qui leur arrive rarement.

– Nous n'avons pas le moindre matériel : ni bureau pour le maître, ni tableau noir, ni pupitres ni bancs… »

Mon père se dressa derrière son bureau et s'écria :

« Ça suffit, Nadal ! Nous ne sommes pas à Polytechnique. À vous de vous débrouiller !

– Je vous fais respectueusement observer, monsieur le maire, que ce matériel est indispensable et que c'est à la commune de nous en pourvoir. Sinon je ne pourrai enseigner à mes élèves et je serai au regret d'en référer en haut lieu.

– Je vous préviens que le préfet est un ami. Il a dîné chez moi pas plus tard que le mois dernier. »

Nadal soupira, baissa la tête en remettant le billet dans sa poche.

« Si je comprends bien, dit-il, il ne me reste plus qu'à aller ramasser les châtaignes pour assurer la subsistance de ma petite famille… »

Mon père explosa en retombant dans son fauteuil. Il ralluma un mégot de cigare :

« Oh ! que non ! Je ne vous alloue pas la somme de 200 francs pour chercher des châtaignes. Puisque vous le prenez sur ce ton, je vais vous préciser vos fonctions. En plus de l'enseignement que vous dispenserez aux élèves, vous serez fossoyeur et tambour de ville ; vous nettoierez le lavoir une fois par semaine ; vous remonterez l'horloge de l'église et celle de la mairie ; vous aiderez le curé comme chantre, sacristain et blanchisseur. Pour le vin de messe, j'y pourvoirai comme par le passé… »

Nadal chancela sur ses maigres guiboles.

« Vous vous moquez, monsieur ! s'écria-t-il.

– Pas le moins du monde ! Allez donc voir ce qui se passe dans les autres communes. Croyez-vous que l'on vous ait confié une sinécure ? »

Il fit des ronds de fumée et détendit en grognant ses jambes malades.

« Je ne vous ai pas parlé de notre logement, ajouta Nadal. Il est insalubre et nous n'avons aucun moyen de chauffage.

– Patientez : le printemps va venir.

– Mon enfant a attrapé des poux.

– C'est un signe de bonne santé.

– Eh bien ! monsieur, dit Nadal en se recoiffant, je vous informe que je vais faire une demande de changement, appuyée par un rapport sévère.

– Faites, mon ami, dit mon père en bâillant. Cela ne me dérange pas. »

En me rendant chez l'épicier avec Mélie, je passai à l'école. Le maître était absent de la grange au sol sillonné de ruisseaux de purin dilué par la pluie, où traînaient encore des monceaux de paille moisie ; un vent aigre soufflait par le bas de la porte rongé par la pourriture ; du foin pendait encore dans la *juque,* sous la tuilée constellée d'étoiles grises.

« Il doit être chez lui », dis-je.

Nadal était absent. C'est sa femme qui nous ouvrit en nous disant, à la mode du pays :

« Finissez d'entrer. »

C'était une souris grisâtre et efflanquée sous la vieille blouse de filasse qui lui servait de robe, avec une corde à la taille. Elle grisonnait comme à la cinquantaine, mais son visage était assez fin, ses yeux vifs et intelligents. Elle s'excusa de n'avoir pas de siège et rien à nous offrir, « pas même de l'eau chaude ».

La pièce unique avait été habitée jadis par une vieille demoiselle, morte de misère et de solitude. La cheminée, à demi effondrée sur la sole où fumait un feu de souche, était hors d'usage. La porte refermée, le galetas ne prenait jour que par un fenestron que les locataires occultaient le soir avec un bouchon de paille, comme on fait dans les étables. En guise de table, il n'y avait que deux grandes caisses portant une marque de savon et de chocolat, que l'épicier compatissant leur avait données. Pas de sièges : des fûts d'arbre tronçonnés. Pas de lit : une paillasse de fougères recouverte de sacs de jute. Pas de berceau pour l'enfant, mais une panière d'osier encore vert, que le père avait tressée lui-même. Pas de placard, sinon une excavation dans le mur au plâtre maculé de vieille suie, avec une étagère. Les baraquains que nous voyions passer de temps à autre faisaient auprès de ce couple figure de bourgeois.

Je me penchai sur le berceau.

« Votre enfant est malade, dis-je. A-t-il vu le médecin ?

– Il est venu la semaine passée, de Savignac, mais il ne reviendra pas : nous n'avons pas de quoi le payer. Il s'est contenté de dire qu'il fallait à notre enfant une bonne nourriture et de la chaleur. Autant dire qu'il est condamné. »

Je lui donnai un an et demi : il en avait trois. C'était une sorte de larve souffreteuse, au visage creusé par la fièvre, au regard brillant. Au niveau de la chevelure, je remarquai les traces rouges qui signalaient la présence des poux.

« Vous ne pouvez pas rester ainsi, dis-je, la gorge nouée. Votre enfant risque de mourir et vous de tomber malades.

– Mon mari a demandé son changement, mais ça risque de prendre du temps. Que pourrions-nous faire ? Des voisines nous apportent du lait pour le petit. Mon mari va ramasser les châtaignes et chasser avec le fusil qu'il emprunte à Chambaraud, le boulanger, mais il a horreur de tuer les animaux et il revient toujours bredouille. »

En partant, je laissai sur la table la moitié de l'argent destiné à nos achats d'épicerie. Mme Nadal refusa avec dignité. Je faillis me fâcher :

« Vous n'avez pas le droit de refuser. Mettons que c'est pour le petit. Je reviendrai vous voir. »

De retour au Paradou, je fis à mon père, d'un ton sévère, le récit de ma visite, ajoutant :

« Je vous préviens que j'aiderai cette famille par tous les moyens dont je disposerai. Nous ne sommes plus au Moyen Âge. Quelle figure feriez-vous auprès de vos administrés si cet enfant mourait et si ces braves gens tombaient malades ? On vous traiterait de barbare et l'on n'aurait pas tort ! »

Il parut remué, ergota maladroitement, arguant que la commune n'était pas un bureau de bienfaisance ni un hospice pour les mendiants, que les finances…

« Les finances ! m'écriai-je. Des gens meurent de faim et de maladie par votre faute et vous osez parler finances ! »

Il fit pesamment quelques pas autour de son bureau, tenta vainement de rallumer son cigare qu'il finit par jeter dans la cheminée.

« Bien... bien... maugréa-t-il. Je vais voir ce que nous pouvons faire. Ce Nadal n'est pas un mauvais bougre, après tout, et je l'ai un peu humilié, j'en conviens... »

Je revins deux ou trois fois par semaine voir le couple et jouer les dames de charité avec le plus de discrétion possible. Chaque fois, je posais sur la table, « pour le petit », quelque subsistance et une modeste somme prélevée sur les maigres subsides que m'adressait Sylvain.

Mon père fit diligence : on installa l'« école » dans un petit local appartenant à la commune, près de la mairie, avec le strict nécessaire ; le couple déménagea pour un appartement de deux pièces libéré par deux des filles du boulanger, devenues *nores* (ou belles-filles) chez des fermiers des environs. L'enfant mourut dans les premiers froids de février ; de toute manière, il était condamné.

Dans le temps de Pâques, Nadal vint nous rendre visite au Paradou. Il était porteur d'un magnifique capucin bien gras car il avait fait litière de ses réticences et appris à chasser. S'il était toujours vêtu comme un *marque-mal*, il avait retrouvé une mine avenante.

Il avait de quoi être satisfait : son école comptait dix élèves qui commençaient à lire et à écrire ; les diverses fonctions plus ou moins humiliantes que mon père lui avait affectées lui avaient été retirées ; il consentait pourtant, de temps à autre, à faire fonction de sacristain, et c'est lui qui « brandit » la cloche pour le baptême de Jérôme.

« J'accomplis cette tâche avec d'autant plus de plaisir, me dit-il, que j'aime le son des cloches. Chaque fois que j'agrippe la corde je me dis que c'est pour vous, madame Séverine, que je sonne vêpres et angélus. »

Il m'avoua en toussotant qu'il avait même écrit un sonnet intitulé : *Cloches du soir, espoir,* qu'il m'avait dédié. Il me le confia ; je le lus et le trouvai aussi plat et conventionnel que les poèmes de l'illustre Gaston Castagné.

Il rayonna quand je lui dis :

« C'est excellent, monsieur Joseph. On dirait du Lamartine… »

* *
*

En dépit de l'état avancé de ma grossesse, je m'accordai le plaisir d'une visite à Marie Lafarge, comme elle m'y avait invitée à diverses reprises par courrier.

Je fis le chemin en tilbury, par une belle journée de l'été de la Saint-Martin, en compagnie de Mariette et de Clarisse. Nous traversâmes des pays tourmentés qui jouaient les montagnes à travers les décors somptueux de l'automne. Aux chemins du plateau périgourdin succédaient les fraîches vallées de la Corrèze, avec ses torrents, ses rivières, ses étangs que couvraient les premières feuilles mortes.

Glandier occupait un cirque de collines abruptes au milieu desquelles s'élevaient les bâtiments d'un ancien monastère. Entre eux et la Loyre, au milieu d'un pré, le « château » des Lafarge dressait sa masse sinistre, suintant l'abandon et la misère, promise à une ruine prochaine. Je devinai la déception de Marie en arrivant dans cet ermitage désolé, elle qui n'avait connu que l'ambiance aristocratique des salons parisiens.

À peine avait-elle entendu le bruit des sabots, que Marie s'était mise à son piano pour nous jouer en guise d'accueil une sonate de Bach, claire comme un jour de printemps. Nous débarquâmes dans cette gloire sonore, alors que se dissipaient les dernières brumes de la matinée.

Marie s'était habillée pour nous recevoir d'une robe de mousseline ; elle avait attaché ses cheveux avec des épingles d'or à tête de perle et, par son élégance, la vivacité de ses attitudes et de ses propos, elle contrastait avec ce cadre sordide.

Vêtu d'une robe de chambre sale, rapiécée, ses pieds traînant de vieilles pantoufles, Charles sortit de son bureau pour me saluer. Il paraissait soucieux.

« Il est en train de mettre au point une invention destinée à améliorer le rendement de la forge, me souffla Marie. Depuis quelques jours, il ne sort plus de son antre. C'est à peine s'il se rend compte de ma présence. Il ne se montre empressé que le soir, quand il vient me rejoindre dans ma chambre, mais – puis-je vous le confier en confidence ? – je me refuse à lui depuis notre mariage. Il me répugne : ces ongles en deuil, ces pantoufles, ces manières de rustre… »

Elle ajouta en se laissant tomber dans un fauteuil, près du piano, une main sur le front, comme accablée par une migraine :

« Pourquoi donc l'ai-je épousé ? Je n'étais pas malheureuse à Paris, malgré quelques ennuis d'argent. J'y avais des relations, des amis. Je portais toilette chaque jour pour aller à des soirées ou à des spectacles. J'aurais pu trouver un parti digne de mes origines, et me voilà à ronger mon frein auprès de ce paysan, dans ce pays perdu…

– Il ne tient qu'à vous, dis-je, de rendre ce lieu plus agréable et de faire de Charles un époux présentable. Vous avez de l'autorité sur lui. Profitez-en ! »

Elle avait déjà commencé à transformer son intérieur. Sa chambre, sans être luxueuse, montrait une subtile harmonie dans les couleurs et la disposition du mobilier, mais le reste de la maison était demeuré en l'état où elle l'avait trouvé à son arrivée : un taudis parcouru par les rats…

« Les rats ! gémit-elle. Ils sont partout ! Hier, l'un d'eux s'était caché dans une de mes bottines. J'en suis obsédée. La nuit, je rêve qu'ils grouillent autour de moi. Charles s'amuse à les chasser alors qu'il faudrait du poison pour les exterminer. »

De tout le temps que nous restâmes dans sa chambre, Marie me parla de sa vie en Corrèze, non seulement dans ce Glandier qu'elle haïssait, mais dans la petite société de notables locaux, mesquine, étriquée, engoncée dans les conventions et les hypocrisies, singeant Paris avec un touchant ridicule. Elle y brillait mais s'y ennuyait ; elle n'avait pu s'y ménager aucune relation digne d'intérêt. Ses déceptions et ses rancœurs s'épanchaient avec une telle véhémence que je ne pus m'empêcher de lui dire :

« Il faut faire quelque chose, Marie. Si vous restez ici, vous sécherez sur pied. »

Cette perspective d'une lente mais inexorable consomption l'obsédait, mais elle ignorait encore le moyen d'y échapper.

Heureusement, dans ce désert, il y avait la forge qu'elle visitait chaque jour, les promenades en barque sur la Loyre, son piano… Je lui avouai mon regret de n'avoir pas appris à jouer de cet instrument ; elle se leva avec vivacité, pianota quelques mesures de la sonate qu'elle interprétait lors de notre arrivée et dit en se levant ces paroles étonnantes :

« Le piano… c'est mon seul ami. Ma chère, la musique peut changer la vie. Si nous nous voyions plus souvent je pourrais vous apprendre. Venez donc vivre ici, avec moi…

– Cela me semble difficile. »

Elle me conduisit aux écuries pour me montrer la jument que Charles lui avait ramenée de la poulinière de Beyssac, près de Pompadour, en guise de cadeau de noces.

« Elle s'appelle Abraska, dit-elle. Elle a l'encolure élégante, un pied de gazelle, mais elle est capricieuse et je ne l'ai pas encore tout à fait en main. Voulez-vous la monter ?

– Dans ma situation ? Voyons, Marie…

– Pardonnez-moi ! Venez, nous allons visiter la forge. Le temps de passer une cape et je suis à vous. Vous me voyez dans cette tenue, au milieu de ces pauvres esclaves ? »

Ses éclats de rire, ses fusées d'humeur joyeuse me paraissaient comme autant de revanches sur sa condition d'exilée ; elle semblait profiter de ma présence pour se donner ces fêtes dérisoires qui paraissaient la rendre heureuse.

Elle passa à l'office, revint en chantonnant avec un panier rempli de fruits : pommes, pêches, raisins. Tandis que nous prenions, bras dessus, bras dessous, le chemin de la forge, elle m'expliqua que des maraîchers du bas pays venaient régulièrement avec leurs mulets vendre leurs produits ; elle leur achetait tout leur chargement pour le distribuer à ceux qu'elle appelait ses esclaves.

« J'aime ces pauvres gens, me dit-elle, plus que ces nobles arrogants, prétentieux, égoïstes, ces parvenus, ces grenouilles de bénitier que nous sommes tenus de fréquenter pour ne pas passer pour des sauvages. Ils sont vrais, eux. »

Les ateliers étaient en pleine activité. Moins importants que les nôtres, ils semblaient mieux organisés, sans ces négligences dangereuses qui m'inquiétaient chez nous.

« Manuel ! s'écria Marie après avoir laissé son panier à un petit-valet, expliquez à mon ami le projet de mon époux. »

Le contremaître s'avança vers moi en boutonnant sa chemise. Il expliqua que Lafarge mettait au point le projet d'un dispositif permettant de faire couler directement la fonte liquide sortant du haut-fourneau dans les fours d'affinage et de remettre la fonte en fusion, un procédé qui économiserait la main-d'œuvre et restreindrait les risques d'accident.

« Ce procédé, dit Manuel, sera très économique. Je vous passe les détails. Ils doivent demeurer secrets.

– Ils ne le resteront pas longtemps, dit Marie. Charles va faire breveter son invention et nous serons riches ! »

Elle paraissait soudain au comble de l'excitation, interpellait familièrement les ouvriers par leur nom ou par leur châffre : Biassou, Grapal, Cacarot, Foutrassou... Ils riaient, ôtaient leur chapeau pour la saluer, la remerciaient pour les fruits... Je me disais que si Charles Lafarge venait à disparaître, cette Parisienne serait à même de reprendre l'entreprise et de la diriger de main de maître. Sur ce plan-là, nous avions des points communs.

« Cette forge est mon univers, me dit-elle sur le chemin du retour. Cette animation... cette odeur indéfinissable... Tous les jours, sur le coup de 10 heures, nous allons, Charles et moi, faire une promenade en barque sur la Loyre. Nous nous arrêtons pour assister à la coulée, un spectacle dont je ne me lasse jamais.

– Je connais moi aussi cette émotion, dis-je. C'est comme un petit enfer de théâtre. »

Elle éclata de rire, me serra contre elle avec fougue, se promit de noter cette expression dans son journal. Elle paraissait heureuse de vivre, mais il lui fallait une présence constante et attentive pour être elle-même et se laisser aller.

À peine revenue au « château », elle parut reprise par ses humeurs sinistres. Elle appréhendait l'hiver qui allait venir, la compagnie de ces femmes austères, toujours vêtues de noir : sa belle-mère et sa belle-sœur et cet homme vulgaire, éperdu de désir, qu'elle rejetait : son mari.

Le repas de midi fut lugubre. Charles, concentré sur son projet, semblait absent ; il jetait des notes sur un papier et ne daigna m'adresser la parole que pour me demander combien mon père payait la mine et le charbon, combien lui avait coûté l'installation du monte-charge, le salaire qu'il donnait à ses ouvriers...

Au dessert, Marie me joua l'*Appassionata,* de Beethoven.

« Il se fait tard, me dit-elle en refermant son clavier. Restez donc cette nuit. Nous dormirons ensemble si vous avez peur des rats...

– C'est impossible, Marie. On m'attend. Ma famille s'inquiète au moindre retard.

– Alors, promettez-moi de revenir. J'ai trouvé en vous une amie véritable. Je ne vous lâche plus. »

Elle m'embrassa avec effusion, mouilla ma joue de ses larmes, m'assura qu'elle avait passé en ma compagnie une journée radieuse et fit seller sa jument pour faire un quart de lieue de route avec moi. Elle resta longtemps immobile sur sa selle, au sommet de la colline, à nous faire de la main des gestes d'adieu.

Avant de monter dans le tilbury, je lui avais dit :

« Marie, si je puis me permettre un conseil, tâchez de vaincre votre répulsion et acceptez de coucher avec votre mari. L'équilibre de votre couple est à ce prix. Sinon vous courez droit au drame. »

Elle m'avait répondu d'un ton glacé :

« Merci de votre conseil, mais autant me demander de copuler avec un crapaud. Vous avez épousé, vous, un homme séduisant, intelligent, riche, que vous aimez et qui vous a fait un bel enfant. Je n'ai pas eu cette chance. »

Devant sa détresse, je faillis me laisser aller moi-même aux confidences, en me disant que mes propres déboires conjugaux pourraient alléger les siens. Égoïstement, je m'abstins.

Je n'ai jamais revu Marie ; elle n'est pas revenue au Paradou et je n'ai jamais repris la route de Glandier où le drame que j'avais prévu n'allait pas tarder à éclater.

* *
*

Je repris sans joie le chemin de Ruelle avec Mariette et les deux enfants. Jérôme m'avait donné de sérieuses inquiétudes : il traversait une période de mauvaises fièvres que le docteur Malefaye attribuait à la qualité de mon lait mais qui tenaient plutôt à la canicule. Malgré les apparences d'une robuste constitution, il était fragile.

C'est également sans joie, me sembla-t-il, que Sylvain m'accueillit. Il parut ému de voir son fils, me demanda des détails sur sa santé, alerta le médecin qui proclama sans rire que le changement d'air suffirait à le guérir. Je n'étais pas rassurée car on avait signalé des cas de choléra dans la région.

Nous nous retrouvions, Sylvain et moi, de plain-pied avec notre existence passée, sauf qu'il s'absentait plus souvent pour des services de nuit à la fonderie. Je lui avais fait aménager une chambre dans une petite pièce donnant sur le jardin situé derrière la maison. Lorsqu'il venait gratter à ma porte, je faisais l'endormie.

Je lui dis un matin :

« Sylvain, il est inutile d'insister. Je ne veux plus risquer d'avoir un autre enfant. Le docteur Malefaye m'a mise en garde contre une nouvelle grossesse qui pourrait m'être fatale, et tu ne prends aucune précaution. »

Ma décision ne parut pas l'affecter.

« Est-ce à dire que nous devons interrompre nos rapports ?

– Durant quelque temps, je le crains. »

J'ajoutai avec une pointe de fiel :

« Te voilà libre de t'abandonner à tes penchants avec d'autres créatures. »

Il s'indigna mollement, jura ses grands dieux qu'il n'y avait personne dans sa vie, qu'il avait vécu comme un ermite durant mon absence. Pour éviter d'envenimer notre entretien, je fis mine de le croire.

Je ne suis pas de ces femmes qui mettent, comme on dit, le « clou au nez » de leur mari pour qu'il n'aille pas fouir sous d'autres jupons que les leurs. Une inspection minutieuse de ses vêtements, de ses mouchoirs, de ses documents aurait peut-être fourni quelque argument à mes soupçons, mais ma dignité m'interdisait ce genre de perquisition. Je préférais laisser aux événements le soin de m'alerter.

L'occasion se présenta au cours de l'automne.

Une nuit, Jérôme eut une telle poussée de fièvre que je ne pus faire moins que d'envoyer Mariette à l'usine chercher mon époux, après avoir été réveiller le médecin. Sylvain était absent.

« Ne vous inquiétez pas, me dit le médecin. Votre enfant est d'un naturel fiévreux et je ne vois dans son état rien que d'assez naturel. Faites-lui prendre le sirop et la poudre portés sur l'ordonnance et, dans deux ou trois jours, il n'y paraîtra plus. »

Lorsqu'il arriva, au petit matin, Sylvain ne trouva d'autre parade que la colère : il était à l'usine, mais dans un service annexe. Si le contremaître s'était donné la peine de chercher...

Je le laissai sans réagir évacuer sa mauvaise conscience. Le sentiment de malignité que je ressentais à le voir se débattre dans son désarroi suffisait à me venger. Plus que des reproches, mon silence l'accablait ; sa fureur se brisait contre lui comme sur un récif. Je lui dis simplement :

« Ne crie pas si fort. Tu vas faire peur à Clarisse et réveiller Jérôme. »

Il explosa :

« Je sais ce que tu penses ! Que je prends prétexte de ces services de nuit pour aller courir la gueuse. Tu es obsédée par l'idée que je te trompe ! On dirait que la jalousie t'aide à vivre. Tu t'y réfugies, tu en jouis ! Non contente d'avoir des soupçons, tu me fais surveiller ! »

Il renversait les rôles, se posait en victime, me faisait un procès d'intention et me jetait devant un tribunal. Soulevée par l'indignation, je choisis de la contenir aussi longtemps que ses débordements resteraient du domaine de la parole. Au moindre geste de violence j'aurais repris avec mes enfants le chemin du Paradou et demandé le divorce.

Autre motif de ma réserve : si j'avais des soupçons, il me manquait des preuves. J'espérais qu'il me les fournirait lui-même.

D'autres soucis me détournèrent de cette querelle.

Au début de l'année, alors que je me trouvais encore au Paradou et que je venais d'accoucher de Jérôme, j'appris par le rémouleur qui était passé par Glandier, que Charles Lafarge était mort et que Marie, soupçonnée de l'avoir empoisonné, était en prison. Je doutais de cette accusation : Marie, que l'on appelait la Sucrée ou la Parisienne, pour exaltée qu'elle fût, n'avait rien d'une Brinvilliers.

L'affaire faisait grand bruit dans les gazettes, à Paris comme en province. Si l'accusation était fondée, n'y avait-il pas un peu de ma faute ? Des visites régulières à Glandier ou, de sa part, au Paradou, l'auraient peut-être, à supposer qu'elle fût coupable, incitée à choisir un autre mode de délivrance : Charles, qui l'avait bernée, aurait-il pu s'opposer à son retour à Paris et à son divorce ?

À Ruelle, peu après l'altercation qui m'avait opposée à Sylvain, j'apprenais par les journaux et par une lettre d'Emma que le procès en assises s'était ouvert à Tulle et que tous les journaux de France se passionnaient pour cette affaire.

J'imaginais avec tristesse la forge arrêtée en pleine campagne de fondage, la grande demeure livrée aux

« bicornes du roi » et à la police, la chambre vide, le piano silencieux. J'écrivis à Marie, à la prison de Brive, pour lui dire que je la croyais innocente et que je me proposais de témoigner en sa faveur, mais c'était un souffle dans la tempête, et j'ignore si elle a lu ma lettre.

Une autre affaire, celle de l'arrestation de Burgou et de sa bande, vint apporter une diversion à mes soucis conjugaux.

Il avait été capturé quelques semaines auparavant alors qu'il s'apprêtait à commettre un nouveau forfait dans les parages d'Oradour-sur-Vayres, en Limousin.

Il avait fallu de la patience aux juges pour reconstituer la trame de cette existence vouée au banditisme, et celle de ses cinquante complices, hommes et femmes. L'opinion était partagée : certains le tenaient pour un émule de Cartouche et le désignaient pour le gibet ; d'autres en faisaient un bandit d'honneur qui distribuait aux pauvres l'argent des riches et souhaitaient qu'on le libérât. La vérité était dans un juste milieu : le personnage n'était ni un héros de légende ni un criminel. C'était avant tout un joyeux luron qui avait jugé plus agréable de vivre sur le commun que de s'échiner à travailler la terre ou à vivre en usine. Il fréquentait plus volontiers ses complices, dont certains tenaient des maisons de prostitution, que le confessionnal. Pourtant le tribunal fit preuve de mansuétude, se contentant de lui infliger quelques années de prison à Limoges et laissant libres de nombreux complices. De passage à Limoges quelques années plus tard, le prince Louis-Charles de Nemours, fils du roi Louis-Philippe, le graciait pour « services rendus » : il avait permis, en collaborant avec la « secrète », d'arrêter et de juger certains complices qui avaient échappé aux mailles du filet.

Il aurait fallu bien plus que ces intermèdes dramatiques pour me faire oublier ma propre situation.

Durant les mois d'automne et d'hiver que je passai à Ruelle, je m'abstins, dans la mesure du possible, en prétextant le soin à donner aux enfants, de me rendre aux soirées mondaines du samedi. Ces réjouissances m'étaient devenues insupportables, dans l'appréhension où j'étais de me voir désignée dans l'assistance comme l'épouse délaissée et complaisante d'un mari dont les femmes se disputaient les faveurs lorsque le bal débutait, tandis que je faisais tapisserie en m'efforçant de sourire. Il faut dire que Sylvain tournait la valse à la perfection et excellait dans les polkas et les mazurkas. Il passait d'une cavalière à une autre en bouclant sa moustache d'un geste désinvolte et irrésistible, la jambe droite fléchie, une main appuyée au dossier d'un fauteuil. Je devais être la seule dans l'assistance à remarquer ses airs de fatuité.

Durant ces mois gris, je baignais dans la macération délétère des jours où rien ne se produit en dehors des menus événements du ménage. Je fus surprise d'apprendre par Mariette ce que l'on disait de moi dans la bonne société dont je m'étais volontairement exclue : j'étais une épouse « discrète » (mais était-ce un compliment ?) et une mère exemplaire, ce qui me semble évident. J'évoluais en vase clos dans la brume du quotidien, entre mes menus plaisirs et ma tristesse, sans jamais me sentir pleinement heureuse ou malheureuse.

Il est de ces demi-mesures dans les sentiments qui conduisent à l'enlisement ou au drame. Je sentais les prémices de l'enlisement ; pas celles du drame.

Au temps de Pâques, l'année suivante, un événement arriva à point nommé pour me tirer de mon marasme et m'apporter quelque réconfort.

Nous avions décidé de donner une réception dans notre salon et, en cas de beau temps, sur la terrasse ombragée de chèvrefeuille qui domine la Touvre. Sylvain avait fait livrer un piano de location et retenu le service d'un jeune pianiste d'Angoulême dont il avait pu, au cours des soirées auxquelles il assistait, apprécier le talent.

Le temps était radieux, la rivière resplendissante, l'assistance joyeuse. Tous les messieurs ou presque étaient des confrères de mon époux et le traitaient avec une familiarité de bon aloi. Je m'attachai à faire bon visage et à veiller à ne pas donner prise aux supputations dont je me sentais entourée, de la part des femmes surtout.

Le pianiste s'appelait Samuel Preston. Il était anglais par son père et charentais par sa mère, chez laquelle il demeurait. À plusieurs reprises, à la fin d'une danse ou d'un air classique interprété en intermède, il venait me demander ce que je souhaitais entendre. Je lui avouais mon incompétence, mais il persistait dans sa démarche.

« Que diriez-vous, madame, de *La Romance du Mont-Jourdain* ?

– Un peu trop politique.

– Alors, *La victoire est à nous* ?
– Un peu trop militaire.
– J'ai trouvé : *La Romance de l'Abencérage* !
– Un peu triste, mais cela me convient.
– Je m'en doutais. Je vous observe depuis mon arrivée. Vous n'êtes pas heureuse, n'est-ce pas ? »

Suffoquée par son indiscrétion, je me détournai. Il me prit le bras, m'obligea à lui faire face et balbutia une excuse : il n'avait pas voulu m'offenser ; son propos avait dépassé sa pensée.

« Dites que vous ne m'en voulez pas ! »

Je souris, haussai les épaules et m'apprêtai à passer les petits-fours quand il murmura dans mon cou :

« Me pardonnerez-vous aussi si je vous dis que vous êtes la plus belle femme de l'assistance ?
– Je vous pardonnerais volontiers si vous ne commettiez une erreur : il y a d'autres femmes qui…
– Certes ! Certaines sont plus jolies, mais vous êtes la plus *belle.* »

Il m'abandonna en plein désarroi, mais flattée en mon for intérieur du compliment, sans pour autant y attacher d'importance. De tout le temps qu'il joua cette romance mélancolique, il ne me quitta pas des yeux à travers la fumée des cigares et le parfum du chèvrefeuille. Je le regardais à la dérobée : il était plus jeune que moi, semblait-il, blondasse, un peu lourd, mais avec un feu de passion dans son regard de Celte et un air de timidité qui concordait mal avec son audace.

Il joua des airs de polka puis revint vers moi alors que je ramenais de l'office des massepains à la fleur d'oranger.

« Avez-vous aimé la *Romance ?*

– Beaucoup. J'apprécie la subtilité de votre toucher. Pardonnez-moi, je…

– Je vais jouer un nouvel intermède. Il s'intitule : *M'aimeras-tu ?* »

Il me montra la partition d'une main tremblante, très fine par rapport à sa complexion. Je pris cette banale astuce avec le sourire et lui fis comprendre que j'avais d'autres soucis que le choix des intermèdes. Il blêmit, s'excusa en s'inclinant, mais son regard ne me lâcha plus.

Avant de partir, alors que je m'étais réfugiée avec mes enfants, pour fuir la tabagie, sur la terrasse que le soleil couchant baignait d'une lumière couleur d'abricot, il me rejoignit avec deux coupes de champagne.

« Buvons à notre rencontre, dit-il.

– Nous nous sommes rencontrés en d'autres occasions, me semble-t-il.

– C'est vrai. Je vous avais remarquée auparavant, mais ici, chez vous, dans cette demeure qui vous ressemble… Une femme n'est vraiment elle-même que dans le cadre de sa vie quotidienne. Pourquoi n'êtes-vous pas heureuse ? »

Je sentis l'indignation faire rougir mes joues.

« Qu'est-ce qui vous permet de dire que je ne suis pas heureuse ? J'ai de beaux enfants, un mari charmant… »

Il me coupa avec une violence contenue.

« Pardonnez-moi de vous faire cet aveu : j'ai connu beaucoup de femmes et j'ai appris à les observer. Je puis, sur un simple regard, deviner les sentiments qui les animent dans l'instant et dans la durée, et je me trompe rarement. Mesdames, vous êtes transparentes et je lis en vous comme dans un livre.

– Vous êtes un personnage redoutable.

– C'est beaucoup dire. Je garde en général mes impressions pour moi, mais j'avais envie de vous les confier. Dois-je vous dire que je n'irai pas les répandre au-dehors ?

– Je vous le défends bien ! Si j'apprenais…

– Ceci restera notre secret. Allons ! acceptez de boire cette coupe avec moi. Je sais que ce ne sera pas la dernière que nous boirons ensemble. À notre secret, madame ! »

Je trempai mes lèvres dans la coupe. Le champagne était tiède et sucré comme ses propos. Il vida sa coupe et me dit :

« Puis-je espérer vous revoir, madame ?

– Pour me consoler ?

– Je n'en espère pas tant. Je suis très seul ces temps-ci, et je me disais…

– Vous vous faites des romans.

– Vous ne pouvez m'empêcher d'espérer.

– Soit, mais cessez de m'importuner, je vous prie. »

Il distribua des caresses sur la tête de mes enfants et dit avant de disparaître :

« Ces bambins sont adorables. Compliments, madame. »

Je passai tout l'été à Ruelle.

Ma promenade favorite me portait toujours, une fois au moins par semaine, vers la source de la Touvre. Je laissais à Mariette la garde des enfants, sous le four à chaux, et descendais seule vers la berge. Cette étendue d'eau morte, où le soleil se perdait dans des nuances de vert, de noir et de gris, me fascinait. J'y voyais une image de ma destinée : les deux rivières qui donnaient naissance à cette résurgence étaient nées en Périgord, comme moi, et, comme moi, se retrouvaient dans cette province éloignée, leurs différences confondues dans une profondeur insondable. La présence des fonderies ne faisait que resserrer notre commune identité.

Comment Samuel Preston avait-il appris le but favori de mes promenades ? Je l'ignorais. Il m'avait, au lendemain de notre rencontre, adressé un bouquet, avec ces quelques mots : *De la part de celui qui ne peut vous oublier.* J'eus le tort de ne pas refuser cet hommage qu'il eût sans doute réitéré.

Une semaine plus tard, alors que je relisais *Les Contemplations* au bord de la source, j'entendis le pas d'un cheval et je reconnus mon obstiné soupirant. Je ne sais s'il perçut mon mouvement d'humeur, mais il s'assit près de moi après avoir attaché son cheval à la basse branche d'un coudrier.

« Pardonnez mon insistance, dit-il, il fallait que je vous revoie. »

Il avait la manie de s'excuser à tout bout de champ, comme les gens qui ne sont pas sûrs d'eux. Il me savait gré d'avoir accepté le bouquet, preuve, dit-il abusivement, que j'étais « sensible à cette modeste attention ».

« J'ai failli le faire renvoyer au fleuriste, dis-je. Dois-je vous rappeler que je suis mariée et fidèle ? J'ai dû inventer une fable pour justifier la présence de ce bouquet. Mon mari a voulu voir le carton. Je l'avais jeté. J'ai prétendu que ce cadeau venait de “je ne sais plus qui”. Ne vous avisez plus de me faire ce genre de surprise. »

Comme je m'étonnais qu'il ait appris ma présence en ces lieux écartés, il me dit :

« À Ruelle, tout se sait. J'ai recueilli l'information l'autre soir, au cours d'une discussion entre hommes. Me pardonnerez-vous de venir vous relancer ?

– Cessez de quémander des excuses et dites-moi franchement ce que vous attendez de moi.

– Vous voulez que je sois franc ? Alors je vous dirai, comme dans les romans, que “je vous ai aimée dès le premier instant où je vous ai vue”.

– C'est bien banal et vous oubliez que la vie n'est pas un roman.

– Détrompez-vous ! C'est ce qui la rend parfois si attachante.

– Ainsi, vous m'aimez ? »

Il s'engouffra dans ce qu'il prenait pour une ouverture. Est-ce que je croyais aux hasards miraculeux ? Eh bien ! c'en était un ! J'arrivais dans sa vie à un moment où il était revenu de tout, et de l'amour en particulier. Il attendait la liaison capable d'instaurer un équilibre dans son existence. En me voyant, il avait compris que j'étais l'apparition magique qui allait changer sa vie.

« Vous avez beaucoup d'imagination, dis-je. Vous devriez faire un opéra de votre histoire.

– Qui vous dit que je n'ai pas commencé ?

– Eh bien ! continuez, mais en vous trouvant une autre héroïne comme modèle. Je suis heureuse dans ma situation, moi. »

Il respira profondément, repoussa l'herbe de la pointe de sa botte qu'il frappait à petits coups de cravache comme pour s'encourager à poursuivre.

« C'est faux ! dit-il. Je sais que vous n'êtes pas heureuse. Tout le monde le sait en admirant votre courage et votre patience. L'inconduite de votre époux n'est un secret pour personne.

– Monsieur !

– Ne vous fâchez pas ! Votre mari vous trompe d'une manière éhontée, sans la moindre discrétion. Il a renoué avec cette veuve d'Angoulême qui le mène par le bout du nez et n'aura de cesse de le pousser au divorce. »

J'aurais dû lui intimer plus fermement l'ordre de se taire, mais j'avais la gorge nouée et des larmes prêtes à jaillir. Il poursuivit :

« On les voit partout à Angoulême : au restaurant, au spectacle, sur la promenade, au point que le directeur de la fonderie l'a rappelé à l'ordre et exigé de lui plus de discrétion. Je connais cette femme : une sorte de pieuvre, avec la beauté du diable. Si votre mari ne parle pas de divorce, c'est qu'il tient à vous et à ses enfants.

– Alors, je vous le répète : qu'attendez-vous de moi ?

– Ne faites pas l'innocente. Vous le savez bien… J'ai trouvé un trésor dédaigné et je souhaite le mettre en valeur, avec un écrin digne de lui.

– Vous parlez comme un orfèvre !

– Séverine… Vous riez et vous pleurez en même temps. Dois-je comprendre ?

– N'allez pas trop vite. Je ne sais rien de vous. »

Sa vie était « toute simple » et sans mystère. Ses parents vivaient séparés. Sa mère avait refusé de suivre son mari en Angleterre où il occupait un poste dans une ambassade ; il lui envoyait de quoi vivre dans l'aisance, sinon dans le luxe. Lui, Samuel, gagnait sa vie en donnant des concerts et des récitals. Il habitait avec sa mère, à Angoulême, sur les remparts du Midi, une belle demeure du XVIe dominant la promenade et le vaste horizon des Charentes. Leurs appartements étaient séparés, à cause de la musique, sa mère ne supportant pas les exercices auxquels il se livrait plusieurs heures par jour. Il allait bientôt jouer à Paris.

Je me laissais envelopper par cette belle voix grave et pleine, colorée par un vague accent anglais.

« Venez me voir, dit-il. L'endroit est discret. Votre voiture pourra se garer dans notre cour. Personne ne vous verra.

– C'est impossible.

– Réfléchissez, mais pas trop. Il me suffira d'un billet portant un jour et une heure. Je vous respecterai dans la mesure où vous l'exigerez. »

Je lui abandonnai ma main ; j'avais envie de porter la sienne à mes lèvres.

« Partez maintenant, dis-je. J'ignore ce que je vais pouvoir raconter à Mariette.

– Décidez-vous vite, ma chérie. Une surprise vous attend : une romance que j'ai composée pour vous. Il n'y manque que les paroles… »

C'est à moi qu'Alban écrivait, plutôt qu'à mes parents qui ne lui manifestaient pas la même attention et négligeaient de lui répondre. Aucune affinité ne nous unissait, mais nous avions l'un envers l'autre une curiosité et un intérêt réciproques, ce qui avait fini par créer entre nous, sinon une véritable affection, du moins une complicité. Dans cet échange, il était persuadé à juste titre qu'il était débiteur et me le manifestait dans sa correspondance par des formules qui n'étaient pas de simple convenance.

Au risque d'avoir son courrier intercepté, ce qui l'aurait peut-être conduit en cour martiale, il me confiait ses états d'âme : cette guerre d'Algérie déguisée en opération pacificatrice l'« écœurait ». Il était las de ces expéditions punitives contre les villages indigènes dont il revenait avec la nausée, des massacres de populations civiles, des incendies de récoltes et des razzias de troupeaux qui affamaient les populations ; las du mépris des officiers et des soldats pour ces pauvres gens ; las de ce soleil d'enfer, de ces montagnes brûlées ; las de tout et aspirant, disait-il, à retrouver « son Périgord ». Il dévorait les menues nouvelles que je lui adressais, se plaignant que mes lettres fussent trop brèves et mes informations insuffisamment détaillées, mais les nouvelles de la province étaient rares, sommaires et répétitives.

Alban avait été muté à l'état-major du général de Lamoricière qui n'était encore que colonel et chargé du premier bureau arabe, sous les ordres du gouverneur général Bugeaud. Malgré sa répugnance pour cette guerre qui rappelait celle que Napoléon avait livrée à l'Espagne, il préférait les départs en colonne dans le bled et la rude vie des camps au panier de crabes de l'état-major où les officiers étaient prêts à se battre en duel pour des honneurs et des promotions.

De Lamoricière avait juré la perte du chef des « rebelles » : Abd al-Quâdir ibn Muhyî al-Dîn, plus connu sous le nom d'Abd el-Kader, sultan des Arabes. Avec des alternances de succès et de revers, les troupes françaises étaient parvenues à le contenir dans les territoires qu'on lui avait généreusement affectés. En dépit de la rudesse du climat, de la fatigue des longues marches dans le bled et de l'écœurement qui succédait aux opérations de répression, Alban ne regrettait pas l'ambiance délétère du gouvernement général, où Maxence, en revanche, se trouvait à l'aise. Il avait parfois, au retour de ses campagnes, des entretiens avec Bugeaud ; le général déplorait que cette guerre le tînt si longtemps éloigné de son domaine de la Durantie et muselât sa véritable ambition : apporter le progrès à cette terre ingrate et à cette paysannerie archaïque.

Je communiquais à ma famille ces nouvelles d'Afrique mais non les états d'âme de mon frère qui, d'ailleurs, les eussent laissés indifférents, sinon hostiles, surtout mon père qui n'avait pas pardonné à Alban ce qu'il appelait sa « désertion ».

Les nouvelles du Paradou, c'est Emma qui me les communiquait, mais elle les traitait avec fantaisie et je ne les enregistrais qu'avec circonspection.

Elle était de nouveau amoureuse. Oubliés Maxence, l'attaché de préfecture et je ne sais plus quel fils de hobereau, elle avait jeté son dévolu sur un artiste-peintre originaire du haut pays limousin, qui affectait des allures bohèmes. Elle l'avait surpris un matin en train de peindre les brumes de la Ganne. Emma avait mené rondement cette idylle, sans s'attarder aux préliminaires. Elle ne me confia pas le nom de sa nouvelle conquête, mais seulement son prénom : Amédée, qu'elle devait, dans ses nuits solitaires, savourer comme une friandise.

Elle tenait l'« amour de sa vie ». Il était temps : elle ne tarderait pas à coiffer sainte Catherine.

Elle me fit une révélation qui n'avait rien de surprenant : Amédée lui avait proposé de passer des brumes de la Ganne au « soleil de son visage », ce qui la ravit. Il s'était, malgré l'hostilité bougonne de notre père, installé dans les communs où il avait dressé son chevalet. En fait, il souhaitait la peindre nue.

Petit dialogue, rapporté par Emma :

« Ce portrait, dit-il, me laisse insatisfait.

– Il est pourtant ressemblant. Que voulez-vous d'autre ?

– Je n'ose vous le demander.

– Je vous en prie.

– J'aimerais que vous posiez nue.

– Mon Dieu ! vous n'y pensez pas ?

– J'y songe le jour et j'en rêve la nuit. Cette peinture sera notre chef-d'œuvre. »

Il lui rappela que, de tout temps, depuis l'Antiquité, les grands artistes peignaient ou sculptaient dans le plus simple appareil des dames célèbres. Ces artistes s'appelaient Praxitèle, Rembrandt, Velasquez, Goya, Canova…

« Que vont dire mes parents ? Ils nous surveillent.

– Ne leur parlez pas de ce projet. Nous attendrons que l'œuvre soit achevée, prête pour le Salon de Paris.

– Le Salon ? De Paris ?

– Certes.

– Pourquoi voulez-vous me peindre nue ?

– Parce que vous êtes divinement belle et pour vous connaître mieux. Ce que j'attends de vous, c'est votre “vérité”. Un visage est trop souvent un reflet mensonger du modèle. Le corps, lui, dans sa nudité, ne saurait mentir. Il peut dire des choses que le visage et les paroles taisent ou déforment. Donnez-moi votre vérité, Emma. J'en ferai une œuvre immortelle. »

Elle la lui donna, et tout le reste avec. Ils choisirent pour les séances de pose un coin de prairie, au bord de la rivière, dans l'ombre du bel été, et se donnèrent trop de bon temps pour que le chef-d'œuvre prît forme. Il n'était encore qu'à l'état d'ébauche lorsque le drame éclata.

Un ouvrier de la forge, qui occupait ses loisirs à la pêche, les surprit et en parla sans retenue. Informée par Mélie, notre mère révéla le pot aux roses à son mari. Il s'arma d'un fouet et se rendit sur la Ganne pour mettre fin à ces séances abusives.

J'imagine la scène qui suivit, d'après ce qu'Emma m'en révéla : c'était l'image biblique de Dieu le Père chassant Adam et Ève du Paradis sous une averse de coups dont elle porta longtemps les traces. Quant au peintre, il ne fit plus parler de lui au Paradou. Ni nulle part ailleurs.

Ce n'était que l'avant-dernier acte du drame. Le dernier éclata le jour où Emma en larmes annonça à sa mère qu'elle était enceinte. Puis le rideau tomba. Ombre et silence. Il n'y eut pas de suite : l'enfant avait rejoint le chœur des anges sous les aiguilles à tricoter d'une sorcière de Tourtoirac.

Emma me donnait de temps à autre des nouvelles d'Élie. Il était devenu une manière de célébrité. Des revues parisiennes parlaient de lui comme d'un espoir de la science paléontologique. Quelques-unes des pièces arrachées au sol de notre province figuraient avec honneur dans les cabinets des savants et dans les musées, avec son nom sur l'étiquette. Pour avoir, provisoirement, renoncé à son métier, il était dans la misère mais se suffisait de peu. Mon père ironisait volontiers sur sa situation : « Avec tous les os qu'il découvre il doit se faire de bonnes soupes ! »

Pierre n'avait pas renoncé à m'écrire, malgré les années d'absence qui nous séparaient.

Sylvain était au courant de cette innocente correspondance à sens unique, mais, persuadé à juste titre de son caractère platonique, il ne m'en tenait pas rigueur. Pierre me racontait ses bonnes fortunes, avec un tel luxe de détails et une telle complaisance que je ne pouvais m'empêcher de voir dans cet étalage une manœuvre ridicule pour éveiller ma jalousie et me circonvenir à distance.

Je n'avais pas besoin des lettres d'Emma pour me tenir informée du déroulement de l'interminable procès de celle qu'on appelait Marie Capelle. Tous les journaux de France parlaient abondamment de cette affaire. Prise dans la trame des experts et de l'opinion, elle avait peu de chances d'échapper à la guillotine ou aux travaux forcés à perpétuité. Je découpais les articles et les images du procès. Marie se défendait vaillamment ; il y avait dans cette femme en apparence fragile, affrontée à l'appareil implacable de la justice, une telle volonté de faire reconnaître son innocence qu'elle suscitait l'admiration, même chez ses adversaires. Il y avait dans son comportement quelque chose d'une Jeanne d'Arc devant ses juges.

Je dois rendre cette justice à Samuel Preston qu'il cessa quelque temps de me harceler.

Avait-il renoncé à ma conquête ou jugeait-il que ses démarches étaient vouées à l'échec ? Je n'eus pas de nouvelles durant des semaines qui me parurent interminables. J'en venais à maudire son inconstance, alors qu'il ne faisait qu'attendre un billet, comme il me l'avait proposé lors de notre dernière entrevue. Ce billet, je me disais que je ne l'écrirais jamais, que cette ébauche d'aventure n'aurait pas de suite. Qu'il m'oublierait.

Je me trompais. C'est avec un trouble mouvement de plaisir que je le vis paraître lors d'une soirée donnée sur la fin de l'automne par le directeur général des fonderies, à l'occasion d'un important contrat passé avec l'Amérique. Il parut ignorer superbement la présence de Sylvain qui, à quelques pas de nous, ne perdait pas des yeux la scène sans rien entendre de notre conversation feutrée. Il ne m'épargna pas ses reproches :

« J'ai du mal à vous comprendre. Qu'attendez-vous de la vie ? Allez-vous vous dessécher comme une plante privée d'eau, en attendant que votre époux vous revienne ? Vous risquez d'être déçue et de vous sacrifier en pure perte. Vous savez qu'on vous aime, qu'on ne pense qu'à vous, et vous faites la dédaigneuse !

– Je ne vous ai rien promis.

– Ce ne sont pas des promesses que j'attends, mais des actes. Regardez ces femmes autour de vous. Je ne parle pas de ces quinquagénaires adipeuses, de ces oies gavées de champagne, de pineau et de petits-fours, mais de ces beautés qui ne paraissent avoir d'yeux que pour les hommes. Je les connais toutes. Il n'en est pas une qui, au moins une fois, n'ait cédé à l'adultère et espère bien récidiver. C'est ce qui leur donne cette jeunesse, cet éclat, cette étincelle dans le regard. Une femme n'est belle que si elle est amoureuse ou si elle souhaite le devenir. J'ose vous dire, ma chère, que vous êtes sur la mauvaise pente. Continuez à vous draper dans votre vertu et vous serez prématurément une vieille femme. »

Il se retira en s'inclinant et je crus qu'il allait en rester là, ce qui me plongea dans une humeur sinistre jusqu'au terme de la soirée. Il interpréta quelques airs au piano, fit danser l'assistance sans un regard vers moi. Lorsqu'il eut terminé, il m'entreprit de nouveau et murmura avec un air de fatuité qui me déplut :

« Je vous donne une dernière *chance*. On me demande à Bordeaux pour une série de concerts. La semaine prochaine, je serai encore chez moi. Venez quand vous voudrez. Je vous attendrai. »

Il ne m'aborda plus de toute la soirée. Simplement, avant de partir, alors que je me tenais près de Sylvain, il me baisa la main et me dit d'une voix glacée :

« Charmé, madame. J'espère vous revoir bientôt.

– C'est un mauvais pianiste et un séducteur sans scrupule, me prévint Sylvain. Si tu tombes dans ses filets, tu en souffriras. Qui me dit d'ailleurs que ce n'est pas déjà fait ? »

Je ripostai avec d'autant plus de vigueur que le désarroi qui m'agitait ne me portait pas à la confidence. Qu'aurais-je pu confier à Sylvain ? Qu'avais-je à me reprocher ? De n'avoir pas fait d'esclandre ?

« Est-ce à toi de me donner des leçons de fidélité ? Mon rôle d'épouse complaisante a des limites. Cette liberté que tu t'octroies, pourquoi me la refuserais-tu ? Serais-je ton esclave ?

– Ainsi, tu avoues que cet individu ne te laisse pas insensible ?

– Et quand cela serait ? T'ai-je jamais reproché, moi, tes rapports avec cette veuve d'Angoulême, qui ont repris en mon absence ?

– Des ragots ! s'écria-t-il. D'infâmes ragots ! Qui t'a informée ?

– Mon pauvre ami, toute la ville est au courant. »

Nous étions arrivés. Il referma violemment la porte et se remit à crier qu'il provoquerait en duel le premier qui se permettrait de répandre ces rumeurs. J'allai consoler les enfants que cette querelle avait réveillés. Clarisse pleurait et son regard semblait m'interroger.

Je n'eus aucun mal à trouver la maison de Samuel. Elle était ample, majestueuse, avec des coquetteries de balcons ouvragés fleuris de géraniums ternis par l'automne. À cette heure de début d'après-midi, il passait peu de monde sur la promenade et il me fut facile de ranger sans me faire remarquer la voiture dans la cour dont le portail était ouvert, comme si j'étais attendue.

Je l'étais.

Je sus gré à Samuel de sa discrétion. J'aurais mal accepté qu'il me prît dans ses bras. Il se contenta de poser ses mains sur mes épaules, d'ôter ma cape que quelques gouttes avaient mouillée, et m'invita à m'asseoir au coin du feu.

« Nous sommes seuls, dit-il. J'ai donné congé pour l'après-midi à mon valet de chambre et ma mère fait la sieste. Elle est toujours absente, perdue dans son petit monde… »

La grande pièce où il vivait communément était confortable, tapissée d'une étoffe à ramages mordorés. Un Pleyel demi-queue en occupait le centre, sous un lustre de palais, scintillant de mille pampilles de cristal. Quelques gravures anglaises montrant des scènes de course et de chasse ornaient les murs. Un portrait : celui de son père, bardé de décorations, ornait le trumeau de la cheminée. L'air sentait une odeur composite : encens et tabac. Un jeu de pipes occupait un récipient de porcelaine posé sur le piano, près d'une gerbe de glaïeuls blancs et roses.

Samuel ajouta en me conduisant vers le fauteuil :

« Je savais que vous accepteriez ce rendez-vous. Je vous attendais. Vous ne pouvez savoir la joie que vous me faites. »

Il enfilait les banalités comme des perles, mais j'attribuais cette maladresse à l'émotion. Sa main, d'ailleurs, tremblait un peu et il se déplaçait ici et là sans nécessité, au point que je finis par le rabrouer gentiment :

« Au lieu de bouger sans cesse, venez donc vous asseoir près de moi et me parler de vous. J'en sais fort peu sur l'homme et encore moins sur l'artiste. »

L'homme et l'artiste, depuis toujours, ne faisaient qu'un. Avec l'assentiment de sa mère et la bénédiction de son père, Samuel s'était voué tout jeune, dans une école anglaise puis chez une grande pianiste parisienne, à l'étude du piano. Cet instrument faisait partie de sa vie, au point que, séparé de lui plus d'une journée, il « pianotait dans sa tête » et sur le bord des tables. J'éclatai de rire. Il m'embrassa les mains.

« Cette musique que vous m'avez dédiée, dis-je, j'aimerais l'entendre. »

Il lâcha mes mains, se leva avec vivacité pour s'asseoir à son piano, comme s'il attendait cette requête. C'était un air un peu triste mais soulevé par de jolies vagues qui le menaient vers une éblouissante coda. C'était moins une chanson qu'une cavatine, une pièce d'un seul mouvement, sur laquelle il serait difficile de mettre des paroles car elle ne comptait apparemment ni couplet ni refrain.

Quand il eut terminé, il resta quelques instants les mains sur les genoux, la tête inclinée en avant, comme pour se libérer d'un reste d'émotion. Quand je lui eus fait part de mes observations, il attisa le feu et s'assit près de moi.

« Vous avez vu juste, me dit-il. Cette pièce n'est pas une romance. Je l'ai modifiée de manière à en faire une sonate en *si* mineur que je compte jouer en concert. Je l'intitulerai : *Au bord de la source.* Qu'en dites-vous ? »

Le titre faisait allusion à notre rencontre près du bassin de la Touvre, l'été précédent. Mes observations se limitèrent à de vagues compliments. J'aime la musique mais ne suis qu'une mélomane d'occasion. Il parut satisfait et se mit à parler, tête basse, les mains croisées entre ses genoux, de cette solitude que je venais de bouleverser. Avant de me rencontrer, déçu à plusieurs reprises par des aventures sentimentales qui ne lui avaient laissé qu'amertume, il s'était engagé volontairement dans un érémitisme où il se consumait, gagné peu à peu, lui qui avait déjà beaucoup composé, par une affligeante stérilité. Il avait songé à intituler sa sonate *Résurrection,* mais ce titre lui avait paru pompeux.

Il lâcha une nouvelle banalité :

« Grâce à vous, je reprends goût à la vie et à la création. »

La conversation ronronna gentiment autour de son existence, de ses concerts, de la société charentaise pour laquelle il marquait le même dédain que Marie Capelle pour celle du Limousin. Il prépara et servit lui-même, « à l'anglaise », un thé de Ceylan et de petites pâtisseries très sucrées venues de Manchester.

Lorsqu'il me demanda de lui parler de moi, il était trop tard : j'avais donné rendez-vous à Mariette devant la cathédrale. Il parut sincèrement affligé de la brièveté de ma visite – elle avait duré deux heures ! Lorsqu'il me demanda de revenir, après ses concerts de Bordeaux, je répondis évasivement : il fallait que je songe à retourner au Paradou où je n'étais pas allée depuis longtemps.

En montant dans mon tilbury, j'éclatai de rire. Pauvre idiote ! qu'étais-je allée m'imaginer ? Que Samuel allait, impatient comme il l'était de me voir présente à ce rendez-vous, bondir sur moi, m'étouffer dans ses bras, me basculer sur le lit ? J'avais passé deux heures agréables mais ternes et, finalement, assez ennuyeuses au regard de ce que j'en attendais. Valait-il, ce rendez-vous, le luxe de précautions dont je m'étais entourée auprès de mon époux et de Mariette ? Au fou rire avait succédé un accès d'acrimonie contre ce personnage somme toute assez falot et dont la « passion » risquait d'être purement cérébrale, à moins qu'il n'eût été paralysé par la timidité. Lui, timide ?

Je l'accablai de jugements sévères jusqu'à ce que ma voiture se fût arrêtée devant la cathédrale Saint-Pierre. Mariette était en retard, ce qui me permit de passer sur elle ma déception et ma colère.

Samuel m'avait dédaignée. Pourquoi ? J'allais à ce rendez-vous persuadée qu'il s'achèverait dans son lit. Sylvain avait renoncé depuis des mois à me faire l'amour et la continence était de plus en plus pénible à la jeune femme que j'étais. Entre un époux qui avait renoncé à ses obligations conjugales – en grande partie par ma faute –, Pierre qui me contait complaisamment ses aventures et Samuel qui se contentait de me baiser les mains, je me sentais peu à peu transformée en statue de Cornélie, rejetée dans la monotonie des vertus familiales. J'en venais à envier ma sœur Emma et ses débordements incontrôlés.

Surprise, deux jours plus tard : une lettre que Samuel m'adressait imprudemment, mais que j'interceptai avant que Sylvain n'eût le courrier en main. Ce fou ! Il s'accablait de reproches, s'accusait de s'être conduit comme un collégien. Mais aussi, disait-il, c'était « ma faute » : j'étais « trop belle, trop désirable » ; il s'était senti « désarmé », lui, le séducteur ! Il avait été sur le point de courir après moi, de me reconduire chez lui, et là… Il exigeait de nouveau ma présence. Vite ! Avant son départ pour Bordeaux. Il abrégerait son calendrier de concerts pour précipiter son retour… Des pages et des pages d'une écriture fiévreuse, torturée, dont chaque ligne semblait, à son terme, incliner vers un gouffre. Cette lettre m'amusa sans m'émouvoir. Je la jetai au feu.

De toute la semaine qui suivit, je ne mis pas le nez dehors. Le mariage de l'automne et de l'hiver se faisait sur les plaines des Charentes avec des affrontements de nuages et de vents marins, dans une lumière grise.

Je donnai à Clarisse ses premières leçons d'écriture. C'était une jolie fillette curieuse, sensible, portée à des caprices dont je m'efforçais de lui faire admettre l'inanité. Durant des semaines, fort sagement, elle forma des bâtons et des boucles, tourna joliment son premier B.A.BA, mais elle préférait dessiner : une maison, un cygne comme ceux qui glissaient sous nos fenêtres, une usine fumante...

Les jours passaient trop lentement à mon gré. Je savais qu'à la première occasion je reviendrais à Angoulême, seule ou avec Mariette, pour frapper à la porte de Samuel. À certaines heures ma peau devenait moite de désir.

Cette fois, il m'accueillit en me serrant dans ses bras. Je ne le repoussai pas, mais, lorsqu'il reprit le lamento de sa lettre je lui coupai la parole :

« Cessez vos jérémiades ! Allez-vous enfin me traiter comme une femme ? C'est ce que vous vouliez, non ?

– Voilà les mots que j'attendais ! » s'écria-t-il joyeusement.

Il essuya avec ses lèvres la rosée de pluie qui humectait mon visage sous la voilette, me prit la main pour me conduire vers sa chambre, une pièce exiguë comme un cocon, feutrée d'étoffes, de tapis, de tentures qui sentaient une discrète odeur masculine. Le lit était encombré de partitions qu'il fit s'envoler en tirant la courtepointe de macramé puis, d'une main fiévreuse et malhabile, il entreprit de me dévêtir. Les miennes étaient dans des dispositions identiques pour procéder sur lui à la même opération, ce qui nous amusa. L'amour est un acte qui doit s'accomplir dans la gravité, mais là, dégagés des incertitudes de notre premier rendez-vous, nous nous sentions comme délivrés d'un malentendu et joyeux comme des enfants.

Samuel se révéla un amant très convenable. Durant cet après-midi que je prolongeai imprudemment, il me fit trois fois l'amour, avec des fantaisies qui me ravissaient et que j'encourageais. Nous prîmes le thé au lit. Il me raconta son séjour à Bordeaux, comment il avait repoussé les avances de quelques jolies Bordelaises, filles des Chartrons pour la plupart, attirées autant par son charme et son talent que par ses origines anglaises. Sa sonate *Au bord de la source* avait été très applaudie. Les critiques le comparaient à Liszt. Un éditeur de musique, venu de Paris spécialement pour l'entendre, lui avait proposé un contrat d'exclusivité.

« Regarde, me disait-il. Lis ! Je suis "l'espoir de ma génération", un "génie à l'état pur", un "enchanteur"... Heureusement, j'ai la tête sur les épaules et ne me laisse pas griser par les compliments. »

Il jeta sur la carpette ces liasses d'articles et me fit de nouveau l'amour avec une sorte de fureur, comme pour me faire comprendre qu'il mettait ma présence au-dessus de ces louanges.

Il me dit en reprenant son souffle :

« On me demande à Paris pour deux ou trois mois. Mon éditeur souhaite que je m'y installe définitivement. Liszt veut me rencontrer. »

Je réprimai un frisson glacé et le repoussai doucement.

« Tu vas accepter ?

– Je l'ignore. Cela dépend de toi.

– De moi ?

– Je partirai si tu acceptes de me suivre.

– Tu sais bien que c'est impossible.

– Alors c'est que tu ne m'aimes pas vraiment.

– J'ai passé avec toi quelques heures merveilleuses, Samuel, mais l'amour, c'est autre chose. Laisse-moi le temps. Quoi qu'il en soit, tu ne peux renoncer à ta carrière pour moi qui ne suis pas libre.

– Il ne tient qu'à toi de te libérer. »

C'était facile à dire...

Dans les jours qui suivirent, par un réflexe singulier, je débordai d'attentions et de gentillesses pour Sylvain. Fine mouche, loin de s'en réjouir il s'en inquiéta. Ce brusque revirement avait de quoi lui mettre la puce à l'oreille, d'autant que, durant les deux mois de fin d'année, j'eus de fréquentes absences sous des prétextes divers dont il n'était sans doute pas dupe. Ses soupçons me laissaient indifférente ; il les dissimulait d'ailleurs derrière son propre sentiment de culpabilité : il savait qu'il ne gagnerait rien à une minute de vérité.

Deux ou trois fois par semaine, je me rendais à Angoulême, seule, quel que temps qu'il fît. La grande ville est distante de Ruelle de quelques kilomètres seulement.

Je trouvais chez Samuel un désir égal au mien, toujours renouvelé et sans ombre. En intermède à nos ébats, il jouait sur ma demande des airs de sa composition, et notamment quelques extraits d'une symphonie intitulée *La Source,* obsédé qu'il était par le souvenir de notre premier tête-à-tête. Il avait fait de la partition initiale le leitmotiv de cette œuvre importante, pleine du feu de la passion.

« Ce sera mon chef-d'œuvre, me disait-il. *Notre* chef-d'œuvre. »

Il flottait comme sur un nuage.

Il me dit un jour :

« Souhaiterais-tu voir la maîtresse de ton mari ?

– Quelle idée !

– Tu peux la rencontrer quand il te plaira. Elle se rend chaque soir, à 18 heures, dans un salon de thé, place du Mûrier, à deux pas d'ici, et y reste une heure environ. »

Je repoussai cette perspective, mais elle m'obsédait, si bien que je finis par me décider.

Je quittai un soir Samuel plus tôt que de coutume pour me rendre place du Mûrier. Il me fut aisé de reconnaître cette femme qui s'appelait Ida Tabuteau, à la description que Samuel m'en avait faite. Elle prenait son chocolat et ses pâtisseries en compagnie d'un groupe d'amies qui jacassaient sans retenue. C'était une de ces lionnes somptueuses et voraces qui alimentaient en anecdotes la petite société locale. Elle était opulente, d'un blond-roux, superbe dans sa robe de velours violet. Je me souvins l'avoir rencontrée en diverses occasions, assez rares d'ailleurs, car certains milieux guindés lui fermaient leurs portes.

Elle partit avant que j'eusse terminé mon chocolat et mon baba au rhum. En passant près de moi, elle eut un sourire ironique en me lançant :

« Bien le bonsoir, madame Rousseau ! »

Je passai un triste Noël. Samuel avait dû se rendre à Londres auprès de son père souffrant. Je macérai durant deux semaines dans une sorte de vacuité stérile qui me rendait irascible. Sylvain intercepta une lettre qu'il me tendit avec un sourire narquois, disant :

« Malgré la distance, *il* pense à lui ! »

L'absence de Samuel se prolongea plus qu'il ne l'avait prévu. L'emphysème dont souffrait son père s'aggravait au point que l'on craignait un arrêt du cœur. Une nouvelle lettre me parvint à la fin de cette quinzaine : M. Preston allait mieux et Samuel s'apprêtait à repartir. Il avait profité de son séjour à Londres pour donner quelques récitals. Autant je m'étais sentie accablée par son départ, autant son retour m'exalta.

« Séverine, si tu savais comme tu m'as manqué…

– Tu devais avoir pourtant de belles Anglaises pour te consoler. On dit qu'elles sont très sensuelles.

– Je l'ignore et je m'en moque. Serais-tu jalouse ?

– Je l'étais. Je ne le suis plus, puisque tu es là. »

Nos rendez-vous reprirent avec une intensité accrue, au point que chaque séparation m'était une épreuve. Je faillis céder lorsqu'il me demanda de le suivre à Toulouse où il devait séjourner une semaine, mais je craignais la réaction de Sylvain. Un abandon de domicile de ma part et c'était la rupture assurée. Je comptais les jours. Je comptais les heures. Le temps s'étirait interminablement, comme pour se jouer de mon impatience. J'en brisais le rythme par des promenades à cheval jusque sous les remparts d'Angoulême. Certains soirs je restais jusqu'à la tombée de la nuit dans le faubourg d'où je pouvais voir la maison de Samuel, guettant la lumière qui m'annoncerait son retour. Celle qui scintillait venait de l'appartement occupé par Mme Preston.

Je ramenais à Ruelle de sombres pressentiments : Samuel ne manifestait aucun symptôme de lassitude, mais je prévoyais le pire et me disais qu'un jour prochain une femme jeune, jolie et libre me le prendrait. Il dut retarder son retour de trois jours et j'en fus comme folle.

« On souhaitait me consulter sur la constitution d'un grand orchestre dans lequel j'aurais une place de soliste, me dit-il. Je ne pouvais me dérober. C'est très important pour ma carrière. »

Je répliquai stupidement :

« Ta carrière compte plus que moi !

– Elle compte beaucoup, mais tu comptes plus encore.

– Si tu devais choisir, je sais bien où irait ta préférence.

– Absurde ! Dieu merci, je n'ai pas à faire un tel choix. »

La querelle faillit s'envenimer. Je le couvris comme une vague folle d'une écume de griefs ; il répliqua par des paroles acerbes, allant jusqu'à me reprocher de refuser de me rendre libre.

« Et mes enfants ? Y as-tu pensé ?

– Et ma carrière ? Tu sembles l'oublier ! »

Dans ce conflit, je n'avais pas la part la plus honorable. Je le savais, mais je me refusais sottement à l'admettre. Mon esprit porté à la vindicte me décida à prendre des distances durant une semaine. Il m'en coûta beaucoup, mais je tins bon et cette césure, contrairement à ce que j'avais craint, nous rapprocha.

Nous vécûmes, la fin de cet hiver, jusqu'au temps de Pâques, des moments radieux. Il me fit un présent royal : le refus de deux concerts, à Lyon et à La Rochelle, et il abrégea un voyage à Paris où il avait rendez-vous avec Liszt, pour être plus vite près de moi.

Je le trouvais toujours dans d'excellentes dispositions, habile à varier les plaisirs, ce qui me faisait oublier les plates et rituelles étreintes de Sylvain. Ses absences me navraient mais elles ajoutaient du piment à nos rapports, d'autant qu'il ne revenait jamais les mains vides : c'étaient de menus présents – il ne roulait pas sur l'or – mais j'en appréciais la régularité et le bon goût. Je les rangeais dans un placard de son appartement où j'avais mes habitudes, au point qu'il m'avait confié une clé, ce qui me permettait, en son absence et malgré la présence d'ailleurs discrète du valet de chambre, de me vautrer dans ses draps, de retrouver cette odeur d'homme et ce parfum de vétiver qui m'affolaient.

À la fin de la dernière semaine de Pâques, une lettre d'Emma m'annonça une nouvelle pénible : mon père venait de s'aliter de nouveau. Le docteur Malefaye ne nous donnait guère d'espoir.

J'adressai un courrier à Samuel pour l'informer de mon départ et, laissant les enfants à la garde de Mariette, je pris seule la route du Paradou.

* *
*

« Laisse-moi, veux-tu ? Je préfère être seule. »

Pierrou me regarde d'un air attristé en reniflant. Il danse d'un pied sur l'autre, plante ses mains sales dans ses poches et se détourne en sifflotant.

Cette pièce vide et nue comme une cellule de moine est la chambre de mes parents, celle où le docteur Malefaye m'a mise au monde, trois ans après l'exil de Napoléon à Sainte-Hélène. Depuis des années, mon père y dormait, séparé de ma mère comme par un divorce implicite – ils vivaient comme des étrangers ou, le mot est atroce mais exact, comme des associés. *J'aurais aimé trouver là quelque trace de cette existence vouée à deux passions exclusives : la forge et la réserve, la seconde primant la première.*

Il me disait parfois :

« Je sais bien ce qui serait nécessaire pour moderniser nos installations : vendre de la terre. Je ne peux m'y résoudre. C'est comme si on voulait m'arracher un peu de ma propre chair. Souviens-toi, Séverine : il ne faut pas toucher à notre domaine, sinon pour l'agrandir. »

Pas la moindre trace, pas le moindre indice me rappelant la présence en ce lieu de cet homme si différent de moi par certains traits de caractère, si proche par d'autres, et notamment la passion pour l'œuvre qu'il avait entreprise et que j'allais être appelée à poursuivre. La passion n'est jamais entrée en compte dans les petites satisfactions qu'il arrachait à l'existence : les femmes, les festins qui lui coûtaient cher sans que jamais il ait eu l'idée de puiser dans cette sacro-sainte réserve héritée de ses parents et qu'il ne se sentait pas le droit d'amputer pour ses plaisirs, sauf s'il y était contraint.

J'aimerais que ces murs répercutent l'écho de ses colères tonitruantes, notamment quand il s'en prenait à cet « âne bâté » de Malefaye qui, le connaissant bien, ne prenait pas ombrage de ces excès de parole et lui renvoyait la balle, au point que toute la demeure retentissait du bruit de leurs querelles, surtout après les premières attaques de goutte. Dur à la souffrance, Martin Laveyssade ne tolérait pas l'emprise de son corps sur sa vie ; il considérait les maux qui l'accablaient comme un excès de pouvoir, une indélicatesse dans un contrat. Son corps était fait pour lui obéir ; il ne le ménageait guère, dans le travail ou le plaisir, et le corps se vengeait. Dans ses colères, il le traitait comme un être d'essence inférieure qui l'aurait trahi.

La porte refermée, le silence est parfait. C'est à peine si je distingue le trottinement furtif d'un rat dans le grenier. Par la fenêtre ouverte sur des rochers roux et gris et des verdures opulentes, se pavane une gigantesque angélique, droite comme un cierge.

À la mort de mon père, cette chambre a été fermée comme un mausolée. J'y suis revenue parfois pour me donner une fête de nostalgie, la tête bourdonnante d'une rumeur de mots, d'imprécations, de rires. Le silence est terrible lorsqu'il est à ce point habité par le souvenir.

Prise d'un vertige, je m'adosse au chambranle et m'appuie des mains à mon ombrelle. Depuis quelque temps la vieille femme que je suis devenue est sujette à ces alertes. Je ne les redoute pas ; je souhaite même mourir ainsi, avec ce vide soudain sous mes pas, ce voile sur mes yeux, cette absence qui se creuse en moi comme un gouffre. J'ai trop vécu pour appréhender la mort, mais Dominique a raison : à mon âge on ne se livre pas à de telles « explorations ».

Dominique... Je sais qu'il est là, dans le couloir, à quelques pas de moi, qu'il s'inquiète et s'impatiente. Mon vertige dissipé, j'ouvre la porte. Il est bien présent, sa casquette d'amiral sur le ventre, l'air réprobateur :

« Je sais ce que vous allez me dire, mon garçon : que le jour baisse et que M. Le Roy va nous attendre. Eh bien ! il attendra, ce brave Eugène. Mais je vous rassure : c'est la dernière fois que nous venons au Paradou. »

* *
*

Les dernières forces qui lui restaient, mon père les engageait dans ses sautes d'humeur. Depuis plusieurs semaines, il était proprement inabordable, au point qu'Emma avait menacé de quitter le château pour se retirer chez moi, à Ruelle, ce qu'elle ne fit pas, Dieu merci.

La goutte dont il était affligé depuis quelques années n'était que la forme sensible du mal plus profond qui le minait et qu'il devait à ses excès : une maladie de cœur dont le médecin lui cachait la gravité par crainte de s'attirer ses foudres. Dans l'entourage du malade on ne parlait que de la goutte, maladie des bons vivants, douloureuse, mais qui, disait Malefaye, « n'a jamais fait mourir personne ».

Mon père se mourait.

Le médecin arrêtait trois fois par semaine son tilbury dans la cour du château pour une visite dont il revenait chaque fois plus pessimiste. Il abordait son malade avec une parade de jovialité :

« Alors, mon pauvre Martin, toujours à “tirer la flemme” !

– Je voudrais t'y voir, charlatan ! Tes drogues, c'est de la merde en pilules. Il n'y a que les tisanes du sorcier qui me soulagent. Tu devrais lui demander ses secrets.

– Calme-toi, Martin. La colère ne te vaut rien. Si tu préfères les ingrédients de ce sauvage, libre à toi. Leur seule vertu est de te conduire plus rapidement au cimetière et de débarrasser le brave monde d'un emmerdeur. Allons ! montre-moi ton pied ! »

Les orteils étaient énormes, rouges, hideux, douloureux au moindre toucher. Le mal s'était communiqué à d'autres articulations : le genou, les mains, le poignet, ce qui contraignait le « patient » à une inaction quasi totale quand se déclenchaient les crises.

« Est-ce qu'il a bien pris sa colchicine ? » demandait Malefaye à ma mère.

Elle lui faisait prendre ce remède avec des tisanes préparées par Mélie suivant les recettes complexes du sorcier, qui obligeaient la servante à herboriser. On lui faisait aussi des applications d'herbes longuement macérées, dont la préparation était plus compliquée que celle du lièvre à la royale.

« Si ça lui fait pas de bien, ça peut pas lui faire de mal, disait Malefaye. Maintenant, voyons le cœur…

– Il est meilleur que le tien, morticole ! hurlait mon père. Tu iras avant moi au cimetière. »

Il se laissait examiner en grommelant, sans quitter des yeux le praticien, pour discerner la moindre trace d'inquiétude sur son visage.

« La mécanique est usée, disait le médecin, mais elle fonctionne. C'est comme ton haut-fourneau : il lui faudrait un bon coup de jeunesse. Tu fais pas d'excès, au moins ? »

Il énumérait les aliments et les boissons exclus du régime. Mon père gémissait :

« Autant dire qu'il me reste plus qu'à crever ! Tu es un criminel, Malefaye. J'irai pisser sur ta tombe, salaud !

– Surtout, poursuivait Malefaye, ni soucis ni émotions. Le repos. Sinon, je ne réponds plus de rien. »

À peine arrivée au Paradou, j'avais assisté à l'une de ces scènes que je trouvais amusantes, puis très vite insupportables. Le médecin parti, mon père profita un jour de ce que je me trouvais seule avec lui pour me prendre par la main et me dire :

« Je te remercie d'être venue, petite. Ne fais pas attention à ces disputes avec Malefaye. C'est mon meilleur ami et j'ai confiance en lui. Entre nous, c'est un jeu d'amitié. Nous en avons fait ensemble, des parties fines ! Nous en avons éclusé, des barriques, et du meilleur vin, tonnerre de Dieu ! Lui, il s'en est bien tiré. Moi pas. Je suis foutu. On m'amuse avec cette goutte, mais je sais que mon cœur bat la breloque et ne tardera pas à flancher. »

Il n'avait pas renoncé à suivre au jour le jour l'activité de la forge ; notant chaque charge attestée par un son de cloche, traçant une encoche sur un bâtonnet. Lajorie venait deux ou trois fois par jour lui rendre compte de la marche des installations.

Il chercha ma main et mon regard. Il avait des larmes dans les yeux en me disant :

« Je me fous de quitter ce monde, petite. Je pensais avoir encore de longues années devant moi, mais, si tous les plaisirs me sont interdits, pourquoi je m'obstinerais à vivre ? Ce qui m'ennuie, vois-tu, c'est la pensée que la forge pourrait s'arrêter et que les pauvres gens que nous employons soient privés de leur salaire. J'en avais fait pour la plupart de bons ouvriers. Ils m'aiment et me respectent. Ils sont venus en délégation, l'autre jour, leur chapeau ou leur bonnet à la main, pour prendre de mes nouvelles. Une de leurs femmes m'a porté un bouquet. J'en ai vu qui avaient les larmes aux yeux. Alors, dis-moi : qu'est-ce qu'elle va devenir, cette forge ? Mes fils sont des jean-foutre, et Lajorie ou le grand Estève, s'ils tiennent correctement leur partie, seraient incapables de diriger. J'ai pensé que toi, peut-être…

– Nous n'en sommes pas là, père. Il faut d'abord songer à guérir.

– Je te répète que je suis foutu ! Il me reste tout au plus quelques semaines de rémission. Alors ? »

Je promis de réfléchir à sa proposition. Le fonctionnement de la forge m'était familier. Ses feux, son ronflement animal, ses éclairs et ses colères, ses odeurs puissantes avaient été le bain de mon enfance et de ma jeunesse. Pierre, du temps où il travaillait pour nous, m'avait éclairée sur les détails de la fonderie et du brassage et, en certaines occasions, pour m'amuser mais avec un certain sérieux, j'avais appris à manier les outils. Je savais discerner à la couleur la qualité d'un minerai ou celle de la fonte en fusion.

« Quand ton père disparaîtra, me disait Pierre, tu seras capable de le remplacer. »

Il exagérait. Rien, en fait, ne me préparait vraiment à cette mission. Il fallait avant tout tenir fermement en main le personnel, et je n'avais pas cette autorité. Ils aimaient bien la « petite demoiselle du château » et se plaisaient à me voir évoluer dans mes jupons au milieu de ce petit univers de feu, de cendres et de fer. De là à m'accepter comme maître de forge, il y avait de la marge.

Le mal avait fait chez mon père des progrès tels que j'eus du mal à le reconnaître après quelques mois d'absence. Il avait maigri ; ses joues, rongées d'une barbe prématurément grisonnante, s'étaient creusées ; son visage prenait au moindre effort des rougeurs subites et son souffle s'accélérait.

Ma mère ne le quittait pour ainsi dire plus, malgré les tornades d'humeur dont il l'accablait et sous lesquelles elle pliait sans se plaindre. Il était plus tolérant avec Emma, mais elle se lassait vite des corvées qu'il lui imposait.

Martin Laveyssade mourut un mois environ après mon retour.

Ma mère le trouva un matin, la bouche grande ouverte, les yeux tournés vers la fenêtre, penché sur le côté comme s'il avait été happé par la première clarté du matin de printemps. C'est moi qui lui fermai les yeux et entourai son visage d'un bandeau pour lui garder la bouche fermée, à la place de la boîte à sucre que Mélie avait placée sous le menton.

Les ouvriers vinrent défiler devant sa dépouille ; certains avaient les yeux humides. Ils avaient tous, ou presque, certains « rouges » exceptés, de l'affection pour ce patron brutal, exigeant, mais juste et qui savait les tirer du besoin quand il leur arrivait malheur.

Je ne versai pas une larme. Mon père ne m'avait pas habituée à la sensiblerie et aux effusions. Nous nous satisfaisions de cette simplicité des sentiments qui n'avaient pas besoin de s'exprimer pour exister et durer. Je m'attachai à consoler ma mère, Emma et Mélie transformées en fontaines alors que cette disparition était pour elles – comme pour lui d'ailleurs, le médecin nous le confirma – une délivrance. Élie s'arracha à ses silex pour une visite qui dura deux jours ; j'eus du mal à le reconnaître dans ce fantôme vêtu de noir, grisâtre et voûté, qui avait encore à ses semelles un peu de la terre rouge des cavernes.

Brusquement, je me trouvai investie du titre implicite de chef de famille : un honneur dont je me serais bien passée.

Mes enfants me manquaient, mais, je l'avoue, moins cruellement que Samuel, au point que, dans les jours qui suivirent les obsèques, il m'arrivait de me détacher de la réalité quotidienne pour me retrouver dans cet ailleurs qui m'obsédait.

Sylvain ne parut pas ; il avait, comme on dit, d'autres chats à fouetter.

Les obsèques avaient rassemblé en plus de quelques notables de la province les maîtres de forge des environs. Une dizaine de discours avaient précédé, au milieu d'une mer de parapluies, la mise en terre. Celui du préfet avait des accents à la Bossuet. Gaston Castagné y alla de son *Requiem pour Vulcain,* un long hommage en alexandrins qui s'acheva dans un sanglot. Des oraisons funèbres parurent dans toute la presse du Périgord.

Le lendemain, encore brisée de fatigue par cette épreuve, je convoquai Lajorie. Il paraissait si vivement affecté par la mort du patron qu'il avait des glaires dans la voix. Ce fils d'un charbonnier avait fait ses débuts à la forge du Paradou en même temps que mon père en prenait la direction. Il n'était pas aimé du personnel, pas plus que des gens de la réserve et des métayers : tous lui reprochaient son autorité sans nuance et sa froideur. Ses décisions étaient sans appel : plusieurs ouvriers abrutis par le vin ou qui restaient endormis dans la bédière passé l'heure de l'embauche l'avaient appris à leurs dépens. Tous se méfiaient de lui ; certains le haïssaient.

« Monsieur Lajorie, dis-je, nous voici au pied du mur et tenus de prendre des décisions graves. J'ignore encore lesquelles, mais sachez que je m'opposerai de toutes mes forces à la liquidation de notre entreprise. Je dois cela à mon père. Il a souhaité que je lui succède, mais ma vie est ailleurs et je ne suis pas préparée à cette tâche. Pouvez-vous, quelque temps encore, assurer l'intérim ?

– C'est ce que je fais, me répondit-il, depuis que M. Laveyssade s'est alité, et il n'a jamais eu à se plaindre de mes services. Vous savez combien je suis attaché à votre famille et à cette entreprise.

– Je sais, monsieur Lajorie, et je vous en remercie. Mais serez-vous à même de gérer provisoirement l'ensemble de nos activités : la forge, la réserve, les métairies, d'enregistrer les commandes, de faire effectuer les livraisons, de garder des contacts avec les charbonniers et les producteurs de mine ?

– J'en suis capable.

– Fort bien. Nous conviendrons d'un nouveau traitement pour ce surplus d'activités. »

Il m'en remercia, mais je savais que l'argent n'avait guère d'importance pour lui. Il était célibataire et on ne lui connaissait aucune attache. Il vivait très modestement dans une pièce de la cantine, à côté d'autres locataires qu'il ne fréquentait pas ; il s'occupait seul de son intérieur, de sa popote, ne sortait jamais, sinon pour des parties de pêche en solitaire. Ce taciturne était un homme de petite taille, lourd, râblé, au visage gras et impassible, au cou épais.

J'écrivais presque chaque jour à Samuel et il répondait ponctuellement à mes lettres.

De crainte d'une indiscrétion, nous avions décidé d'un commun accord d'éviter les débordements romantiques, mais on sentait le feu sous chaque phrase, et il me réchauffait dans les nuits fraîches du printemps où mon corps réclamait sa présence. Je me levais doucement pour ne pas réveiller Emma qui avait le sommeil léger, ouvrais en grand la fenêtre et les volets pour regarder les lueurs sauvages du haut-fourneau illuminer les collines d'alentour, jusqu'au rocher du Loup. En respirant à pleins poumons l'air vif qui sentait la fumée et le printemps, je me prenais à fredonner quelques mesures de la symphonie *La Source,* que Samuel avait achevée et dont il me jouait au piano quelques mesures, en intermède à nos *scherzi* passionnés.

Tout m'incitait à retourner à Ruelle, mais tout me retenait au Paradou. Ma mère avait sombré dans une consomption qui tenait davantage à la crainte de l'avenir qu'à son chagrin, et je voulais surveiller de près ma sœur Emma qui s'était éprise d'un roulier rencontré à Brantôme à la fête des Meuniers, dont les seules qualités étaient le maniement habile du fouet et le dressage des chevaux de trait. Débarrassée de la tutelle paternelle, cette « fillasse » irresponsable risquait de retourner à ses erreurs et de s'y perdre.

Joséphine assistait aux obsèques. Au cours des condoléances, je lui dis le plaisir que j'aurais à la revoir.

Elle vint au Paradou quelques jours plus tard, vêtue d'une robe de calicot qu'elle avait confectionnée de ses mains, avec l'aide d'une fille des cantines... Elle n'était pas heureuse, entre son ami, le grand Estève, qui n'appréciait sa présence qu'à l'horizontale et courait fréquemment d'autres aventures, et son père qui ne quittait plus sa tanière et dépérissait à vue d'œil. Mérillou avait connu un regain de vigueur et d'enthousiasme en apprenant le retour des cendres de l'Empereur, qu'il avait salué par des roulements de caisse durant tout un jour et une nuit, avant de replonger dans son marasme.

« Il devrait être mort depuis longtemps, me dit Joséphine. C'est devenu un paquet d'os. Il ne se nourrit que de pain et de lait. Chaque matin, je crains de le trouver raide. Je le secoue et ça repart. Il voudrait me voir mariée, avec des enfants, mener une vie normale, mais Estève n'est pas d'accord. »

Je m'attendais sans trop y croire, et même en les redoutant un peu, aux démarches des repreneurs.

Par décence, ils attendirent une semaine avant de se manifester. Ce fut d'abord Louis Combescot, qui venait de prendre la direction des forges de Savignac-Lédrier, sur l'Auvézère, les plus importantes de notre petit complexe sidérurgique du nord-est du Périgord ; il me proposa des conditions avantageuses sur lesquelles je promis de réfléchir. Dans les jours et les semaines qui suivirent, il vint d'autres maîtres de forge, leurs fondés de pouvoir ou les tabellions à leur service ; ils étaient propriétaires de fonderies sur l'Isle, le Bandiat, la Lisonne et la Ganne. Pudiquement, ils déclaraient faire une simple visite de politesse mais ne tardaient guère à dévoiler leurs batteries. Je les écoutais, j'enregistrais leurs propositions sans leur faire la moindre promesse.

Nous avions laissé s'éteindre le haut-fourneau et nous aurions tout l'été pour aviser.

J'obtins de ma mère, non sans peine, qu'elle me laissât partir une semaine ou deux à Ruelle et lui promis de lui ramener les enfants.

Sylvain s'était parfaitement accommodé de mon absence. Mariette me confia qu'il ne revenait à la maison qu'une heure ou deux par jour, pour embrasser les enfants, et qu'il allait dormir ailleurs – je savais où. Il mettait à profit la latitude que lui laissaient mes propres écarts de conduite et mon absence prolongée pour vivre à sa guise. Je ne me sentais pas le droit de le lui reprocher ; il semblait acquis que désormais nous vivrions séparés, d'un accord tacite.

Clarisse bouda quelques jours. Elle détournait son visage quand je cherchais à l'embrasser, répondait évasivement ou pas du tout à mes questions, évitait ma présence.

« Elle est ainsi depuis votre départ, me dit Mariette. Je m'efforce de la distraire, de l'emmener en promenade avec son frère, de lui faire répéter ses leçons, mais elle le fait à contrecœur. Cette petite est malheureuse. Elle se croit abandonnée. »

Ma petite Clarisse, malheureuse ! Cette révélation me bouleversa. Malgré ses réticences, je la pris sur mes genoux, lui expliquai que son grand-père était mort, mais qu'elle le retrouverait au ciel et que c'était la raison de mon absence. Elle se mit à pleurer en frappant ma poitrine de ses petits poings et en me traitant de « méchante ». C'est à peine si elle avait regardé la poupée articulée que je lui avais ramenée de Périgueux, et elle refusa de goûter aux friandises.

« C'est fini, dis-je. Je ne t'abandonnerai plus jamais. Nous allons partir tous trois pour le Paradou. »

Jérôme, lui, semblait s'accommoder assez bien de nos absences ; il avait fini par considérer Mariette comme sa vraie mère. Ce n'était plus, à trois ans, l'enfant souffreteux qui évoluait naguère entre la vie et la mort : il avait pris de belles couleurs et commençait à s'exprimer avec l'autorité naturelle des Laveyssade.

J'accueillis Sylvain sans chaleur et lui reprochai d'avoir délaissé ses enfants. Il se contenta de baisser la tête ; je préférais ce silence aux mauvaises raisons qu'il aurait pu m'opposer. Il ne fit aucune objection à mon projet de retourner au Paradou avec les enfants, Mariette restant à Ruelle pour tenir la maison.

« Qu'as-tu décidé ? me dit-il. Cette forge est devenue une charge pour toi et pour ta famille. Le mieux est de la vendre. Il ne doit pas manquer d'acheteurs.

– Si nous avions mené une vie normale, tu aurais pu la prendre en main, la moderniser. Avec tes relations, nous aurions eu des commandes importantes.

– C'est impossible, dit-il. Et je le regrette. »

Il refusait d'aller finir ses jours dans ce « trou ». Sa vie était à Ruelle. D'ici peu il obtiendrait une nouvelle promotion qui en ferait l'adjoint au directeur général. Il s'esclaffa lorsque je lui annonçai que je pourrais, avec le concours de Lajorie, m'occuper personnellement de cette affaire. Mortifiée, je lui tournai le dos.

Dans les jours qui suivirent, je regrettai presque qu'il eût repris ses habitudes, qu'il participât aux repas et revînt dormir sous notre toit. Sa présence m'était devenue insupportable. Je faillis le lui dire, mais je préférai patienter : mon départ arrangerait les choses.

Pas de nouvelles de Samuel. À sa dernière lettre, que j'avais reçue au Paradou, j'avais répondu en lui annonçant mon retour. Depuis il ne m'avait pas donné signe de vie. Je me rendis à Angoulême : il était absent, ainsi que son valet, et n'avait pas laissé de message. Un pressentiment terrible m'assaillit, tandis que je tournais en rond dans le salon, autour du piano, dans l'espoir absurde que j'allais le voir paraître.

Je revins trois jours de suite et me heurtai à la même impression de vacuité. L'annonce de sa mort ne m'aurait pas plus affectée que cette absence insolite et ce manque de nouvelles.

À l'issue de la troisième visite, alors que je redescendais vers le vestibule commun, partagé avec sa mère, celle-ci semblait m'attendre. Elle me tendit une main gantée de mitaines avec un triste sourire. C'était une grande dame fardée à outrance, aux cheveux gris sous la résille noire, au long visage marbré.

« Il est inutile de revenir, madame, me dit-elle d'une voix contrainte. Mon fils ne sera pas de retour avant un mois. Il est à Bordeaux avec sa fiancée. Le mariage a lieu dans une quinzaine de jours. Une grande famille des Chartrons… »

Le reste se perdit comme dans une brume. J'avais du mal à maintenir mon équilibre, au point que Mme Preston me proposa un cordial que je refusai d'un signe de tête. Elle avait posé sa main sur mon bras et le secouait doucement.

« Pardonnez-moi ma franchise, me dit-elle. Je vous ai observée à diverses reprises et j'ai vite compris que vous n'étiez pas comme les autres, que vous risquiez d'être entraînée dans une aventure sans lendemain. Je connais bien mon garçon : tout feu tout flamme en amour, mais la musique est sa seule vraie passion. Il vous a aimée, j'en ai la certitude, et je crois qu'il vous aime encore, mais cela ne pouvait durer. Aucune de ses relations féminines, à ce jour, n'a tenu plus d'un mois. Il a eu besoin de vous pour nourrir son inspiration, et je crois que vous lui avez beaucoup donné. Mais vous êtes mariée, et un jour ou l'autre vos rapports auraient dégénéré en drame. Samuel l'aurait mal supporté. Il est si fragile… »

Elle ajouta :

« Voulez-vous vous asseoir ? Vous êtes toute pâlotte. »

Elle me conduisit comme une malade vers la banquette, s'assit près de moi, prit ma main dans la sienne ; elle paraissait elle-même très émue.

« Tâchez de l'oublier très vite, mon enfant, et reportez cet amour sur votre famille… »

Le prêchi-prêcha, qui dura encore quelques minutes, n'eut d'autre effet que de transformer ma peine en colère. De quoi se mêlait cette momie ? Savait-elle seulement de quoi elle parlait ? De quel droit me donnait-elle ces conseils ? Elle ajouta :

« Si vous avez des affaires qui vous appartiennent, montez les reprendre. Ensuite… il faudra me rendre les clés de l'appartement. »

L'envie me prit de remonter, d'écraser le clavier du piano, de déchirer les draps, les rideaux, de faire du feu avec les partitions qui traînaient partout, de jeter dans la cour les menus présents qu'il me ramenait de ses voyages, de faire en sorte qu'il se souvînt de moi et me détestât autant que je le détestais. Je laissai s'apaiser cette vague dévastatrice, et, jetant les clés sur la console, je me retirai. J'entendis, au moment de franchir la porte, la voix mouillée de Mme Preston :

« Pauvre petite… Je vous plains sincèrement. »

Je n'avais pas eu une larme durant le long monologue de la vieille dame ; je ne m'abandonnai à mon chagrin qu'une fois dans mon tilbury et m'en libérai avec une telle violence que je devais presser mon mouchoir dans ma bouche pour ne pas hurler.

En roulant vers Ruelle dans la lumière du soir de printemps, je me disais que ma vie était finie, que j'avais, en l'espace de quelques années, vécu la fin d'une jeunesse heureuse, un mariage qui m'avait donné, à défaut d'amour, deux beaux enfants, une passion brève et violente dont je pensais ne retrouver jamais l'intensité. Le cycle bouclait sa boucle ; il n'y en aurait pas d'autre. Mes richesses en matière d'affection devenaient dérisoires ; je n'avais que mes enfants à qui me raccrocher ; ils avaient besoin de mon amour comme j'avais besoin de leur attachement, mais ils semblaient s'éloigner de moi comme une bouée de sauvetage qui dérive dans la tempête.

En retournant à Ruelle je ne me sentais pas malade mais désespérément vide, comme au bout d'un chemin le long duquel j'aurais laissé des gouttes de mon sang, de ma chair, de ma vie.

Je me couchai sans souper, m'agitai toute la nuit, restai alitée le lendemain. Je ne trouvai le sommeil que tard dans la soirée, comme une petite mort. Il faisait nuit quand je me réveillai. Sylvain à mon chevet me tenait la main, le visage grave dans la lumière de la lampe, une larme au coin de l'œil.

« Il faut être courageuse, dit-il. Je sais ce qui vient de t'arriver. Moi-même, il y a peu… C'est terrible, mais le temps fait son œuvre et l'on oublie vite. »

Il essuya mes yeux avec son mouchoir, m'embrassa le front et ajouta :

« Nous en sommes au même point tous les deux. Si tu voulais… »

Je secouai la tête.

« Non, Sylvain. C'est fini entre toi et moi. Fini à jamais.

– Tu vas revenir au Paradou. Si tu permets, je t'y suivrai. »

* *
*

On avait éteint le haut-fourneau et fermé la forge. Cette petite cérémonie qui, d'ordinaire, s'achevait par une fête, se déroula cette année-là comme un rituel funèbre. Je distribuai au personnel les gratifications habituelles et des dons en nature venant de la réserve. Mon père n'avait jamais dérogé à ces générosités ; je n'allais pas m'y dérober, malgré la situation financière précaire de la famille.

Sylvain était revenu atterré de son inspection, après que l'on eut procédé aux ultimes coulées :

« Il faudrait des millions, me dit-il, pour donner à cette forge une rentabilité normale. Je n'ai trouvé partout que désordre, laisser-aller, gabegie, avec une main-d'œuvre qui travaille sans conviction et sans ardeur. J'ai parlé avec Lajorie et il est d'accord avec moi : la plupart, les meilleurs, ne reviendront pas l'automne prochain. Je ne vois pas d'autre solution que de vendre, et le plus tôt sera le mieux. L'offre des Combescot me paraît la plus raisonnable et leur forge est proche de la nôtre, ce qui faciliterait le déplacement du matériel. Tu pourrais garder des intérêts dans la nouvelle société. »

Je me débattais contre cette évidence : Sylvain avait raison et Lajorie partageait son point de vue, ainsi que ma mère et Emma. Élie n'avait pas d'avis. Alban, qui venait de nous écrire de l'Ouarsenis, sur l'oued Chélif, et assistait à la création d'Orléansville, s'opposait, Dieu sait pourquoi, à cette vente. Ou attendait ma décision, mais je demeurais dans l'expectative, un peu engourdie par les dernières chaleurs du printemps et meurtrie par la trahison de Samuel. Je passais mes journées à me promener, à visiter les métairies et la réserve, à regarder jouer les enfants et, parfois, lorsque la chaleur pesait sur la vallée, à aller me baigner dans la Ganne avec Joséphine.

C'est elle qui m'apprit qu'une battue allait avoir lieu contre notre vieux loup, à la suite d'une plainte émanant d'un paysan qui avait eu trois brebis égorgées dans le fond de son pré, un forfait dû, nous devions l'apprendre plus tard, à des chiens errants.

L'autorisation préfectorale était parvenue à la mairie, et c'est le grand Estève, conseiller municipal, qui en avait informé sa concubine. La battue serait dirigée par M. Piston d'Eaubonne, lieutenant de louveterie, qui devait commencer à brosser son bel habit vert forestier à brandebourgs, parements dorés et boutons de cuivre. Il y avait longtemps qu'on n'avait pas tué de loups dans le pays : depuis la fameuse battue d'Hautefort à laquelle se mêla Emma. Les traditions se perdaient. Ce serait une fête.

« Il faut faire quelque chose, me dit Joséphine. On ne va pas laisser traquer et massacrer cette pauvre bête inoffensive.

– Que veux-tu qu'on y fasse ? Le nouveau maire est un chasseur de la pire espèce. Il est inutile de lui demander d'annuler cette décision.

– J'ai trouvé ! J'irai placer sur le rocher de la viande empoisonnée.

– Ce serait le faire souffrir atrocement. Il mérite une fin plus digne. »

À diverses occasions j'avais accompagné mon père à des parties de chasse. Il s'y livrait moins par plaisir que par conformisme, pour imiter les hobereaux des environs. Il avait même, jadis, rassemblé une meute de robustes molosses qu'il affamait, disait-il, pour les rendre plus agressifs ; ma mère s'étant plainte des aboiements et des mauvaises odeurs, il y avait renoncé et revendu ses chiens. Il ne chassait plus qu'en solitaire ou avec Lajorie, ne rapportant que des merles ou des geais que ma mère jetait aux chats. Je n'ai tiré en sa compagnie qu'un lapin ; je l'avais vu se débattre en couinant, l'arrière-train arraché à demi. L'expérience m'avait suffi et je m'étais juré de ne plus recommencer. S'il m'arrivait encore de faire le coup de feu derrière le château, c'était sur des bouteilles, les jours d'ennui.

Je décrochai le fusil de mon père, son « bijou », comme il disait, que j'ai conservé à Brive. C'est un objet magnifique, acheté chez un armurier corrézien, Goursat : un Degoubert de Paris, fabriqué à Saint-Étienne en 1823, avec canon-ruban à deux coups, à piston et chien extérieur. Mon père m'avait appris à le charger à la baguette de poudre noire en fond de chambre, de papier et de grenaille. Il était en parfait état de marche, Lajorie me le confirma en me demandant ce que je comptais en faire. Je répondis que je souhaitais simplement effrayer les corbeaux dans les champs de la réserve.

Nous étions convenues, Joséphine et moi, d'attendre que la lune soit pleine, de manière à nous passer de lanterne, ce qui eût effrayé le vieux fauve, et à y voir suffisamment pour nous diriger. Nous dûmes nous y prendre à plusieurs reprises : le loup avait ses caprices et n'apparaissait sur son observatoire que lorsque cela lui convenait. Il se signalait par de petits cris modulés qui ressemblaient à des plaintes amoureuses, comme s'il appelait sa louve.

La quatrième nuit, alors que nous attendions, assises dans l'herbe, au bord de la Ganne, par une belle lune de fin de printemps, il se signala à notre attention.

L'une comme l'autre espérions et redoutions cet appel. Nous franchîmes le petit pont de bois qui traverse la rivière en aval de la forge et nous engageâmes sous les couverts. Il me semblait que les moindres intonations de ce chant sauvage se gravaient en moi et que je ne pourrais jamais les oublier.

J'avais pris les devants par une *escoursière* dont je connaissais les méandres pour avoir reconnu cet itinéraire les jours précédents. Elle se coulait à travers une petite forêt de buis qui encensait. Joséphine venait à quelques pas derrière, armée d'une antique fourche à loup dotée de deux longues dents, que j'avais dénichée dans le grenier du château et qui n'avait, à ma connaissance, jamais servi. Elle devait avoir peur, car elle chantonnait d'une voix altérée une vieille comptine :

Un loup passait
Dans un désert
La queue levée
Le cul ouvert
Il lâche un pet…

Je lui demandai de se taire pour ne pas apeurer le solitaire.

« Cette grande “bestiasse”, me dit-elle, me fait peur. Tu sais ce qu'on dit : que des hommes se cachent quelquefois dans la peau des loups, qu'ils deviennent loups et attaquent les gens, la nuit, sur les chemins.

– La “bestiasse”, c'est toi ! Ce pauvre animal est si vieux qu'il ne doit plus avoir de dents. Ça fait plus de dix ans que je l'entends chanter. C'est sûrement ce qu'on appelle un "grand vieux loup". Il n'aurait pas chanté dix ans de plus, pour sûr. »

Je me moquais de Joséphine mais, comme nous approchions de la terrasse rocheuse dont le fauve avait fait son observatoire, je sentais la peur me serrer le ventre. Est-on jamais sûr de la réaction de ces vieux mâles aigris par leur exclusion du groupe, chassés à coups de dents par les jeunes ? Mes connaissances en matière de louveterie étaient limitées aux récits que j'entendais jadis dans les veillées, mais je me méfiais de ces témoignages qui n'étaient la plupart du temps que des fables.

Une odeur m'arrêta : cela sentait la pourriture et, comme nous n'étions plus qu'à un jet de pierre de l'animal, je me dis qu'il avait dû se régaler de quelque charogne. Sa voix nous parvenait distinctement, au point que nous pouvions discerner un accent d'une tendre raucité dans ce chant qui s'achevait comme un râle d'amour ou de mort, un brouillon de mots qu'il semblait vomir avec peine.

Joséphine accrocha ma manche.

« Revenons, Séverine. J'ai pissé dans mes culottes et je pourrais plus faire un pas.

– Regarde, il est tout près. Nous pourrions le tirer d'ici, mais je crains de le manquer. Si je le blessais et qu'il souffre des jours avant de mourir…

– Tu as raison », dit derrière nous une voix d'homme.

Dans la clarté de la lune je vis se profiler la silhouette du grand Estève. Il regarda l'arme que j'avais pointée vers lui et me dit en riant :

« Tu te trompes de cible ! C'est pas sur moi qu'il faut tirer.

– Que fais-tu là, Estève ?

– Je me demandais ce que vous fricotiez en secret, toutes les deux. Quand j'ai vu le fusil, j'ai compris et j'ai décidé de vous suivre. »

Il prit le fusil et poursuivit :

« Vous vous y prenez mal. C'est d'en haut, de sa passée, qu'il faut le tirer, sinon il risque de filer. Par chance, il semble avoir perdu l'ouïe et peut-être l'odorat. Un jeune vous aurait déjà faussé compagnie. Mais il a pas perdu la voix, le bougre ! »

Il ajouta :

« C'est moi qui vais faire le travail. Ça soulagera votre conscience et j'ai une bonne chance de l'avoir du premier coup et de ne pas le faire souffrir. Suivez-moi en silence. »

Il prit les devants, s'enfonça, plié en deux, sous un couvert de noisetiers et de chênes, à travers une ombre gluante de sèves sauvages. La mousse qui avait envahi ce sous-bois humide étouffait le bruit de nos socques. La main d'Estève battit devant moi pour arrêter notre progression. Nous étions sur la passée, à l'endroit où, sautant par-dessus la roche, elle aboutit à la terrasse au bout de laquelle trônait notre vieil ami, assis sur son arrière-train. Il semblait, museau levé, respirer dans le vent de la nuit des odeurs insolites.

Estève épaula. Je baissai le canon.

« Attends ! laisse-moi le regarder.

– Il est laid ! souffla Joséphine. On dirait une vieille carpette pelée. Et il pue… »

Avant qu'Estève et Joséphine aient pu me retenir, je me laissai glisser sur la roche. Un petit tapis d'herbe fine amortit mes pas. Derrière moi, des voix murmuraient :

« Tu es folle ! Reviens... »

Debout, je fis quelques pas en direction du solitaire. Lorsque je le vis, la queue droite, l'arrière-train légèrement en retrait, la tête baissée, me manifester son hostilité, je m'accroupis et lui parlai à voix basse, comme on parle à un chien. Peu à peu, il semblait prendre confiance, immobile, me fixant de deux petites lucioles à peine perceptibles dans la clarté de la lune. J'avais envie de le toucher, de le caresser, de lui faire comprendre avant sa mort qu'il n'avait pas que des ennemis parmi les hommes, qu'il avait hanté les nuits de ma jeunesse comme un personnage de légende, qu'un peu de la sauvagerie de cette vallée disparaîtrait avec lui, que je l'aimais...

À travers mes larmes, je le vis rentrer la queue sous le ventre, se redresser, faire un pas vers moi, puis un autre, le col incliné, le museau presque au ras du sol, avec dans la gorge un gémissement qui semblait faire écho à mes paroles. Je tendis une main vers lui. Il fit un pas de plus, la renifla, recula, s'avança de nouveau puis se coucha dans un mouvement de soumission qui ne pouvait me tromper. Les dents serrées, la gorge nouée, je lui fis de nouveau respirer ma main puis lui caressai le museau et le front. Il émit un petit râle de plaisir.

« Pardonne-moi, mon vieux, lui dis-je. Tu ne souffriras pas. Je t'aime. Adieu. »

Je me levai lentement après avoir déposé devant lui le reste de viande que j'avais apporté pour le cas où il se serait montré agressif. Il la renifla, se releva pour manger, sans me quitter de l'œil.

Lorsque j'eus rejoint mes compagnons, Estève me saisit violemment le bras et souffla :

« Tu es complètement folle ! S'il t'avait mordue… Il est peut-être enragé…

– Tu peux le tuer à présent, dis-je, mais vise bien. »

Lorsque le coup de feu partit, je hurlai, m'accrochai à Estève et le frappai du poing en criant :

« Salaud ! Tu l'as tué ! Ça t'a fait plaisir, hein ? »

Je ne savais plus ce que je disais. Les larmes m'étouffaient. Je n'avais pas pleuré en apprenant la mort de mon père, et là, devant ce cadavre de bête, je me sentais malheureuse.

Le fauve bougeait encore lorsque Estève s'approcha de lui. Ses pattes balayaient le sol et une plainte aiguë sortait de sa gueule broyée par la décharge. Un second coup de feu déchira la nuit.

« C'est fini, dit Estève. Tu ne l'entendras plus chanter. »

Joséphine mêla ses larmes aux miennes. Nous nous tenions enlacées lorsque Estève remonta. Il avait chargé la dépouille sur ses épaules et me rendit le fusil.

« Pardonne-moi, dis-je. Je crois que je n'aurais jamais eu le courage de tirer.

– Il est pas gras, dit-il. Pas plus lourd qu'une couette.

– Que vas-tu en faire ?

– Toucher la prime, pardi ! »

* *
*

La renommée de M. Devars, d'Hautefort, était parvenue jusqu'à nous.

Quelques mois avant sa mort, mon père m'avait conviée à l'accompagner pour une visite à l'atelier de ce bricoleur de génie, héritier d'une dynastie de serruriers qui, tous, avaient eu la marotte de l'invention, sans que jamais l'un d'eux pût accéder à la gloire ou à la fortune.

La porte de l'atelier situé dans un vaste hangar, au centre du bourg, sous le château, ouvrait sur un capharnaüm étrange et composite. On accédait au saint des saints en suivant un parcours balisé de monceaux de ferrailles torturées dont aucune ne paraissait avoir de destination précise. Les murs en étaient garnis jusqu'au fond par où, à travers une verrière grise de poussière et de toiles d'araignée, suintait un jour terne. On eût dit que cet endroit servait de dépôt pour des vestiges du chemin de fer qui, deux ans auparavant, sur la ligne de Paris à Versailles, avait occasionné la mort de cent cinquante passagers, parmi lesquels l'amiral explorateur Dumont d'Urville.

Devars était un petit homme chafouin, roux, barbu, un peu sorcier d'apparence, l'œil vif derrière ses lunettes sales dont une branche était rafistolée avec une ficelle rouge. Il tendit à mon père une main brunâtre, roussie et craquelée par le feu. Il déplia des liasses de dessins cotés sur lesquels il soufflait pour dissiper le voile de suie qui les saupoudrait. C'étaient les schémas d'une machine qui, selon lui, allait révolutionner l'agriculture : une moissonneuse mécanique qui ferait le travail de dix hommes. Il avait commencé à la construire avec l'aide de son associé, Lachaud, serrurier comme lui, mais sans l'esprit d'invention qui le possédait.

Devars avait espéré que le retour d'Algérie de Bugeaud lui permettrait d'expérimenter son engin sur les terres de la Durantie, ouvertes au progrès, mais le général n'en avait pas encore fini avec les « rebelles ». Alors, pourquoi pas sur la réserve du Paradou ? Mon père avait acquiescé sans enthousiasme, n'étant pas par nature un homme de progrès, mais il était fasciné par cette invention.

« Intéressant… murmurait mon père en se grattant les moustaches. Nous en reparlerons si vous voulez bien, Devars. »

J'avais montré pour cette invention, tandis que le serrurier nous en expliquait les détails, plus d'attention que mon père. Devars s'en était aperçu. Il me dit avec un sourire mystérieux :

« Ma petite dame, puisque vous semblez vous intéresser à la mécanique, je vais vous montrer la dernière de mes inventions que j'appelle le "vélocépède". »

Il me guida vers l'entrée de son atelier, souleva une bâche sous laquelle se dressait un curieux engin muni de deux roues, d'un cadre et d'un guidon.

« C'est une sorte de célérifère ! dis-je.

– Un célérifère amélioré, madame. Il n'est plus nécessaire pour avancer de balancer les jambes. Il suffit de "pédaler". »

Il dégagea l'engin, l'épousseta avec un plumeau et, assis sur la selle, se lança joyeusement dans la cour en "pédalant" avec alacrité. Il évoluait, le torse droit, sans paraître fournir le moindre effort, fier comme un Auguste conduisant son quadrige.

« Extraordinaire ! dis-je. Puis-je essayer cet engin ?

– J'allais vous en prier, dit-il. Vous trouverez peut-être la selle un peu dure, mais j'arrangerai cela. »

En dépit des protestations de mon père, je retroussai mes cotillons, enjambai la machine et sentis un délicieux vertige en me propulsant à travers la cour.

« Ne craignez rien ! me criait Devars, sans cesser de me maintenir par la selle. Pédalez… pédalez régulièrement en gardant bien votre équilibre. Attention aux oies…

– Vous pouvez me lâcher ! » m'écriai-je.

Il me lâcha. Je traversai le troupeau d'oies affolées qui cacardaient en se dispersant. En affermissant la pression de mes pieds sur les pédales, je me lançai imprudemment sur le chemin en pente qui descend à travers le bourg. La vitesse de l'engin ne cessait de croître et j'avais du mal à le maîtriser. Derrière moi, j'entendais des clameurs lointaines qui me criaient de m'arrêter et de revenir. M'arrêter ? Revenir ? Par quel miracle ? Je tenais ferme le guidon en tâchant de retrouver les pédales qui tournaient à vide et repoussaient violemment mes pieds qui cherchaient à retrouver leur assise.

Je ne pus éviter une fondrière qui barrait la chaussée ; elle fit faire à mon engin une embardée qui me jeta au sol tandis que le « vélocépède » continuait sa course folle pour finir en butant sur un perron.

« J'aurais dû vous prévenir ! gémit l'inventeur. Cette machine n'a pas de système de freinage. Je travaille là-dessus mais ce n'est pas encore au point. Vous avez beaucoup de mal ? »

J'en étais quitte pour quelques écorchures aux mains et pour l'émotion.

« Lorsque vous aurez mis au point votre système de freinage, dis-je, prévenez-moi. Je serai votre première cliente.

– N'y comptez pas ! s'écria mon père. Que je ne voie jamais au château cette diabolique invention ! »

Il accepta néanmoins que Devars fît l'expérimentation de sa moissonneuse mécanique sur notre domaine.

Il y avait foule ce jour-là sur une des terres de la réserve. Les Combescot étaient venus, ainsi que d'autres maîtres de forge et exploitants agricoles des environs, un journaliste de *L'Écho de Vésone* et même un conseiller général. Le préfet avait délégué un de ses attachés.

Cette moissonneuse avait l'apparence d'un énorme insecte métallique et faisait un bruit atroce. On y attela une paire de bœufs, en bordure d'un champ de blé, et la machine se mit en branle sous un murmure d'admiration. Elle coupait les tiges d'une façon régulière, par larges rangées, mais elle eut du mal à manœuvrer au fond du champ, pour changer de direction : il lui fallait de l'espace. La démonstration fut réussie tant que la machine opéra sur terrain plat, mais, lorsqu'on la fit manœuvrer sur une pente, il fallut déchanter : les tiges n'étaient coupées qu'à moitié ou au ras des épis et l'engin faillit verser, un des bœufs s'étant affolé. D'autre part, le piétinement des animaux précédant la moissonneuse couchait une partie de la récolte et la détruisait, ce qui fit dire à certains que ce système n'était profitable que pour les glaneuses.

De démonstrations en concours, cette machine devait finir quelques années plus tard à la ferraille, et le nom de Devars et de son associé Lachaud ne passèrent jamais à la postérité.

Quant au « vélocépède », nous n'en entendîmes plus parler, jusqu'à l'apparition sur les routes de notre province de la bicyclette, son héritière directe mais ingrate, qui ne se souvient plus de ses origines.

* *
*

Une question m'obsédait : comment Pierre se trouvait-il informé, presque au jour le jour, de mes faits et gestes et des événements qui se produisaient dans ma famille ? Il se livrait à des commentaires, parfois même avant que je l'en eusse informé, se bornant le plus souvent à des allusions transparentes, comme s'il avait scrupule à paraître me faire surveiller. Je m'en étonnai puis en fus excédée.

Certaines allusions de sa part m'avaient laissée entendre qu'il était au courant de ma liaison et de ma rupture avec Samuel. Des lettres vinrent à point nommé témoigner de son amertume puis de sa compassion, sans qu'il en désignât formellement l'objet, procédé à la fois habile et retors. Quand je l'interrogeais sur l'identité de cet argus qui le fournissait aussi obligeamment en nouvelles, il évitait de répondre ou s'en tirait par une pirouette. Je trouvais parfois dans ces attentions suspectes un réconfort, mais le plus souvent motif à m'indigner.

À la suite de ma rupture avec Samuel je lui demandai d'interrompre nos relations épistolaires ; il cessa de m'écrire durant plusieurs semaines, et c'est moi qui le relançai, tant ces signes d'amitié qui jalonnaient le cours de ma vie, moi sur un bord de la route, lui sur l'autre, m'étaient précieux.

Il fallait bien que ce fût quelqu'un de mon entourage qui lui communiquât ces nouvelles. J'écartai ma sœur ; elle connaissait à peine Pierre et n'avait aucun intérêt à lui communiquer ces informations. Ne parlons pas d'Élie ni de ma mère, qui étaient incapables de concevoir une telle manœuvre.

J'en vins à la certitude que ce devait être Mariette ou Mélie, et peut-être les deux. L'enquête minutieuse à laquelle je me livrai m'éclaira suffisamment pour accuser la première, la petite Mélie ne pouvant être soupçonnée que d'avoir bavardé avec elle sans penser à mal.

« Mariette, réponds-moi franchement : combien M. Chadeuil te paie-t-il pour le tenir au courant des événements de ma vie ? Il m'a tout avoué de vos rapports, sans me donner ce détail. »

Elle tomba d'emblée dans le piège et riposta avec indignation :

« Madame ! M. Chadeuil ne me donne rien !

– Alors tu n'es qu'une sotte ! Il faut toujours faire payer ses services. Au moins te rembourse-t-il l'argent du courrier.

– Madame, je n'ai rien à me reprocher ! »

Elle était rouge de confusion et se voyait déjà renvoyée. Je la maintins un moment sur le gril, la retournant de temps à autre afin d'obtenir un aveu complet. Ma patience fut récompensée : Mariette avait cédé aux instances de Pierre, d'autant qu'elles étaient assorties d'une substantielle rémunération. Comment avais-je tant tardé à m'étonner de ses toilettes qui étaient sans commune mesure avec l'importance de ses gages ?

En acceptant ce marché, dit-elle, elle n'avait ni pensé ni surtout cherché à me nuire. Elle avait de l'affection pour moi et, de mon côté, avais-je à me plaindre de son service ? J'en convins : Mariette était une perle. Je la regardai fondre en larmes, s'essuyer les yeux avec un coin de son *devantal,* renifler, pousser des gémissements pathétiques et me supplier de la garder à mon service. Elle me jura qu'elle renoncerait à jouer les espionnes, ce qui me semblait la moindre des choses. Je promis de réfléchir, mais ma décision étais prise : exit Mariette.

Restait, après avoir réglé le sort de ma servante, à m'occuper du vrai coupable. J'écrivis à Pierre une lettre cinglante ; il avait lui aussi trahi ma confiance en me faisant espionner. Je lui signifiai la rupture de nos rapports, qui n'avaient d'ailleurs aucune raison d'être, et lui intimai l'ordre de ne plus m'adresser le moindre billet.

Je m'empressai d'ouvrir la lettre qu'il me fit parvenir quelques jours plus tard et restai abasourdie. Il protestait de ses bonnes intentions : comment n'avais-je pas compris que cette constance dans l'intérêt qu'il me témoignait dissimulait une « passion secrète » que le temps ni les événements n'avaient pu altérer ? Il avait soudoyé une servante innocente pour participer tant soit peu à ma vie, avoir l'impression d'être à mes côtés dans les épreuves. Ce n'étaient pas mes lettres à moi, disait-il, qui auraient pu l'éclairer sur ma situation : j'y montrais une « affection lointaine et stérile » qui ne faisait que « jeter des brindilles sur le foyer de son amour ». Affection… Amour… Je me heurtais à ces mots avec stupeur. Durant l'absence de Pierre, qui avait duré des années, je me doutais bien que la « constance » dont il se gargarisait avait d'autre source qu'une banale amitié, mais, comme il ne me révéla jamais de manière directe la vérité de ses sentiments, je ne pouvais qu'en supposer l'intensité. S'il s'en était ouvert à moi, qui sait si je n'aurais pas répondu à son attente, déçue que j'étais, avant et après le passage de Samuel, par ma vie familiale et sentimentale ? Malgré les apparences et certaines réactions pessimistes de ma part, je n'avais jamais renoncé à *vivre* – je veux dire à aimer, ce qui revient au même.

Pierre terminait sa lettre en me suppliant de garder « cette pauvre Mariette ». C'était trop me demander. Durant une quinzaine, je restai incapable de décider si j'allais ou non pardonner à Pierre son indiscrétion. Je fais souvent confiance au temps pour arranger les choses ; il est un excellent arbitre dans les conflits de sentiments.

L'été rayonnait sur le Paradou. Un de ces étés torrides qui promettent de belles récoltes de céréales et des vendanges généreuses. L'engourdissement me semblait une désertion et, bien que tout m'incitât à me replier sur moi-même, je décidai de me donner du mouvement.

« Monsieur Lajorie, faites en sorte que la voiture soit attelée demain matin, à 5 heures. »

Nous avions entrepris, lui et moi, de réformer et, si possible, de moderniser la réserve : quelques dizaines d'hectares de belles terres du plateau, qui ne demandaient qu'à produire davantage.

Une visite au domaine de la Durantie, que Charles, fils de Bugeaud, exploitait en l'absence de ses parents, nous montra l'ampleur des progrès qui nous restaient à accomplir. Ce domaine était exploité par une centaine de paysans groupés en 13 familles, avec en plus 12 domestiques (« mâles et femelles », précisait Charles), pour s'occuper de la seule réserve. « L'effectif d'une compagnie », aimait à dire Bugeaud.

Non sans ostentation, Charles nous fit visiter en voiture cet immense domaine réparti sur un pays triste mais d'une sombre beauté avec ses immenses perspectives. Il jouait les marquis de Carabas, montrait du doigt, à des lieues de là, perdus dans un bleu torride, les lignes de forêts qui marquaient les limites de son univers. Il n'y a que des hauteurs de Génis que j'ai ressenti cette impression poignante d'apercevoir les limites du monde.

Lajorie et moi avions ramené de cette visite un sentiment mitigé : accablement et espoir. Il restait à convaincre nos domestiques – une dizaine de paysans actifs – de rompre avec les méthodes routinières que mon père, sans les encourager – il n'était pas stupide – avait négligé de réformer. Il faudrait semer des prairies artificielles en trèfle incarnat, planter des hectares de pommes de terre, employer des engrais, introduire de nouveaux plants de vigne, acheter un ou deux taureaux de la meilleure race : la limousine…

« Autant de bonnes résolutions, soupira Lajorie. En aurons-nous les moyens ?

– Nous les trouverons.

– Les métairies ? Vous allez vendre ? »

J'en connaissais au moins trois qui, soit en raison de la pauvreté du sol, soit du mauvais vouloir des métayers, ne produisaient guère.

« Votre père, dit Lajorie, n'aurait pas approuvé cette décision.

– Mon père est mort et les temps ont changé. D'ailleurs, il ne s'est pas fait scrupule de brader des garennes, de peu de rapport il est vrai, pour réparer ses erreurs et celles d'Alban. Aujourd'hui, c'est la survie de la forge qui est en cause. »

Il faudrait faire une offre aux Combescot pour les deux métairies, estimer les superficies à semer en trèfle, aller chercher la semence à la Durantie, acquérir deux taureaux pas trop âgés…

Lajorie semblait ragaillardi par ces projets. Il avait renoncé, pour m'aider, à prendre ses congés chez une de ses sœurs qui habitait Sarlat. Il ne me quittait plus que pour des randonnées à travers le domaine, des entretiens avec les paysans qui l'écoutaient, les yeux ronds, leur parler cocagne.

Autant pour la promenade que pour les affaires, j'entrepris moi-même, en compagnie de mes deux enfants, une tournée des charbonniers, dont George Sand a si bien parlé et avec tant de vérité dans ses *Maîtres sonneurs.* Le pays était sûr depuis l'emprisonnement de Burgou et de sa bande.

Je connaissais assez bien les chemins de la forêt pour ne pas m'y perdre. Je les avais suivis jadis avec mon père, en voiture. Les maîtres de forge du pays se livraient de petites guerres sournoises pour obtenir le charbon de bois, combustible traditionnel des hauts-fourneaux, avant l'introduction du coke à partir de la houille dont l'exploitation, dans le bas pays, au Lardin, avait débuté.

Au début de ces visites, Clarisse se cachait dans mes jupes lorsque nous abordions le campement des hommes des bois, effrayée qu'elle était par l'aspect de ces braves gens : visage noir, longue barbe, vêtements en lambeaux, qui vivaient comme des sauvages. Elle avait été difficile à apprivoiser. Plus tard, elle passait le temps que nous restions dans la clairière où fumaient les fours, à jouer avec les petits moricauds qui lui apprenaient à tailler des sifflets dans des branchettes de noisetier, et ils faisaient bon ménage. Jérôme, lui, préférait musarder dans les jupes des femmes dont il était devenu la coqueluche et qui laissaient en l'embrassant des traces charbonneuses sur ses joues roses.

Nous vivions ce qu'on a appelé plus tard le « bon temps de la sidérurgie au bois ». En fait, c'était un temps de misère. Nous gagnions peu d'argent et les charbonniers moins encore. La main-d'œuvre se faisait rare et l'espace forestier se réduisait à vue d'œil. Il fallait une dizaine d'années pour reconstituer en chênes ou en châtaigniers des taillis exploitables.

Ces charbonniers que nous visitions étaient les derniers tenants de cette civilisation. Ils se plaignaient rarement de leur sort, qui était celui qu'avaient connu leurs anciens et dont il ne leur venait pas à l'idée de changer. Ils menaient en pleine nature une vie rude mais libre, avec une certaine fierté dans la conscience qu'ils avaient d'être, avec les collecteurs de mine, les éléments indispensables à l'économie industrielle de la région. Nous avions avec eux de bons rapports : je savais les flatter discrètement, obtenir d'eux des faveurs qu'ils auraient refusées à d'autres, moins diplomates ou plus exigeants, si bien que, durant ces années difficiles, le combustible ne manqua jamais au Paradou.

Cet été passa très vite.

Avec le concours de Lajorie, j'avais acquis la certitude que nous pourrions, l'automne venu, rallumer le haut-fourneau. L'inquiétude occasionnée parmi le personnel par la disparition du maître s'était estompée et, à quelques exceptions près, nous retrouverions nos effectifs. Le grand Estève usa de ses pouvoirs de conseiller municipal et de ses talents dans les contacts humains, pour ramener quelques brebis égarées ; il découvrit même quelques bons sujets « empruntés » à des forges voisines pour pallier les désertions, beaucoup de nos ouvriers étant allés chercher de l'embauche à la filature de Cublac, à la compagnie de chemins de fer ou à la faïencerie de Thiviers.

Sur les instances de Joseph Nadal, je parvins à le convaincre de ne plus employer de petits-valets de moins de dix ans, ces derniers étant astreints à suivre l'école. Les objections des parents me laissèrent indifférente.

Tout s'annonçait sous les meilleurs auspices. Je buvais mon ambroisie.

Il y eut quelques grincements de dents, de la part de ma sœur notamment, lorsque je proclamai qu'on allait de nouveau sacrifier au rituel de la messe dominicale.

Pas plus que mon père je n'avais la moindre propension à jouer les bigotes et n'honorais la religion que par « devoir de caste », comme on dit.

Durant des années, Martin Laveyssade, devenu maire de Saint-Saturnin, attelait à notre char à bancs, chaque dimanche matin, notre vieille jument, légère et élégante comme un sac de patates, pour nous conduire en famille à la grand-messe. C'était un comportement motivé moins par souci de religiosité que pour « paraître » et ne pas risquer une exclusion morale d'une collectivité dont il était responsable civiquement. Cela suffisait pour faire des Laveyssade du Paradou une famille « bien comme il faut ».

Nous ne montions dans le char à bancs qu'arrivés sur le plateau, notre haridelle étant impuissante à hisser la tribu jusqu'à l'église. Précaution inutile aujourd'hui : nous avions une jument plus fringante et la tribu était réduite.

Mon père, écarté du poste de maire, avait renoncé à ces simagrées hypocrites que je repris à mon compte afin de nous réconcilier avec la communauté villageoise et montrer que nous n'étions pas une famille désunie.

Notre vieux curé, une nature paisible, exerçait son ministère avec une mansuétude exemplaire. Il s'endormait au confessionnal, comme l'abbé Mespoulède jadis, et donnait aux offices un tour de fantaisie qui nous amusait. Nous l'invitions, comme les précédents, au repas de midi, et il acceptait de bonne grâce, sûr d'être bien traité. Il disait fort convenablement son *benedicite,* faisait honneur au repas, s'endormait entre la poire et le fromage et ne se réveillait que lorsque l'odeur de la vieille prune chatouillait ses narines. Je prenais soin de le placer loin de moi, entre Emma et Lajorie, car il sentait mauvais, comme une vieille éponge mal rincée.

Lajorie m'informa du verdict dans le procès de Marie Capelle : malgré les réticences de certains experts célèbres et la plaidoirie habile et énergique d'un avocat corrézien, Me Lachaud, elle avait été condamnée aux travaux forcés à perpétuité. Passionnée par cette affaire, la France était partagée entre les tenants de l'innocence et ceux de la culpabilité. Je n'ai jamais cru

Marie coupable de crime, aussi hostile eût-elle été à son mari comme à son milieu qui le lui rendait au centuple. J'avais envisagé de lui rendre visite à sa prison de Brive, mais se souvenait-elle seulement de moi dans la tourmente qui agitait sa vie ? Nous nous étions peu vues, et qu'aurions-nous eu à partager, elle enfermée dans son drame, moi dans mon vaudeville ?

Un mur semblait s'être dressé entre Sylvain et moi. Il vivait à Ruelle, moi au Paradou, avec, de temps à autre, une lettre sans chaleur destinée à montrer au destinataire qu'on pouvait vivre sans lui.

Cette comédie dura tout l'été. L'automne venu, Sylvain assista à l'allumage traditionnel du haut-fourneau. Grâce à la vente de la plus éloignée et de la moins rentable de nos métairies, celle des Versannes, j'avais fait procéder à la réfection de la chemise interne par des experts venus des forges de M. Festugière. Avec ce qui restait de la somme provenant de la vente de la métairie, je fus en mesure d'enrichir la réserve de deux taureaux et d'acheter ce dont nous avions besoin en semences et en engrais.

Clarisse eut l'honneur d'allumer le premier feu de la campagne et de jeter sur le fagot l'image pieuse de saint Éloi. Lajorie avait chargé Estève, qui faisait fonction de contremaître, de réunir le personnel pour cette cérémonie qui se terminait, comme du temps de mon père, par une substantielle collation dont beaucoup revenaient ivres et d'autres les poches pleines.

Estève me pria de dire quelques mots ; je m'en acquittai avec honneur et fus très applaudie, même de ceux qui passaient pour être des « rouges » ou qui l'étaient vraiment, ce qui me laissait indifférente, dans la mesure où le travail n'en souffrait pas.

Lajorie m'avait signalé comme un ouvrier dangereux mais compétent un certain Justin Broussou. Natif des parages d'Excideuil, il avait un beau jour pris son baluchon, quitté la métairie où végétait sa famille, et avait commencé son tour de France sans un sou en poche, persuadé que les alouettes allaient lui tomber du ciel toutes rôties. Il n'avait vu tomber que ses illusions. Ses chemins le menèrent dans les granges, sur le foin des vagabonds, sur les trottoirs des villes et enfin en prison. Il était revenu chez lui persuadé que le monde entier lui vouait une haine féroce et le rejetait sans se soucier de mettre ses talents à l'épreuve. En fait de talents, il n'avait que des bras robustes, une intelligence aiguë et une haute idée de ses choix politiques. C'est dire qu'il avait tendance à se prendre pour un phénix. Ayant très tôt appris à lire et à écrire avec les fils de métayers de la Durantie, il écrivait peu mais lisait beaucoup, et pas de la littérature de presbytère. Les quelques révoltés qu'il avait rencontrés dans les prisons lui avaient inculqué des idées révolutionnaires et mis la tête en feu avec les théories de Babeuf, de Saint-Simon et de Blanqui.

Nous avions besoin d'un bon maître puddleur pour remplacer le grand Estève, appelé à un poste de responsabilité. Avec quelques réserves, Lajorie me désigna ce Broussou qui connaissait assez bien le métier pour avoir travaillé durant un an aux forges de Pissac, près de Payzac.

« Embauchez-le, dis-je, et recommandez à Estève de le surveiller. Vous me l'amènerez. Je veux savoir de quel bois il est fait. »

Broussou me parut d'un bois assez ordinaire au prime abord : cheveux ras, grosses moustaches qui dissimulaient mal une expression de fatuité, corpulence étriquée… En revanche, il n'était pas timide et savait s'exprimer en bon français, avec même une certaine recherche.

Je le reçus dans le bureau de mon père et le fis asseoir, un honneur que je ne réservais pas à n'importe qui. J'observai avec satisfaction qu'il avait en entrant ôté son chapeau ; s'il ne l'avait pas fait, je lui aurais donné congé.

« Notre régisseur, dis-je, m'a parlé de vous. Il semble que vous connaissiez le travail du puddlage. C'est bien, mais aurez-vous la force suffisante pour manier le ringard durant des heures ?

– Ce travail, me dit-il, je le connais. Je suis robuste malgré les apparences.

– Nous verrons bien. M. Lajorie a dû vous prévenir aussi du bon esprit qui règne dans notre entreprise. Nos ouvriers n'ont pas, que je sache, à se plaindre, qu'ils soient salariés simples ou à salaire-nourri. Que choisissez-vous ?

– Salarié simple. Je suis capable de me nourrir moi-même. »

Le ton était âpre, mais le choix ne me surprit pas. Mon père avait trop longtemps abusé du salaire-nourri : il payait ses ouvriers un minimum et leur vendait la nourriture un maximum, gagnant ainsi sur les deux tableaux.

« À votre aise. Une autre recommandation : je m'oppose à toute menée tendant à dresser le personnel contre le patron, moi, en l'occurrence. Je connais vos opinions et je les respecte, mais nous avons ici l'habitude de la concertation. Je serai toujours prête à vous écouter. »

Je surpris un sourire narquois sous ses moustaches.

« Cela vous surprend ?

– C'est un langage nouveau. La “concertation”. C'est la première fois que j'entends ce mot dans la bouche d'un patron.

– Vous aurez d'autres occasions de l'entendre. C'est un mot que j'aime.

– C'est que vous êtes bougrement en avance sur votre temps. »

Le compliment me fit sourire. J'ajoutai :

« Nous sommes bien d'accord, Broussou ? Si vous trouvez à redire à vos conditions de travail ou à votre rémunération, c'est avec moi qu'il faudra en parler. Pas de messes basses avec vos collègues, pas de tentatives de subversion. Je veux de la clarté et de la franchise dans nos rapports. Ma porte vous restera ouverte. Quand je serai absente, vous aurez affaire à Lajorie. »

Il eut un sourire de mépris.

« Lajorie…

– Eh bien ! quoi ?

– Il ne vous ressemble pas, avec son allure et son parler de garde-chiourme.

– Vous ne serez pas traité en esclave. Pas un de nos ouvriers ne s'est plaint de lui.

– Je n'ai jamais vu des moutons se plaindre d'être tondus. »

C'était une parole maladroite. Je lui demandai de la retirer ou de renoncer à son embauche. Il s'exécuta sans trop de mauvaise grâce.

« Vous voilà prévenu, dis-je. Libre à vous de considérer les braves gens avec lesquels vous allez travailler comme un troupeau de moutons, mais vous savez ce que l'on fait des brebis galeuses ?

– Je l'ai appris à mes dépens, madame. »

* *
*

Clarisse, suivant ma volonté expresse, avait pris place dans l'école de M. Nadal. Elle avait affaire à un bon maître, laïque de conviction mais n'ignorant pas que son école était « confessionnelle », en vertu de la loi de M. Guizot. Le curé en étant incapable, c'est Mme Nadal qui enseignait le catéchisme aux enfants. Je recevais parfois le couple à déjeuner et nous passions des moments agréables ; Nadal m'apprenait beaucoup sur la politique car il lisait les gazettes de la province, empruntées au maire, ce qui affinait son jugement. Ses rapports avec ce dernier, Mandon, étaient tendus : ce personnage de rustre, qui savait à peine lire et écrire, se moquait de l'école publique comme de tout ce qui relevait de l'enseignement ; il était, sur ce plan au moins, le digne successeur de mon père : il fallait lui arracher les subsides pour la moindre fourniture, et Nadal devait l'affronter en permanence. Je l'y aidais et, malgré l'aversion que Mandon avait pour moi et ma famille, j'obtenais à force d'obstination les audiences et les résultats que je souhaitais. Il ne me pardonnait pas l'affaire du loup, qui, disait-il, l'avait discrédité auprès des autorités et de M. Piston d'Eaubonne.

Sylvain me réclamant à Ruelle, je m'y rendis au début de l'hiver, seule en raison du mauvais temps.

« Nous ne pouvons continuer à vivre ainsi, me dit-il, toi au Paradou, moi à Ruelle. Il faudra choisir : tu reviens vivre avec moi ou nous divorçons. »

Le mot tomba sur moi comme une météorite. Je m'assis, prise d'un vertige. La vie que je menais me convenait, en dépit de ma continence forcée. Il faut croire qu'il n'en était pas de même pour lui. Sensible à mon émotion, il s'agenouilla, prit ma main, l'embrassa.

« Pardonne-moi, dit-il, mais tu dois en convenir : nous sommes assis entre deux chaises. C'est une position inconfortable et qui ne peut durer.

– Que veux-tu ? Reprendre ta liberté ? Tu l'as déjà. Si tu souhaites le divorce, c'est que tu as renoué tes relations avec ta catin d'Angoulême et que tu voudrais l'épouser. C'est bien ça, n'est-ce pas ? »

Flagellé par ces questions qui semblaient l'embarrasser, il se releva en soupirant. Je le harcelai :

« Fais preuve de franchise, Sylvain, au moins une fois dans ta vie. Nous y gagnerons, toi et moi, sur le plan du "confort", comme tu dis. »

Je l'avais touché à mon tour au point sensible ; il resta un moment sans répondre, face à la fenêtre et me tournant le dos. Je le poussai dans ses retranchements.

« Cette Ida Tabuteau, je l'ai rencontrée. C'est une femme splendide, plus belle et plus élégante que moi. Tu ne perdras pas au change. »

Il répondit sans se retourner :

« Elle n'est ni plus belle ni plus élégante que toi.

– Mais tu l'aimes !

– Pas plus que toi, mais d'une autre façon. Tu as dû connaître cela avec Preston, je suppose.

– Il n'existe plus pour moi depuis longtemps, tu le sais. Jamais je ne t'aurais trompé si tu n'avais pas commencé.

– Tu avais commencé bien avant moi, du moins en intention, avec Pierre Chadeuil. Sans doute t'a-t-il dit que nous nous sommes rencontrés. Je lui ai rendu visite à Saint-Étienne et nous avons parlé. C'est un "monsieur", à présent. »

Je faillis suffoquer de surprise : Pierre ne m'avait rien dit de cette entrevue !

« Je n'étais pas au courant, dis-je. Tu cherchais, en lui faisant avouer je ne sais quelles sornettes, un alibi pour te libérer. Il n'y a jamais rien eu entre nous, sinon de l'amitié. »

Il s'esclaffa : cette amitié ne demandait qu'à dériver vers un sentiment plus intime et plus profond. Sylvain n'avait pu obtenir de Pierre la moindre confidence ; leur entretien avait été bref, glacial, stérile : un duel à blanc.

« Je propose, dit Sylvain en se retournant, que nous vivions ensemble une semaine. Ainsi tu auras le temps de réfléchir à l'avenir. »

J'acceptai à contrecœur, mais pour me donner bonne conscience, cette tentative de reprise d'une vie commune, Sylvain m'ayant juré que, durant cette période probatoire, il cesserait ses rapports avec sa maîtresse.

Il s'acquitta avec loyauté de son engagement : il était présent à tous nos repas, dormait avec moi, dans le même lit, sans qu'il s'y passât rien, du moins les deux ou trois premières nuits. Le jour, il ne quittait pas l'usine.

L'expérience avait débuté dans un semblant d'euphorie fallacieuse. Déconcertée par nos revirements, la nouvelle servante de Sylvain, Jeannette, servait un couple sans histoire, surprenait des conversations détendues, amicales, tendres parfois, rarement contraintes. La nuit venue, alors que Sylvain venait de terminer son petit cigare et son verre de cognac, il me prenait par la main pour me conduire à notre chambre. Alors qu'il me faisait l'amour à sa façon, qui ne pouvait me faire oublier la fougue et les inventions de Samuel, je me demandais s'il ne substituait pas par la pensée la présence d'Ida à la mienne. Je l'aidais de mon mieux à aller au bout de son plaisir sans éprouver pour ma part autre chose qu'une aigre sensation de revanche envers la maîtresse de mon mari qui devait se faire un sang d'encre et compter les jours.

Dès les premiers temps, j'avais compris l'inanité de cette entreprise. Nous nous observions l'un l'autre avec trop d'attention pour que cette tentative ne parût pas artificielle. Sylvain rêvait de sa belle maîtresse provisoirement délaissée ; je songeais à revenir dès que possible au Paradou, à retrouver ma famille et ma forge. Les derniers jours furent pitoyables. Il y eut des grincements de dents et des éclats.

« Je te sais gré de ton application, dis-je, mais je ne suis pas dupe : notre expérience a été un échec. Je m'en doutais. Tu tiens trop à cette fille et pas assez à moi. La nuit, tu ne serres dans tes bras qu'un mannequin qui lui ressemble un peu, et moi j'ai hâte de retrouver les miens. »

Il me sut gré de ma franchise, admit que nous avions fait fausse route, que cette expérience était absurde, mais qu'il avait cru de son devoir de la tenter. Le fiasco fut couronné par un échange de propos glacés. Il voulait le divorce ? Il l'aurait, mais il devrait attendre que les enfants soient un peu plus âgés et moins vulnérables ; il pensait le contraire mais je parvins, sinon à le convaincre, du moins à lui imposer ma conviction.

Peu de choses changeraient dans nos rapports : il vivrait à Ruelle, moi au Paradou. Rien ne s'opposait à ce que nous nous rencontrions de temps à autre. À cause des enfants.

Le dernier jour, je poussai seule jusqu'à la source de la Touvre. Une fumée de poussière blanche montait du four à chaux qui ronronnait agréablement dans le silence de l'hiver. Le jour blême effaçait dans le gouffre liquide les irisations de soleil des beaux jours de l'été et une vieille tourbe montait des profondeurs.

* *
*

À mon retour de Ruelle, je trouvai la forge en bon état de fonctionnement. Lajorie me rassura au sujet de Broussou : il faisait consciencieusement son travail et rien, dans ses rapports avec ses collègues, n'était sujet à critique.

Le grand Estève tenait la barre avec une autorité familière et un peu brouillonne. Les ouvriers l'estimaient davantage que Lajorie qui, d'ailleurs, ne faisait plus à la forge que de brèves apparitions, pris qu'il était par les obligations du domaine.

Un dimanche après-midi, je vis arriver Estève porteur d'un objet qui ressemblait à un paillasson roulé. Il le déploya devant moi : c'était la peau du « grand vieux loup » qu'il avait fait tanner à Thiviers. Elle n'avait rien d'un tapis d'hermine mais je versai une larme en la serrant contre moi.

« En coupant l'herbe sous les pieds de Mandon et de Piston d'Eaubonne, dit-il, nous nous sommes fait des ennemis. Tout était prêt pour leur chasse à courre, et patatras : plus de gibier ! Sais-tu ce que Piston d'Eaubonne aurait fait à cette pauvre bête s'il avait réussi à la prendre vivante ? Il l'aurait pendue par les pieds à un arbre et l'aurait écorchée vive. Je l'ai vu opérer sur la place d'un village. Quand il a eu fini, alors qu'il n'avait laissé de peau et de poil qu'à la tête, il a lâché le pauvre animal et s'est amusé à le regarder ramper en gémissant. Les villageois l'ont achevé. Ça m'a dégoûté à tout jamais des chasseurs de loups, galonnés ou pas. »

Je le remerciai et le retins comme il allait repartir.

« Tu as touché la prime ?

– Dès que j'aurai l'occasion d'aller à Périgueux.

– Tu partageras avec Joséphine ? »

Il promit de le faire. J'en profitai pour lui dire :

« Joséphine, pourquoi tu ne la maries pas ? C'est une brave fille, et pas sotte. Elle tiendrait ton ménage et, avec ce que tu gagnes à présent, vous ne seriez pas dans le besoin. »

Il y avait pensé, mais voilà : il n'était pas du genre à s'attacher longtemps, à moins qu'il ne découvre l'oiseau rare. Les filles à marier, ce n'était pas ce qui manquait ; il en avait essayé suffisamment pour comprendre que l'heure du choix n'avait pas encore sonné. Entre ces filles de paysans qui sentaient l'étable, ces servantes d'auberge qui puaient la cuisine, ces catins parfumées comme à Paris, il n'avait pas trouvé chaussure à son pied. Il estimait qu'il méritait mieux. Il est vrai que, beau, robuste, travailleur comme il l'était, il finirait bien par rencontrer le merle blanc. Joséphine ? Il la gardait par pitié et parce qu'elle lui rendait service quand le père Mérillou lui en laissait le loisir. Mérillou… Il fallait veiller presque constamment sur lui pour éviter qu'il fasse des bêtises.

« Des bêtises ?

– Pardi ! au point où il en est il ne parle que de se faire sauter la caisse. Joséphine a caché les deux fusils et le pistolet, mais, s'il veut vraiment passer l'arme à gauche, il en trouvera le moyen. »

Estève ne se décidait pas à partir. Il restait à tournicoter dans mon bureau, l'air grave.

« Tu avais autre chose à me dire ?

– J'aurais beaucoup de choses à te dire, mais j'ose pas.

– Tu n'es pas satisfait de ton travail ? Tu veux une augmentation ? »

Il sourit, secoua la tête : il était satisfait de son sort. Ce qu'il avait à dire, c'était quelque chose de plus secret, de plus « intime ».

« Diable ! explique-toi !

– Eh bien ! voilà… Nous nous connaissons depuis longtemps. Tu sais mes qualités et mes défauts, mais ce que tu ignores c'est que depuis toujours je suis amoureux de toi. Je n'en dors plus, surtout depuis que tu es libre.

– Par exemple ! Qui t'a appris…

– Ici, tout se sait, et puis, c'est pas sorcier : on voit bien que tu es seule et malheureuse. Alors, je me disais que peut-être… »

Je me levai, bouleversée, m'approchai de lui, posai mes mains sur ses épaules alors que j'aurais dû le chasser en lui faisant comprendre qu'un pauvre drôle comme lui ne pouvait nourrir raisonnablement une telle ambition.

« Tu peux pas comprendre, dit-il piteusement. Moi-même j'y arrive pas. Ça me dépasse.

– Je te comprends, Estève, mais pour accepter de vivre avec toi il faudrait autre chose que de l'amitié.

– Tu ne m'aimes pas !

– Pas au point de faire de toi mon compagnon. Il faudra te faire une raison. »

Il ajouta d'un ton qui me déplut :

« Tu aimes quelqu'un d'autre, et je sais qui : Pierre Chadeuil. Ça aussi, ça a fini par se savoir. »

Je lui fis comprendre d'un ton âpre qu'il passait les bornes et que je n'avais pas de comptes à lui rendre. Je le priai de se retirer ; il le fit dignement en me disant cette phrase qu'il avait dû lire dans un feuilleton :

« Je continuerai à t'aimer et à t'attendre, et ça tu pourras jamais m'en empêcher. »

Estève n'était pas le seul à tourner autour de mes jupons de « femme libre », comme si j'étais devenue soudain un miroir aux alouettes.

Lors des visites ou des repas que nous faisions dans les familles de maîtres de forge ou de riches fermiers, on ne me laissait pas ignorer que je pourrais et devrais refaire ma vie. Des prétendants montraient le bout de leur nez, ce que je feignais d'ignorer. On tentait de me subjuguer par des sous-entendus, des propos à double sens, mais je faisais la sourde oreille. Pourtant, je devais en convenir, la solitude me pesait plus que jamais, la nuit surtout où je balayais de mes gesticulations le désert de mon lit au point que je réveillais parfois Emma.

« Tu ne peux pas rester dans cette situation ! me disait ma sœur. Il faut te trouver un “bon ami”. À notre âge, la continence est mauvaise pour la santé. »

Cette continence, ma sœur l'ignorait souverainement.

Depuis la mort de notre père, elle allait de fête en fête et passait de bras en bras. Oublié son charretier, malgré les virtuosités de fouet auxquelles il se livrait pour l'éblouir, jouant à décapiter une volaille à dix pas. Oublié même son artiste-peintre qui ne lui avait laissé que quelques esquisses dont elle avait tapissé notre chambre. Elle s'abandonnait à des passades qui étaient autant de feux de paille.

Cela débutait par une vague de passion et finissait en écume. Emma était inapte au mariage comme à une aventure de longue durée ; ses compagnons touchaient vite le fond de ce personnage futile et restaient sur leur faim : ils consommaient d'agréables hors-d'œuvre mais rien ne venait derrière parce qu'elle n'avait rien de consistant à leur proposer ; d'autre part, les travers qu'elle décelait chez ses partenaires, ou qu'elle leur inventait, se substituaient dans sa tête à leurs qualités : elle les essayait, les rejetait et s'était fait avec cet exercice une réputation détestable.

À la suite d'une nouvelle intervention de la sorcière faiseuse d'anges de Tourtoirac, le docteur Malefaye l'avait jugée stérile, et cette sotte de s'en réjouir ! Elle donnait au Paradou des réceptions, des « parties », disait-elle, qui mettaient à mal notre cave et nos réserves ; elle dansait jusqu'à l'épuisement, se donnait des airs de femme libérée et, le soir venu, retenait par ses basques son cavalier du jour. Elle s'était même entichée d'une de ces bringues de chef-lieu de canton qui se prétendent affranchies de toute considération morale et jouent les vampires de théâtre dans leur robe noire. Comme je lui reprochais cette liaison hors nature, Emma me confia en pleurnichant :

« Nous avons rompu. Je suis une femme normale, moi ! »

Ces remous amenèrent dans mes eaux paisibles un personnage inattendu : Lajorie.

Un jour où nous revenions ensemble de Coulaures où nous avions convoyé un chargement de gueuses et quelques barriques de pointes à destination, par gabare, de Ruelle et de Périgueux, il se déclara. Comme il pleuvait nous avions couvert notre tilbury et enveloppé nos genoux d'une couverture. Il chercha ma main ; je la lui refusai.

« Pardonnez-moi, madame Séverine, me dit-il d'une voix brisée, mais je dois vous le dire : à force de vivre à votre contact, de vous voir, de vous entendre, de respirer votre parfum, je suis tombé amoureux de vous. Je ne suis qu'un pauvre bougre et il faudrait un miracle pour que vous vous intéressiez à moi. Je n'y crois pas et cela me rend malheureux. »

Il prit mon silence pour l'expression de mon trouble alors que je réprimais une envie de rire.

« Vous ne dites rien, madame Séverine ?

– Je ne dis rien, mon pauvre Lajorie, parce qu'il n'y a rien à dire. Nous avons de bons rapports basés sur une confiance réciproque. Restons-en là. »

J'ajoutai d'un ton plus sec :

« Je vous saurai gré de ne plus m'importuner avec vos états d'âme. »

Il ne m'adressa plus la parole de tout le reste du voyage, mais il était si proche de moi qu'il me semblait entendre remuer en lui une grande douleur muette.

Le printemps de l'année suivante amena au Paradou un curieux personnage qui paraissait égaré dans la vie comme sur les chemins de notre domaine, empruntés par hasard.

Je le vis déboucher dans la cour alors que je somnolais sous le tilleul, assise dans l'herbe, le dos contre la margelle du puits, sur un épisode du *Voyage en Orient*, de M. de Chateaubriand qu'Élie m'avait rapporté de Périgeux.

Je ne l'aperçus que lorsqu'il se dressa près de moi, son chapeau de jonc à la main. Il était jeune, de belle taille, avec une barbe duveteuse et de beaux yeux vifs sous une chevelure nourrie. Il était vêtu d'une blouse légère, de pantalons de velours et chaussé de gros souliers ferrés.

« Pardonnez-moi, dit-il, mais je crois bien que je me suis perdu. Je suis bien chez M. Combescot de Savignac ?

– Pas du tout, dis-je en me levant. Vous êtes à la forge du Paradou et je suis Mme Rousseau. Savignac est à deux heures de marche environ, mais sur l'Auvézère. »

Il s'excusa de son erreur. La carte sur laquelle il se guidait pour sa promenade était ancienne, erronée et, au moulin de la Garenne, on l'avait mal renseigné. Il avait suivi un sentier périlleux le long de la Ganne et avait escaladé des rochers abrupts au risque de se briser les os. Il sentait la sueur des grandes randonnées.

« Avant de repartir, dis-je, venez vous rafraîchir et vous restaurer. Vous en avez bien besoin.

Tandis qu'il buvait du cidre pour accompagner la frotte à la graisse d'oie, il me révéla son identité. Il s'appelait Antoine de Tounens ; il avait dix-huit ans et venait de passer avec succès son baccalauréat en vue de préparer des études de droit. Il habitait près de Tourtoirac, à Chourgnac, et allait s'installer à Périgueux.

« Avant de partir, dit-il, j'ai souhaité visiter cette région que je connais mal. J'ai couché la nuit passée à l'auberge Jarjanette, à Génis, et je compte faire de même ce soir, à Payzac, mais, comme on dit, ça semble plus loin que d'ici à Pampelune et je crains de ne pas y arriver avant la nuit, aussi bon marcheur que je puisse être.

– Nous avons connu vos parents, jadis, dit ma mère. Ils possèdent une belle ferme.

– Un château, madame. »

Il me fit une autre révélation, plus intime : son rêve n'était pas de jouer les gratte-papier chez un tabellion mais de voyager.

« De voyager ? En France ?

– Non, madame, à travers le monde. Voyez-vous, je ne me console pas que nous ayons perdu nos belles colonies d'Amérique, volées par les Anglais. J'ai honte à penser que nos colons, qui ont conquis ces territoires au prix de leur sang, doivent s'exprimer aujourd'hui dans cette langue barbare.

– Je partage votre indignation, monsieur de Tounens, mais qu'y pouvons-nous ? Entrer une nouvelle fois en guerre contre l'Angleterre ?

– Ce serait la pire des solutions. Il reste encore, notamment en Amérique du Sud, des terres à coloniser, des étendues immenses peuplées de sauvages. Je connais bien ma géographie et je crois que nous avons là-bas un empire à conquérir. La Patagonie est à prendre… »

La Patagonie… J'entendais ce nom pour la première fois. Il avait un accent de légende.

« Et vous souhaitez partir pour la… pour ce pays ?

– Plus tard, peut-être. Avant, je dois poursuivre mes études. »

Je parvins à le convaincre de passer la nuit au château. Durant tout le repas du soir, il nous parla de ces terres australes peuplées de fiers cavaliers : Araucans, Patagons, Aucas, Païnen, issus d'antiques civilisations et qui ne demandaient qu'à voir un nouvel empire s'ériger face aux conquérants chiliens et argentins.

Le jeune voyageur coucha dans la chambre d'Alban. Il déjeuna à l'aube d'un chanteau de pain et d'un verre de vin. Quand je me levai à mon tour, il avait déjà pris la route et m'avait laissé un billet sur la table de la cuisine : *Un grand merci, madame. Vous entendrez peut-être parler de moi plus tard.*

J'entendis parler d'Antoine de Tounens longtemps après. Il avait réalisé son rêve, franchi l'océan, conquis sans coup férir des immensités de déserts dans les solitudes australes. Il s'était fait élire par son peuple roi de Patagonie sous le nom d'Orélie Ier.

Il y a vingt ans, Antoine de Tounens est revenu mourir à Tourtoirac. La tombe toute simple où Dominique m'a conduit récemment est ornée d'un cœur gravé dans la pierre.

Mon ami Eugène Le Roy dit de lui : « C'était un homme brave et un brave homme. » Pour le commun, c'était un fou.

Je ne garde guère de souvenirs de cette année 1843 qui fut paisible dans tout le royaume.

La forge ronronnait gentiment sous la conduite d'Estève qui ne m'avait pas tenu rigueur de ma sévérité et n'avait pas renoncé à se séparer de Joséphine. Nous n'avions qu'à nous louer des services de Justin Broussou qui s'était laissé pousser la barbe. Lorsque je passais dans son secteur, il ôtait son chapeau pour me saluer. Cette campagne connut quelques incidents. Une brûlure immobilisa un de nos fondeurs durant un mois, sans que son salaire lui fût supprimé ; une chute du monte-charge se solda par un bras cassé... D'autres incidents, moins graves, ralentirent la production : des masses de métal solide, les *loupes,* se formèrent à la base du four au moment de la coulée, et les ouvriers eurent du mal à les évacuer.

Cette situation me laissait insatisfaite. J'en parlai à Pierre qui, me sachant libre, m'incitait à reprendre nos relations épistolaires. Notre production, malgré les améliorations que nous avions apportées aux installations, ne progressait guère, alors que les débouchés ne manquaient pas.

Construire un nouveau haut-fourneau, comme il m'y incitait, me semblait irréalisable, nos ressources étant insuffisantes. C'est notre mère qui disposait des biens de la famille et de la modeste fortune que nous avions amassée, ou du moins ce que son mari lui en avait laissé. Elle se montrait réticente lorsque je lui proposais des innovations qui nous auraient permis de faire un bond en avant.

Si tu le souhaites, m'écrivait Pierre, *je puis venir au Paradou. En prenant le train puis la diligence, je puis être là-bas en deux jours. Je verrai mieux sur place les modifications que, dans l'immédiat, et sans dépense abusive, on peut apporter à vos installations...*

Revoir Pierre ! Au Paradou ! Je n'avais jamais osé l'espérer. Ma réponse ne tarda guère. Je l'attendais.

Une semaine plus tard, il était là.

* *
*

J'éprouvai quelque difficulté à dissocier l'image que je m'étais faite de Pierre de ce qu'il était réellement. Dieu sait pourquoi je l'imaginais avec des cheveux blonds alors qu'ils étaient châtain clair, doté d'une barbe et de moustaches alors qu'il était imberbe ; dans mon imagination, je le voyais plus grand qu'il n'était réellement. Je l'avais embelli et je constatai que, sans être laid, il n'avait rien d'un don Juan, ce qui d'ailleurs m'importait peu – un physique banal sied mieux à certains hommes de forte personnalité que la beauté qui, en retenant le regard, empêche de pénétrer l'être en profondeur. Enfin, c'était Pierre. Il était là, devant moi, et je ne me lassais pas de le regarder.

Il avait loué à Brive une voiture avec un cheval, après une véritable odyssée. Le chemin de fer était son mode de locomotion favori ; il ne cessait d'en vanter l'agrément et les avantages, mais ce mode de transport ne couvrait encore qu'une minuscule partie du territoire national. Pour le début du voyage, il avait eu recours à la voiture de poste, à la diligence, et avait même dû affronter à pied de longues distances, son bagage à la main. Il avait cru n'arriver jamais.

À peine avait-il débarqué, j'eus le tort de l'entreprendre sur les voyages en chemin de fer. Le sujet m'intéressait, mais je ne supposais pas que Pierre pût me garder une heure au coin du feu pour me parler de ce qu'il tenait pour « le plus grand progrès du siècle ».

« Tu ne peux imaginer ce que ce nouveau mode de transport va apporter à des régions comme la nôtre où peu de choses ont changé depuis le Moyen Âge. Il y a quatre ans, la France comptait une cinquantaine de kilomètres de voies ferrées. Dans moins de dix ans, on en sera à trois mille ! On a commencé à construire des gares, à Périgueux et à Brive. On vient d'achever la ligne directe de Paris à Rouen et à Orléans. Des compagnies se sont créées, parfois avec le concours de capitaux anglais, et des dizaines de milliers de travailleurs posent les voies ferrées, creusent les tunnels, construisent les ponts. Nous rattraperons bientôt notre retard sur les Anglais, les Allemands et les Belges... »

Il s'exprimait dans le langage d'un prophète des temps nouveaux. Les révolutions économiques que nous avions vécues à ce jour n'étaient que des frissons à la surface d'un lac. Une tempête salutaire se levait ;

elle allait susciter des courants de pensée, balayer les vieux modes d'existence, bousculer la routine, appeler à une révision des conventions morales et religieuses. En l'espace d'un demi-siècle, nous allions accomplir plus de progrès qu'en mille ans auparavant. Pierre faisait couler des pactoles, édifiait des mégapoles, construisait des usines géantes...

Il accrochait ces formes de progrès à une image symbolique : celle d'une locomotive dont il me montra le dessin :

« C'est la machine roues libres Buddicom. On va la lancer prochainement sur la ligne de Paris à Rouen. Elle pourra entraîner un convoi de wagons à plus de cinquante kilomètres à l'heure. Un monstre... »

Je l'écoutais avec l'attention qu'on prête aux bonimenteurs de foire. Je ne pouvais m'empêcher de songer que Pierre cherchait à m'éblouir ou à me faire mesurer la décrépitude de ma situation face au bouleversement universel. Il perçut mes sourires sceptiques et en fut ulcéré.

« Je sens bien que tu ne me crois qu'à moitié. Pourtant je t'assure que je n'invente rien. Au moment où je te parle, d'autres progrès sont en train de naître.

– Crois-tu vraiment que nous aurons un jour prochain une voie de chemin de fer et une gare, ici ou à Savignac ?

– Dans la vallée, je ne pense pas : elle est trop accidentée. Sur le plateau, certainement. Tu mettras une heure ou deux pour te rendre à Périgueux et dix pour Paris.

– Tu es fou ! Qu'est-ce que j'irais faire à Paris ? »

Il laissa retomber ses mains sur ses genoux, secoua la tête.

« Ce que j'aime en toi, me dit-il, c'est ton innocence. Tu vis en vase clos et tout ce qui vient de l'extérieur t'est suspect. Mais tu changeras toi aussi, et très vite, parce que tout bougera autour de toi. »

Il me parla de Saint-Étienne, de la Manufacture qui avait fait exploser la ville et où des milliers d'hommes et de femmes avaient trouvé de l'embauche. Il y avait encore ce qu'il appelait d'un terme savant des « misères résiduelles », mais elles s'élimineraient avec le temps. On allait peu à peu vers un âge d'or.

Ce n'est pas l'entretien que j'attendais. J'eusse aimé qu'il me parlât de lui, de sa vie, de ses amours. De nous. Ce monologue, s'il n'ouvrait pas sur l'essentiel, m'éclairait sur l'aspect primordial du personnage : son activité professionnelle passait avant tout. J'en étais chagrinée.

Le lendemain, après une nuit qu'il passa dans la chambre d'Alban, alors que nous nous apprêtions à visiter la forge, il me rejoignit dans la cour où je distribuais du grain à la volaille et aux lapins.

« J'ai dormi comme un loir, me dit-il. La fatigue, et l'air aussi, sans doute. Je n'ai trouvé nulle part ailleurs un air qui favorise autant le sommeil. À Saint-Étienne on respire partout le charbon et la fumée.

– Je suis un peu déçue de notre conversation d'hier, dis-je. Tu m'as beaucoup parlé des chemins de fer et très peu de toi. »

Il éclata de rire.

« Ma vie personnelle est sans intérêt.

– Je voulais dire : de nous.

– Alors, là, c'est autre chose : il y aurait beaucoup à dire.

– Eh bien ! dis-le !

– Nous avons tout le temps : je ne repars que dans trois jours. »

Il s'accusa de m'avoir ennuyée avec ses histoires de chemins de fer et de progrès, alors qu'il aurait pu m'entretenir de choses qui nous touchaient plus directement, mais voilà…

« J'avais comme un nœud dans la gorge. Je pensais : il faut que je lui parle de nous, et je ne savais comment et par où commencer. J'ai dû te paraître pédant. Si je te disais que, durant tout le voyage, je me répétais : "Tu l'aimes et tu vas le lui avouer !" »

Je sentis le sang me monter au visage.

« C'est vraiment ce que tu voulais me dire ?

– Je le jure.

– Alors, redis-le-moi.

– Je te répète que je t'aime, Séverine, et que je n'ai jamais aimé d'autre femme. »

C'était beau comme un feuilleton de *L'Écho de Vésone*. Il surprit mon sourire narquois et ajouta :

« C'est une banalité, mais c'est la vérité. Tu le sais bien. »

Nous nous engageâmes sur le chemin menant à la forge, pavé de blocs de laitier vert et noir dont la pluie nocturne avait fait autant de joyaux. Merles et mésanges faisaient la fête dans les frondaisons que le soleil commençait à percer comme des vitraux. Un ânissier était en train de décharger du charbon de bois amené d'une lointaine clairière ; il s'était levé bien avant le jour pour faire le voyage et être de retour à la nuit tombée. Il conversait en langue du pays, d'une voix puissante, avec notre charbonnier.

Pierre s'arrêta, me retint par la main et dit, les yeux clos :

« Ce patois, cet accent du pays… Tu ne peux pas savoir combien ils m'ont manqué. »

Il essaya de le parler ; je l'interrompis.

« Tu as fait trois fautes de syntaxe en une seule phrase. Et puis, non, ça ne te va plus ! Ce n'est pas une langue convenable pour le "monsieur" que tu es devenu. »

Il s'esclaffa, protesta qu'il avait gardé des goûts simples et l'amour du pays.

« C'est ce que m'a dit Sylvain au retour de Saint-Étienne : qu'il avait rencontré un "monsieur". Je t'ai imaginé dans un grand bureau, avec d'accortes secrétaires…

– C'est bien le cas, sauf que mes secrétaires sont laides. D'ailleurs, j'ai pour principe de ne jamais mêler le travail aux sentiments. »

Il s'arrêta pour plonger du regard dans un sentier qui ouvrait sur la vallée à travers des gerbes de soleil.

« Cette escoursière, dit-il, je la connais bien. Je la prenais parfois pour aller pêcher la truite à la main sous les souches et les rochers. Il m'arrivait de faire cuire mes prises sitôt pêchées, enfilées à une branchette, entre deux cailloux.

– Saurais-tu encore pêcher à la main ?

– Si le cœur t'en dit, demain matin… Rendez-vous à 6 heures. Ça te va ? »

Ça me convenait parfaitement. Je lui pris le bras et l'entraînai vers la forge. Il accordait son pas au mien, sa main posée sur la mienne. Il s'arrêta, tendit l'oreille.

« Le bocard… dit-il. Il fait un drôle de bruit. Il faudrait recharger les martinets. »

Je lâchai son bras en entrant dans l'enceinte de la forge. Il s'arrêtait tous les dix pas, reniflait des odeurs reconnues, saluait au passage par leur nom ou leur châffre des ouvriers qu'il n'avait pas oubliés. Ils repoussaient leur chapeau ou leur bonnet sur leur front dont la blancheur contrastait avec le teint du visage brûlé par les gaz. Ils répondaient à son salut d'un air intrigué et s'interrogeaient du regard ou de la voix. Il s'amusait de ces petits mystères comme un enfant facétieux, sans cesser d'observer et de prendre des notes ou des croquis sur son carnet ; il se réjouit qu'on ait mis ses plans à profit pour construire un monte-charge. Durant cette première visite, il ne fit aucun commentaire, mais je sentis que rien ne lui échappait.

Passant par l'atelier de puddlage, il me désigna Justin Broussou et loua son habileté.

« C'est une forte tête, dis-je, un socialiste, mais je l'ai apprivoisé. Nous avons de bons rapports et je n'ai rien à lui reprocher.

– Les socialistes… Ils sont partout dans nos usines et nous avons souvent des conflits avec eux, mais nous les écoutons et nous leur parlons. Comment contester que les ouvriers méritent de profiter des retombées d'une prospérité dont ils sont les principaux artisans ? »

En compagnie d'Estève, il se fit hisser par le monte-charge jusqu'à la plate-forme du gueulard qui crachait ses étincelles, nota la nature du minerai, du combustible, du liant de castine, se fit indiquer les quantités composant le mélange, la fréquence des charges, la durée des fusions… En redescendant, il jeta un coup d'œil à la bédière, s'enquit de l'âge et de la santé des petits-valets. Il serra chaleureusement la main d'Estève et me rejoignit.

« Il faut que nous parlions », dit-il.

Nous empruntâmes le sentier qui, longeant la Ganne, se glisse sous les frondaisons des aulnes et des noisetiers. Des « demoiselles » en robe bleue zébraient l'air encore frais de la matinée. Sur la rive opposée, un reste de brume floconnait sous un grand chêne. Il me prit la main ; la sienne était chaude, riche de puissance.

« Tu ne sembles guère satisfait de ton inspection, dis-je. Quelles sont tes conclusions ? »

Elles étaient moins mauvaises que je le craignais : un site favorable, une rivière abondante et peu capricieuse, de la mine et du charbon à proximité, une main-d'œuvre bon marché et de nombreux débouchés…

« Cependant cette affaire est fragile. Elle est à la merci d'une crise économique ou d'un décret de libre-échange. Le jour où nos frontières s'ouvriront aux produits étrangers, elle aura du mal à fonctionner.

– Alors, que faire ?

– Vous moderniser pour être prêts à affronter la concurrence. Produire davantage et à meilleur prix pour une qualité égale. »

Je sentis un vertige se creuser en moi. Nous moderniser ? C'était facile à dire. Il faudrait des capitaux dont nous ne disposions pas, des investissements que nous serions incapables d'assumer.

« Il faut se battre, dit-il. Cette forge, c'est votre gagne-pain et vous devez le défendre. Si tu renonçais, elle te manquerait. Elle est ta vie, n'est-ce pas ? »

Pierre avait raison. Il poursuivit :

« Vous pourriez à peu de frais procéder à des aménagements qui augmenteraient la production. Elle est inférieure à celle de vos concurrents directs, m'a révélé le grand Estève. Il faudrait augmenter le salaire de vos ouvriers, sinon vous risquez de les voir partir travailler au chemin de fer, dans les papeteries ou les mines de charbon du Lardin et de Cublac... »

J'avais espéré, lors de mon mariage, que Sylvain prendrait cette entreprise en main, mais elle était trop modeste pour ses ambitions.

« Tout cela me dépasse, dis-je. J'aurais dû prêter une oreille plus attentive aux propositions de rachat par les Combescot et les Festugière. Mais il n'est pas trop tard.

– Ne fais pas cette erreur, Séverine. Tu le regretterais. »

Nous revînmes sur nos pas. Il devait aller voir sa mère.

« Elle n'est pas heureuse, dit-il. Les nouveaux métayers qui l'hébergent l'exploitent : ils ne lui donnent aucun salaire et la nourrissent mal. Je crains de ne pouvoir faire grand-chose pour elle. Mes frères et mes sœurs sont partis je ne sais où. »

Pierre avait songé à la faire venir à Saint-Étienne mais y avait renoncé : elle se serait difficilement acclimatée dans cette grande ville, et il n'avait pas de ressources suffisantes pour louer un appartement à son intention. Quant à la prendre chez lui…

Il m'avoua qu'elle tournait à l'ivrognerie. L'argent qu'il lui adressait chaque mois était converti en vin et en gnôle.

Je lui proposai de l'accompagner ; il déclina mon offre.

Il faisait à peine jour quand il toqua à ma porte. Le lait de la traite du matin, déposé sur le seuil, était encore tiède, mais Pierre le dédaigna. Il dit joyeusement :

« Je préfère que nous reprenions nos bonnes habitudes : une frotte au beurre ou au lard, un verre de vin pour chasser la brume, et en route ! »

Le matin était dans sa gloire quand nous franchîmes le portail. Les gens de la réserve travaillaient déjà aux semis de printemps et dans les vignes à tailler les sarments. L'air sentait l'églantine et le fumier. Tous les dix pas, Pierre s'arrêtait, les yeux clos, pour respirer une odeur oubliée, écouter le concert des mésanges et des merles. Au fond de l'escoursière fumait un mur de brume opaque frappé de plein fouet par le soleil. De l'autre côté de la Ganne, la pente gardait encore son velours de nuit, autour du rocher du loup.

« Ton fauve, dit Pierre, qu'est-il devenu ? »

Je lui racontai sa fin. Il me prit contre lui, me serra dans ses bras, chercha mes lèvres que je lui abandonnai.

« Ce geste te ressemble, dit-il. C'est la fin d'une belle histoire d'amour.

– Depuis qu'il est mort, il manque quelque chose à notre vallée, comme un air de sauvagerie que nous ne retrouverons jamais. »

Quelques sauts de chèvre, quelques toiles d'araignée à déchirer et nous étions au bord de la rivière. Sur une petite île de rocher, une vipère se chauffait au premier soleil. Pierre se mit torse nu et retroussa ses pantalons empruntés à la garde-robe d'Alban.

« Tu peux venir, me dit-il. L'eau semble tiède. »

J'enlevai mes socques et mes bas, nouai sur mes cuisses le fond de ma jupe et pénétrai dans l'eau. Elle me parut glaciale. Je posais mes pieds avec précaution sur les pierres serties de sable pailleté, d'un blond doré, qui pétillait au soleil. La rivière qui murmurait autour de nous parlait de sources lointaines, de hautes falaises, de moulins et de forges ; elle jouait à balancer au fil du courant une branche de vergne sur laquelle un martin-pêcheur cherchait à se poser dans une danse aérienne de plumes multicolores. La vipère avait disparu ; je la vis, en amont, lutter contre le courant pour nous fuir, la tête dressée hors de l'eau, avec un joli balancement à l'horizontale.

« Rien de plus facile que cette pêche, dit Pierre. Regarde ! tu t'immobilises devant cette souche, tu attends, puis tu enfonces lentement tes deux mains. Tu sens le contact du poisson. Il ne bouge pas. Tu mets une main devant son nez, l'autre sous son ventre, et tu remontes jusqu'aux ouïes. Quand tu lui tiens la tête, la truite ne peut plus s'échapper. On a l'impression qu'elle aime ça, qu'elle se donne volontairement à toi. »

Il fouilla sous une souche, ne ramena rien. Puis sous un rocher. Puis sous une pierre plate. Rien. Il parut un peu humilié.

« Ça ne réussit pas à tous les coups, dit-il. Ces demoiselles sont méfiantes et il faut compter avec la saison, avec le temps. Aujourd'hui, ça devrait marcher. »

Je plongeai les mains jusqu'à l'aisselle sous une souche sans rien rencontrer d'autre que des racines. Après quelques tentatives infructueuses, je sentis sous ma main un contact vivant. Je serrai, ramenai la bête à la surface et poussai un cri en relâchant mon étreinte :

« Une vipère !

– Non, petite sotte, c'est un serpent d'eau. Il est inoffensif. »

J'en étais moins sûre : des enfants s'étaient fait mordre et on avait craint pour leur vie. Je racontai à Pierre la visite récente de ce chasseur de serpents qui promenait son musée ambulant dans les campagnes : des vipères mortes, déployées, enroulées, de toute espèce et de toute taille. Il portait une veste et un chapeau entièrement confectionnés avec les peaux de ses victimes. On l'appelait « Tonton-Serpent ».

« J'en tiens une ! » s'écria Pierre.

Il glissa son index dans la bouche de la truite en prenant soin de ne pas s'écorcher à sa mâchoire, et fit tourner la tête d'un coup sec pour ne pas la faire souffrir plus d'une seconde.

Résolue à persévérer, je frémis de joie en ramenant deux belles prises. Lorsque notre pêche eut atteint la demi-douzaine, Pierre me dit :

« Ça suffit. Nous n'allons pas dépeupler la rivière. Nous allons faire griller les deux plus grosses. »

Il alluma un feu de brindilles entre deux pierres, enfila les deux truites sur une branchette de coudrier que je fis tourner au-dessus de la braise. Ces poissons avaient un goût sauvage que je n'ai retrouvé nulle part ailleurs, malgré l'absence de sel. Quand il eut dispersé le foyer, Pierre s'allongea sur la table, au pied d'un rocher et me tendit la main pour m'attirer vers lui.

« Tu sens la rivière, me dit-il à l'oreille.

– Et toi, tu ne sens pas la rose.

– Nous pourrions jouer une petite scène mythologique : toi la naïade et moi le satyre.

– Non ! je sais trop bien comment ça se terminerait, d'autant que le satyre me semble très amoureux.

– Il l'est, et il serait malheureux si la naïade se refusait à lui. »

Je restai un moment immobile et silencieuse à son côté, la tête traversée d'idées folles, un goût de fer au fond de la gorge.

« À quoi songe la naïade ?

– À la même chose que le satyre, mais elle a des états d'âme.

– Alors elle doit souffler dessus pour les dissiper. »

Il me pressa contre lui à m'étouffer. J'esquissai un mouvement pour me dégager, mais j'étais tellement moite de désir que je cédai. Notre étreinte fut brève et il s'en excusa : il n'avait pas fait l'amour depuis si longtemps et il me désirait tant…

« Je savais que nous en viendrions là, dis-je. Je le savais ce matin en me levant.

– Moi, cela fait trois jours que j'y pense.

– Et maintenant ? »

Il rit de ce réflexe bien féminin : après l'acte, il fallait envisager les lendemains.

« J'ignore ce qui va se passer, dit-il, mais je sais que rien ne sera comme avant. J'ai l'impression d'avoir dépouillé une vieille peau, comme les couleuvres, de renaître dans un autre personnage. »

Il disait ces choses joliment, mais cela ne pouvait dissiper la concrétion d'incertitudes qui commençait à se former en moi. Il avait eu ce dont il rêvait. Voudrait-il de moi de nouveau ? Il sursauta quand je lui confiai cette appréhension.

« Si tu t'imagines que je vais en rester là, c'est que tu me connais mal. Je ne veux plus risquer de te perdre. »

Je l'attirai contre moi. Nos cœurs battaient très fort, au même rythme, semblait-il. Je lâchai brusquement, sans trop réfléchir à ce que je disais :

« Tu dois revenir vivre ici. Repars, mais reviens dès que possible. Je crois que nous pourrons être heureux ensemble. »

Il s'allongea près de moi, une brindille entre les dents. J'ajoutai :

« Cette idée m'est venue hier soir, en te regardant fumer ton havane au coin du feu, les jambes allongées, tes bottines brillant à la clarté des flammes. Je me disais que ta place est là, que le destin t'a depuis toujours guidé vers ce lieu et qu'aucun homme ne pourrait prendre ta place. Tu étais très beau, Pierre. Un seigneur dans son château au soir d'une rude journée. »

Cette perspective m'avait poursuivie une partie de la nuit. Il suffit de peu de chose pour susciter une passion : une parole, une attitude, un instant privilégié ; des liens mystérieux se nouent dans notre vie, dans notre chair, et nous voilà prisonniers et heureux de l'être.

« Tu ne dis rien, Pierre ? Si tu réfléchis, c'est que tu n'es pas sûr de toi. »

Il sursauta comme si je l'avais réveillé.

« Pas sûr de moi ! Oh ! que si... Je t'aime, Séverine. Tu ne peux pas et tu ne dois pas en douter, mais ta proposition me prend au dépourvu. »

Il ajouta brusquement en se tournant vers moi :

« Accepterais-tu de quitter le Paradou pour venir vivre avec moi à Saint-Étienne ? »

À mon tour de me sentir au pied du mur. La réponse, il la connaissait : c'était non. Ma vie était ici ; j'avais trop souffert de l'ennui à Ruelle pour être tentée de renouveler cette expérience. Rien, pas même une passion, n'aurait pu arracher mes racines à cette terre. Je n'étais pas née pour la grande ville, ses rumeurs, son animation, la solitude hantée de personnages insaisissables, qui passaient comme des ombres. Si je n'étais pas heureuse, nous serions deux à être malheureux. Alors, à quoi bon ?

Je gardai le silence, hésitant à formuler la contre-proposition qui me brûlait les lèvres :

« Mais toi, Pierre, pourquoi ne reviendrais-tu pas vivre près de moi ? »

Il avait songé à cette éventualité ; lui aussi tenait à ce coin de terre qui avait nourri son corps et son cœur.

Je parlais de mes racines ? Les siennes étaient aussi solides, plus encore peut-être de pressentir comme inéluctable un exil définitif. Mais il s'était fait à Saint-Étienne une place de choix, de nombreux amis…

« Des amours aussi, sans doute ? »

Il eut un mouvement de mauvaise humeur. Certes, il n'avait pas vécu en ermite, mais il avait toujours repoussé les attachements, dans l'espoir de me retrouver un jour.

« Mon retour, dit-il. J'y ai pensé, mais une telle décision ne peut se prendre à la légère. Autant il me plairait de revenir vivre ici, autant je me refuse à t'imaginer dans une situation voisine de la gêne. »

Je répliquai avec vivacité. Avec sa connaissance des affaires, sa compétence professionnelle, son goût pour le progrès, nous pourrions vivre largement des revenus de la forge et du domaine. Nous n'étions d'ailleurs pas au bord de la faillite. Nous aurions pu vivre mieux, certes, mais nous vivions bien. Le partage des revenus avec les membres de la famille se faisait sans chicanes.

« Tu aimes te battre, Pierre, réaliser, marcher dans la voie du progrès. Je t'offre cette possibilité. Tu me trouveras toujours à tes côtés. Mon divorce prononcé, nous pourrons nous marier, si tu es d'accord. »

Il sembla s'arracher à la berge lorsqu'il se leva.

« D'ici peu, dit-il, je reviendrai et alors tu connaîtras ma décision. »

La nuit suivante, réveillée par la cloche du haut-fourneau, je me levai en tapinois et poussai la porte de sa chambre. Il était en train de lire à la chandelle. Il m'attendait, me reprocha d'avoir bien tardé.

Nous n'avons pas fermé l'œil de tout le reste de la nuit. L'ombre nous enveloppait de sa fraîcheur et de ses murmures. Une chouette miaulait dans le chêne voisin, à intervalles réguliers. Notre étreinte du matin précédent n'avait été qu'un trait de foudre ; cette nuit, nous l'avons traversée dans un orage de plaisir.

Lorsque je rejoignis ma chambre, l'aube venue, Emma était réveillée et, en attendant mon retour, lisait à la chandelle en suçant le coin de sa pèlerine de laine. Elle me dit sur un ton d'aimable ironie :

« As-tu passé une bonne nuit ?

– Inoubliable.

– Tu peux te recoucher et faire la grasse matinée. Je dirai à mère que tu es légèrement souffrante. »

Elle ajouta avant de souffler la chandelle :

« *Ton* Pierre, je le trouve assez joli garçon et très convenable dans ses manières. Tu comptes vivre avec lui ?

– C'est trop tôt pour le dire. Nous en reparlerons, si tu veux bien. »

Le dernier jour qui lui restait, Pierre le passa à rendre visite aux forges échelonnées le long de nos rivières. Il déjeuna chez les Combescot, prit une collation chez les Montastier de Jumillac, revint à la nuit tombante dans un état d'euphorie qui ne devait rien, m'assura-t-il, aux boissons qu'il avait consommées.

« Il y a beaucoup à faire dans ce pays, dit-il. Ce ne sera pas facile, mais l'enjeu est intéressant. »

Il ne m'en révéla pas davantage sur ses contacts, mais, à sa manière de s'exprimer, à la force qu'il mit dans son étreinte, je compris que sa décision penchait dans le sens que je souhaitais. Il passa le reste de la soirée à jouer aux dominos avec Clarisse, à porter Jérôme sur ses épaules *à peilharot,* à parler de production de la réserve avec Lajorie et ma mère. La nuit suivante, je ne dormis guère plus que celle qui l'avait précédée.

Nous étions éperdus d'amour, comme des adolescents.

* *
*

Cette voix venait de très loin dans la nuit, semblait-il, au point que je me demandai si je n'avais pas rêvé. Je restai quelques instants à retenir mon souffle, guettant la moindre éraflure d'un cri dans le silence. La forge était en sommeil la semaine passée et je ne percevais d'autre bruit que le murmure de la rivière. Soudain…

« Séverine ! Je t'en prie, réponds-moi ! »

Je me précipitai vers la fenêtre. Il faisait à peine jour et je ne voyais Joséphine que comme une ombre, entre le tilleul et la porte du château ; les chiens tournaient autour d'elle en gémissant.

« Joséphine ! Toi ici ! Qu'y a-t-il ? »

Une voix brisée monta jusqu'à moi : Mérillou avait disparu.

« Attends-moi. J'arrive. »

Après avoir informé Emma qui venait de se réveiller, je descendis ouvrir la porte du vestibule et fis entrer Joséphine à la cuisine. Tandis que je ranimais la braise pour faire chauffer du lait, elle me raconta ce qui motivait sa visite.

En revenant la veille au soir de la ferme où elle avait aidé aux travaux de la vigne, elle n'avait pas trouvé son père. Depuis quelques jours, il manifestait des signes de dérèglement qui ne devaient rien à la boisson. Il se mettait brusquement à délirer, à chanter à tue-tête, à rire, à parler à son Dieu qu'il appelait le « Petit Caporal ». Elle ne l'avait jamais vu dans un tel état.

« Tout à coup, dit Joséphine, il m'a prise par la gorge en réclamant son fusil ou le mien. Je répondis que je ne savais pas où ils étaient. Il m'a battue, injuriée. Les fusils, je sais où ils sont, et ça m'étonnerait qu'il les trouve. Pour l'assommer, je lui ai fait boire un grand verre d'eau-de-vie. Il s'est allongé sur sa paillasse et s'est mis à parler d'une voix tranquille, en avalant la moitié de ses mots : la nuit passée, il avait reçu un signe du "Petit Caporal" qui lui demandait de le rejoindre parce qu'il avait besoin de lui pour constituer une armée. »

Mérillou s'était agité toute la nuit sans fermer l'œil. Le matin, après s'être assoupie, Joséphine avait constaté qu'il avait disparu. Elle avait couru prévenir Estève qui, avec quelques copains munis de lanterne, avaient commencé à explorer les environs.

Je tentai sans conviction de la rassurer. Si ce vieux fou avait décidé de mettre fin à ses jours, il n'avait que l'embarras du choix : se jeter dans la rivière avec une pierre au cou ou se laisser choir du haut d'une falaise.

Joséphine avala son verre de lait chaud et fondit en larmes, les coudes sur la table.

« Je suis seule, tu comprends ! S'il disparaît, je n'aurai plus personne pour s'occuper de moi. Personne d'autre qu'une vieille cousine de mon père qui tient un café à Lanouaille et que je connais à peine.

– Estève ?

– Oh ! lui… Il m'a fait comprendre la semaine dernière qu'il en avait assez de me voir "dans ses jambes". Quand il est ivre, il me bat avec sa ceinture.

– Je lui parlerai.

– Tu perdrais ton temps. C'est un égoïste et, depuis qu'il est passé contremaître, le roi n'est pas son cousin. »

Je m'habillai chaudement, jetai une cape sur mes épaules et décrochai une lanterne car le jour faisait encore grise mine sous une couette de nuages qui nous amenait la pluie. Lajorie, que l'agitation avait réveillé, vint nous rejoindre.

Nous avons marché pendant des heures, parcouru des pistes que les autres avaient déjà suivies, sans trouver la moindre trace du disparu. Le jour était à son plein et il tombait une pluie froide lorsque nous nous sommes retrouvés bredouilles à l'Homme-Mort. Joséphine constata avec soulagement que son père n'avait pas trouvé la cachette des armes, sous le tas de sarments.

« Nous devrions prévenir les gendarmes, dit Lajorie. Ils ont l'habitude de ce genre de recherches.

– Les "cognes" ! protesta Estève. Ils mettront une journée à se décider avant d'agir, et nous connaissons le pays mieux qu'eux. Et puis, si nous le retrouvions mort, notre pauvre Mérillou, qui sait ce qu'ils iraient imaginer ? Ils auraient pas fini de nous emmerder avec leurs questions et leurs procès-verbaux. »

Nous reprîmes nos recherches à travers pluie et brouillard, par acquit de conscience, car nous savions qu'il valait autant chercher une aiguille dans une meule de foin. Mérillou connaissait le pays mieux encore que nous.

Estève dirigeait un groupe de chercheurs ; Lajorie l'autre avec Joséphine et moi. Elle savait les endroits où son père était susceptible de se cacher : ceux où il se tenait à l'affût et certaines passées de gibier qu'il était habile à remonter jusqu'au gîte.

À la tombée du jour, comme nous nous apprêtions à retourner à l'Homme-Mort, une détonation éclata, répercutée à tous les échos de la vallée, jusqu'au moulin de la Garennie, à proximité duquel nous nous trouvions.

« Ça vient de chez moi ! s'écria Joséphine. Il a trouvé son fusil ! Il s'est tué ! »

Cela me semblait d'une telle évidence que je jugeai inutile de la rassurer. Elle avait d'ailleurs aussitôt pris les devants et galopait comme une folle. Elle arriva avant nous à l'Homme-Mort, mais Estève l'avait devancée et lui barrait l'entrée de la cabane. J'arrivai alors qu'elle bataillait contre lui, criant :

« C'est mon père ! J'ai le droit de le voir ! Laisse-moi passer, sauvage !

– Tu le verras, mais dans un moment, disait Estève. Allons ! calme-toi. »

L'émotion et la fatigue firent que Joséphine perdit connaissance.

« Valait mieux qu'elle voie pas ça, dit Estève. C'est pas un beau spectacle. Ça l'aurait rendue folle. Mérillou a fini par retrouver son fusil et s'est fait péter la caisse. Il a pour ainsi dire plus de tête. Il a dû bourrer le canon de poudre et de grenaille jusqu'à la gueule. Miladiou, j'ai cru que je tombais moi aussi dans les pommes quand je l'ai vu dans cet état, sur sa paillasse. »

Un des collègues d'Antoine, qui avait le cœur bien accroché, lui avait tant bien que mal rafistolé la tête avec des *touailles* d'où le sang et la cervelle commençaient à suinter.

« Cette fois-ci, dit Lajorie, il faudra bien les prévenir, les gendarmes !

– Fous-nous la paix ! dit Estève. C'est nos affaires, pas les leurs. Nous allons enterrer ce pauvre bougre sans histoires sur le bord de la Ganne, dans ce coin de prairie où il aimait faire la sieste.

– Sans le curé ? dit Lajorie.

– Il était aussi chrétien que tu es mahométan. Alors laisse-le aller vers son paradis à lui. Le tien, il s'en foutait. »

Joséphine ne revint à elle que pour sombrer dans une crise de larmes. Nous dûmes la retenir pour qu'elle ne se jetât pas sur le cadavre.

« Joséphine, dit Estève, cherche ses médailles. On va les lui épingler sur la poitrine. Sa Légion d'honneur, surtout. »

On recouvrit le cadavre de sa vareuse militaire et des trésors de colifichets ramenés de ses campagnes : le poignard d'un mamelouk d'Égypte, le pistolet russe pris à Borodino, une montre sans aiguille trouvée en

Autriche, un foulard volé à une belle Hollandaise, des papiers militaires jaunis... Tous ces trophées composaient l'accompagnement qu'il aurait souhaité pour le suivre dans l'au-delà. On alluma deux chandelles de part et d'autre de la paillasse, sans encens ni eau bénite, dont le capitaine Mérillou n'aurait pas voulu.

« Et le cercueil ? dit Lajorie.

– Porte pas peine, dit Estève. Il avait tout prévu, le bougre, et depuis longtemps. Les planches sont derrière la maison. Elles sont pas vernies, mais c'est sans importance. Je les assemblerai cette nuit avec mes copains. Demain, tout sera terminé. Rendez-vous ici à 10 heures. »

J'obligeai Joséphine à me suivre au château pour y passer la nuit. Elle fit mine d'accepter, mais, le matin, quand je me réveillai, elle avait disparu. Lorsque, accompagnée de Lajorie, je pris le chemin de l'Homme-Mort, elle était déjà là, convenablement vêtue, mais blême et l'air égaré. J'essayai de lui faire boire un vin chaud, de lui donner un croustet de pain à manger, mais elle repoussa ma main avec un triste sourire.

Au moment de partir, je la vis avec stupeur décrocher un des tambours et se passer la courroie autour de la poitrine.

« Tu ne vas pas... dis-je.

– Laisse-la faire, dit Estève. C'était convenu entre eux et ce sera mieux que les grandes orgues. »

Joséphine prit les devants, tirant de son tambour les roulements profonds d'une parade funèbre. Dans ce cadre de rochers luisants de pluie, de brume, de verdure mouillée, cela composait un fond sonore à la fois sinistre et sublime. Estève, Lajorie et des ouvriers de la forge portaient le cercueil sur leurs épaules. Mérillou ne pesait pas lourd ; il était devenu, ces derniers temps, sec comme une pigne, mais le chemin était si malaisé qu'ils devaient en certains endroits laisser glisser leur fardeau sur le rocher ou à travers les fougères.

Parvenus à un endroit particulièrement abrupt, les porteurs se concertèrent pour savoir s'il ne serait pas bon d'employer des cordes. Estève s'y opposa. Ils remontèrent la caisse sur leurs épaules, mais, les deux premiers ayant ripé sur une roche humide, nous vîmes avec stupeur le cercueil glisser lentement sur la pente sans qu'on pût rien pour retenir sa course. Il partit à la dérive, rebondit, se dressa tout droit, bascula par-dessus une petite falaise et disparut. Nous nous précipitâmes en criant jusqu'au bord de cette terrasse naturelle et nous aperçûmes avec consternation, une dizaine de mètres en contrebas, debout contre la paroi, le cercueil disloqué. Le couvercle avait sauté et notre pauvre Mérillou était debout, comme s'il allait soudain entonner *Les Deux Grenadiers* et partir au pas.

« Putain ! s'écria un des porteurs, il nous en a fait voir de toutes les couleurs, ce fada de Mérillou, mais là il exagère.

– On peut pas le laisser ici, dit un autre porteur. Faut reclouer la caisse. »

Estève partit chercher un marteau à la cabane tandis que Joséphine, appuyée à un rocher, mon bras entourant son épaule, continuait à jouer du tambour en sourdine.

Le cercueil recloué, le cortège reprit sa progression derrière Joséphine et son tambour qui rendait sous la pluie des sonorités lugubres. Nous arrivâmes sans autre incident sur le bord de la Ganne où des hommes avaient creusé une fosse au pied d'un gros chêne, à l'endroit où Mérillou faisait sa sieste entre deux parties de pêche. Ils avaient sué sang et eau pour couper à la tranche les racines du géant. L'un d'eux avait apporté une lourde taque de fonte jetée au rebut de la fonderie pour malfaçon : elle représentait une aigle impériale aux ailes déployées au-dessus d'un globe terrestre. Cette pièce avait été commandée par un bourgeois bonapartiste de Génis qui, les temps ayant changé, n'avait pas eu le courage d'en prendre livraison. Cette taque fit au pauvre Mérillou une couverture tombale originale et parfaitement en rapport avec ses convictions. Lajorie annonça qu'il apporterait une croix de la forge, qu'il avait repérée dans les pièces manquées ; Estève s'y opposa, et je le soutins : je ne supporte pas que l'on viole la conscience des vivants ; moins encore celle des morts.

Je me substituai à Joséphine, qui en eût été incapable, pour offrir une collation aux porteurs. Nous nous retrouvâmes dans la cuisine du château devant une table bien garnie. Joséphine s'abstint de participer à ces *mortailles* ; jusqu'au départ du dernier porteur, ivre comme ceux qui l'avaient précédé, elle resta prostrée dans un coin du cantou, à pousser le tisonnier dans le vif de la braise, en face de nos deux petites servantes, des nouvelles : Jeannette et Toinon qui, les mains jointes dans le creux de leur devantal, la regardaient d'un air compatissant.

Quand ils furent tous partis, je dis à Joséphine :

« Tu peux rester si tu veux. Il y a de la place dans cette grande baraque. Tu pourras reprendre ton travail quand tu voudras. »

Elle secoua la tête. Son idée était de quitter le pays ; elle avait le sentiment qu'elle n'y serait plus jamais heureuse et que, d'ailleurs, Estève allait la renvoyer sans tarder. La mort de son père l'avait coupée brutalement de toutes ses attaches. Elle ne romprait pas de gaieté de cœur, ça non ! et c'est moi qu'elle regretterait le plus. Je la serrai dans mes bras en réprimant mes larmes. J'aurais donné cher pour qu'elle restât ; j'aurais pu l'intégrer à ma famille, la considérer comme ma sœur, plus proche de moi qu'Emma.

« Tu veux aller chez ta cousine de Lanouaille ? Tu crois que tu pourras l'aider ?

– Ça doit pas être bien sorcier. »

Elle décréta qu'elle partirait après avoir liquidé ses « petites affaires », vendu sa cabane et le pré carré que mon père avait cédé au sien pour une misère, et que je me proposai de lui racheter trois fois sa valeur, bien que je n'en eusse pas l'utilité.

Chaque jour, en se rendant chez Estève, aux cantines, elle passait par la tombe de son père et s'y livrait à quelques roulements de tambour. Elle attendait la réponse de la vieille cousine et la reçut une semaine après le décès : elle venait de se retirer des affaires, mais ses successeurs, du « brave monde », disait-elle, acceptaient de l'embaucher comme serveuse.

Un dimanche, à la sortie de la messe, j'eus un sursaut de surprise en voyant ma Joséphine debout sous le Sully. Elle avait disposé sur le banc de pierre qui entourait la base de l'arbre de vieilles frusques appartenant à elle et à son père et quelques objets qui pouvaient tenter plus misérable, c'est-à-dire peu de monde. Comme elle était incapable de solliciter le chaland, notre rémouleur, son petit chapeau vert sur le sommet du crâne, une rose de papier dans la ganse, fit l'article pour elle entre deux chansons, si bien qu'elle fut débarrassée de ses *impedimenta* en moins d'une heure, tambours compris.

Comme sous un coup de vent, tout ce qui pouvait rappeler dans le pays Mérillou et sa fille avait été balayé.

Quand tout fut liquidé, jusqu'au dernier clou, elle offrit une chopine au rémouleur, une caresse à son chien, et vint jusqu'à la voiture nous faire ses adieux.

« Tu ne vas pas embrasser cette fille devant tout le monde ! protesta ma mère.

– Laissez-la faire, dit Emma. Cette Joséphine était une bonne fille. Elle ne mérite pas ce qui lui arrive. »

Je descendis de voiture pour aller à la rencontre de mon amie que j'embrassai longuement sous l'œil courroucé du nouveau curé remplaçant notre vieil abbé, qui était allé finir ses jours à l'hospice de Périgueux.

« Je viendrai te voir à Lanouaille, dis-je. Si tu es malheureuse là-bas, dis-toi que tu as encore une famille ici et que je t'aime. »

Joséphine secoua obstinément la tête : elle ne reviendrait jamais. Tout ce qu'elle attendait de moi c'est, de temps à autre, une visite à la tombe de son père. Elle me remercia de toutes mes « bontés » et surtout de mon amitié. Nous avons mêlé nos larmes.

À quelques semaines de là, je constatai qu'on avait volé la plaque tumulaire de Mérillou et qu'on avait planté sur la tombe une croix de fonte que j'allai jeter dans la Ganne. De mes propres mains, je délimitai le périmètre de la tombe avec des galets extraits de la rivière et j'y fis amener par Estève une pierre gravée du nom du malheureux.

Sur la fin de l'été, je me rendis en compagnie de notre régisseur à la foire de Lanouaille pour y vendre une paire de bœufs de labour et une dizaine de brebis. Lajorie, plus habile que moi à ce genre de transactions, tira un bon prix de nos bêtes.

Du siège de notre char à bancs j'observai sans me montrer les allées et venues de Joséphine. Elle prenait à peine le temps de souffler, transportait des chopines et des casse-croûte, échappait à coups de rein aux mains qui cherchaient à lui caresser la croupe.

Sur le coup de midi, j'allai avec Lajorie déjeuner dans une auberge en marge du bourg où nous nous trouvâmes mêlés, dans une épaisse tabagie, à des tablées bruyantes de fermiers et de chevillards du Périgord et du Limousin qui parlaient haut et buvaient sec.

Au retour, comme nous traversions le foirail désert, je dis à Lajorie, en montrant une pauvresse occupée à ramasser dans une brouette la bouse, le crottin et la fiente :

« N'est-ce pas Joséphine ?

– C'est elle. Elle doit ramasser ces excréments pour le compte de ses patrons qui doivent les revendre comme engrais. Ils font argent de tout. Voulez-vous lui parler ?

– Non. Continuez. Elle est trop fière. Elle ne me pardonnerait pas cette humiliation. »

J'écrivis à Joséphine à plusieurs reprises pour lui donner des nouvelles et lui rappeler ma proposition ; elle ne répondit pas à mes lettres ; son choix était fait : l'oubli total.

Dans les semaines qui suivirent le retour de Pierre à Saint-Étienne, j'eus de bonnes raisons de croire que lui aussi souhaitait m'oublier. Aux lettres que je lui adressais fréquemment, il ne répondait qu'avec retard ou pas du tout ; c'était chaque fois des billets brefs et secs avec, *in fine,* un petit mouvement de tendresse humide comme une larme, qui ne me rassurait nullement. Excédée de cette équivoque, je lui demandai de me dire franchement quelle décision il avait prise. Je m'attendais au pire.

Sa réponse fut un long et pitoyable lamento traversé de reproches acerbes : comment avais-je pu imaginer, après ce qui s'était passé entre nous, qu'il ait pu renoncer à moi et me mettre en balance avec sa carrière ? Étais-je stupide au point de croire qu'il avait pu effacer de sa mémoire ces trois « jours de bonheur » et qu'il ne souhaitait pas me revoir pour reprendre notre entretien sur des bases plus solides ? Si ses précédents courriers m'avaient semblé équivoques en ce qui concernait nos projets, c'est qu'il ne voulait pas s'engager à la légère dans une aventure qui aurait risqué de nous faire déchanter.

Il songeait à un nouveau séjour au Paradou, mais il ne s'y déciderait que lorsqu'il aurait fait le tour du problème et aurait en main les éléments propres à déterminer un choix définitif.

Loin de me rassurer, cette réponse m'inquiéta : Pierre n'allait-il pas refuser de s'engager dans ce qu'il appelait une « aventure » ? Je ne le condamnais pas : il avait, comme Sylvain, longtemps bataillé pour se faire une place de choix dans le monde de la sidérurgie. Mis en balance avec cette réussite et les perspectives qu'elle ouvrait, ses sentiments pour moi et l'attachement à notre province, ajoutés à l'espoir de devenir un maître de forge, ne faisaient pas le poids. En toute chose, à trop réfléchir on se borne aux acquis et on refuse l'« aventure » qui exige de la spontanéité. J'étais désespérée, au point d'imaginer en toute logique que, comme Sylvain, Pierre était retenu, au moment de faire le saut, par une présence féminine contraignante.

Les lettres, au demeurant assez espacées, que m'adressait Sylvain, étaient quant à elles suintantes d'affection.

Il vivait de nouveau avec sa maîtresse, à Ruelle où il avait fini par la faire accepter, malgré des réticences. Ses collègues, ses supérieurs, avaient longtemps hésité à recevoir dans leur petite société – ce qu'ils appelaient le « club » – cette hétaïre de haut vol que certains lui enviaient en faisant mine de la mépriser. La société bourgeoise de province accepte mal ces entorses aux sacro-saintes lois du mariage ; ces transgressions sentent le soufre, et les curés les stigmatisent en chaire. Sylvain en avait souffert mais avait tenu bon. Souvent, parlant d'Ida Tabuteau, certains l'appelaient « Mme Rousseau ».

Au cours de cet été de solitude que je trompai en participant aux travaux de la réserve, Sylvain vint à diverses reprises « pour voir les enfants ». Il se conduisait en bon père et n'arrivait jamais les mains vides. Clarisse et Jérôme le savaient bien ; ils trépignaient d'impatience de voir surgir son tilbury. Il avait toujours quelque présent pour moi : des parfums, des babioles, que, comme par le passé, je donnais à Emma. Il était vêtu « à l'anglaise », mieux qu'il ne l'était du temps où je partageais sa vie. Je devinais dans cette recherche vestimentaire la patte d'une femme, et je savais laquelle. Il ne fumait que des cigares de prix qu'il faisait venir de Madrid ou de Londres, ne buvait que *son* cognac qu'il apportait dans ses bagages et dont il nous abandonnait généreusement les fonds de bouteille ; il se plaisait à faire jouer dans les lumières du salon ses escarpins à boucle d'argent, ses bagues et les lunettes cerclées d'or, qu'il portait en sautoir comme le face-à-main d'une douairière. Il avait pris du poids mais cela lui allait bien et lui donnait de l'autorité. À aucun moment de nos rares entretiens, il ne me parla de la marche de mes affaires ; celles des fonderies de Ruelle lui suffisaient. Il ne m'entretint de notre divorce qu'une fois : c'était, disait-il, une entreprise longue et délicate, génératrice de démarches interminables, mais, comme nous ne souffrions ni l'un ni l'autre de notre situation et qu'elle semblait admise par nos milieux respectifs, il estimait que rien ne pressait. Il s'éloignait de moi lentement mais inexorablement, ce qui me laissait indifférente.

* *
*

Un jour de la fin de l'été, alors que j'effectuais le recensement du personnel nécessaire à la nouvelle campagne de fonderie, Emma nous amena un blanc-bec pêché dans une partie chez les Festugière des Eyzies.

Alcide était un assez joli garçon, un peu benêt, sans conversation, son cadet de trois ou quatre ans, mais qui fondait d'amour pour cette « fillasse » maigrichonne et sans grâce. Il était fils de notaire et ses parents veillaient à ce qu'il ne manquât de rien pour l'essentiel et le superflu.

« Nous allons partir pour Paris, me dit-elle. Alcide a des amis là-bas. Paris… Tu te rends compte ? Moi qui, en fait de grande ville, ne connais que Périgueux…

– Tu resteras longtemps absente ?

– Une semaine, mais je compte bien passer mes jours et mes nuits à m'amuser. Alcide m'adore et il est pourri d'argent. »

Emma n'en manquait pas non plus. Elle profitait dans une large mesure des revenus de la forge et du domaine sans qu'il lui en coûtât le moindre effort. La « grande sœur » que j'étais ne la laissait manquer de rien, sans compensation. Dieu sait d'ailleurs à quelle tâche j'aurais pu occuper cette tête folle qui se moquait éperdument de la forge, où elle ne mettait jamais les pieds, craignant trop d'y salir le fond de sa robe et ses escarpins. Et puis, tous ces « sauvages » noirs de peau, qui puaient la sueur et la fumée, quel rapport avaient-ils avec elle ? J'avais renoncé depuis longtemps à la morigéner, à lui faire comprendre que l'argent qu'elle plaçait régulièrement chez un notaire de Thiviers était le fruit de leur travail. J'étais indulgente avec elle : c'était ma sœur.

Élie nous fit une autre surprise. Il amena au Paradou une fiancée qui était sa copie conforme et qui l'accompagnait partout comme son ombre. Agathe, souricette grisâtre, au visage ingrat de momie exhumée d'un mastaba, était pour lui, me confia-t-il, une précieuse collaboratrice ; elle répertoriait et classait ses trouvailles. Depuis un an, Élie était membre d'une société régionale de recherche paléontologique qui avait son siège au chef-lieu. Cette distinction avait fait de lui un notable, ce qu'il n'aurait pu ambitionner en restant au Paradou.

Ces deux fantoches avaient décidé de convoler. Ils comptaient sur la présence de la famille pour cette grande journée dont la presse de la province allait parler.

L'heureux événement eut lieu à Montignac, au domicile de la demoiselle, dans le courant de l'hiver. Je m'y rendis seule avec Emma, les enfants étant laissés à la garde de ma mère. La cérémonie eut toute la solennité requise ; il ne manquait que les cierges, l'encens et le catafalque pour faire croire à des funérailles. On abrégea les « réjouissances » : il n'y eut ni les flonflons d'une soirée dansante, ni, à plus forte raison, les divertissements paillards qui sont de coutume dans nos campagnes.

De Paris, Emma nous envoya une carte postale représentant l'Arc de triomphe. Elle délirait de bonheur. Alcide la promenait dans tous les endroits à la mode du boulevard Saint-Germain et de l'Élysée, repaires de l'aristocratie. Elle était partie pour une semaine ; elle ne revint qu'un mois plus tard, sur une bourrique louée à Génis où la diligence de Périgueux à Thiviers l'avait laissée. Seule.

« Qu'as-tu fait de ton fiancé ?

– Ne me parle pas de lui. Alcide n'est qu'une chiffe molle ! »

Il avait écrit à ses parents qu'il souhaitait épouser Emma ; ils avaient protesté : Mlle Laveyssade n'était pas un parti pour lui.

J'ignore dans quel milieu parisien elle avait pêché les expressions dont elle se servit pour fustiger son fiancé défaillant, mais j'en rougis encore. Ce rejet me parut d'autant plus injustifié que notre position sociale n'était en rien inférieure à celle de ces parvenus qui se croyaient issus de la cuisse de Jupiter. Emma avait dû commettre quelque bévue irréparable, comme à son habitude.

Prise d'un goût soudain pour la solitude, Emma transporta ses affaires dans la chambre d'Alban. Nous l'entendions de temps à autre sangloter bruyamment et frapper la cloison à coups de poing ; elle repoussait avec dédain la nourriture qu'on lui apportait, mais elle se levait la nuit pour aller grappiller nos restes à la cuisine. Elle aimait se faire plaindre mais détestait les épanchements. Je la laissai cuver son humiliation, la plus amère, semblait-il, qu'elle eût jamais éprouvée.

Outre la boisson, elle avait pris à Paris d'autres habitudes d'intempérance : elle fumait, « comme Mme George Sand », disait-elle, qu'elle avait rencontrée promenant ses amants dans la fumée de ses cigares. Sa chambre empestait la tabagie. Lorsqu'elle manquait de cette drogue, c'était le drame : il fallait que Jeannette ou Toinon courussent à Payzac ou à Thiviers pour lui en ramener une provision. Mme Sand l'avait fascinée sur un autre plan : celui de la littérature. Emma s'essaya à l'art du conte, mais les fragments qu'elle me donna à lire n'étaient guère encourageants, et je le lui dis ; elle prit cette attitude pour de la jalousie.

Ç'eût été mal connaître Emma que de croire qu'elle pût arrêter sa carrière sentimentale à son dernier échec.

Ses déceptions répétées semblaient au contraire la stimuler, sauf qu'elle se montrait de moins en moins exigeante dans le choix de ses partenaires. Dominant ses préventions, elle avait flairé dans le personnel de la réserve et de la forge un vivier susceptible d'alimenter sa libido. Finis, les adonis boutonneux à particule, les « Hubert de Torche-Cul », comme elle disait dans son langage trivial, les fils de famille qui lui préféraient leur jument ou leur fusil de chasse. Elle rêvait à présent d'hercules velus, de croquants au regard farouche, d'adolescents vigoureux à décrotter et à déniaiser.

Je croyais à de simples velléités de sa part jusqu'à ce matin où je surpris le fils d'un métayer, un garçon de seize ans, qui sortait de sa chambre.

« Toine ! qu'est-ce que tu fais là ? »

L'amant frileux rougit, baissa la tête, acheva de boutonner son pantalon et d'y faire rentrer les pans de sa chemise. Je répétai ma question en patois sans plus de succès, comme si sa présence en cet endroit n'était pas suffisamment explicite. Je le giflai en lui ordonnant de ne plus remettre les pieds au château sans ma permission, puis j'entrai en coup de vent dans la chambre d'Emma. Elle était nue, à plat ventre sur le lit, en train d'allumer son premier cigare de la matinée à travers ses cheveux dénoués, au risque de les enflammer.

« Tu es devenue folle ! m'écriai-je. Où vas-tu pêcher tes amants ? Ce gosse, Toine, il vient d'avoir seize ans !

– Je ne lui ai pas demandé son âge, mais je peux te dire qu'il a d'excellentes dispositions. Il m'a fait l'amour trois fois cette nuit alors qu'il y a une semaine il était encore puceau. Ces fils de paysans sont pleins de ressource et, quand on les a décrassés, qu'on leur a enseigné la manière, ce sont de fameux étalons. »

Elle tira une première bouffée de son cigare, ajouta :

« Au lieu de sécher sur pied, tu ferais mieux de m'imiter. Tu as devant toi une femme heureuse. »

Elle paraissait en effet rayonner de bonheur. J'en avais le souffle coupé, mais je parvins, en m'efforçant de maîtriser ma colère, à lui dire ce que m'inspirait son comportement. Je lui dis en m'asseyant au bord du lit :

« Tu me fais penser aux filles du boulanger. Tu n'es pas plus délicate que ces grandes bringues.

– Et alors ? dit-elle en se retournant et en remontant le drap. Si elles sont heureuses, que peux-tu leur reprocher ? Elles ont toutes les trois fini par mettre la main sur l'homme qui leur convenait. Elles ont une famille, des enfants... La morale, dans tout ça, n'a aucune importance, pas plus qu'un pot de chambre. Je m'assieds dessus. George Sand me disait... »

Les oreilles bourdonnantes d'indignation et d'impuissance, je l'écoutai me raconter les frasques de la romancière, cette femme libérée qui n'allait pas tarder à prendre une retraite sentimentale non loin de chez nous, à Nohant, pour écrire des romans parfumés à l'eau de rose ou au fumier.

Je l'interrompis sèchement : libre à elle de se livrer à des débordements qu'il n'était pas dans mon pouvoir de lui interdire, mais pas sous mon toit. Elle hurla, dressée comme une furie au milieu du lit défait :

« Ton toit ! C'est le mien aussi, il me semble ! Je resterai et j'agirai comme je l'entendrai. »

Mon indulgence anéantie pour cet être misérable, je l'accablai de reproches, malgré le sentiment désagréable de me faire le porte-parole d'une morale bourgeoise que j'avais moi-même transgressée. Elle surprit la faille et rétorqua d'une voix grinçante :

« Est-ce que je t'ai reproché tes nuits d'amour avec Pierre ? Et tes relations avec ton pianiste ? Avant de me donner des leçons de conduite, ma belle, fais ton examen de conscience ! »

Arguments nets et sans bavure. Échec et mat.

Désarmée, vaincue, je me levai sous le regard triomphant et narquois de ce petit fauve prêt à me sauter à la gorge en cas de récidive de ma part.

« Nous reparlerons de tout cela, dis-je d'une voix sans timbre, mais sache d'ores et déjà que tu viens de remettre nos rapports en question.

– Quel est ce charabia ?

– Je ne puis accepter de te nourrir et de t'entretenir à ne rien faire. Ma petite, à partir d'aujourd'hui il va falloir mériter les revenus que tu perçois, sinon je préviens notre mère et nos frères et nous te coupons les vivres. Tu pourras toujours aller faire le commerce de tes charmes à Périgueux. »

Je lui jetai d'une voix frémissante :

« Veux-tu que je te dise ? Tu es une nymphomane ! »

Elle éclata de rire, écrasa son cigare contre le mur et répondit de cette voix rauque et vulgaire que je détestais :

« Si c'est une maladie, j'en connais le remède : c'est de baiser. Alors je me soigne et m'en trouve bien. »

L'année débutait mal et les ennuis allaient se succéder. Le Paradou était devenu une sorte de boîte de Pandore d'où les maux surgissaient un à un sans que je puisse apercevoir le fond et la moindre étincelle d'espérance.

Début février, en pleine campagne de fondage destinée à d'importantes commandes de socs de charrue remplaçant les antiques araires, un accident me bouleversa.

Aux premières heures du matin, je dressai l'oreille en entendant la cloche du haut-fourneau sonner d'une manière inhabituelle, à toute volée. Le temps de m'habiller, de jeter une cape sur mes épaules, je descendis à la forge et me heurtai à un groupe d'ouvriers aux bras ballants, à la mine sombre, qui entouraient un petit paquet de linge sale d'où sortaient des jambes et des bras maigres.

« Que se passe-t-il ? demandai-je à Estève.

– Rien de bien *jovent*. La petite Zélie de chez Monteil est tombée dans les pommes. »

Zélie était une petite drôlesse que nous employions au triage de la mine et au blanchissage des pointes. En me la présentant, ses parents m'avaient dit : « Elle est solide malgré les apparences. Employez-la à de petits travaux, ça nous rendrait service. » On m'affirma qu'elle était dans ses douze ans, bien qu'elle fasse un peu moins. Elle en avait à peine neuf, comme je l'appris par la suite.

Si l'on m'avait trompée sur son âge, c'est que l'on connaissait ma répulsion à employer des enfants de moins de douze ans. Les Monteil étaient de pauvres métayers besogneux et routiniers qui, malgré nos injonctions, s'obstinaient à vivre comme les croquants du Moyen Âge.

« Elle semblait donner satisfaction, cette drôlesse, me dit Estève, mais elle se fatigue vite. Je voulais t'en parler.

– Tu aurais dû le faire depuis longtemps. »

Je me penchai sur l'enfant. Visage osseux, couleur de cire, lèvres décolorées, regard fiévreux, elle me fixait sans la moindre expression, si bien que la pensée me traversa comme un trait de foudre qu'elle était morte. Estève me rassura : elle vivait, mais elle était trop faible pour tenir sur ses jambes. Elle s'était écroulée alors qu'elle portait au monte-charge un sac de mine.

« Porte-la au château », dis-je à Estève.

Le contremaître la souleva comme une plume en criant :

« Au travail, fainéants ! Si nous avons une loupe, vous aurez affaire à moi ! »

Je fis allonger Zélie sur le canapé du salon où Jeannette lui servit un bol de lait chaud sucré au miel. Elle avala une gorgée, la vomit aussitôt. Je lui parlai à l'oreille, avec tendresse, dans la langue du pays, la seule qu'elle pût comprendre, et lui demandai ce qui lui était arrivé. Elle me fixa sans répondre.

« La Zélie de chez Monteil, dit Toinon, je la connais bien. Nous avons gardé les oies ensemble. Elle est pour ainsi dire muette et vous en tirerez rien. C'est une pauvre drôle mal nourrie et battue. Suffit de la regarder. M'étonne qu'elle soit restée si longtemps à la forge. »

Je restai au chevet de Zélie une bonne partie du jour. Elle toléra un bol de tisane sucrée au miel puis, sur le coup de midi, une assiettée de soupe. Elle sombra ensuite dans une sorte de coma dont elle n'émergeait que pour promener un regard effaré sur le décor qui la changeait de celui de la bauge où elle vivait. Au début de l'après-midi, elle se dressa sur ses coudes pour me faire comprendre qu'elle voulait s'en retourner chez elle.

« Tu as tout le temps, dis-je. Tes parents ne portent pas peine. Repose-toi. Tu n'as rien à craindre. »

À l'heure de la collation, Toinon lui apporta une portion de tarte aux pommes qu'elle avala avec une voracité de jeune chien. Elle répéta qu'elle voulait retourner chez elle ; elle redoutait la rouste que ses parents ne manqueraient pas de lui infliger si elle était en retard pour s'occuper des bêtes.

Je reconduisis Zélie à ses parents dans la soirée, sur la croupe de ma jument, malgré ses réticences. La métairie des Lespinasse était à environ une heure de chemin, que la petiote devait faire le ventre vide ou presque, en prenant par les escoursières. Tout le temps du trajet, elle se cramponna des deux mains à ma taille, et je sentais son petit squelette de phalanges qui pinçait ma chair sous l'étoffe.

Le père Monteil rejeta son chapeau en arrière en nous voyant. C'était un de ces rudes paysans qu'on ne peut imaginer qu'avec le manche d'un outil en main. Dur à la tâche, dur aux sentiments. Un roc que les pires gelées n'auraient pu fissurer. Sa femme pointa le nez au milieu du nuage de fumée qui sortait de la pièce unique, la cheminée tirant comme une pipe humide et le vent ayant tourné. Monteil brandit son chapeau vers elle avec un juron pour lui dire de rester à sa place.

« Je vous ramène la petite, dis-je. Elle a eu un malaise pendant son travail. Pour gagner trois sous, vous m'avez trompée sur son âge et sa santé. Ce n'est pas honnête. »

Le mot le fit sursauter : il touche les paysans au point sensible, cette qualité surpassant toutes les autres. Il fit virer son chapeau sur son crâne et dit rudement :

« Toi, descends de là tout de suite ! »

J'aidai Zélie à mettre pied à terre. Elle tremblait et s'accrochait au fond de ma jupe avec une grimace proche des larmes.

« Vous vous conduisez mal avec cette petite, père Monteil. Elle est battue et mal nourrie.

– Pas plus et pas moins que les autres drôles. Il faut les mener à la dure, ces *galapiats*. J'ai été élevé comme ça, moi, et voyez comme je me porte ! »

Il n'avait pas quarante ans et on lui en aurait donné cinquante ; son poil grisonnait et son teint était terreux.

« La forge, c'est fini pour elle, dis-je. Je lui ai trouvé une place dans une famille de la réserve, les Cluzel. Elle gardera les oies et les dindons. C'est la seule chose qu'elle sache faire, mais elle le fait bien.

– Et ça me rapportera quoi ?

– Une bouche de moins à nourrir. »

En prévision d'une réticence, j'avais apporté une petite somme pliée dans un mouchoir que je tendis à Monteil. Il compta les pièces et grogna :

« Bon. Ça fera l'affaire. Mais je veux qu'elle soit bien traitée, ma Zélie, et qu'elle nous fasse honneur. Nous l'aimons bien, cette petite. »

Un autre incident n'allait pas tarder à surgir de la boîte de Pandore.

Le froid avait succédé à une longue période de pluie et de brouillasse qui avait tenu jusqu'à Noël. Le temps ayant cassé, comme on dit, il commença à faire frisquet, sans que pour autant le travail à la forge s'en ressentît. Il y eut de grandes et belles journées de cristal. Le ciel n'avait jamais paru aussi bleu. On s'éveillait avec de jolies floraisons de givre aux fenêtres. Il fallait faire du feu dans toutes les pièces pour ne pas risquer la grippe ou le choléra qui tuait beaucoup de gens dans le pays.

En l'espace d'une journée ou deux, le froid tourna à la catastrophe. Le paysage paraissait figé dans la glace et la forge tourna au ralenti, quelques ouvriers malades étant absents. Il fallut bientôt arrêter le fondage, la Ganne ayant gelé sur plusieurs centimètres d'épaisseur, immobilisant les roues à aubes.

« C'est la première fois que je vois ça ! s'écriait Estève. Le baromètre est descendu à –15 ! En pleine campagne de fondage ! Et ces commandes qui vont rester en plan…

– Tu peux annoncer aux ouvriers que je les paierai comme s'ils avaient travaillé. Qu'ils restent chez eux. On les préviendra de la reprise.

– Pauvre, tu vas te ruiner… »

Le grand gel s'accrochait au pays de toutes ses griffes, et pour de bon. Un colporteur qui s'était aventuré sur nos chemins nous révéla qu'ailleurs c'était pire : à Périgueux, le baromètre était descendu à –20 ; on trouvait fréquemment dans les taudis des gens morts de froid ; le choléra marchait dans les pas de la grippe ; dans les campagnes, la froidure avait arrêté les travaux et faisait éclater le cœur des arbres ; la misère se promenait une faux à la main dans toute la province.

Les ouvriers valides revenaient à la forge emmitouflés dans des capes de laine brute ; ils regardaient tristement les grandes roues immobiles d'où pendaient des glaçons, le haut-fourneau assoupi, sa base saupoudrée de givre, le bocard recouvert d'une carapace de glace et dont les dents ne broyaient plus que le silence. Des enfants jouaient à patiner sur la rivière que l'on pouvait traverser à pied sec et que l'on fit franchir par une charrette attelée de bœufs, ce qui ne s'était jamais vu.

Lorsque le froid cessa, que des nuages firent couler leur ombre comme de l'encre sur les collines, j'ordonnai à Estève de remettre le haut-fourneau à feu. Il donna ses premières coulées dans la semaine qui suivit et la forge travaillait à plein régime au bout d'une quinzaine. Le rythme de la soufflerie m'apprit que les grandes roues animées par le courant de la rivière étaient de nouveau en activité. Il tomba un peu de neige, ce qui donna de l'alacrité au paysage après des semaines d'immobilité tragique. Je respirais. Le printemps n'était pas loin.

Aux environs de Pâques, j'eus avec Emma une nouvelle altercation.

Elle semblait s'adonner à une campagne de déniaisage des puceaux de la région. Lorsque j'en surprenais un en train de s'esbigner, je lui donnais une correction qui lui ôtait l'envie de reparaître au château, mais elle avait tôt fait de le remplacer. Les bougres semblaient se passer le mot ; ils tournaient autour d'elle comme autour d'une chienne.

Je lui jetais :

« Alors, tes chaleurs ne t'ont pas encore passé ?

– Pas encore, et tu risques d'attendre longtemps. »

Pour ne pas risquer de provoquer le drame irréversible qu'elle redoutait, Emma avait consenti à se rendre utile. Son cigare au bec, elle aidait au ménage, à la cuisine, donnait leur provende à la volaille et aux lapins, ce qui ne nous avançait guère car Jeannette et Toinon suffisaient à la tâche. Elle me relayait parfois pour faire apprendre leurs leçons aux enfants. Il lui arrivait de s'occuper de la jument et de la mule : elle leur faisait tomber le foin et les pansait avec compétence. Nous nous accrochions fréquemment pour des vétilles. Un jour elle me dit ces mots qui me brûlèrent comme un fer rouge :

« Je sais ce que tu rumines, ma belle : tu es jalouse de moi ! Aucun des hommes que tu as connus n'a pu te garder. Alors, si tu veux, nous partageons. Je connais plusieurs galapiats qui ne demanderaient qu'à te rendre service. Ça ne te coûterait rien : juste un petit cadeau de temps en temps. »

Je levai ma main sur elle sans achever mon geste.

« Pauvre fille... dit-elle avec un mauvais rire. Tu croyais être une femme indépendante, mais tu n'as pas les dispositions nécessaires. Il faut enlever ton corset, ma belle, sinon tu vas devenir sèche comme une nonne ! »

Je me retirai pour cacher des larmes de rage et de désespoir. Emma avait raison : Sylvain m'avait abandonnée, puis Samuel, et Pierre semblait prendre le même chemin. Pourquoi ? Étais-je sotte, orgueilleuse, tyrannique ou le tout ensemble ? Étais-je laide ?

Laide, moi ?

Je me levai brusquement du canapé où je m'étais réfugiée, effondrée, comme privée de ma structure de chair et d'os, pour me planter devant la psyché. Je n'aimais pas ce miroir qui me renvoyait une image de moi qui n'était pas à mon avantage. Certains miroirs sont sévères et d'autres indulgents. Celui-ci ne me passait rien : pas la moindre ride, la moindre pâleur, le plus infime cheveu blanc ; il y avait comme de la cruauté dans sa manière de m'explorer à travers mon propre regard.

Que me dit-il, ce jour-là ? Que la trentaine était venue avec son cortège de déficiences, que ma peau était cireuse, que mes yeux commençaient à se rétracter dans leur orbite, que mes joues se creusaient et que mes cheveux ternissaient. J'en fus atterrée et retombai en larmes sur le canapé. Je me disais : « Serais-tu déjà une vieille femme ? Vas-tu renoncer à vivre selon tes goûts et tes désirs ? » À travers mes larmes, j'entendais mes dents qui grignaient de colère et d'angoisse.

Deux petits corps souples et chauds vinrent se glisser contre moi. Jérôme, Clarisse…

« Qu'est-ce que tu as, maman ?

– Mes petits… mes tout-petits… Ce n'est rien. Maman a un chagrin. Ça va passer. »

Ils étaient, dans mon désert affectif, ma seule richesse, ma seule chance de survie. Je ne pouvais compter sur ma mère pour m'apporter le moindre réconfort dans mes déboires. Depuis la mort de son mari, elle vivait comme une ombre, ne prononçant que les paroles nécessaires au contact avec nous. La tyrannie que mon père avait exercée sur elle, la mort ne l'en avait pas délivrée et elle semblait peser encore sur ses actes et ses paroles ; elle ne vivait que d'intentions refoulées, renonçait aux moindres plaisirs comme si elle avait fait vœu d'austérité et de silence. La nonne dont m'avait parlé Emma, c'était elle. Cette similitude dans notre situation et nos comportements aurait dû nous rapprocher, mais nous étions trop distantes l'une de l'autre ; les signaux ne passaient pas.

Ces querelles entre Emma et moi étaient inopportunes. Les retards consécutifs au gel, que nous avions pris dans les livraisons obéraient dramatiquement nos revenus. Nous avions perdu un nombre important d'arbres fruitiers, des noyers surtout, et, les semences ayant gelé dans la terre, nous avions dû faire procéder à de nouvelles semailles. L'année s'annonçait difficile.

Et Pierre qui ne donnait plus de nouvelles…

Un soir, après une querelle avec Emma qui s'acharnait à vouloir faire de moi sa comparse, j'écrivis à Pierre une lettre sévère. Sans emphase, je lui rendais compte de notre situation matérielle ; j'en étais de nouveau venue à envisager de vendre la forge et de ne garder pour assurer notre subsistance que la réserve et les plus rentables de nos métairies. Je devais en informer Alban qui se battait aux frontières du Maroc et de l'Algérie, en proie à des crises de paludisme qui laissaient présager son rapatriement. Dès que sa réponse me serait parvenue, je prendrais de nouveau contact avec les Combescot ou les Montastier. Les autres membres de la famille étaient d'accord.

Je terminai cette lettre par ces phrases qui me reviennent en mémoire :

De par ta seule volonté, semble-t-il, tout est fini entre nous. Notre idylle aura été de courte durée, mais j'en garde un souvenir ineffaçable. Je te souhaite tout le bonheur possible dans ta vie sentimentale et la réussite professionnelle que tu mérites. Adieu. Celle qui ne t'oublie pas : Séverine.

Une semaine plus tard il déposait ses bagages à ma porte.

III

La cendre

*J*E SUIS À CETTE PÉRIODE *de ma vie proche de la fin, où les souvenirs les plus infimes affluent du plus profond du passé comme ces cailloux que le gel fait remonter à la surface du sol, ou comme ces glaciers qui rejettent les morts et les vestiges des temps anciens. Le Paradou s'est vidé de son décor, mais il reste sa structure intérieure, ce squelette de pierre et de bois où le passé se lit encore à des traces visibles de moi seule.*

Le parquet de ma chambre porte encore la marque des huit pieds de lits : celui d'Emma et le mien ; cette marque charbonneuse me rappelle la soirée d'hiver où j'ai renversé la lampe qui a failli mettre le feu au parquet ; ces rayures discrètes sont les traces laissées par le cheval de bois de Jérôme, qui avait perdu deux roues… En cherchant bien, je trouverais dans les rainures du parquet des cheveux d'Emma mêlés aux miens, les larmes de cire des chandelles, les fils tombés de nos travaux de couture ou de broderie…

C'est par cette fenêtre que j'ai jeté mon premier regard d'enfant sur le monde. Céline me prenait aux aisselles, me hissait sur un escabeau ; nous regardions fumer la forge et les enfants de notre premier régisseur, celui d'avant Lajorie, jouer dans la cour.

Plus tard, au temps de mes premières lectures d'adolescente, romans et poèmes, j'appris à interpréter et à aimer ce paysage qui, à chaque changement de saison, me parlait un langage nouveau.

La colline abrupte qui faisait face au Paradou, sur la rive gauche de la Ganne, était tendue comme une tapisserie sur laquelle la nature donnait son spectacle.

De mon observatoire, je suivais le changement des saisons, les toilettes renouvelées de la végétation. L'automne surtout, depuis que j'avais lu les Méditations *de Lamartine, se révélait chargé d'un somptueux mystère.*

Les érables étaient les premiers à changer de robe et à virer au jaune incandescent, premières notes d'une ouverture symphonique qui allait durer des jours, avec un crescendo pathétique. Aux pizzicati *des peupliers plantés en bordure de la rivière répondaient peu après, timidement, les gammes des robiniers et des sorbiers préludant aux amples harmonies des violons roux des chênes et des ormes qui développaient leur* largo *avec des rutilances et des flavescences d'une infinie variété. Chacun exécutait sa partition avec des fantaisies et des caprices. J'aimais surtout les fougères qui s'adonnaient à des variations chromatiques étourdissantes avec leurs teintes jaspées, brunâtres, rousses... Les pluies d'automne apportaient quelques altérations à cette* sinfonietta *où elles semaient chaque matin quelques bémols et quelques dièses.*

Mon arbre préféré, dans cette forêt verticale, était un vieil érable qui se dressait au-dessus de la roche où campait le vieux loup, comme un amer sur la grande marée automnale : il était le premier à changer de toilette, s'habillait comme une jeunesse d'une robe bouillonnée, flamboyante, qui semblait un défi aux chênes qui, eux, tardaient à moduler leur métamorphose. Un néflier lui apportait une réplique ardente, d'un rouge de braise. Jour après jour, sous le soleil, la pluie et la brume, cette tapisserie prenait ses couleurs d'hiver.

Ces légères écaillures sur le rebord de bois de la fenêtre, ce sont mes ongles d'enfant qui les ont faites. Ces hiéroglyphes au crayon de couleur sur le mur, je les dessinais après mes devoirs. Il y a toujours, entre la tablette d'appui et la patte de scellement, cette anfractuosité élargie par mes ongles depuis que j'y avais vu s'engouffrer une colonne de fourmis.

J'aime moins la tapisserie tissée par l'été, cet amas de verdures lourdes, pâteuses, fatiguées, très différentes des verdures aériennes de Corot. En été, à quelques nuances près, tous les arbres se ressemblent, sauf peut-être mon vieux bouleau qui danse dans le vent du soir, vêtu d'une tunique diaphane grise et argentée.

Un pas fait craquer le parquet derrière moi : Dominique.

« Madame, il faut partir. »

Je réponds avec humeur :

« Nous coucherons à Hautefort. M. Le Roy me l'a proposé. »

J'ouvre le placard où nous rangions nos livres, nos jouets, nos secrets. Il est vide. Non : une étoffe roulée attire mon regard. Je fais signe à Dominique de l'extraire de sa cachette. Ce n'est pas de l'étoffe nais une fourrure mitée.

« Mon Dieu ! Dominique… C'est la peau du vieux loup dont je vous ai parlé. Mettez-la dans la voiture et attendez-moi. Je n'ai pas fini ma visite. J'aimerais monter jusqu'au grenier. Je suis sûre d'y découvrir encore des souvenirs.

– Au grenier ! Vous plaisantez, madame. Votre cœur…

– Eh bien ! quoi, mon cœur ? Il est encore solide. Et puis, si je mourais là, à l'endroit où je suis née, ce serait mon dernier bonheur. »

* *
*

Je pris Pierre par la main et le conduisis vers ma mère.

Depuis quelque temps elle se retirait, après chaque repas de midi, pour s'allonger sur le canapé du salon, sous le portrait d'une grosse femme coiffée en pâtisson sous un nuage de dentelle noire, qui était sa mère. Elle disait : « Je vais faire ma sieste. » En fait elle se contentait, volets clos, de fermer les yeux quelques minutes, de feuilleter les journaux que m'adressait Sylvain ou de rêvasser.

C'était l'heure où, habituellement, elle sortait de son isolement pour se réinsérer dans la vie familiale. Les enfants savaient qu'ils pouvaient reprendre leurs jeux et faire autant de bruit qu'ils le souhaitaient, tyranniser Jeannette et Toinon, avant la classe de l'après-midi.

« Vous pouvez entrer, dit ma mère. Séverine, pousse les volets, je te prie. Avez-vous fait un bon déjeuner, Pierre ?

– Rustique et copieux. C'est ainsi que je les aime.

– Un de ces jours, quand je serai moins lasse, je vous préparerai un lièvre à la royale. C'est ma spécialité.

– Je me charge du lièvre. Vous me montrerez votre manière, si ce n'est pas trahir un secret. »

J'étais heureuse de constater que ma mère pouvait encore soutenir une conversation et qu'elle semblait avoir accepté la présence de Pierre. Je m'assis près d'elle et lui pris les mains, ce qui lui parut un geste incongru, car je sentis une réticence et comme une lueur d'inquiétude dans son regard.

« Mère, j'ai une nouvelle importante à vous apprendre. Si cela vous déplaît, il faudra me le dire franchement.

– Tu vas partir ! s'écria-t-elle. Tu vas nous abandonner ! »

Je retrouvai pour lui répondre un mot tendre de jadis :

« Non, *Mâ,* rassurez-vous. Je reste et, si vous êtes d'accord, Pierre restera aussi. Je ne pouvais continuer de m'occuper seule de cette forge. Trop de problèmes ont surgi ces temps derniers et m'ont fait comprendre que ce n'était pas là une tâche pour une femme seule. Pierre a toute la compétence nécessaire, et même davantage. De plus nous nous aimons, et…

– Vous allez vous marier ?

– Il faut d'abord que Séverine obtienne son divorce, dit Pierre. Si cela ne doit pas vous offusquer, nous vivrons comme mari et femme et nous nous marierons plus tard. »

Ma mère rétorqua en secouant la tête :

« Ça ne m'enchante guère. Que va dire le monde ? C'est bien assez qu'Emma vive comme une catin. Le Paradou n'est pas un lupanar, monsieur ! »

Pierre me jeta un regard désespéré. Je lui fis signe de ne pas insister : cette résistance, je l'attendais, mais pas cette violence froide, obtuse. Je fis comprendre à ma mère que nos rapports seraient aussi discrets que par le passé, mais j'étais persuadée que l'on ne parlerait dans le pays, d'ici peu, que de cette situation de concubinage. Officiellement, Pierre serait directeur de la forge, avec des appointements dont nous aurions à discuter. Sinon, il repartirait, et je le suivrais.

« Tu me mets le couteau sur la gorge, gémit ma mère. Tu sais bien que, sans toi, la forge est condamnée. Laissez-moi à présent. Il faut que je réfléchisse, que j'en parle à ton père. »

Je ne relevai pas cette absurdité. Après tout, si ma mère souhaitait une discussion avec l'au-delà, je ne pouvais l'en dissuader avec des arguments rationnels : elle ne faisait pas tourner les tables, comme c'était la mode dans la bonne société, mais elle confronterait son avis avec celui qu'elle supposerait à son époux. L'entretien pourrait durer des heures.

Le lendemain, elle nous rassura :

« Mes enfants, nous avons bien réfléchi, Martin et moi. La forge vaut bien une entorse à la morale. Vous pouvez rester, Pierre, mais à condition de vous montrer convenable.

– Je vous le promets, madame, dit Pierre, et je vous remercie. »

Il ajouta, dès que nous fûmes seuls :

« Pour une femme quasi muette, je trouve que ta mère s'exprime parfaitement. Encore faut-il qu'on lui en donne l'occasion. Nous allons tâcher de la réveiller. »

J'en conviens : j'ai laissé ma mère s'éloigner de moi, de nous, sans rien tenter pour arrêter cette dérive. La convention de silence qui réglait nos rapports, j'en étais en grande partie responsable. Il est vrai cependant que ma mère avait une propension naturelle, surtout depuis la mort de son mari, à s'enfouir dans une sorte de retraite, comme si le Dieu auquel elle croyait avec la foi du charbonnier lui avait accordé un simple sursis. Certes, j'étais d'accord pour que nous tentions de la réveiller, mais je ne croyais pas aux miracles.

Un petit événement vint à point nommé confirmer ces nouvelles dispositions.

Ma mère venait de recevoir une photographie d'Alban dans l'uniforme d'officier des chasseurs d'Afrique. C'était un mauvais daguerréotype, jaunâtre et flou, mais on reconnaissait bien son visage : il avait maigri, s'était laissé pousser les moustaches et ses yeux avaient l'éclat farouche du regard des guerriers. Sous la cape qui recouvrait ses épaules se déployait un uniforme qui semblait prestigieux. Il s'appuyait à une sorte de meuble indigène et tournait la manche de sa veste de manière à montrer ses galons.

Comme je m'étonnais d'un tel accoutrement pour un pays chaud, Pierre me fit observer que ces vêtements protégeaient à la fois du froid et de la chaleur, les nuits étant glaciales sous ces latitudes. Il n'aimait pas Alban, comme d'ailleurs tous les gens du pays, mais convenait que l'armée et la guerre avaient pu modifier son caractère, ce que d'ailleurs semblait confirmer le ton de ses lettres. Il appréhendait son retour ; je le rassurai :

« Alban ne reviendra que s'il est gravement malade, mais il ne restera pas au Paradou où il ne s'est jamais acclimaté. Il ira vivre dans une ville de garnison. Périgueux, peut-être... »

Pierre avait définitivement coupé les ponts avec Saint-Étienne et une carrière qui s'annonçait brillante. Comme il vivait là-bas avec une simplicité de cénobite, il avait amassé une petite fortune qui, placée dans une banque de la ville, lui rapportait des subsides relativement confortables. Cet argent, il comptait l'investir dans une modernisation de nos ateliers et de la forge.

Il avait rompu également avec une maîtresse qu'il « traînait », disait-il, depuis des années, comme un boulet. Je lui sus gré de sa franchise. Je n'avais d'ailleurs jamais songé qu'il poussait sa vocation érémitique jusqu'à se priver des plaisirs de la chair. Ce renoncement eût été le signe d'une insuffisance de sa nature, et je savais d'expérience qu'il n'en était rien.

Pour prévenir les ragots, ou du moins les contenir, je fis déménager la chambre d'Élie, abandonnée depuis des années, mais encore encombrée de caisses de silex et d'ossements, que je fis entasser dans la cave. Deux petits-valets de la forge furent employés à nettoyer cette pièce, à poncer le parquet et à chauler les murs.

Le lit était étroit mais convenable. La fenêtre donnait sur la cour et, plus loin, sur la forge dont le haut-fourneau trahissait la présence, au-dessus d'un rideau de robiniers. Il pourrait entendre la cloche du chargeur et couperait au concert de gémissements amoureux qui accompagnaient les nuits d'Emma, ce qu'il eût mal supporté.

Au début de l'été, Pierre passa des jours à examiner les comptes de la forge et du domaine.

Il travaillait en compagnie de Lajorie sur la table de la salle à manger, en évitant de troubler les siestes de ma mère. Il voulait tout connaître, tout comprendre ; il remontait le cours du temps, s'étonnait de l'importance des sommes que mon père prélevait pour son usage personnel, comme du faible prix dont nous payions le charbon et la mine : il faudrait les réajuster si nous voulions que nos fournisseurs nous demeurent fidèles.

Dès son arrivée et son installation, il s'était rendu chez nos voisins pour s'entretenir avec eux de la situation, d'autant plus librement qu'il n'existait pas de véritable concurrence entre nos entreprises.

« La situation n'est pas dramatique, dit-il. En prolongeant d'une quinzaine le fonctionnement de la forge et des ateliers, tu as presque rattrapé la perte de temps et d'argent consécutive aux gelées. Mais nous devons faire mieux. Moins bien peut-être que Festugière, mais aussi bien que Combescot. Pour cela, il faut investir. »

Je lui rappelai qu'au plan national le vent soufflait à la crise. Le mot célèbre de Guizot, au début de son exercice : « Enrichissez-vous ! » avait fait long feu. Le gouvernement de Louis-Philippe semblait se satisfaire d'une situation qui, somme toute, comparée à celle des pays voisins, n'était pas mauvaise. Cependant, comme l'avouait le ministre autrichien Metternich, le monde occidental tout entier était « bien malade » et ce mal, insidieusement, gagnait notre pays, d'autant que la guerre en Algérie ruinait les finances publiques et coûtait cher en hommes.

« Nous sommes à la merci, disait Pierre, du réveil brutal des révolutionnaires : socialistes, communistes, anarchistes, qui commencent à s'agiter en profitant du mécontentement de la classe ouvrière dont le sort ne fait qu'empirer, et d'une crise du monde agricole. Que de mauvaises récoltes l'affectent et nous verrons ressurgir les vieux démons des révoltes paysannes. Ajoutons à ce tableau les scandales qui éclaboussent la société parisienne et nous pourrons comprendre que notre pays sera bientôt, lui aussi, bien malade. Le roi se fait vieux et Guizot fait preuve d'un conservatisme navrant. »

Il ajouta d'un air sombre :

« À vrai dire, je vois monter la révolution, mais ce n'est pas une raison pour baisser les bras, au contraire. Quand une tempête se prépare, on ne jette pas les avirons. Premier objectif pour ce qui nous concerne : un deuxième haut-fourneau !

– Pierre, tu n'y songes pas vraiment ? As-tu idée de ce que cela coûterait ? »

Il le savait. Il avait consulté des entrepreneurs en maçonnerie, prévu les délais de construction. C'était un projet audacieux, il en convenait, mais nécessaire.

Déjà, sans m'en informer, il avait dressé les plans, délimité l'emplacement, réorganisé l'ensemble du site. La place ne manquait pas et le réseau des chemins et des routes qui y menaient était satisfaisant. En attendant, il rêvait, comme de tant d'autres projets, de les faire recouvrir de bitume, selon la technique de cet inventeur anglais : McAdam.

« Réveille-toi, lui dis-je. Tu n'es pas à Saint-Étienne, mais en Périgord. Où trouverons-nous les débouchés pour la production de deux hauts-fourneaux ? »

Là encore, il avait tout prévu. Il débarquait au Paradou les bras chargés, comme un roi mage, de cadeaux potentiels qui n'étaient que des traites sur l'avenir. Il rêvait à crédit, mais avec une telle conviction que, malgré mes réticences, je lui faisais confiance.

« La traction à vapeur, disait-il, a entraîné une véritable révolution économique. Les compagnies de chemin de fer ont un besoin de plus en plus pressant de rails, de locomotives, de wagons... Des marchés énormes s'ouvrent pour les fonderies, et cela ne fait que commencer. Nous devons suivre le mouvement. Nous en sommes capables. Je sais ce dont je parle. »

Je me laissais emporter par cet enthousiasme tempéré. De temps à autre, cependant, je le retenais par les basques :

« Où trouverons-nous les capitaux ? Y as-tu songé ?

– Pour faire face aux premières échéances, nous aurons nos ressources propres. »

Elles suffisaient tout juste à assurer le roulement. Il ne se décourageait pas.

« Nous emprunterons. Les banques sont faites pour ça. »

Emprunter… Se créer des dettes… Mon père l'aurait jeté dehors sans ménagement, ce dangereux utopiste, s'il avait entendu ces vocables maudits. Il n'avait jamais, lui, eu recours à ce mode de financement, aux banquiers, ces « brigands », ces « juifs usuriers », ces « vampires » comme Rothschild, Pereire et consorts. « Emprunts… », « dettes… ». Des mots qui lui faisaient peur et qu'il voulait ignorer. Il nous avait si longtemps, et avec une telle éloquence, nourris de ces préventions que j'en étais prisonnière.

Pierre ajoutait, avec ce ton paisible dont il ne se départissait que rarement :

« Aujourd'hui toutes les entreprises font appel au crédit. Si c'est un mal, il est nécessaire. »

Je devais me faire une raison : le maître, c'était lui, maintenant, et je ne le secondais qu'à titre consultatif. À l'écouter bâtir un avenir radieux, il me semblait que nous avions largué les amarres, que nous voguions vers des Amériques, que nous allions aborder à quelque Eldorado ou sombrer avant de franchir la barre.

« Nous devons faire vite, ajoutait-il, profiter du protectionnisme qui est un des côtés positifs de ce régime de tortues. Un nouveau souverain, un nouveau gouvernement, peut-être une République, risqueraient d'ouvrir nos frontières aux produits étrangers. Comment pourrions-nous lutter contre les fers et les aciers que l'Angleterre produit à des conditions que nous ne pouvons concurrencer, mais au prix de la misère de la classe ouvrière ? Une misère dont tu n'as pas idée… »

L'été passa comme ces lents nuages qui mettent une journée entière à traverser le ciel. Mes incertitudes et mes inquiétudes vaincues, je me sentais pleinement heureuse. Pierre m'avait fait partager son enthousiasme et son credo. Il profitait de la vacance de nos installations pour réaliser les améliorations de détail qui lui semblaient urgentes.

Dans le grand chambardement qui, déjà, mobilisait nos énergies, nous prenions le temps de vivre. Pierre n'oubliait pas que, s'il avait renoncé à sa carrière, c'était par amour, parce qu'il n'avait jamais envisagé sérieusement de faire sa vie avec une autre femme. L'avenir de la forge, son attachement à cette terre, venaient au second plan.

Chaque nuit, en tapinois, une lampe à la main, en chemise de nuit, il venait me rejoindre dans ma chambre et en repartait dès qu'il entendait les premières rumeurs montant de la cuisine et la chanson de Toinon. À cette cachotterie près, nous vivions comme mari et femme. Ma mère avait fini par s'accommoder de ce mode d'existence et le curé n'eut pas l'occasion de stigmatiser en chaire ce concubinage. Pierre ne lui aurait pas pardonné cette intrusion dans notre intimité.

Notre discrétion ne nous privait pas de nous montrer ensemble en diverses circonstances de la vie communautaire. Outre sa présence à l'église, où il se rendait pour me faire plaisir, mécréant comme il l'était, il m'accompagnait dans les métairies à l'époque des grands travaux. Invités aux repas qui mettaient un terme aux rudes journées des travailleurs, nous ne venions jamais les mains vides ; quelques bouteilles de bergerac figuraient toujours par nos soins sur les tables installées en plein air ou dans les étables, « au cul des vaches », comme on dit. Pierre ne dédaignait pas de prendre le dail et d'y aller de sa rangée, avec autant d'ardeur et de courage que les autres faneurs ou moissonneurs ; lors du dépiquage, il aidait même à battre au fléau sans qu'on pût lui reprocher la moindre maladresse.

On l'écoutait avec attention parler de l'ère de progrès dans laquelle l'agriculture allait s'engager. M. Devars, l'inventeur-serrurier d'Hautefort, dont je lui avais parlé, avait ouvert la voie modestement ; d'ici peu la machine se substituerait à l'homme, de même que la faux avait remplacé la faucille, et la charrue l'araire. On allait assister à une véritable révolution : un mot qu'il aimait quand il s'agissait d'économie.

« Il est bien brave ton "mari", me disait-on, mais un peu *fadart*. Toutes ces inventions dont il parle, attendons de les voir pour y croire… »

Nous avions pris l'habitude, les soirs de beau temps – et cet été fut superbe – de remonter la Ganne en barque, comme Charles Lafarge le faisait jadis avec son épouse Marie, à Glandier, sur le Loyre. Nous avancions sous des voûtes de verdure où s'entrecroisaient les derniers rayons du soleil, sous des brumes légères d'éphémères, les *mouchils* comme on dit dans le pays, qui recherchaient notre chaleur avant la nuit. Des carpes et des gardons crevaient la surface ; des serpents traversaient le courant avec majesté ; des rats couraient le long des berges. Ces promenades nous révélaient une vie sauvage et furtive. Autour de nous, sur les prades surchauffées, montait le concert ténu mais insistant des grillons, des criquets, des cigales et des courtilières.

Pierre, cessant de ramer, arrêtait la barque dans une petite crique entre deux souches et me disait :

« Quand j'étais gamin, je faisais à cet endroit de belles pêches. Il doit rester des truites. Allons-y… »

Il se déchaussait, ôtait son pantalon et allait tâter le ventre de ces « demoiselles ». Il avait une sorte de flair pour cette pêche primitive et revenait rarement bredouille. Nous consommions ces prises au repas du soir.

Il détestait la chasse d'agrément autant que je la détestais moi-même, mais se montrait indulgent pour les paysans qui chassaient ou braconnaient pour améliorer leur ordinaire.

C'est cette année-là que le gouvernement instaura un droit de 20 francs pour tous les chasseurs. Cette mesure impopulaire déclencha des émeutes et, en certains endroits, on fit péter les fusils devant les préfectures.

« C'est une mesure stupide, disait Pierre. Elle ne lèsera que les pauvres. Pour les gros, 20 francs, ce n'est rien. Ce sont de tels décrets qui favorisent les révolutions. »

À l'annonce de l'installation de Pierre au Paradou et de sa participation à la marche de la forge, Alban eut une réaction qui me surprit agréablement : il se déclara heureux que nous soyons enfin sortis de ce qu'il appelait notre « léthargie », comme si, depuis son départ, que j'avais considéré comme une désertion, j'avais passé mon temps à somnoler. Il ne se souvenait pas de Pierre, mais se réjouissait de ce que sa compétence et son dynamisme puissent faire avancer les choses. Je restai béate de surprise en lisant les dernières lignes de cette lettre : il gardait la « nostalgie » du Paradou. Au milieu de ces terres sauvages d'Algérie, il se sentait de plus en plus comme en exil.

Il avait participé avec de Lamoricière à la bataille sur l'Isly, qui ouvrait une brèche au-delà de la frontière du Maroc où des bandes « rebelles » s'étaient réfugiées. La veille de l'attaque, il avait assisté à une réception sous la tente du maréchal Bugeaud, en compagnie de Maxence. Le maréchal, plus « casseur d'assiettes » que jamais malgré son âge, avait prophétisé une grande victoire ; mimant son plan de bataille, il avait foncé sur le groupe de ses officiers et l'avait dispersé à coups de pied et de poing.

Malgré, de temps à autre, des crises de palu qui le terrassaient, Alban se portait assez bien. Il s'apprêtait à repartir dans le bled.

Les projets de modernisation et d'extension ne trouvèrent pas le même écho favorable chez Emma.

Ma sœur redoutait que nous ne sombrions dans une faillite à la suite de dépenses inconsidérées. Les subsides que je lui versais suffisaient à ses besoins qui étaient modestes car elle ne quittait plus notre vallée où elle trouvait à satisfaire sa nymphomanie.

Ses querelles avec Pierre me sonnent encore aux oreilles. Quand elle nous avait chanté son aria qui pouvait se résumer en quelques mots : « Nous vivons bien. Pourquoi ces changements ? » Pierre, maîtrisant sa colère, tentait de lui démontrer qu'elle en bénéficierait, mais elle faisait la sourde oreille. Je devais intervenir pour que l'entretien ne dégénérât pas en pugilat. D'un commun accord nous décidâmes, Pierre et moi, d'en faire à notre convenance, sans la consulter.

Ces projets laissaient Élie indifférent, occupé qu'il était par sa charge de premier clerc de notaire à Sarlat, dans l'étude de son beau-père, par ses recherches paléontologiques et par ses responsabilités dans la société savante. Pierre avait accompli un grand pas dans son estime en s'inscrivant comme membre à vie et en s'abonnant au bulletin annuel que, d'ailleurs, il n'ouvrait même pas.

Ma mère, en dépit de ses objections dues à ses entretiens mystérieux avec son défunt, avait fini par accepter de cautionner nos projets sans nous manifester au demeurant la moindre chaleur et nous prodiguer le moindre encouragement.

Les travaux commencèrent à l'automne, en même temps que reprenait l'activité de la forge. Pierre profita de la collation traditionnelle qui accompagnait la cérémonie d'allumage, confiée à Jérôme, pour annoncer qu'une ère nouvelle s'ouvrait pour le Paradou. Il en parlait en prophète, avec autorité et conviction. Les ouvriers l'écoutaient avec la même attention, le même respect que le prêche du curé à la messe dominicale.

« La prospérité que nous attendons de cette modernisation et de cette extension, dit-il, rejaillira sur vous tous. L'aisance, sinon la richesse, ne peuvent naître que d'une collaboration et d'une confiance entre patron et ouvriers. Le progrès est à ce prix. »

Comme il s'exprimait dans la langue du pays, l'ambiance de la fête tourna vite à l'euphorie. Les anciens, qui l'avaient connu goujat, vinrent lui serrer la main, lui promettre fidélité et confiance, trinquer avec lui. Certains le tutoyaient, ce qui lui apparaissait comme une marque de sympathie.

Pierre me demanda qui était ce Justin Broussou que le grand Estève lui avait présenté comme un bon ouvrier mais une forte tête. Broussou avait oublié dans la bédière, alors qu'il se reposait en lisant, un tome du livre de Joseph Proudhon : *Avertissement aux propriétaires.* Estève avait confié l'ouvrage à Pierre.

« Broussou est là, dis-je. C'est ce gringalet qui porte un mouchoir rouge autour du cou.

– Je vais lui parler, dit Pierre. Tu peux me suivre. »

Il salua l'ouvrier en patois et Broussou lui répondit de même. Pierre comprit la leçon.

« Que penses-tu de mon petit discours ? Tu peux parler librement. J'ai l'habitude de dialoguer avec le personnel.

– Ce que j'en pense, dit Broussou en envoyant son large chapeau noir en arrière et en bourrant sa pipe, c'est que tu parles bien. Tous les patrons parlent bien. Ils savent s'y prendre. Ton style est différent de celui de Martin Laveyssade, à ce qu'on m'a dit, et différent aussi de celui de Mme Rousseau, mais c'est toujours des discours de patrons. Le paternalisme…

– La différence, peut-être que tu veux pas la voir.

– J'ai toujours gardé les oreilles et les yeux grands ouverts, patron. Il est difficile de me tromper.

– Tu estimes que je t'ai trompé ?

– J'ai pas dit ça. Peut-être que tu es sincère. Faut voir. On a dû te prévenir contre moi, te dire que je suis un individu à surveiller, mais tant que je fais mon travail tu ne peux rien me reprocher.

– Mais je te reproche rien, Broussou ! Tu es libre de penser ce que tu veux, mais moi j'aime savoir à qui j'ai affaire. À Furnel et surtout à Saint-Étienne, j'ai vu des types autrement dangereux que toi. Quand je suis parti, ils sont venus me serrer la main. Je ne compte pas, ici, me transformer en garde-chiourme. Fais ton travail d'ouvrier et laisse-moi faire mon travail de patron. Tout le monde y gagnera. Nous sommes d'accord ?

– Pour ce qui me concerne, je le suis, mais, à la moindre injustice, tu me trouveras en travers de ta route. J'évite de monter la tête de mes camarades, mais ils me font confiance parce que je sais leur parler et que je le ferai à l'occasion. Les syndicats, c'est pas fait pour les chiens.

– J'en doute pas. Merci de me prévenir.

– Pas de quoi…

– Quand tu auras un moment, passe au château chercher le livre que tu avais oublié dans la bédière à la fin de la dernière campagne. Avant, j'aimerais le lire. Ce Proudhon, il me semble qu'il dit des choses sensées mais beaucoup de sottises. On en parlera autour d'une chopine.

– J'ai jamais refusé la discussion. Je suis ton homme, mais dis à ce grand estafier d'Estève qu'il cesse de me surveiller comme si j'allais poser une bombe sous ton cul. »

Il toucha du bout des doigts le bord de son chapeau, alluma sa pipe à son briquet d'amadou et tourna les talons.

« Voilà un langage que j'aime entendre, me dit Pierre. J'estime ce bonhomme plus que certains lèche-bottes que je connais. C'est bon qu'il y ait dans les entreprises une force de contestation. Comme en Angleterre…

– Je l'ai trouvé bien irrévérencieux. Ce tutoiement…

– Ça ne m'a pas impressionné. Les gars de Saint-Étienne ne s'en privaient pas. S'il ne va pas trop loin, ce Broussou nous sera utile. Il pourra nous mettre le nez, éventuellement, dans nos erreurs. »

Le chantier du deuxième haut-fourneau s'ouvrit sur un espace de terrain situé au-delà du bocard, à l'emplacement d'un taillis de robiniers. C'est un entrepreneur de Thiviers qui fut chargé du gros œuvre, et la noria des chariots et des fardiers commença sur nos chemins.

Pierre rentrait fourbu de ses tournées à la forge, au chantier, dans la réserve et les métairies. Il consacrait tout son temps de loisir à ses comptes et à ses plans. J'avais conscience de lui laisser le plus lourd de la tâche, mais la maison, les leçons à donner aux enfants, les rapports avec les métayers suffisaient à m'occuper.

Aux premiers temps de son retour, durant le bel été qui venait de s'achever, il ne passait pas une nuit sans venir me rejoindre. Nous faisions l'amour fenêtre grande ouverte sur la nuit palpitante et le silence de la vallée qui, la forge immobilisée, prenait des aspects de paradis. Ce fut la période la plus radieuse de mon existence. Sylvain, même au début de notre union, ne m'avait jamais apporté une telle impression de plénitude. Je souhaitais que ce temps ne finît jamais, que l'été se prolongeât d'un autre été et d'un autre encore et que nous arrivions, lui et moi, au seuil de la vieillesse avec cette chaleur dans nos membres, cette ardeur dans nos artères, ce souffle de bonheur qui grondait dans notre poitrine et, sous nos fenêtres, cet immense tilleul où les étoiles s'accrochaient comme celles de Galilée dans la chevelure de Madeleine.

J'avais redouté des réserves de la part de Pierre vis-à-vis de mes enfants, mais je constatais chaque jour qu'il les aimait et qu'ils l'adoraient. Il faisait de leurs jeux ses jeux à lui, répondait de bonne grâce et avec une patience infinie à leurs questions. Il voulait un autre enfant de moi, un au moins. Je lui fis cette joie et lui annonçai la nouvelle peu de temps après la mise à feu. Ce serait pour le printemps. Il se mit à délirer, avec des mots et des attitudes de théâtre, me prit dans ses bras pour me faire virevolter, comme font tous les maris dans les mêmes circonstances. Il alla réveiller ma mère, Emma, les servantes. Il aurait voulu qu'on illuminât la façade, que l'on fît un feu de joie dans la cour, que le monde entier participât à son bonheur.

Il eut cette parole stupéfiante :

« Ma grande chérie, j'ai l'impression que tu viens d'accrocher un wagon à ma locomotive. Le premier ! Il y en aura d'autres, n'est-ce pas ?

– Autant que je pourrai t'en donner. »

Il alluma un cigare d'une main tremblante, se versa un verre de cognac, insista pour que j'en boive une gorgée, qu'Emma, Jeannette et Toinon boivent avec nous. Il ne se coucha pas tout de suite. Il finit son cigare assis sur la murette dominant la forge, remonta en chancelant, s'accouda à la fenêtre et resta là, immobile, jusqu'à ce que je l'invite à se coucher, mais il refusait l'ombre, le sommeil, l'absence. Allongé tout habillé sur le lit, la tête haute sur l'oreiller, il laissa brûler la lampe jusqu'au matin. Il tenait entre ses mains le fragment de laitier qu'il m'avait donné jadis, et il pleurait.

* *
*

Sylvain donnait rarement de ses nouvelles. Mon sang parut se figer lorsqu'une lettre m'annonça sa visite. Je dis à Pierre :

« Peut-être serait-il bon que tu t'éloignes le temps qu'il restera au Paradou. Sylvain est encore mon mari et le père de mes enfants. »

Il refusa. La rupture était du fait de Sylvain ; je ne faisais, en vivant avec lui, que profiter de la liberté qu'il m'avait octroyée ; il était d'ailleurs au courant de notre situation : ses lettres me le confirmaient.

Mes inquiétudes étaient superflues.

Sylvain ne manifesta aucune velléité d'agressivité. Il resta trois jours sans que, soit par un langage ambigu, soit par une attitude hostile, il manifestât la moindre rancœur. Ils visitèrent ensemble nos nouvelles installations, les perfectionnements que Pierre avait apportés à la technique de fondage, de coulage, de puddlage, ainsi que le chantier du haut-fourneau qui commençait à sortir de terre. Ils firent même ensemble une partie de pêche sans parler d'autre chose que de ce qui les intéressait au premier chef : leur travail.

J'abordais les repas l'angoisse au cœur, persuadée qu'il aurait suffi d'un propos équivoque ou mal interprété pour détruire cette bonne entente. Il n'en fut rien ; je relevai même dans leurs propos une certaine chaleur, comme une complicité.

En nous quittant, Sylvain me confia que j'avais fait le bon choix : Pierre était le maître de forge dont la Paradou avait besoin pour émerger de la routine. Il ajouta :

« Tu sembles heureuse.

– Je le suis. Et toi ?

– Je ne suis pas malheureux. Pas heureux non plus. Ida n'est pas une mauvaise compagne, mais nos caractères sont trop différents pour créer un climat favorable entre nous. »

Il avait entrepris les premières démarches pour notre divorce, mais sans empressement, malgré les instances réitérées de sa compagne.

Au moment de monter dans sa voiture, il me prit dans ses bras et me dit :

« J'ai mal agi envers toi et je m'en repens. Nous aurions pu être heureux ensemble, mais tu l'es de ton côté et j'en suis satisfait. J'ai eu plaisir à revoir nos enfants. Tu as pris soin d'eux. Ils sont beaux et bien élevés.

– Reviens quand tu voudras, Sylvain. Cette maison est toujours la tienne.

– Peut-être, Séverine. Je ne sais pas. »

Je savais, moi, qu'il reviendrait, et pas seulement pour les enfants. Il avait confié à Pierre, au cours d'une partie de pêche, qu'il n'avait pas cessé de m'aimer. Il lui avait parlé aussi de Samuel Preston en lui révélant que je n'avais pas fait le bon choix : les derniers concerts et récitals du pianiste avaient été autant de fiascos ; il s'était fait huer à Paris ; son union avec cette fille des Chartrons qui me l'avait enlevé avait été un autre échec ; la vie aristocratique et provinciale dans laquelle elle l'entraînait avait dégradé son talent et on n'entendait plus parler de lui.

Pierre m'amena passer les fêtes de Noël à Périgueux, avec les enfants dont c'était, mis à part le trajet de Ruelle au Paradou, le premier grand voyage. Nous descendîmes dans le meilleur hôtel de la ville. Je ne reconnaissais plus cette cité : partout on éventrait les quartiers insalubres pour créer de nouvelles artères, on prévoyait de restaurer la cathédrale Saint-Front, on bâtissait une gare…

Je me dis aujourd'hui que, durant les rares voyages ou séjours que j'avais faits dans cette ville, j'aurais pu rencontrer Eugène Le Roy ; il était alors élève à l'école des Frères, place de la Clautre, dans les locaux de la Petite Mission. L'école était dépourvue d'internat, il logeait chez un ami du curé d'Hautefort. J'aurais pu le croiser dans un de ces cortèges d'écoliers en promenade dans leur uniforme rébarbatif.

Pierre me conduisit sur les grands chantiers qui bouleversaient l'intérieur de la vieille ville.

« Cela, me dit-il, c'est le côté réjouissant du décor. Derrière, dans ces taudis, règne une misère difficile à concevoir. Des enfants meurent chaque jour de maladie ou de malnutrition. Il n'y a pas assez de lits à l'hôpital Sainte-Marthe. Les rats ont envahi les masures sans chauffage. Notre roi a beau dire que nous vivons une ère de prospérité unique dans l'histoire, on sait bien qu'il ne voit le monde que de son balcon des Tuileries, les pieds dans ses pantoufles. »

Les enfants revinrent avec des cadeaux plein les bras. La neige qui nous surprit au retour mit un comble à leur bonheur.

Cet hiver fut aussi terrible que le précédent. La forge resta immobilisée par les glaces plus d'une semaine, alors que les améliorations apportées par Pierre promettaient une production généreuse.

Il mit à profit ce temps de loisirs forcés pour aller visiter les familles des ouvriers dispersées dans les fermes d'alentour. Je le voyais chaque matin enfiler la vieille pelisse en peau de bique que mon père revêtait pour la chasse, coiffer une casquette en peau de blaireau que mon grand-père paternel portait sous la Révolution. Lesté d'une frotte à l'ail et d'un ou deux verres de vin pour ne pas risquer que l'estomac lui manque en cours de route, il montait sur notre jument avec de l'argent dans les poches et des victuailles dans les fontes. Parfois je m'installais sur la bastine de la bourrique qu'il avait achetée pour les jeux des enfants et je le suivais, heureuse qu'il s'intéressât au sort de ces pauvres familles et les aidât à passer ce cap difficile.

Il leur donnait quelques conseils d'hygiène :

« Toinette, ne laissez pas les poules entrer dans la maison. C'est pas leur place. Elles vous amènent des maladies. Quand il neige ou qu'il pleut, leur place est dans la cour, sous la charrette.

– Jeantou, ce tas de fumier devant la porte te fait honneur, mais il te mange le bon air. Si tu le mets de l'autre côté de la cour, il se verra aussi bien et toi et ta famille vous respirerez mieux.

– Fine, vos drôles sont mangés par les poux. C'est faux de dire que c'est un signe de bonne santé. Prenez cette poudre… »

Il ne repartait jamais sans laisser quelques pièces sur la table, un chanteau de pain ou quelque autre provision. On ne lui disait guère de mercis, mais nous savions que c'était un signe de pudeur et de timidité.

L'hiver tua deux enfants en bas âge dans des familles d'ouvriers ; il proposa de payer les frais des obsèques, ce que j'acceptai.

À plusieurs reprises, pendant cette dure période, il poussa joyeusement la porte de l'école toujours tenue par Nadal et son épouse. Il déposait sur le bureau du maître, à l'intention des enfants, des victuailles et des bouteilles de cidre doux. Peu après Noël, il fit sensation en surgissant dans la classe, porteur d'un panier d'oranges rapportées de notre séjour à Périgueux. Les enfants regardaient ces fruits avec des yeux ronds, comme s'ils étaient tombés des vergers de Galilée, encore chargés des mystères de Noël.

Les gazettes auxquelles Pierre s'était abonné nous renseignaient mieux que nos visiteurs ambulants sur les nouvelles de la province et du royaume. Ces nomades se faisaient rares du fait de la crise. Le rémouleur Laripette fut le dernier à nous demeurer fidèle ; il avait remplacé Lola, sa naine, qui avait trouvé à s'embaucher dans un cirque ambulant, par son épouse légitime, une pauvresse sèche et brune comme un *pinou* et aussi jovente que la porte de la prison de Périgueux.

Grâce au télégraphe, les nouvelles allaient vite. C'est ainsi que nous apprîmes, une semaine environ après qu'elle se fut produite, la lourde défaite de notre corps expéditionnaire d'Algérie, dans les parages d'un misérable marabout, à une quinzaine de kilomètres de Djemma-Gatouat : Sidi-Brahim. Trois mille « rebelles » avaient assailli quelques centaines de Français et, malgré une défense héroïque, en avaient tué quatre cents.

Je m'inquiétai à propos d'Alban dont l'unité avait peut-être été engagée dans cette bataille, mais je cachai cette nouvelle à ma mère.

Pierre frémissait d'indignation en parlant de cette guerre :

« Elle n'en finit plus ! Bugeaud réclame toujours davantage d'hommes et d'argent. Ses officiers se jalousent les uns les autres et font assaut de barbarie. Sidi-Brahim est peut-être une action de représailles contre les Français qui, en juin dernier, sur l'oued Ryia, ont enfumé comme des renards cinq cents rebelles avec femmes et enfants dans une caverne. On n'en a pas fini avec Abd el-Kader que de jeunes chefs prennent la relève. Nous serons sûrement un jour maîtres de ce pays, mais la population n'acceptera jamais une occupation étrangère. Mieux valait au départ nous en faire des amis, mais nos militaires n'ont soif que de conquêtes et d'honneurs ! »

Une lettre de Maxence nous apprit, en octobre, un mois après le massacre de Sidi-Brahim, qu'Alban avait disparu ; comme on n'avait pas retrouvé son corps dans le charnier on pensait qu'il était aux mains des « rebelles ». Ce n'est qu'à la fin de l'hiver suivant que nous reçûmes une nouvelle lettre de Maxence : Alban était mort ; on avait trouvé ses restes et ceux de ses hommes sur la Moulouya, un fleuve du Maroc oriental.

« C'est la faute de cette vieille baderne de Bugeaud ! s'exclamait Pierre. Pourquoi a-t-il refusé les échanges de prisonniers ? D'autres que lui auraient démissionné à la suite de cette tragédie. Il persiste et signe ! Le gouvernement lui a interdit d'user de représailles, mais je connais le bonhomme… »

Là encore je laissai le reste de ma famille dans l'ignorance, ma mère surtout dont la santé nous donnait des inquiétudes. On ne pourrait faire rapatrier le corps avant des mois, peut-être des années, peut-être jamais… Je dissimulai la correspondance officielle nous prévenant du décès, et nous ne parlâmes pour ainsi dire plus de ce « fier soldat » dont la photo figurait au chevet de ma mère.

Le tragique de cette année 1846 me colle à la peau, aussi tenace qu'une gale. Sans la présence constante de Pierre, je n'aurais pu supporter cette salve d'événements malheureux qui pleuvaient sur nous et sur le pays.

Quand j'annonçai à Pierre que l'enfant que j'attendais était mort dans mon ventre alors que j'abordais mon quatrième mois de grossesse, il resta plusieurs jours sans me parler, comme si j'étais responsable de ce petit drame. Je prenais sa tête dans mes mains et je lui disais :

« Nous recommencerons. Le docteur Malefaye est formel : je puis encore avoir des enfants. Le wagon était mal accroché à la locomotive, voilà tout… »

Lentement, inexorablement, le royaume sombrait dans un marasme qui tournait à la crise, malgré les proclamations lénifiantes de « Philippe » et de Guizot. Une première maladresse, le permis de chasse, avait jeté la consternation dans les campagnes ; l'impôt de patente, qui frappait les artisans et les commerçants, suscita l'émoi dans les villes.

À ces mesures absurdes s'ajoutait le malaise consécutif à de mauvaises récoltes.

Dans les villes et les campagnes, la gêne tournait à la disette et la disette à la famine. Elle jetait sur les chemins de pauvres hères sans travail et sans pain. Il en venait souvent au château : Toinon leur trempait une soupe chaude avec un chabrol pour rincer l'assiette, et ils repartaient avec un chanteau de pain dans leur besace. Le métayer de Fontenille vint nous avertir qu'il avait trouvé dans son clédier un vieillard squelettique venu mourir là de faim et de froid, après avoir dévoré ce qui restait sur le sol de châtaignes pourries. Un fermier de Savignac, qui ne pouvait plus nourrir sa famille, s'était noyé près du moulin de la Garennie.

Joseph Nadal, notre instituteur, vint nous faire ses adieux : les parents ne pouvaient plus payer le droit à l'école, et le maire lui avait annoncé une restriction de son traitement ; il avait trouvé à s'embaucher à Périgueux, comme comptable à la « Compagnie ».

Il fallut arrêter la construction du deuxième haut-fourneau, notre entrepreneur ayant fait faillite.

Ces déplorables conditions économiques n'affectaient pas seulement notre pays : l'Europe entière en pâtissait, et plus gravement encore. Partout le prix du pain avait doublé ; on ne comptait plus les morts d'inanition ; des populations entières fuyaient comme des rats devant le déluge ; le chômage atteignait des taux exorbitants, et les grèves qui éclataient dans les villes industrielles ajoutaient leurs coups de tonnerre à cette ambiance de fin du monde. Pour comble, le choléra avait fait sa réapparition et cheminait de ville en ville comme la ronde d'une danse macabre.

« Ce régime ne peut durer, disait Pierre. “Philippe” a échappé par miracle à plusieurs attentats et Guizot a atteint les sommets de l'impopularité. Ils camouflent la situation derrière un décor d'opérette et s'efforcent de gagner du temps en espérant un miracle. Nous courons droit à une révolution. »

Il avait parfois, avec Broussou, autour d'une cruche de vin, des entretiens qui dégénéraient souvent en âpres controverses. Je me mêlais volontiers à ce jeu politique, consciente d'être moins qu'eux au fait des événements et des idées. Pierre avait découvert en son adversaire un de ces socialistes dont il se méfiait mais qui provoquaient sa curiosité. Broussou se procurait des livres et des brochures chez des amis de Périgueux ; il citait volontiers ceux qu'il appelait les « prophètes des temps nouveaux » : Karl Marx, Engels, Louis Blanc, et même le nouveau pape, Pie IX, apôtre du libéralisme.

« Tous ces "prophètes" dont tu te gargarises, lui disait Pierre, ne sont que de beaux parleurs, et toi un naïf.

– Ce sont des hommes d'action, pas des rêveurs ! ripostait Broussou. Leurs principes s'appuient sur des réalités.

– Je crois à une seule réalité : la forge. Avec un espoir : qu'elle continue longtemps à tourner à plein régime. Ta révolution, sais-tu ce qu'elle nous apporterait, tête de mule ? La misère ! Et nous hériterions de ce fruit sec de Bonaparte, ce Badinguet qui ne rêve que de monter sur le trône de son oncle. Voilà ce que tu y gagneras, à ta révolution !

– Et la République ? Tu y as songé à la République ?

– On a vu ce qu'elle a donné en 30 : une belle pagaille !

– Nous n'y étions pas préparés. Aujourd'hui nous le sommes. Nous avons les hommes : Louis Blanc, Ledru-Rollin, Lamartine… Lis donc *L'Histoire des Girondins,* de Lamartine, et *L'Histoire de France,* de Michelet, et tu verras que nous avons encore en France des penseurs qui n'ont pas perdu la mémoire, qui font confiance au peuple et croient à l'avenir. Ils préparent la révolution eux aussi et ils te diraient que ce pauvre Badinguet peut aller se rhabiller ! Quant à "Philippe", nom de Dieu ! c'est comme s'il était déjà mort, et c'est pas moi qui tiendrai les cordons du poêle ! »

Pierre parlait d'un ton ironique de ces banquets que des républicains comme Ledru-Rollin avaient commencé à organiser à travers la France et qui, disaient les légitimistes, « portaient l'émeute à domicile ». Broussou estimait qu'ils constituaient un moyen efficace de faire pénétrer les idées démocratiques dans les provinces un peu somnolentes, et qu'il valait mieux faire péter le mousseux que les fusils…

Pierre en convenait : il n'était pas de taille à tenir tête à cet homme terrible, poussé par une énergie et une conviction inaltérables. Il démontrait à l'évidence, mais avec une relative discrétion, que le naïf, c'était son interlocuteur. Je ne pouvais décemment prendre le parti de Broussou, mais les arguments pitoyables que Pierre lui opposait me laissaient sceptique.

Un jour Pierre n'y tint plus :

« Qu'est-ce que tu veux, bandit ? La forge ? S'il ne tenait qu'à moi, je te la laisserais et on verrait ce que tu en ferais. Le château ? Je te connais trop pour savoir que tu t'emmerderais dans cette grande baraque !

– Faut pas te fâcher patron ! riposta Broussou avec un sourire. Tout ce que je demande, moi, c'est la justice. Dans cent ans, peut-être que les ouvriers pourront se passer des patrons. L'heure n'a pas sonné, mais elle ne tardera guère. Pour le moment, contentons-nous de faire bon ménage.

– D'accord, Broussou ! Toinon, va chercher une autre cruche. »

Durant tout l'automne et une partie de l'hiver suivant, la forge tourna au ralenti, les commandes de Ruelle, de Tulle et d'ailleurs se faisant de plus en plus rares, mais le haut-fourneau resta allumé constamment.

Pierre se promenait tristement sur le chantier abandonné, persuadé contre toute logique que les affaires allaient reprendre.

La crise ne touchait pas seulement le Paradou : tous les maîtres de forge avaient mis leurs hauts-fourneaux en veilleuse, se promenaient les mains dans les poches en inspectant l'horizon de la crise obturé par des nuages de plus en plus sombres.

Pierre sembla reprendre goût à la vie ce jour de janvier où je lui annonçai dans le creux de l'oreille que j'étais de nouveau enceinte, mais il montra moins d'enthousiasme que la première fois : il avait trop de soucis en tête et d'amertume au cœur.

Le malheur des temps, et le nôtre en particulier, semblait s'être matérialisé. Au lever il était devant nous comme un mur qu'il fallait crever pour accéder à une existence normale et retrouver le goût à la vie. À plusieurs reprises dans la journée, nous en éprouvions l'opacité et la densité, comme s'il nous accompagnait et s'interposait entre Pierre et moi au point que nous communiquions difficilement et avions du mal à éviter les malentendus. Il s'épaississait plus encore entre Pierre et Emma qui s'affrontaient quotidiennement et ne se passaient rien.

Emma ne supportait pas d'être victime de la crise. Elle ne faisait pourtant rien de son argent qu'elle confiait au notaire de Sarlat dont Élie gérait l'étude. Je ne l'ai jamais interrogée sur la destination de ces fonds, mais je présumais qu'elle devait se préparer des rentes pour ses vieux jours.

Elle rendait Pierre responsable de la détérioration de nos affaires, lui reprochant de ne pas se déplacer pour décrocher des commandes, de s'être vanté d'améliorer la production en économisant la main-d'œuvre, ce qui restait sans effet, de se lancer dans des projets inconsidérés et enfin de mal gérer l'entreprise. Piqué au vif, Pierre se contentait de la rabrouer pour éviter d'alarmer ma mère et les enfants et de rendre l'air irrespirable.

Un jour pourtant, durant le repas de midi que nous prenions par les temps de grands froids dans la cuisine, elle le poussa à bout.

« Pourquoi, dit-elle d'un ton provocant, ne pas abaisser le salaire des ouvriers. Nous gagnons moins d'argent. Pourquoi notre personnel continue-t-il à toucher l'intégralité de son salaire ? »

Pierre répondit calmement, en serrant les poings :

« Parce qu'ils travaillent autant qu'avant, sinon davantage depuis que nous avons réduit nos effectifs. Je vous rappelle que nous avons dû licencier les femmes, quelques petits-valets, un chargeur et un charbonnier. Ceux qui restent ne chôment pas. »

Emma roula sa serviette en boule, la jeta sur la table.

« Ils travaillent, soit ! Mais leur salaire à eux ne diminue pas, tandis que nous... Où est la justice ?

– Vous travaillez donc ? ironisa Pierre. Pouvez-vous m'indiquer votre qualification ?

– Mon bien travaille pour moi. Vous oubliez que j'ai des parts dans cette entreprise. Tenez-vous pour rien l'importance du capital ? La justice voudrait…

– La justice, ma pauvre Emma, n'est sûrement pas dans votre tête. »

Pierre me lança un regard pitoyable : cette grand bringue, comme il disait, commençait à lui échauffer les oreilles. Je pris son parti :

« Pierre a raison. Si nous réduisons les salaires, les ouvriers iront travailler ailleurs, par exemple à la “Compagnie” qui manque de bras.

– Alors il faut les forcer à rester sur leur lieu de travail ! s'écria ma sœur.

– … Avec un boulet au pied et un garde-chiourme pour les surveiller, comme des galériens ou des esclaves. Vous délirez, ma pauvre Emma !

– L'esclavage avait du bon ! Que sont-ils, ces ouvriers ? Des barbares ! Des… des culotteurs de pipe ! Ils n'attendent qu'un retour des républicains pour piller nos biens et prendre notre place. C'est ça que vous voulez, socialiste ? »

Où Emma avait-elle été pêcher ces théories aberrantes dignes des légitimistes les plus forcenés, les plus sots, les plus aveugles ? De sa fréquentation de Maxence, quelques années auparavant, alors qu'elle se disait sa fiancée et qu'elle prenait le thé sous les lambris d'Hautefort ? J'allais l'admonester quand je vis avec stupeur Pierre se lever, jeter le contenu de son verre à la figure de son interlocutrice qui se mit à hurler comme une folle.

Il se retira en déclarant :

« Ma petite, ce n'est pas une catin de bas étage qui va me donner des leçons d'économie ! Si vous souhaitez gérer vous-même cette entreprise, je vous abandonne ma place bien volontiers ! »

Tandis que Toinon et Jeannette s'empressaient autour d'Emma pour éponger le vin et que ma mère lui faisait respirer du vinaigre, je conduisis les enfants dans leur chambre et allai trouver Pierre pour tâcher de le calmer. Je ne pus qu'apercevoir la croupe de la jument qui tournait au portail en direction du plateau. Je l'appelai, mais il disparut comme un fantôme, absorbé par l'opacité de la neige qui tombait sur les chaumes et les tuilées, si dru qu'elle formait une sorte de brume derrière laquelle on ne distinguait qu'un vide blafard.

Emma, sa crise de nerfs passée, gisait sur le canapé, près de la cheminée où Toinon venait de faire une flambée de brasse. Elle détourna la tête en me voyant paraître. Je lui pris la main ; elle la retira vivement.

« Il faut que chacun y mette du sien, dis-je d'un ton conciliant. Nous traversons une période difficile et Pierre fait de son mieux pour nous la faire franchir. Sans lui, la forge aurait cessé de fonctionner. »

Elle gémit : Pierre l'avait traitée de « catin » ; elle ne pourrait jamais le lui pardonner.

« Il faudra en prendre ton parti, Séverine. Ce sera lui ou moi. Je ne veux plus vivre sous le même toi que ce… que ce révolutionnaire !

– Cesse de dire des sottises. Pierre est le meilleur maître de forge de la région et il n'a pas les idées que tu lui prêtes. »

Elle ne paraissait pas m'entendre. Posément, elle répliqua :

« Puisque tu prends son parti, je vais quitter cette pétaudière en emportant ma part. J'en ai parlé avec Élie. Il ne s'y est pas opposé. »

Connaissant la propension d'Emma à la mythomanie et au mensonge pur et simple, je n'attachai guère d'importance à ses propos. En revanche, je réagis à la flèche du Parthe qu'elle me décocha en se levant :

« *Ton* Pierre est un hypocrite et toi une ingénue. Si je te disais…

– Eh bien ! quoi ? »

Elle pétrit son mouchoir entre ses mains sèches et lâcha :

« Il a tenté de me séduire. Pendant des semaines, il est venu toquer à la porte de ma chambre. Si j'ai résisté, c'est qu'il ne me plaît pas et que… »

La gifle claqua. La surprise et la colère m'arrachaient des mots cinglants :

« Tu n'es qu'une pauvre folle ! Une folle et une putain ! Tu ne sais qu'inventer pour me brouiller avec Pierre. Pars donc ! Le plus tôt sera le mieux. »

Emma fit ses bagages le soir même mais ne se décida à quitter le Paradou que deux jours plus tard, parce que la neige continuait à tomber et qu'elle ne savait où aller.

J'eus à quelques heures de là une explication avec Pierre. Avait-il ou non tenté de séduire ma sœur ? Il me regarda comme si je venais d'exprimer une incongruité et répliqua :

« Ta question me blesse. Douterais-tu de moi ? Si c'est le cas, c'est moi qui partirai. Ta sœur m'est indifférente. Prendre la suite des garnements qu'elle reçoit dans sa chambre, c'est une pensée qui ne m'a jamais effleuré. Je partirai peut-être, mais pas avant que la situation de nos affaires soit redevenue normale. J'aime achever ce que j'entreprends, quoi qu'il m'en coûte. »

Les larmes aux yeux, je me laissai tomber sur une chaise.

« Vraiment, Pierre, tu as songé à partir ?

– Pardonne-moi, ma chérie, mais, depuis quelque temps, je suis obsédé par une pensée qui me ronge. Je ne suis pas superstitieux, mais j'ai le sentiment que je te porte malheur. Depuis que je suis au Paradou, rien ne marche normalement, tu le vois bien…

– Je ne vois qu'une chose : nous nous aimons et nous avons décidé de lutter ensemble. Cela devrait te suffire à toi qui prétends m'aimer depuis toujours. T'aurais-je déçu ? Et en quoi, mon Dieu ? »

Il s'agenouilla près de moi, enfouit sa tête dans ma robe. À travers l'étoffe, je sentais la chaleur de son souffle contre ma cuisse. Sa voix mouillée me parvenait de très loin, avec un accent qui me bouleversa :

« Je n'ai rien à te reprocher. Tu es telle que je te souhaitais et je t'aime de jour en jour davantage, mais on me fait trop souvent sentir que je ne suis pas chez moi au Paradou, et j'ai l'impression de n'être pas à la hauteur de ma mission.

– Tu as fait ce que tu devais faire, et personne n'aurait pu faire mieux, dans les circonstances que nous connaissons. Si tu pars, je partirai aussi après avoir vendu tous nos biens. J'irai vivre à Périgueux avec ma mère et mes enfants et, toi et moi, nous cesserons définitivement de nous voir.

– Je ne partirai pas, je te le promets ! Nous allons continuer à nous battre. Y es-tu prête ? »

J'étais prête et je le lui dis. Avais-je d'ailleurs jamais baissé les bras ?

Le surlendemain, le grand Estève demanda à nous parler.

Il avait entendu dire que nous avions l'intention de fermer la forge. La nouvelle avait fait le tour du pays à la vitesse de la poudre. Marion et Jeannette avaient dû clabauder sans retenue, ou peut-être Emma. Je le rassurai : nous allions partir pour la nouvelle campagne avec des moyens accrus. Il s'inquiétait aussi d'une rumeur de restriction des salaires, comme certains maîtres de forge y avaient été contraints. Là encore, je dissipai ses inquiétudes. Il nous quitta rassuré.

Une semaine avait passé quand nous vîmes, dans une tempête de neige, surgir Élie. Une quinzaine avant, j'avais accompagné Emma en voiture jusqu'à Génis où elle devait prendre la diligence pour Sarlat. Élie avait accepté de mauvaise grâce de l'héberger ; sa santé mentale l'inquiétait.

« Sais-tu, me dit-il, qu'elle veut demander le partage de nos biens ?

– Elle m'en a menacée, ajoutant même que tu n'y voyais aucun obstacle, mais je ne l'ai pas prise au sérieux.

– Elle est très attachée à cette idée. Avec ce qui lui reviendrait et la somme qu'elle a en dépôt à mon étude, elle pourrait vivre largement. J'ai réussi pourtant à l'en dissuader en lui faisant comprendre que la situation économique allait s'améliorer, que la forge deviendrait très vite une excellente affaire et que, d'ailleurs, l'initiative de cette opération ne lui appartenait pas. Le danger est écarté, du moins pour le moment, mais elle reviendra à la charge. »

À Sarlat, elle lui rendait la vie difficile, l'assaillant de requêtes et de questions, le réveillant au milieu de la nuit pour quelque idée saugrenue qui lui venait en tête. La femme d'Élie ne la supportait plus. Emma avait tenté de séduire un jeune clerc. Cette Messaline…

Élie ajouta avant de nous quitter :

« M'est avis que vous ne tarderez pas à la voir revenir. Au printemps, sans doute. Pour moi, le plus tôt sera le mieux. »

Il ajouta en sortant de son portefeuille un formulaire :

« Ton ami Chadeuil a oublié d'acquitter le montant de son abonnement à notre société. Il me doit… »

* *
*

Les gazettes de la province étaient pleines de rumeurs tragiques en ce début d'année 1848 où se préparait la grande débâcle de printemps.

La misère faisait éclater les cadres des institutions, sapait les bases du trône mieux que ne l'aurait fait une révolution ouverte. « Philippe » ne sortait de sa léthargie que pour s'étonner des craintes engendrées par les prémices du séisme, et son visage piriforme semblait s'affaisser davantage sur son col brodé d'or. La presse d'opposition ne le ménageait pas : la « poire royale », disait-on, était mûre, et même blette ; le moindre souffle la détacherait de l'arbre. Et le vent soufflait à bourrasque.

En entendant la poudre péter sous ses fenêtres et des bombes éclater sur son passage, il comprit qu'on ne voulait plus de lui et décida d'abdiquer. Peuple ingrat… Guizot, qui soutenait ce vieux fantoche, n'était pas opposé à certaines réformes, mais il voulait surtout en finir avec l'agitation populaire et ces banquets civiques qui irritaient son sens de l'ordre. Lorsqu'il décida d'interdire celui de la garde nationale de Paris, ce fut, au parlement et dans la rue, un beau charivari. On remplaça le banquet par un défilé populaire, la garde nationale en tête, puis on le décommanda, de crainte qu'il ne dégénérât en émeute et l'émeute en massacre. Thiers l'avait annoncé : les troupes loyalistes étaient dix fois supérieures et mieux armées que les émeutiers.

Les forces d'opposition renoncèrent à manifester ; pas le peuple. Il arracha les grilles des monuments publics, les pavés, édifia des barricades, convia les gardes nationaux et l'armée à fraterniser. Bugeaud appelé à la rescousse n'y put rien : il était à ce point impopulaire que les soldats eux-mêmes n'avaient plus confiance en lui.

La révolution était en marche. Le roi jeta au peuple son abdication et s'enfuit en Angleterre. Le gouvernement provisoire, qui cherchait à conforter son autorité, avait donné un siège à un ouvrier : Albert. Cela ne s'était jamais vu.

Ces orages qui ébranlaient la capitale, nous n'avons pas tardé à en ressentir les secousses.

Broussou arriva un matin de février, le chapeau sur l'oreille, la première violette aux lèvres, l'air faraud.

« Alors, patron, tu paies un coup à boire ? Il semble qu'on ait des choses à se dire.

– En effet. Tu dois être satisfait ?

– Pour ça, tu peux le dire ! Le monde s'est mis à tourner dans le bon sens. Il était temps. Un ouvrier, un vrai, au gouvernement, des lois pour protéger le peuple, lui donner droit au travail, lui accorder la liberté de se réunir en syndicats et de faire grève… C'est cocagne ! Il en a fallu, des larmes et du sang, pour en arriver là, mais cette fois nous y sommes. Vive la République des travailleurs, nom de Dieu ! Alors, tu la fais monter, cette cruche ! »

Ce ton de familiarité un peu affecté me déplaisait mais amusait Pierre. Broussou ne lui avait jamais fait peur ; il le considérait comme un de ces saint-simoniens qui vaticinent en brassant des utopies. Il n'avait pas été surpris de l'entendre dire :

« Faut pas te tromper sur notre compte, patron ! On t'aime bien, et Mme Séverine de même. Si tous les patrons étaient comme vous on n'aurait pas besoin de prendre les armes. J'ai mes informations, tu sais, et c'est pas dans *Le Conservateur de la Dordogne* que je vais les pêcher. Notre situation et celle de nos collègues des grandes usines, c'est pas du pareil au même. Ce que j'ai vu dans mon petit tour de France, c'est surtout la misère, la vraie. Ici, on arrive à se débrouiller. C'est pas le Pérou, mais vous non plus, les gens du château, vous ne roulez pas sur l'or. »

Alors que la neige tombait dru sur la vallée, ils avaient passé une partie de l'après-midi à échanger des idées. Broussou n'était pas de service, et rien ne pressait du côté de Pierre : les commandes parvenaient au compte-gouttes, ce qui permettait de laisser le haut-fourneau en activité, alors que de nombreuses entreprises sidérurgiques s'étaient arrêtées. Le « droit au travail », cette idée généreuse, n'était qu'une illusion. Du travail, il n'y en avait plus. Nous voyions chaque jour se présenter des ouvriers des forges voisines et même de cantons éloignés venant demander de l'embauche et qui repartaient les épaules plus lourdes.

La dégradation économique se poursuivait inexorablement. Même les ateliers nationaux, créés pour remédier à la crise de l'emploi, n'avaient plus de travail à proposer : les chômeurs qu'on avait employés à deux francs la journée, puis à un franc, passaient leur temps à jouer aux cartes ou à planter des arbres de la Liberté. Traversé de courants contraires, le gouvernement tournait inlassablement une mayonnaise qui ne prenait pas.

Les nouvelles qui nous arrivaient de Paris ne pouvaient réjouir que les agitateurs qui voyaient dans la pagaïe universelle un moyen de semer les graines de l'anarchie. Cette révolution déconcertait même ceux qui la réclamaient à cor et à cri. Avec le recul du temps, je vois cette époque comme un moment de folie, de vandalisme politique et idéologique, malgré la louable volonté d'en finir avec les vieux moules de la tradition.

Une semaine après l'arrivée des premières nouvelles, alors que les barricades se dressaient toujours dans Paris et que la pluie achevait de nettoyer le sang qui maculait les pavés, l'agitation gagnait la province.

Le canon tonnait, les cloches sonnaient, on brûlait sur les places publiques les symboles de la royauté : portraits du roi et drapeaux à fleur de lis ; on chantait *La Marseillaise* et *Le Chant du départ* devant les préfectures et les mairies ; on improvisait des couplets à la gloire de la IIe République ; on plantait partout des arbres de la Liberté que l'on ornait de drapeaux rouges…

Saint-Saturnin ne put éviter cette agitation. Le nouveau maire, Lapouge, légitimiste par ambition plus que par conviction, s'opposant à la plantation d'un tilleul sur la place, un dur à cuire de la forge vint lui souffler sa colère au nez :

« Que ça te plaise ou non, on le plantera, cet arbre. Estime-toi heureux ! À Terrasson, on en a planté dix-huit, autant que de rues. S'il crève, tu crèveras avec lui ! »

On raconte que le maire se levait la nuit pour aller vider sa vessie au pied de l'arbrisseau et que l'abbé Coustillas, le nouveau curé, l'avait béni avec du vinaigre.

Non seulement Lapouge dut accepter d'avoir cet arbre sous ses fenêtres, mais il dut arborer les trois couleurs au balcon de la mairie et donner connaissance au public, en faisant passer le tambour, des actes administratifs émanant du ministère de l'Intérieur, qu'il s'obstinait à dissimuler.

Dieu sait pourquoi, ce Lapouge, cet illettré, ne nous portait pas dans son cœur. Malgré notre assiduité aux messes dominicales et nos dons généreux aux œuvres de la paroisse, le curé non plus ne nous aimait pas, mais Dieu savait pourquoi : je vivais en concubinage, sans être divorcée, ce qui nous annonçait ses foudres, et l'existence libertine de ma sœur avait dû traverser l'empyrée pour toucher ses augustes oreilles.

Lorsque les républicains de la commune décidèrent un banquet civique sous la halle, Lapouge n'osa s'y opposer ni se défiler, avec une réserve : que Pierre et moi ne fussions pas invités, ce qui fut accepté après des parlottes. Chacun apporta sa chopine, son pain et le reste, les miettes devant aller aux indigents ou aux pourceaux. La mode était alors à ces réjouissances publiques, malgré la disette, et les grandes villes comme les plus modestes bourgades s'y adonnaient : c'était une occasion d'agiter les consciences, de se livrer à des joutes oratoires et d'entonner des chansons qui faisaient couler le vin et les larmes.

Le banquet de Saint-Saturnin se termina par un mouvement de haine dont nous fîmes les frais.

Ce dimanche de mars, à la tombée de la nuit, alors que Pierre et moi lisions au coin du feu en attendant l'heure du dîner, une rumeur accompagnée de coups de feu nous fit sursauter.

« Sans doute des chasseurs ivres », dit Pierre.

Ce n'étaient pas des chasseurs mais un groupe de convives qui, ayant forcé sur la bouteille, venait faire une démonstration de leur esprit civique.

Nous décidâmes de barrer la porte, contrairement à nos habitudes, et de les laisser brailler leurs insultes. Rassemblés sous le tilleul, un fusil d'une main, une chopine de l'autre, ils entonnaient une *Marseillaise* trafiquée par un enfant du pays, chansonnier à ses heures. Je fis rassembler ma mère, les enfants et les servantes dans la salle à manger dont Pierre avait hâtivement fermé les volets. Il était temps : un coup de feu avait brisé une vitre, un autre l'imposte du vestibule ; une salve crépita contre la porte d'entrée que ces énergumènes menaçaient d'enfoncer en vociférant :

« Ouvrez, tonnerre de Dieu, on a soif ! Passez-nous la clé de la cave. Chadeuil, traître à la classe ouvrière, montre-toi ! »

Lorsqu'ils entreprirent d'enfoncer la porte avec le banc de bois de la terrasse, Pierre décrocha son fusil, l'arma et se campa dans le vestibule en disant :

« Le premier qui entre, je lui troue la peau. Je suis dans mon droit : violation de domicile à main armée… »

Ils ne purent entrer. Leur démonstration terminée, ils se retirèrent en chantant et en proférant des menaces.

Le matin, avant de reprendre son service, Broussou était là, l'oreille basse.

« Désolé pour hier au soir, patron. J'ai tenté d'arrêter ces ivrognes, mais ils ont menacé de me faire un mauvais sort. Je suis pas d'accord avec ces méthodes de sauvages. Au banquet, j'ai regretté que vous n'ayez pas été invités, mais on m'a fait taire. »

Il ajouta à voix basse :

« C'est le maire qui est cause de tout ce carnaval. Il a monté ces pauvres bougres contre vous en disant que c'est vous qui aviez refusé. Il est allé chercher dans sa cave un barricot de vin. C'est pourquoi les gars étaient allumés. Ce Lapouge est un hypocrite. Je lui dirai ce que je pense de lui. Et au curé par la même occasion. »

Nous avions un besoin urgent de semences de pommes de terre. Où les trouver ?

« Chez Bugeaud, dit Pierre. Charles nous a proposé de nous aider. »

Nous nous y rendîmes au début du printemps. Ce n'est pas Charles qui nous reçut mais le maréchal lui-même, qui avait quitté l'uniforme pour la tenue de gentleman-farmer. C'était un beau vieillard de haute taille, aux cheveux coupés court, couleur de miel, mêlés de fils blancs, des yeux d'un gris violent dans un visage rude et coloré.

« Des patates ? dit-il. Il y en a toujours pour nos amis. Mon fils m'a parlé de vous. Vous faites du bon travail au Paradou. »

Comme il avait coutume de le faire pour tous ses visiteurs, il nous offrit une collation rustique. Il était au courant de la « démonstration démocratique » dont nous avions été victimes et la déplorait.

« Il souffle un vent de folie, dit-il, et je n'ai rien pu faire pour l'arrêter. J'ai supplié le roi d'employer la manière forte avec les insurgés, mais cette chiffe molle n'avait plus la moindre énergie. Il ne voulait qu'une chose : foutre le camp. De toute manière il était trop tard : la garde nationale, dont on m'avait confié le commandement, buvait le coup de rouge avec la populace. Quant à la troupe, elle avait piétiné dans la pluie et le froid toute une journée sans rien dans le ventre et seulement quelques cartouches dans la giberne. Saperlote ! ils n'avaient guère envie de se battre… J'ai dit à "Philippe" : "Sire, vous n'avez pas le droit d'abdiquer !" Tout ce qu'il a trouvé à faire, c'est de me remplacer par cette baderne de Girard. J'ai offert mon épée au gouvernement provisoire pour l'aider à ramener l'ordre. Il a refusé. On criait dans Paris : "Bugeaud, à la Seine !" Je sais que je suis impopulaire, mais j'ai toujours fait mon devoir. Vous me direz : et la rue Transnonain ? On me reproche ce massacre d'innocents, mais ce ne sont pas mes hommes qui opéraient dans ce quartier. »

Quant à l'Algérie… Il poursuivit après avoir resservi à boire :

« Si l'on m'en avait donné les moyens, j'aurais maté ces sauvages, quitte à nous brouiller avec les Anglais. J'ai dit à "Philippe" : "La royauté est foutue si vous abdiquez !" Elle l'est bel et bien, et nous n'avons plus qu'un gouvernement impuissant, ni chèvre ni choux. »

Il soupira :

« Heureusement, à la Durantie, j'ai de quoi m'occuper. »

En tartinant des grillons sur un chanteau large comme les deux mains, il ajouta :

« J'ai appris la mort de votre frère Alban, madame. C'était un bel officier, un bon soldat dont j'étais fier. Cette guerre est atroce, j'en conviens, mais on me l'a confiée et je l'ai menée sans faiblesse. Je souhaite bonne chance à mes successeurs, mais je crains qu'ils ne fassent pas mieux que moi. »

Tandis qu'il parlait tournait dans ma tête la chanson célèbre : *L'as-tu vue, la casquette, la casquette ? L'as-tu vue, la casquette au père Bugeaud ?…*

« Vous aurez vos patates, dit-il. Et s'il vous faut autre chose, dites-le. Vous me rendrez tout ça à la prochaine récolte. »

En nous raccompagnant, il nous confia de nouveau ses inquiétudes : nous étions en pleine crise et nous ne verrions pas de longtemps le bout du tunnel.

« Il est de bon ton, dit-il, de critiquer la monarchie de Juillet, mais la France a connu, avec "Philippe" et Guizot, une période de vaches grasses. Qu'en pensez-vous, Chadeuil ?

– Nous devrons nous accrocher et laisser passer la tourmente, monsieur le maréchal. Nous sommes descendus si bas que nous ne pouvons que remonter. »

Le souhait de Bugeaud fut exaucé : l'année 1848, marquée par d'excellentes récoltes, le pays se reprit, sinon à vivre normalement, du moins à espérer. Il n'y a rien de tel que la vue d'un champ de blé dense et lourd, d'une vigne en fleur, d'un verger charnu pour vous réconcilier avec la vie.

La petite Zélie, que nous avions placée chez les Cluzel, s'était présentée au Paradou au milieu de l'hiver, sa famille d'accueil étant dans une misère noire ; je n'eus pas le cœur de la renvoyer à ses parents qui lui auraient fait payer durement son absence ; elle resta donc et, bien que nous n'en ayons pas la nécessité, je lui confiai quelques taches ménagères en échange du gîte et du couvert. Aux beaux jours, elle retrouva sa famille adoptive.

Pierre fit en mai un voyage à Tulle ; il m'offrit de l'accompagner, mais je refusai. Il en ramena des commandes suffisantes pour alimenter le haut-fourneau dès l'ouverture de la prochaine campagne.

Estève lui fit une grande joie le jour où il lui présenta un minerai de fer qu'on lui avait apporté de Nontron. Il déplia son mouchoir d'un air mystérieux, en tira un petit bloc d'une étrange couleur fleur de pêcher, découvert dans une veine d'argile purpurine. Pierre le prit entre le pouce et l'index, en examina la conformation, en fit briller la surface dans le soleil comme s'il évaluait l'orient d'une perle.

« Extraordinaire… dit-il. Je n'ai jamais vu de mine d'une telle qualité. C'est le manganèse qui lui donne cette couleur et la rend propre, mieux que nulle autre, à la fabrication de l'acier. Y en a-t-il beaucoup ?

– Des quantités, et faciles à exploiter à ciel ouvert ou dans des galeries de faible profondeur. Si ça t'intéresse, il faudra faire vite et prendre une option. Les forges de La Maque et de Brouilhaud ont commencé à traiter ce minerai. »

On aurait remis à Pierre une pépite ou un diamant qu'il n'aurait pas été plus heureux. Il brisa la mine en menus fragments qu'il examina à la loupe. On aurait dit qu'il venait de reconnaître, à travers la tempête, l'étoile du Berger. C'était un signe. Tout allait repartir. Il suffisait d'avoir confiance et de tenir ferme le cap.

Il envoya Estève à Nontron, accompagné de Lajorie, avec une charrette attelée d'une couple de bœufs de la réserve, en leur recommandant de la ramener pleine et de prendre des options pour d'autres collectes.

En attendant leur retour, il me prit sur ses genoux, tâta mon ventre : ce petit nœud de vie qui arrondissait mes flancs, ça aussi il le prenait pour un signe, indubitable, celui-là.

« Sais-tu à quoi je pensais lorsque je me suis rendu à Tulle ? Que ni toi ni moi n'avons jamais vu la mer. Je t'y emmènerai lorsque notre enfant sera né, sur la fin de l'été, avant la nouvelle campagne. Ce sera notre voyage de noces… »

Il me parla de cette ville nouvelle qui était en train de sortir des sables, non loin de Bordeaux : Arcachon. L'idée lui était venue de la visiter, un soir où le vent soufflait de l'océan.

Je le laissai parler, certaine que ce projet ne se réaliserait pas, ou du moins qu'il faudrait attendre que notre situation se rétablît et que l'enfant à naître pût se passer de sa mère pour quelques jours.

J'aimerais l'entendre parler d'autre chose que de mine, de charbon, de fonte, découvrir l'homme sous le maître de forge, l'amour sous la mine, d'autres feux que ceux du haut-fourneau, mais il m'en donnait rarement l'occasion.

La mine fleur de pêcher ne fut qu'un rêve. Nous arrivions trop tard. Le propriétaire des terrains avait déjà signé un contrat avec les Montastier.

La province continuait à bouillonner autour de nous dans l'attente des élections ; le peuple les réclamait, avec le suffrage universel qui remplaçait le scrutin censitaire réservé aux gens fortunés, réputés les plus aptes à comprendre la politique, les autres n'étant bons qu'à la subir. On l'en gava : convié aux urnes à huit reprises, il finit par se lasser de ces consultations qui, toujours ou presque, tournaient en réjouissances et en banquets, avec lampions et pétards.

Dans le Bergeracois et le Ribéracois, on déposait dans des barriques les bulletins que les électeurs, par esprit de provocation, arboraient à leur chapeau. Dans d'autres villages du Périgord, on les déposait dans un tiroir, à la mairie : le scrutin clos, on scellait le tiroir, on hissait la table sur l'échine d'un bourricot pour l'amener au chef-lieu.

À Saint-Saturnin, Lapouge jugea amusant de remplacer l'urne dont la mairie était dépourvue par le premier récipient qui lui tomba sous la main : un seau de toilette.

« Tu exagères, lui dit Estève. Tu aurais pu trouver autre chose.

– Qu'est-ce que tu crois ! répliqua Lapouge. Il est aussi propre que ton cul, et nos paysans n'y verront pas malice : ils n'en ont jamais vu. »

Il fallut que l'adjoint se fâchât pour que le maire consentît à remplacer ce récipient par un de ces paniers de vîme noire à deux ouvertures, où l'on plaçait la volaille et les lapins pour les amener au marché. Ce n'était guère plus digne de recevoir l'expression de la volonté populaire : le fond en était maculé de fiente.

On n'aimait guère cette girouette de Lapouge, mais, dans la mesure où il soutenait le gouvernement de la République – par ambition il est vrai –, on ne lui demandait pas de comptes sur son passé, tout en le tenant à l'œil. Le curé lui aussi avait tourné chasuble avec trop d'aisance, mais le *Domine salvam fac rem publicam* dont il ornait comme d'une cocarde la fin de ses offices, suffisait à l'absoudre : il ne faisait qu'imiter Mgr Georges, qui bénissait d'un goupillon généreux les arbres de la Liberté plantés à Périgueux.

Ces élections, grâce en partie à la présence, à pied ou à cheval, des gardes nationaux, se déroulèrent sans incidents puis, les dernières, dans l'indifférence.

La province avait voté pour les modérés. Il n'y eut guère d'incidents. À Brantôme, les socialistes prirent à partie le maire et son conseil en criant : « À bas les calotins ! À bas la bande noire ! » À la Durantie, harcelé par un avocat socialiste, M. Émile-François Peyramaure, qui le traitait publiquement d'« ennemi du peuple », le député Bugeaud, duc d'Isly par grâce royale, se vit assiégé dans sa demeure par deux cents excités et ne dut sa sauvegarde qu'à l'arsenal qu'il mit en place avec ses serviteurs et ses paysans. Quelques jours plus tard, pour lui faire oublier ses émotions, la commune lui offrit un banquet.

On avait vu réapparaître, pour les élections présidentielles, un certain Bonaparte dont le seul nom, à défaut de gloire, avait remué dans le cœur de la masse électorale des nostalgies impériales. Il était le fils d'Hortense de Beauharnais, fille de l'impératrice Joséphine, et de Louis, frère de l'Empereur. Chassé de

France, enfermé à la citadelle de Ham, en Belgique, exilé en Angleterre, il était reparu, moustache au vent, accompagné d'un aigle vivant, non pour « chausser les bottes de l'oncle », comme disaient les humoristes, mais pour se faire une place au soleil de la République. Le succès dépassa ses espérances. Dans notre département, il obtint près de cent mille suffrages contre quatre mille pour ce pauvre Bugeaud. La joie populaire tourna au délire. Dans les cabarets, on buvait à forfait : un sou pour une heure.

Les journaux de Paris nous apportèrent de pénibles nouvelles : le peuple, ameuté par les extrémistes de gauche, avait occupé le Parlement et attaqué le Panthéon. Le sang coulait de nouveau autour des barricades. Que voulaient-ils encore, ces « barbares » ? Du travail et du pain. Le travail ? Les ateliers nationaux fermés, on ne trouvait plus d'embauche nulle part. Le pain ? Son prix avait doublé et la famine gagnait les faubourgs où artisans et ouvriers se soulevaient aux cris de : « À bas les riches ! Vive la guillotine ! »

Le préfet de la Dordogne, Caylus, avait mis la nouvelle sous le boisseau pour éviter de nouveaux troubles, mais elle avait fini par filtrer. La garde nationale prit ses dispositions pour marcher sur Paris. On sortit le saint-sacrement sur la place de la Clautre et l'on pria pour la guérison de Mgr Affre, archevêque de Paris, blessé dans les émeutes, mais il était déjà mort.

Une vague de terreur inondait la France.

Lajorie nous prévint du danger : des bandits parcouraient la région, tuant et pillant ; les châtelains sortaient leurs arquebuses et plaçaient leurs gens aux créneaux… Pierre ne faisait qu'en rire.

« Mon pauvre Lajorie, vous êtes dupe d'une fable. On a vu la même chose en 89. La Grande Peur, vous en avez entendu parler ? »

Pierre fulminait contre Lapouge qui s'était mis en tête de lever une compagnie de gardes nationaux à Saint-Saturnin.

« Il faut que je me présente au risque de passer pour un agitateur ! » dit-il.

On fit venir le sartre de Payzac pour prendre les mesures de l'uniforme que nous devions faire lever à nos frais. Quelques jours plus tard, je pouffai de rire lorsque je vis Pierre, gêné aux entournures et bougonnant dans son uniforme bleu et rouge à cocarde tricolore, coiffé d'un képi, lui qui ne m'avait jamais caché son aversion pour l'armée. À son corps défendant, on lui avait décerné le grade de capitaine : il commanderait la compagnie des gardes de Saint-Saturnin, sous l'autorité de Lapouge, ce qui le mettait hors de lui.

Pour cacher son humeur il entonna *La Républicaine,* un hymne composé par Gaston Castagné, sur l'air du *Chant du départ :*

Périgord, en chantant
Ouvre-nous la barrière…

J'eus, à quelques jours de là, de nouveau l'occasion de me réjouir sans méchanceté aux dépens de Pierre. C'était à l'occasion de la revue de la troupe, qui se déroula un dimanche, à la sortie de la messe.

Pierre, monté sur notre haridelle, portant à l'épaule un sabre remontant à l'Ancien Régime, semblait pénétré de son importance ; sa troupe, en revanche, avait l'apparence d'une bande de brigands : c'était un ramassis de paysans vêtus et armés de bric et de broc, qui rigolaient en se regardant. Lapouge donna lecture, de mémoire car il ne savait pas lire, du discours patriotique composé par le nouvel instituteur. Incapable de se souvenir du texte, il abrégea son allocution par un trait d'éloquence naturelle :

« Et foutre ! je suis pas un orateur, moi... Tout ce que je peux vous dire, c'est que si ces trous du cul d'émeutiers se pointent, nous leur ferons péter la panse. Vive la République, nom de Dieu ! »

Le « complot révolutionnaire » avait échoué, mais les problèmes demeuraient.

On faisait confiance au prince-président, malgré les critiques des extrémistes qui dénonçaient « cet idiot abruti par le vin et les débauches, qui n'a rien de français, pas même l'accent ». À Paris, on avait noyé l'émeute dans le sang, mais les motifs de ce soulèvement éclataient aux yeux de tous et les solutions à la crise, si elles existaient, dormaient dans les cartons des ministères.

J'accouchai en juillet d'un beau garçon. Pierre délirait de bonheur. Dès que possible, il alla montrer cette petite merveille aux métayers et aux gens de la réserve. Il était si heureux que je regrettais de n'être pas, comme certaines de nos paysannes, une fontaine d'enfants.

À présent que Pierre avait pris nos affaires en main, je sentais renaître un instinct maternel refoulé à la suite de la détestable ambiance familiale que j'avais connue avec Sylvain, à Ruelle. La puissance de vie et de création que je sentais me gonfler les flancs n'avait fait que s'intensifier avec la naissance de notre premier enfant et le plaisir qu'elle suscitait autour de moi, auprès de Clarisse et de Jérôme notamment. Nous appelâmes ce nouveau-né Jean-Baptiste.

Je décidai de nourrir mon bébé au sein, comme les autres, qui ne paraissaient pas avoir souffert de ce régime. J'avais tant de lait que j'aurais pu nourrir un autre enfant. J'aimais cette faim du petit être né de ma chair et qui tirait d'elle sa subsistance. Il était pleinement à moi ; j'aurais pu, comme une mère chienne, le lécher des pieds à la tête. Quand Pierre me voyait sécher ses larmes avec mes lèvres, il se moquait de moi, disant que je ne lui laissais rien à lui, et que c'était injuste. Je me sentais devenir animale, plus qu'avec mes autres enfants, parce que celui-là avait été conçu et mis au monde dans la joie. On me l'eût pris, je l'eusse cherché à travers les forêts comme une louve, et mon instinct me l'aurait fait retrouver.

Emma nous surprit lorsque, dans les jours qui suivirent la naissance, elle insista pour être la marraine, Élie ayant accepté d'être le parrain.

« J'ai l'impression, me dit Pierre, que, l'âge venant, elle souhaite se rapprocher de sa famille ou du moins se trouver une famille de substitution, la sienne propre l'ayant déçue. »

Je n'arrivais pas moi-même à comprendre les mobiles de ma sœur : souhaitait-elle attacher cet enfant à elle ou s'attacher à lui ? Qu'est-ce qui lui importait : donner ou recevoir ? Lui poser la question eût été éveiller une susceptibilité qui, s'aiguisant avec l'âge, eût risqué d'engendrer un nouveau drame.

Emma venait de subir une nouvelle déception sentimentale qui l'avait rejetée, pantelante, déchirée, dans sa solitude du Paradou, plus austère que précédemment, car elle avait renoncé à ses visiteurs nocturnes et enlevé l'échelle qui donnait l'accès de sa chambre à ses Roméo. Pour l'avoir vu parader dans sa tenue d'officier de la garde nationale pour le canton d'Hautefort, elle était derechef tombée amoureuse du comte Maxence de Damas. Il est vrai qu'il était beau comme une image d'Épinal avec son visage bronzé, sa chevelure opulente, campé sur le cheval arabe Sidi qu'il avait ramené d'Afrique.

Maxence et son aide de camp s'étaient arrêtés au Paradou sur le chemin de Périgueux où avait lieu le rassemblement des gardes nationaux de la province destinés à monter sur Paris. Il nous avait donné des précisions sur la disparition et la mort d'Alban. Il parlait avec chaleur de ce pays qu'il avait aimé passionnément et où il serait volontiers retourné si sa présence au château, sa mère venant de mourir, ne l'avait rappelé dans sa famille.

Emma le dévorait du regard et buvait ses paroles ; elle devait sentir remuer en elle les remous nostalgiques de son idylle avec le plus prestigieux châtelain du Périgord. Maxence parut à diverses reprises importuné par cette attention, au point qu'il changeait fréquemment de sujets de conversation, comme pour se libérer d'une étreinte. Il tenait notamment à faire savoir qu'il n'avait pas dépouillé sa livrée légitimiste et croyait à un retour de la royauté, en la personne du duc de Bordeaux, dernier rejeton de la branche aînée des Bourbon, fils posthume du duc de Berry, prétendant au trône sous le nom de Henri V, et qu'on appelait dans les milieux bien-pensants l'« enfant du miracle ».

De miracle, le duc n'en fit pas : il disparut en rêvant d'une couronne inaccessible.

Le moment venu de gagner la chambre que nous lui avions affectée, Maxence répondit à Emma qui se proposait de le guider :

« Inutile, ma chère, je connais le chemin. »

Le lendemain, elle resta un long moment dans la cour, à bavarder avec lui, tenant par la main le bridon de Sidi, comme si elle voulait le retenir alors qu'il était déjà en selle. Elle revint en larmes et resta enfermée deux jours dans sa chambre, ne se levant que la nuit pour aller puiser un peu de nourriture dans la maie.

Maxence allait se marier et ne souhaitait nullement donner un prolongement à l'idylle décevante qu'il avait connue avec cette grande haridelle blafarde et efflanquée dont il ne pouvait ignorer l'inconduite.

La campagne débuta avec un carnet de commandes que les Festugière et les Combescot auraient pu nous envier. Nous accompagnâmes Clarisse à l'institution de jeunes filles de Périgueux, mes connaissances pédagogiques étant désormais impuissantes à lui assurer l'instruction solide que je souhaitais pour elle. Elle pleura en quittant le Paradou. C'était une enfant aimable, docile, un peu portée à la rêverie, l'environnement dans lequel elle avait vécu à ce jour étant peu propice aux spéculations matérielles, mais soucieuse de se former à toutes les disciplines, curieuse de la vie et des êtres.

L'automne de cette année fut superbe, avec ses ciels sillonnés d'une promenade de petits nuages ronds comme des seins de jeune fille, qui n'apportaient ni pluie ni orage et laissaient place à un soleil généreux. Jour après jour, vague après vague, il déposait à notre porte ses souffles légers, ses odeurs et ses fruits.

Comme il me l'avait promis et bien que notre situation financière fît une folie de ce projet, Pierre tint à me montrer la mer.

De passage à Bordeaux, nous restâmes trois jours chez un de ses collègues de Saint-Étienne qui avait trouvé un travail d'ingénieur dans la navigation à vapeur.

Durant trois jours, je baignai dans une irréalité fabuleuse : cet estuaire encombré de navires de toutes sortes et de tous gabarits, ces immensités de ciel et d'eau balayées par les vols des mouettes, traversées par des beuglements de cornes et des sonneries de cloches, cette ville animale qui grignotait les terres et s'abreuvait au fleuve m'offraient des spectacles dont je ne me lassais pas. C'est là, dans une de ces demeures austères, profondes, muettes des Chartrons, que Samuel avait mis fin à une vie pitoyable par un coup de feu, triste coda d'une sonate sans talent.

C'est un spectacle différent que m'offrit le bassin d'Arcachon. Cette image de sérénité, ce lent et méditatif flux et reflux d'eaux paisibles m'envoûtèrent. Moins cependant que cette autre immensité, mais absolue, de l'océan, qui roulait et déroulait ses vagues géantes dans un air tissé de brume et de perle.

Estève et Lajorie s'étaient parfaitement comportés en notre absence. L'hiver fut doux, avec quelques aimables chutes de neige.

Clarisse me manquait. Nous lui manquions aussi, et elle nous écrivait chaque jour ou presque.

Pierre et moi, pour la commodité, faisions chambre à part, mais il venait me rejoindre souvent et nous restions de longs moments enlacés dans la pénombre, avec une seule bougie pour rendre visibles les formes et les mouvements de nos corps. À travers la brume et la neige, le son grêle de la cloche montait vers nous comme d'une cathédrale engloutie.

Peu avant Noël, Estève nous donna des nouvelles de Joséphine. Lasse des tâches indignes auxquelles on la contraignait, elle avait rendu son tablier et s'était installée à Périgueux. Un des ouvriers de la forge l'avait rencontrée : elle faisait commerce de ses charmes dans une rue chaude. Cette déchéance, je m'en sentais un peu responsable : à la mort de son père, j'aurais dû l'aider mieux que je ne l'avais fait, mais l'époque que nous vivions m'interdisait des bontés qui eussent compromis l'équilibre précaire de notre maison.

Lorsque Emma fit son entrée fracassante dans le vestibule, j'étais en train, en compagnie de ma mère, de préparer la dinde de Noël. Cris, larmes, gestes d'opéra… Elle repoussa brutalement cette pauvre Toinon qui l'aidait à enlever son manteau. D'où venait-elle ? Quelle était la cause de ce drame ? Mystère. Elle jeta un regard tragique sur la cuisine et, sans un mot, s'engouffra dans l'escalier qui montait à sa chambre.

Elle s'absentait fréquemment, sans nous informer de l'endroit où elle se rendait et du temps que durerait son absence. Ma mère disait qu'elle faisait comme ces chattes en amour qui disparaissent durant des semaines mais qui reviennent toujours, une portée dans les flancs. Dieu merci, Emma nous épargna ce dernier inconvénient.

Suivant son habitude, elle resta trois jours sans se montrer. De temps à autre, j'allais coller mon oreille à sa porte ; les bruits de souris qui me parvenaient suffisaient à me rassurer.

Lorsque je vis sa porte entrouverte, je me hasardai à y pénétrer. Assise sur son lit en tenue de nuit, emmitouflée d'une vieille pèlerine, coiffée d'un bonnet de dentelle, les mains serrées au creux des genoux, elle semblait attendre ma visite.

« Je vais te faire tremper une soupe », dis-je.

Elle secoua la tête. J'insistai.

« Tu ne veux pas me dire ce qui s'est passé ? On t'a encore fait du mal ? »

Elle eut une grosse foucade de larmes qui lui faisait un visage de statue sous la pluie, un visage de Vierge au pied de la croix. Cette fois-ci les choses semblaient sérieuses ; ce n'était pas l'habituel point d'orgue d'une amourette. D'une voix mal ramonée par les larmes, où s'accrochaient des syllabes mouillées, elle me conta les raisons de son chagrin.

Le printemps précédent elle avait connu le directeur du journal républicain, *L'Écho de Vésone,* Auguste Dupont. Il l'avait entraînée dans son sillage au milieu de la tourmente politique. Elle était sensible au charme de ce bourgeois aux traits délicats, au regard malicieux, à la parole aisée et puissante, au point de l'accompagner dans les banquets et les réunions publiques, malgré la haine qu'elle avait portée aux opinions qu'il professait.

Dupont était un ami de longue date du docteur Chavoix, maire d'Excideuil, ami de Bugeaud. À la suite de propos aigres-doux publiés dans son journal contre le praticien, une brouille les avait séparés. La politique avait envenimé leurs dissensions, si bien qu'ils se retrouvèrent un matin sur le pré, un pistolet au poing, dans la propriété de Beauroire, près de Charniers, qui appartenait à Chavoix. Ils eurent à échanger deux balles à vingt-cinq pas. Dupont tira en l'air ; Chavoix le toucha en plein front.

De nouveau les grandes eaux. De nouveau cette voix râpeuse et mouillée qui me disait :

« Je sens que je n'aimerai plus jamais. Auguste était toute ma vie. Il me disait : “Quand les temps seront plus calmes, je t'épouserai.” Je lui avais interdit de se battre, mais il plaçait l'honneur au-dessus de tout. Ce Chavoix, j'espère qu'on va le jeter en prison !

– Il faut te marier, dis-je. Ainsi tu éviteras ces drames et ces déceptions, et tu retrouveras ton équilibre. Tu es un bon parti et il n'est pas trop tard. »

Sa réaction me déconcerta mais, à la réflexion, elle me paraît naturelle :

« Comment sais-tu qu'il n'est pas trop tard ? Qui te dit que je pourrais vivre avec un homme que j'aurais choisi par raison, pour faire une fin ? Tu ne sais rien de moi. Tu n'as jamais cherché à me connaître mieux. Tu ne m'aimes pas. Tu n'as que de la compassion à m'offrir. Parce que tu es heureuse ou que tu feins de l'être, tu t'arroges le droit de juger et de conseiller. Est-ce que je te donne des conseils, moi ? Vas-tu enfin me laisser vivre à ma guise ? »

Elle se leva brusquement, montra la porte en hurlant :

« Fous le camp ! Je ne veux plus que tu m'adresses la parole ! »

À quelques jours de là, profitant d'une absence, je pénétrai dans sa chambre et trouvai sans peine ce que je cherchais : le vieux pistolet de mon père. Il était chargé.

L'élection du prince-président Louis-Napoléon Bonaparte n'apporta pas au pays l'apaisement des passions que l'on était en droit d'attendre. La République était une marâtre : elle oppressait et réprimait sans pitié. Bugeaud venait de mourir du choléra à Paris et ses adversaires avaient porté un toast à la maladie qui en avait débarrassé le pays ; ses partisans et ceux du prince-président continuaient à s'agiter en ce début d'année, malgré une relance sensible de l'économie, dont nous ressentions les frémissements.

Broussou, qui revenait de temps à autre boire un coup au château, ne décolérait pas. Il faisait virer son chapeau d'un bord à l'autre de son crâne et lançait :

« Ce Bonaparte, patron, c'est de la graine de dictateur. Il traque les journalistes de l'opposition, les "meneurs", comme il dit, interdit les banquets, les rassemblements, les clubs... Tonnerre de Dieu ! nous voilà mal partis avec cet avorton ! Il n'a pas tenu ses promesses. Les juges viennent de saisir une fois de plus *L'Écho de Vésone* et *La Ruche* et de condamner les rédacteurs. La situation ne fait qu'empirer. La République est foutue, patron. Fou-tue ! »

Il sortait de sa veste de velours des liasses de ces publications qui circulaient sous le manteau. Mal rédigées, imprimées à la diable, avec des moyens de fortune, ces feuilles appelaient à la guerre civile. Je les parcourais d'un œil critique, persuadée que le règne de la classe prolétarienne n'était qu'une utopie. Pierre, quelque peu naïf en matière de politique, comme Broussou le lui avait reproché, se serait volontiers laissé convaincre si je ne l'avais retenu sur la pente des idéologies sommaires et dangereuses. On eût dit que Broussou le fascinait par sa maturité politique et son verbe trivial.

En dépit de mes réserves, Pierre accepta d'assister à une réunion du club que Broussou et quelques collègues des forges, la nôtre et celles des environs, tenaient au café *Jardon*. Il en revint morose, partagé entre les sentiments d'injustice que lui inspirait le régime et le souci de tenir son rang de maître de forge. Sa présence avait paru apporter une gêne dans l'assistance, mais on avait fini, sinon par l'oublier, du moins par ne pas le considérer comme un adversaire dangereux. À la fin de la réunion, il avait fumé avec eux et leur avait payé à boire.

Il revint un autre soir au café *Jardon* et se trouva mêlé à une fête burlesque.

Pour riposter à des vandales légitimistes qui avaient peint en blanc le tronc de l'arbre de la Liberté, le forgeron du bourg, aidé de quelques comparses, avait édifié une potence ornée de drapeaux rouge et noir et à laquelle ils avaient pendu un épouvantail à l'image du prince-président, portant sur la poitrine un écriteau prévenant les traîtres qui paieraient la taxe de 45 centimes refusée par le peuple qu'ils seraient pendus à leur tour, et pas en effigie. Le forgeron alluma un bûcher de sarments et le mannequin s'enleva en étincelles dans le ciel. On dansa autour du feu comme pour la Saint-Jean. Esther, la fille du boulanger, qui vivait avec son père, prit Pierre par la main et l'entraîna dans la ronde. On réclama le maire : il était absent ; en fait, il se cachait dans sa cave, par crainte de voir surgir les « cognes ».

« Il t'arrivera malheur, dis-je à Pierre lorsqu'il m'eut raconté la scène. De telles provocations ne peuvent rester ignorées et impunies. Il ne manquera pas de bonnes âmes pour te dénoncer, et… »

Il m'interrompit avec une telle violence que je ne pus douter qu'il ait bu de ce « vin bleu » des cabarets qui, l'excitation aidant, monte vite à la tête. Que pouvait-on lui reprocher ? Rien ! Il n'avait été qu'un spectateur, comme tant d'autres. Et puis quoi ! il se considérait comme un citoyen libre et responsable de ses actes ! Cette réaction sentait la mauvaise conscience honteuse. Il passa une nuit agitée, se leva à plusieurs reprises pour vomir. Le lendemain, penaud, il me dit :

« Pardonne-moi, ma chérie. Tu avais raison. Je vais me tenir tranquille désormais. Après tout, j'ai assez de soucis sans m'occuper de refaire le monde. »

Une telle détermination, pour sage qu'elle fût, venait trop tard.

Un matin, à trois jours de là, j'eus un coup au cœur en voyant surgir dans la cour deux gendarmes à cheval menant enchaîné un homme qui baissait la tête mais que je reconnus sous son chapeau : Broussou.

« Vous hébergez chez vous, madame Laveyssade, me dit le supérieur, un dénommé Chadeuil Pierre, "employé des forges". Veuillez l'appeler. Nous avons deux mots à lui dire. »

Pierre était dans son bureau en compagnie de Lajorie. Il blêmit, s'affola, parla de s'échapper par-derrière, de se cacher.

« Ce serait inutile, dis-je. On ne tarderait pas à te retrouver. De toute manière, tu n'as rien à te reprocher. Nous avons payé la taxe de 45 centimes et nous sommes en règle. Si tu te cachais, nous aurions les pires ennuis. Le château serait occupé par la troupe jusqu'à ce que tu reviennes. »

La mode était à une nouvelle sorte de dragonnades : on installait à demeure des soldats chez les particuliers qui refusaient de payer la taxe ou qui prenaient la fuite devant les argousins.

« Tu as raison, soupira-t-il. Allons voir ce qu'ils me veulent.

– Ils ont déjà arrêté Broussou. Il est en bas.

– Bon Dieu... » dit-il.

Le brigadier donna lecture du mandat d'amener, où les attendus ne manquaient pas : participation à des réunions interdites, excitation à l'insurrection, lecture et diffusion de documents subversifs...

« Tout cela est faux ! s'écria Pierre. Fouillez la maison, interrogez les gens du pays ! Je suis un citoyen sans histoires, votre prisonnier pourrait en témoigner. Eh bien, Broussou, parle, dis-leur...

– C'est déjà fait, patron. »

Broussou poursuivit, s'adressant aux gendarmes :

« M. Chadeuil est un honnête homme, ça, pour sûr ! J'ai essayé de l'attirer au club, mais il est trop attaché à ses biens et à ses idées réactionnaires. Soit dit par respect, brigadier, il est blanc comme neige et vous allez faire une connerie en l'appréhendant.

– La consigne... soupira le brigadier. L'ordre est de vous conduire tous deux à Périgueux pour y répondre de vos actes. Point final. Madame Rousseau, veuillez préparer un trousseau et de la nourriture pour notre prisonnier. La route sera longue. »

Avant de repartir, ils procédèrent à une perquisition et découvrirent dans le bureau de Pierre des publications que Broussou lui avait prêtées et qu'il avait négligé de lui rendre : *Le Soldat loup-garou... La République de la misère... Pourquoi je suis socialiste... Prêtre et socialiste...*

Le cœur serré, je vis Pierre, livide et raide comme un marbre, se laisser enchaîner et attacher au cheval du brigadier. Des larmes refoulées nouaient ma gorge, avec des élans de colère et d'indignation. Je le serrai contre ma poitrine et lui dis à l'oreille :

« J'ai confiance. On te relâchera sans tarder. Je me rendrai à Périgueux. Je remuerai ciel et terre pour vous faire libérer tous les deux.

– Prends bien soin de notre fils, dit Pierre. Demande à Lajorie de reprendre la forge en main. Nous avons cette commande de grilles de fonte à livrer à Bordeaux. Je reviendrai vite, va... »

Je demandai audience au nouveau préfet, M. de Sainte-Croix, qui me confia à son secrétaire général, M. Saint-Martin des Islets. Nouveau venu dans l'administration préfectorale, cet éphèbe à lorgnons, pontifiant et boutonneux, trônait entre des piles de dossiers. En mordillant la pointe de son crayon, il me débita quelques banalités :

« Je ne doute pas du bon esprit de votre employé, ce M. Chadeuil, mais c'est la justice qui jugera. Si son innocence est démontrée, il sera libéré. Sinon...

– Que voulez-vous dire ?

– Outre une lourde amende, il risque d'être traduit en cour d'assises et condamné à la déportation en Algérie avec d'autres fortes têtes comme ce Justin Broussou, cet agitateur, ce communiste. »

Avec une grimace de dégoût, il chargea de fiel ce dernier mot qui semblait lui empoisonner le palais. Pierre déporté ? En Algérie ?

« Pardonnez-moi, dit le gringalet en se levant, mais j'ai fort à faire. Ne perdez pas espoir. Il s'agit peut-être d'un malentendu. »

Ne pas perdre espoir… Durant la longue attente qui devait suivre, je n'ai pas douté un instant de voir Pierre bientôt libéré. Avec les deux cents prisonniers politiques qu'elle hébergeait, la prison de Périgueux était encombrée et il était question d'en transférer dans des maisons centrales éloignées. Chaque semaine, je me rendais à Périgueux et tâchais de faire passer à mes prisonniers des nouvelles et des lettres qu'ils ne reçurent jamais. La fausse attitude de Broussou qui, devant les argousins, avait reproché à Pierre son esprit loyaliste envers le régime, me donnait de sérieux espoirs. Le tribunal, comme sous la Terreur, jugeait par charrettes, libérait les détenus ou les gardait pour la déportation. Tout ce que je tentai pour décharger Broussou des soupçons qui pesaient sur lui demeura vain.

Un matin, comme je m'apprêtais à monter dans ma voiture pour me rendre au chef-lieu, je vis un pauvre hère pousser le portail et s'avancer en titubant. C'était Pierre. Il tomba dans mes bras en sanglotant. Faute d'argent, il avait fait une partie du trajet sur le bidet d'un roulier qui le connaissait, le reste à pied ; il était fourbu et affamé.

« Un mois de détention… dit-il. Un mois qui m'a paru une année… Tu n'imagines pas comme le temps paraît long en prison. Me pardonneras-tu mes imprudences ? »

Lui pardonner ? Et quoi donc ? Il n'avait été victime que de sa curiosité et de sa générosité. Il ajouta en riant :

« La prison n'a eu qu'un avantage pour moi : je connais tous les jeux de société. Au poker, je suis imbattable ! »

Après avoir embrassé toute la maisonnée, il se jeta sur la soupe que Toinon venait de lui tremper. Il était hâve, mal rasé, en guenilles, mais je ne l'avais jamais trouvé aussi séduisant.

« Je m'en tire avec une amende de 3 000 francs, dit-il, ce qui n'arrange pas nos affaires. Quant à ce pauvre bougre de Broussou, il est bon pour aller casser des cailloux en Algérie. Nous ne le reverrons pas. »

Son premier soin, après quelques heures de repos, fut de visiter la forge où les ouvriers l'accueillirent par des acclamations. Estève avait remplacé Broussou comme chef puddleur. La machine ronronnait, comme du plaisir de voir son maître revenu. On achevait le coulage des grilles de Bordeaux qui s'amoncelaient sur le terre-plein du haut-fourneau, avec des tas de socs de charrue, des lampadaires de rue et des montagnes de gueuses.

Il m'avoua, pour plaisanter, qu'il avait eu une fâcheuse impression : celle que la forge pouvait fonctionner sans lui… Il éclata de rire en me prenant dans ses bras.

« Dans trois jours la campagne sera terminée. Je retrousserai mes manches : nous ne manquerons pas de travail sur la réserve. »

Du travail, nous n'en manquions pas, c'est vrai, d'autant que la main-d'œuvre commençait à faire sérieusement défaut. Nos garçons allaient chercher de l'embauche sur les chantiers des grands travaux et à la « Compagnie » du P.O., qui venait de lancer une ligne de Périgueux à Limoges. La folie du jour était aux mûriers destinés à l'élevage de vers à soie ; on en plantait partout : dans les jardins, les champs, en bordure des routes ; à la Durantie, les successeurs de Bugeaud en avaient planté plus de deux mille ; Pierre acheta une centaine de plants pour nos terres du plateau.

« Je crains, me disait-il, qu'à la prochaine campagne de fondage notre production soit limitée par le manque de main-d'œuvre, alors qu'elle était pléthorique il y a un an. »

Nous assistions à un phénomène singulier : un mouvement migratoire qui projetait en tous sens la population active. Il nous semblait assister au spectacle d'une colonie d'animaux surpris par les prémices d'un séisme et qui fuient de tous côtés en quête d'un abri.

Nous fîmes, Pierre et moi, une visite à l'abbé Vedrey, curé de Teyjat, commune du Nontronnais tirant vers les Charentes. Ce brave homme de prélat, apitoyé par le sort des petits vagabonds qui venaient frapper à sa porte, avait décidé de les garder auprès de lui pour leur faire travailler sa terre. Il avait ainsi constitué une colonie laborieuse, une ruche où, si l'on ne roulait pas sur l'or, on faisait gentiment son miel. Nous en ramenâmes trois galapiats aux joues roses et aux yeux clairs que nous confiâmes à nos métayers qui n'eurent pas motif de s'en plaindre. L'automne venu, ils trouveraient un emploi à la forge.

Estève s'était querellé avec son collègue du four à puddler, un nommé Lagorce, de Saint-Mesmin, qu'il fallait surveiller comme le lait sur le feu. Profitant de l'absence du maître, il demandait à un petit-valet de le remplacer pour lui permettre de faire la sieste, à quelque heure du jour que ce soit. Les réprimandes d'Estève l'excédaient au point qu'il nous quitta.

Lagorce avait dressé l'oreille en apprenant que le gouvernement demandait des candidats pour aller coloniser l'Algérie. Bugeaud avait eu cette idée : *ense et aratra* (par l'épée et la charrue). Lui se contenterait de la charrue. Il quitta la France avec un bon de transport, des indemnités pour ses effets et son mobilier, la promesse d'obtenir quelques acres de bonne terre dans la Mitidja, une habitation convenable, le cheptel, les semences et les rations nécessaires jusqu'à ce que le domaine donnât ses premiers produits. Au bout de trois ans, cette terre serait sienne. Un véritable pactole pour ce pauvre bougre qui ne possédait que ses hardes et son fusil.

Nous avons vu revenir Lagorce quelques années plus tard, amer, désabusé : au lieu de travailler avec acharnement, il se contentait de donner des ordres aux indigènes qu'il avait engagés, tandis qu'il chassait la gazelle pour le plaisir, jouait aux cartes en buvant l'anisette ou courait la fatma.

Le départ de notre maître chargeur, Dupuy, lésa bien davantage la marche de l'entreprise, si bien que Pierre dut le remplacer au pied levé, en attendant de former un ouvrier pour cette fonction délicate.

Dupuy était un brave garçon qui n'avait pas inventé la poudre et donnait avec une sincère naïveté dans les idées utopiques du temps. On connaissait ses opinions : il se disait communiste mais s'abstenait de le manifester d'une manière trop ostensible. Il avait été séduit par les théories d'un négociant en glaces et miroirs de Périgueux, Potin, qui était parvenu à rassembler autour de lui, dans le département, quelques têtes folles qu'on appelait les Icariens. Ce miroitier n'était qu'un marchand de miroirs aux alouettes. Il demanda à ses affidés de l'accompagner en Icarie, territoire qui ne se situait pas, comme on aurait pu le croire, dans des brumes imaginaires, mais au Texas, sur les rives de la Red River, au milieu du territoire des Indiens Towiaches. Un communiste français, Cabet, y avait déjà planté son drapeau, aussi rouge que la rivière.

Renforcé par des candidats à l'aventure venus de la France entière avec femmes et enfants, le groupe de Potin s'embarqua à Bordeaux avec dans la tête des images de terres vierges et des ambitions de pionniers. Dans leur marche interminable à travers les déserts conduisant en Icarie, beaucoup moururent de faim, de soif et d'épuisement. La terre toute neuve dont ils rêvaient n'était en fait qu'un dépotoir de vagabonds et de bagnards évadés, qui n'avaient de communistes que le nom, ignoraient qui était Icare et où se situait l'île d'Icarios. Ils espéraient, par le travail en commun et le partage des richesses, accéder à une sorte de paradis sur terre ; ils avaient échoué en enfer. Les colons passaient leur temps à jouer aux cartes et à se battre au couteau ; ils estimaient que travailler en commun, c'était se sacrifier pour les autres. La colonie icarienne se désagrégea lentement et disparut.

Quelques années plus tard, nous vîmes revenir au pays un squelette vivant, boucané, couvert de guenilles et tremblant de fièvre. Ses illusions perdues, Dupuy n'était plus que l'ombre de ce qu'il avait été.

Peu à peu la région avait retrouvé son calme et, durant cet été, bourdonnait comme une ruche.

Les récoltes furent superbes ; les pilots de céréales dressaient sur les chaumes leurs petites pyramides lourdes et dorées derrière lesquelles, parfois, nous débusquions des amoureux enlacés ou des enfants éblouis qui jouaient au « docteur ». La saison fut si clémente que certains arbres fruitiers connurent deux floraisons et nous donnèrent deux récoltes : c'est ainsi que l'automne nous fit cadeau de quelques paniers de cerises en plein mois d'octobre. Les vieux de la réserve, qui venaient parfois manger la soupe et faire chabrol dans notre cantou, n'en croyaient pas leurs yeux. « Il n'y a plus de saisons... » disaient-ils.

Le bon Dieu, en revanche, semblait s'être détourné de notre paroisse.

Un dimanche matin, en nous rendant à la grand-messe, nous trouvâmes l'église fermée et l'essaim noir des menettes bourdonnant autour de l'instituteur-bedeau. Il nous expliqua que le curé, après une brutale altercation avec les « rouges », avait été convié à aller dire sa messe en d'autres lieux. On attendait de Mgr Georges, évêque de Périgueux, qu'on appelait familièrement « Monseigneur Jeantou », qu'il désignât un desservant moins agressif et plus compatissant aux misères du peuple.

Je n'ai pas regretté le départ de l'abbé Coustillas : c'était un cafard à mine chafouine, au visage pustuleux, toujours mal rasé ; il puait, mais surtout déversait sur ses paroissiens le fiel plutôt que le miel des Évangiles, les menaçant chaque dimanche du soufre et du goudron de l'enfer.

Grâce aux instances de l'évêque, éminence jeune, pleine de prestance et d'autorité, l'affaire n'eut d'autre suite qu'une enquête de gendarmerie rapidement classée.

Il nous vint quelques semaines plus tard un brave homme de prélat qui prêchait volontiers en patois et se moquait de la politique comme de son premier bréviaire. J'accueillis la nouvelle avec plaisir, car, bien que de peu de foi, je regrettais les sonneries de cloches, les assemblées du dimanche, la présence d'un curé qui apaisât les consciences et servît de lien entre les habitants. Une église fermée, c'est souvent un village mort.

Je ne m'attendais pas à ce que Pierre oubliât du jour au lendemain ses épreuves ; il devait en rester marqué jusqu'à la fin de ses jours. Ce n'était plus le même homme que je voyais s'occuper à ses tâches diverses le jour et qui me tenait le soir dans ses bras ; je le surprenais souvent, immobile, regard fixe, comme perdu dans un songe. Plutôt que de l'arracher à ces absences, je l'observais, attendant sans impatience qu'il revînt sur terre et me sourît comme pour s'excuser.

Au cours d'une visite qu'il fit à ses enfants, Sylvain lui dit :

« Tu as eu tort de te mêler de politique. Je suis persuadé que tu n'as agi que par curiosité et par générosité, et je ne saurais t'en blâmer car nous ne pouvons nous désintéresser des affaires du pays, mais ce qui compte par-dessus tout, c'est notre travail : c'est notre manière à nous de faire de la politique. Tu as eu de la chance : les juges auraient pu t'envoyer en Algérie. Au moins as-tu renoncé à te mêler de cette chienlit ?

– J'y ai renoncé, mais cette épreuve m'a déstabilisé et je ne parviens pas à retrouver mon équilibre. De quelque côté que je me tourne, je ne vois que des murs sans ouvertures, qui semblent me repousser, comme dans un cauchemar. Nous ne pouvons, toi et moi, raisonner selon les mêmes critères. Tu es un enfant de la bourgeoisie et tu n'as pas eu à te battre pour t'imposer. Moi, je suis né dans une des familles les plus pauvres de la commune ; pour m'acheter des livres, j'ai dû voler de la mine et braconner ; mes parents me battaient. Je me suis senti plus proche de Broussou que de toi. Je crois que c'est lui qui a raison. Pourquoi n'ai-je pas eu le courage de provoquer la justice lors de notre procès, de le suivre jusqu'au bout ? »

L'indignation me fit hoqueter :

« Que dis-tu là ? Es-tu devenu fou ? Tu nous aurais abandonnés volontairement, moi, les enfants, la forge ? Pierre, il est temps de te réveiller.

– Pardonne-moi si je te blesse, dit-il, mais il est difficile de lutter contre sa conscience ou de l'ignorer. Broussou m'a ouvert les yeux et, depuis, lorsque je les ferme, j'ai l'impression de le trahir. Comment oublier que si je suis encore ici, c'est grâce à lui ? Au cours du procès, il s'est acharné à me défendre en m'accablant de sarcasmes, en me traitant *d'espion.* Je n'ai pas eu le courage de le démentir. J'aimerais lui ressembler. Il ne vit que pour ses idées et il est prêt à se sacrifier pour elles. En prison, nous partagions la même cellule. Il s'est conduit comme un saint avec moi et nos camarades, allant jusqu'à se priver de nourriture pour la donner aux plus défavorisés. La nuit, parfois, je me réveille en sursaut en songeant qu'il est en train de mourir à petit feu sous le soleil d'Afrique, avec un boulet aux pieds, lui qui n'aimait rien tant que la liberté.

– Il faut oublier tout ça, dit Sylvain. Pour toi, pour Séverine…

– Je ne peux pas et je ne pourrai jamais. Je vais cependant tâcher de me conduire normalement.

– Nous ne t'en demandons pas davantage, fis-je. J'ai confiance en toi. »

* *
*

Pour traverser la cour en direction du muret dominant la vallée et la forge, je n'ai pas eu besoin d'ouvrir mon ombrelle pour me protéger : le soleil, tendre et velouté comme une peau de pêche, approche du sommet des collines, au-dessus du moulin de la Garennie, et fait vibrer le tilleul d'une nuée d'insectes.

« Encore un peu de patience. Dominique, dis-je à mon chauffeur en passant près de lui. Nous allons repartir dans quelques minutes. Prenez soin de cette peau que je vous ai confiée. Vous voyez ce rocher qui surplombe la

rivière, en aval ? C'est là que j'ai fait tuer le dernier loup de la région : celui dont vous portez la dépouille sous le bras.

– Vous l'avez fait tuer, madame, vous ?

– Pour lui éviter de l'être dans une chasse à courre. Il doit me remercier de son paradis. Avec lui, j'ai fait détruire ce qui restait de sauvagerie dans cette vallée perdue, mais je ne le regrette pas. De toute manière, il reste encore, Dieu merci, quelques animaux sauvages : des renards, des sangliers, des cerfs. Ceux que les chasseurs n'ont pas tués, les promeneurs les effraient. Le tourisme… »

Je m'éloigne de quelques pas le long du muret où je m'assieds, signifiant ainsi à Dominique mon souhait de passer seule ces derniers instants de confrontation avec mon passé. Comme il me comprend bien, Dominique !… Il sait interpréter comme une suggestion ou un ordre la moins explicite de mes attitudes. Pour m'attendre, il s'assied à son tour sur le banc du tilleul, la peau de loup sur ses cuisses, patient comme il sait l'être avec la vieille femme un peu capricieuse que je suis.

Cette visite m'a brisée, mais je ne vais pas le lui confier, de crainte d'une réprimande : « Votre cœur, madame… » Eh oui ! mon cœur… Je le sens s'affoler, me remonter dans la gorge au moindre effort, à la moindre émotion et aujourd'hui, des émotions, il en a eu son comptant. Il ne tardera pas à me trahir, mais je n'en éprouve ni crainte ni regret. Je ne suis plus qu'une de ces épaves vides et inutiles que la société traîne derrière elle.

J'entends parfois tonner la voix bougonne d'Eugène :

« Que dis-tu là, vieille sorcière ? J'aimerais avoir ta santé et ta jeunesse d'esprit. Si tu me quittes, je ne te le pardonnerai pas et tu seras maudite pour l'éternité ! »

Ce petit jeu nous divertit, mais je suis sincère et lui non : il gesticule comme un oracle, conjure la fatalité, tout en sachant que le destin finit toujours par nous rattraper et dispose de nous à sa guise.

J'ai retrouvé là, sur ce mur, la large dalle de schiste, plate et lisse comme une ardoise d'écolier, sur laquelle, avec Clarisse, Jérôme et plus tard Jean-Baptiste, nous jouions au jeu des quatre coins avec des cailloux en guise de pions : le plus simple, le plus primitif qui soit, celui, peut-être, grâce auquel les grands singes de la préhistoire devenaient des Homo sapiens *et découvraient, aux limites de leur intelligence, l'esprit ludique, le calcul et la ruse. Les lignes délimitant le carré et les diagonales sur lesquelles couraient nos pions sont encore lisibles ; le jeu pourrait reprendre : cailloux noirs contre cailloux blancs…*

J'évite de laisser mon regard plonger dans la vallée, vers les vestiges de la forge ; je suis myope et mon face-à-main ne me révèle que les structures d'un grand squelette auquel le bruit de la digue ne parvient pas à donner un semblant de vie. Le département voudrait y installer un musée, mais il est trop pauvre. La dernière crue de la Ganne a fait trop de dégâts, projetant les machines arrachées de leur socle les unes contre les autres, ne laissant subsister dans ce lac de boue que le petit atelier de tréfilerie qui a survécu aux intempéries et qui, bon an mal an, a continué à fonctionner.

C'est contre ce muret que, quelques jours avant la fermeture définitive de nos installations, alors que le ventre du haut-fourneau refroidissait dans sa chemise de briques, j'ai fait prendre par le photographe de Thiviers la première et la dernière image de la forge du Paradou, avec le haut-fourneau en fond de décor et, au premier plan, la dernière équipe d'ouvriers munis de leurs outils spécifiques : spatules, crochets, ringards, pelles, pinces… Je n'ai pas voulu qu'ils revêtent leur costume du dimanche, mais qu'ils se présentent comme au sortir des ateliers : nu-tête ou avec leur chapeau, chemise ouverte tombant jusqu'au genou ou serrée dans la ceinture de flanelle à moitié brûlée, socques aux pieds… Aucun sourire. Pour eux comme pour moi, c'était la fin d'une époque et un tournant dans notre existence. Certains allaient quitter le pays pour travailler à la « Compagnie », d'autres se consacrer à leur ferme. Il manquait sur cette photo Pierre et Lajorie, mais le grand Estève était là, à droite, assis sur une chaise, vêtu comme un moussur, *avec sa barbe blanche et son regard pathétique. Les petits-valets étaient debout sur la murette, derrière eux, le visage grave.*

Ces ouvriers de la dernière heure, ma mémoire a perdu leur nom et leurs fonctions. D'ailleurs cette image, je ne la regarde plus depuis longtemps : elle me fait mal. Ces rudes visages de paysans, dont un notable écrivait jadis qu'ils étaient « d'une ignorance confinant à la sauvagerie », semblent à travers le temps me reprocher ma décision. J'avais des larmes dans les yeux quand, par l'intermédiaire d'Estève, ils m'ont fait demander si je consentirais à ce qu'ils me donnent un baiser d'adieu.

Ils avaient tous, eux aussi, des larmes aux yeux et la voix brouillée pour me dire :

« Madame Séverine, vous avez été une bonne patronne. Pour sûr qu'on vous regrettera…

– Au revoir, madame. Merci pour la gratification…

– Adieu, patronne. Si vous repassez par chez nous, venez vous faire payer un coup à boire. Ce sera de bon cœur…

– Vous avez été bonne pour nous. On vous oubliera pas… »

« Madame, il est temps de partir. Madame… Qu'avez-vous ? Vous pleurez ?

– Ce n'est rien, Dominique. L'air commence à fraîchir. Il me pique les yeux. J'ai dû m'enrhumer dans cette grande baraque. Appelez le petit Pierrou, je vous prie. »

Le galapiat s'avance, les mains dans le dos, tête baissée, mais le regard droit. Je lui tends un billet ; il regarde ma main, secoue fièrement la tête, essuie sa gourme d'un revers de poignet.

« Eh bien ! dit sa mère en le tarabustant, prends donc, innocentou *! »*

Il consent à prendre le billet – une fortune pour lui. Il doit déjà voir danser dans sa tête les craquelins, le bois-doux, la guimauve de la fête foraine qui se prépare à Saint-Saturnin.

« Et alors, ajoute la mère, qu'est-ce qu'on dit, malappris ? Tu la veux, ta buffe *? Remercie la dame ! »*

Un « merci » timide fleurit au bord de ses lèvres.

Je sais maintenant que je ne reviendrai plus au Paradou. Ces dernières images iront rejoindre à Brive la photo enfouie dans la commode aux souvenirs. Il est trop tard et je crains la fatigue et les émotions d'une nouvelle visite qui ne m'apporterait rien. Ma réserve de souvenirs est bien assez importante pour m'accompagner jusqu'au bout de mon existence qui, je le devine, touche à son terme.

« Je ne me sens pas bien, dis-je à Dominique. Allez chercher la voiture. Je vous attends ici. »

* *
*

Pierre voyait juste : un tyran se cachait sous les mines bonasses du nouveau président de la République : celui que Victor Hugo appelait « Napoléon le Petit ». Son coup d'État du 2 décembre n'avait été que la confirmation de ses craintes. Le « neveu » allait jouer les empereurs, lui qui n'aurait dû avoir d'autre ambition qu'une préfecture de province.

« Je n'arrive pas à comprendre nos Périgourdins ! s'exclamait Pierre. En 48, ils votent massivement pour le prince-président. En 49, ils envoient au Parlement des députés de gauche. Deux ans plus tard, ils votent de nouveau pour Napoléon. Ils sont une année partisans de la République et une autre année de la dictature. J'y perds mon latin… »

Ce latin-là était facile à comprendre : la République, par son impuissance et ses incertitudes, avait déçu les masses ouvrières et paysannes ; la taxe de 45 centimes n'avait pas été supprimée et, malgré quelques bonnes récoltes, la situation de l'économie stagnait.

« Nos Périgourdins, dis-je, ont voté pour l'ordre, contre la gabegie et la pagaïe. Ils se moquent que la presse soit muselée s'ils ont leur table bien garnie et trouvent à écouler leurs produits à un bon prix.

– L'ordre… Tu n'as que ce mot à la bouche ! Je sais, moi, ce qu'il cache. Les prisons vont de nouveau se remplir et les déportations repartir de plus belle. »

Bonaparte se faisait toujours appeler « prince-président », mais ce vautour sentait lui pousser des ailes d'aigle. La légende impériale était toujours vivace dans les masses populaires. Dans toutes les chaumières de la région on pouvait voir, épinglées au mur, des images d'Épinal délavées montrant l'Empereur à Marengo, en Égypte, à Austerlitz… Périgueux lui élevait une statue ; pour l'anniversaire de sa naissance, le 15 août, on banquetait sur les places. Il avait invité le pays aux grandes fêtes de la gloire ; le neveu arrivait pour manger les restes ; la gloire lui allait, à cet avorton, comme un sabre à un évêque. Son succès en Périgord avait été dû pour une large part aux mesures brimant la presse : tous les journaux d'opposition avaient été supprimés et les journalistes emprisonnés, déportés ou contraints à l'exil. Le docteur Chavoix, tête de file de l'opposition, exerçait sa profession à Figueras, en Espagne ; les têtes pensantes de la province, des poètes de talent comme Clédat ou Lachambaudie, se morfondaient à l'étranger. Le nouveau préfet, M. Albert de Calvimont, avait demandé audience au prince-président, avant le plébiscite sanctionnant sa prise de pouvoir, pour l'assurer

« sur sa tête » de la fidélité de son département ; au retour, il avait consulté les chefs de troupes cantonnées à Périgueux : ils étaient prêts à faire marcher leurs hommes contre les émeutiers.

Il n'y eut pas d'émeutes, sauf à Bergerac où des rebelles, ayant pris d'assaut l'hôtel de ville, avaient dû se retirer devant l'armée, sans qu'une goutte de sang ne fût versée. On se contenta d'emprisonner des énervés qui criaient à la sortie des cabarets : « Vive Robespierre ! Vive 93 ! Vive la guillotine ! Vive le désordre et la guerre civile ! »

Un matin nous vîmes se présenter au Paradou le maire, Lapouge, qui, une nouvelle fois, sans une ombre de scrupule, avait tourné casaque et se déclarait bonapartiste. Il venait demander à Pierre de participer à une souscription destinée à offrir au préfet une épée d'honneur en témoignage de reconnaissance pour son action en faveur du prince-président.

Pierre l'accueillit avec une froide ironie :

« C'est une idée généreuse, Lapouge, et j'y souscris de tout cœur. Nous sommes pauvres, mais je tiens à vous montrer ma confiance dans le nouveau régime. Je vais vous donner tout ce qui me restait à ma sortie de prison. »

Il tira trois sous de son gousset et les lui tendit.

« Je vous remercie, dit Lapouge avec une grimace. Ma considération sera à la mesure de votre générosité.

– Je n'en doute pas, Lapouge. »

Lorsque le maire eut tourné les talons, Pierre éclata :

« Quel toupet ! Venir me demander l'aumône pour ce fantoche de préfet ! Cette épée, si j'en étais maître, je la lui passerais volontiers à travers le corps ! »

Il ajouta en me prenant contre lui :

« Je me demande ce que tes amis, Mérillou et Joséphine, auraient pensé en voyant cet aigle déplumé voler au-dessus de leur tête.

– C'est évident, Pierre : ils lui auraient tiré dessus. »

Sous ses airs narquois, Pierre avait dit vrai : nous étions pauvres, plus que nous ne l'avions jamais été lorsque mon père s'occupait de notre entreprise. Il m'avait convaincue de relever sensiblement les salaires et de consentir de meilleures conditions aux salaires-nourris, comme Broussou le lui avait suggéré. Il avait amélioré la condition des familles de la réserve et obtenu de Lajorie qu'il soit plus indulgent, sans être dupe, dans le partage des produits de la terre avec nos métayers, et ces derniers ne se faisaient pas faute de profiter de ces bonnes dispositions.

L'année qui suivit le plébiscite et l'instauration de la IIe République, Pierre revint à sa marotte : un deuxième haut-fourneau. C'était une folie, mais je le laissai libre d'en faire à sa tête. Les affaires semblaient reprendre ; nos fers s'écoulaient bien, grâce en partie à Sylvain qui nous dénichait des commandes et revenait souvent nous rendre visite, débarrassé définitivement qu'il était de cette sangsue : Isa Tabuteau. Il ne parlait plus de divorce et je lui en savais gré.

Clarisse se plaisait à son pensionnat et envisageait d'y rester, sa scolarité terminée, en tant que professeur.

Nous avions mis Jérôme au lycée, mais sans grand espoir de lui voir faire des études prolongées : il ne s'intéressait qu'à la littérature, écrivait de mauvais poèmes, revenait le plus souvent possible rêvasser dans la cour du château et ronronner de bonheur dans mes jupes ; il semblait toujours, tournant et virant dans notre demeure, chercher quelque imprimé à lire ; c'est ainsi qu'il s'abreuva des communications de l'oncle Élie et que je le crus atteint à son tour de la « maladie de la pierre », mais la poésie était son domaine ; il avait ses préférences : Lamartine, Hugo, Musset, et ses rejets, comme les œuvres élégiaques de Gaston Castagné. Preuve de bon goût et d'esprit critique.

La nature de notre dernier-né, Jean-Baptiste, ne se manifestait encore que confusément. Il allait sans problème sur ses quatre ans, mais il nous avait fait une peur bleue, l'hiver de ses deux ans, alors que chacun voyait le choléra à sa porte. Nous regardions, impuissants, son corps se vider, comme s'il ne se composait que d'effluents putrides qu'il rendait par le haut et par le bas ; il était dans un tel état d'hébétude que nous le crûmes mort. Je m'en pris sévèrement à Pierre, lui reprochant d'avoir permis à une tribu de baraquains de camper durant une semaine sur une friche proche du château, et surtout d'avoir autorisé leurs petits drôles à venir jouer dans la cour avec Jean-Baptiste.

Le docteur Malefaye, qui tirait péniblement sur ses soixante-dix, se déclara impuissant.

« Si c'est ce que je pense, dit-il, il n'y a aucun remède. Essayez de lui faire boire le plus possible d'eau salée pour compenser ses pertes en liquide. Pour moi, c'est aussi efficace que du chiendent greffé, mais ces petites natures nous réservent parfois des surprises. »

Le sorcier que Pierre alla quérir dans les cantons de Saint-Yrieix proposa un remède qu'il tenait d'un certain docteur Duvergier : de la truffe en décoction, en pilule ou mêlée à de l'eau distillée. J'ignore lequel de ces remèdes agit favorablement. Une quinzaine plus tard, Jean-Baptiste était sur pied, reprenait ses couleurs et ses occupations. C'était un garçonnet taciturne mais actif, qui, à la différence de Jérôme, ne supportait pas de rester immobile à regarder passer le temps : il avait reçu pour Noël une petite brouette bricolée par un ouvrier et, dès que le printemps le permit, il la chargeait et la déchargeait de terre, inlassablement. Où je voyais une inquiétante manie, Pierre, au contraire, discernait un goût évident pour l'effort physique et le travail manuel.

Le jour de ses quatre ans, Pierre le conduisit à la forge pour le présenter aux ouvriers et tâcher d'éveiller chez lui quelque indice d'un penchant pour ce genre d'activité, ce qui me sembla prématuré. Jean-Baptiste fondit en larmes en voyant surgir de l'ombre du hangar à charbon des hommes noirs et rébarbatifs. En revanche, le serpent de feu des coulées glissant dans les moules de sable le mit au comble du bonheur. Il rit de plaisir lorsque Pierre l'installa avec lui dans le monte-charge pour le conduire jusqu'à la terrasse du gueulard.

« Votre drôle, monsieur Pierre, dit le chargeur, vous en ferez un maître de forge. »

Deux ans après le coup d'État de Louis-Napoléon, notre mère nous fit la surprise de nous quitter sans un signe d'adieu.

La veille, elle était avec nous à table ; le lendemain, elle resta dans son lit où nous la trouvâmes bouche ouverte sur ses dents gâtées avant l'âge, fixant de son regard diaphane un détail du plafond qui avait semblé l'intéresser prodigieusement.

Personne ne la pleura, à commencer par moi. Depuis la mort de son époux, elle s'était enfermée dans une solitude qui semblait la ronger de l'intérieur et que nous étions impuissants à dissiper. Elle avait choisi de vivre en marge, ne donnant d'elle-même que ce qui était nécessaire pour ne pas laisser croire à de l'aversion pour son milieu familial. En toutes circonstances, elle paraissait se satisfaire des restes que lui laissait mon père : quelques mots ici et là pour le nécessaire, et rien ou presque pour le superflu. Je ne l'ai vue qu'à de rares occasions embrasser son mari ; il ne se privait pas, de son côté, de la brocarder à mots à peine couverts, disant en société qu'elle était « aussi amoureuse qu'une banche de *bujadière* ». Elle ne se montrait à la forge qu'une fois l'an, lors de la mise à feu du fourneau, et ne s'intéressait guère à son fonctionnement. Elle ne fit jamais rien pour éviter qu'on la crût sotte, ce qu'elle n'était pas. Quand mon père l'épousa, Élodie de Fontloube était une jeune fille très convenable, élevée chez les sœurs de Périgueux d'où ses parents l'avaient retirée de crainte, connaissant sa nature secrète, qu'elle ne tournât nonne et les privât de la joie d'avoir des petits-enfants. Elle s'adonnait à la lecture d'œuvres édifiantes marquées du *nihil obstat* des autorités épiscopales, à la broderie et au chant ; elle devait avoir une jolie voix mais ne s'en servait guère que pour appeler la volaille ou pour les messes du dimanche. En la dispensant de toute initiative, son mariage l'avait condamnée à une sorte de retraite intérieure dont elle semblait s'accommoder. Sa seule passion – mais en était-ce une vraiment ? – allait à la cuisine. Elle s'attachait à la confection de ses recettes comme un pianiste à l'exécution d'une sonate de Bach. C'était sa virtuosité à elle, et nous n'eûmes jamais à lui reprocher la moindre fausse note.

Dans le petit cimetière de Saint-Saturnin, où ma place est réservée, ses obsèques furent aussi discrètes que celles de mon père avaient été solennelles. Le silence de la tombe se referma sur son propre silence. J'ai longtemps regretté de n'avoir pas cherché avec plus de conviction à percer sa coquille, à la pénétrer, à lui faire prononcer d'autres paroles que celles du quotidien, mais jamais elle ne m'y encouragea. Je pensais qu'elle était partie avec son mystère, mais en avait-elle un ?

« Emma, que fais-tu ?

– Tu le vois : je déménage. Je te laisse les meubles. Là où je vais ils ne me seront pas nécessaires. La voiture suffira pour transporter mes bagages. Je te la ferai retourner dès que possible.

– Et peut-on savoir où tu vas ?

– À Périgueux. Pour me marier. »

Je me laissai tomber sur le lit, les tempes bourdonnantes d'indignation et de stupéfaction.

« Et c'est seulement aujourd'hui que tu daignes m'en parler ?

– Je ne pensais pas que cela puisse t'intéresser.

– Quel est l'heureux élu ? »

Au cours d'une fête à la Forge-d'Ans, elle avait fait la connaissance de Faugerolas, un Limougeaud négociant en vins et liqueurs, qui possédait un domaine à Tourtoirac ; il était veuf depuis trois ans et cherchait l'âme sœur ; il l'avait trouvée. Il était plus âgé qu'elle d'environ vingt ans, mais elle-même approchait de la quarantaine.

« Eh bien ! dis-je en soupirant, je te souhaite beaucoup de bonheur.

– Aide-moi plutôt à faire mes bagages. Je pars demain matin et rien n'est prêt.

– Seule ?

– Il n'y a plus de brigands sur les routes. Tiens, range ces draps dans la malle. »

Elle ne donna plus de nouvelles qu'une fois ou deux par an, tantôt de Limoges, tantôt de Tourtoirac, pour s'informer de la santé de son filleul ou pour nous présenter en termes convenus ses vœux de nouvel an. Elle semblait assagie et heureuse avec son barbon chauve, goutteux mais riche et qui l'adorait comme une icône.

Chaque matin, Pierre se rendait sur le chantier du haut-fourneau, dont il avait confié la réalisation à un nouvel entrepreneur. Les travaux avançaient trop lentement à son gré. Il maugréait :

« À ce rythme, nous n'en aurons pas fini avant deux ans, alors que les affaires reprennent et que nous avons de nouveaux débouchés grâce à Sylvain. »

La période qui s'annonçait promettait d'être aussi favorable à l'économie que celle du blocus au temps de l'Empereur. Les frontières n'étaient pas fermées aux fers étrangers, mais ils étaient frappés de droits considérables qui décourageaient les importateurs. Les grandes fonderies, celles de Lorraine ou du Creusot notamment, comme nos petites forges, tournaient à plein régime. Cela nous permettait de fournir à nos paysans-ouvriers un complément de revenus appréciable.

À Paris, le calme était revenu, après les dernières émeutes qui avaient donné lieu, de la part du gouvernement, à de sauvages répressions.

C'était le règne de l'« ordre » honni de Pierre mais dont nous profitions. Les députés « rouges » de la Dordogne avaient rejoint dans la déportation, l'exil ou la prison, leurs soixante autres collègues de l'opposition. La garde nationale dissoute avait rendu les armes. Le duc de Morny, âme damnée du prince-président et son demi-frère, avait fait incarcérer près de trente mille opposants au régime. Élu pour dix ans, Louis-Bonaparte promettait une République sage et heureuse, mais on devinait que son fauteuil deviendrait rapidement un trône impérial, et qu'il oublierait les idées généreuses de sa jeunesse.

L'année qui suivit le coup d'État, au mois d'octobre, Louis-Napoléon vint rendre visite au Périgord qui lui avait témoigné sa confiance en 48. Il passa sous des arcs de triomphe, présida des banquets et des fêtes. Il avait déclaré : « Certaines personnes vous diront : l'Empire, c'est la guerre. Moi, je vous dis : l'Empire, c'est la paix. » L'avenir n'allait pas tarder à le démentir.

« J'ai vu l'entrepreneur, me dit Pierre. Il m'a promis que notre nouveau fourneau serait mis en service pour la prochaine campagne. »

L'avenir s'éclairait. Ce nouvel élément ne faisait que marquer une étape vers l'extension et la modernisation de notre entreprise. Ses perspectives ouvraient sur d'autres horizons : on installerait un four Bessemer pour produire de l'acier et un marteau-pilon pour travailler des pièces de gros volume. Pierre avait rencontré jadis, à Saint-Étienne, l'ingénieur François Bourdon, de retour des États-Unis, qui avait repris en main et modernisé les ateliers du Creusot : il allait lui écrire, l'inviter à venir au Paradou.

« Et nos finances, Pierre, y songes-tu ? Pourrons-nous seulement honorer nos dettes ?

– À l'heure actuelle, des affaires comme la nôtre ne peuvent fonctionner qu'avec des emprunts, donc avec des dettes. La banque nous accorde des crédits. Profitons-en ! »

Il voulait d'autres enfants ; je m'y opposai. Les soucis de la maison qui, après la mort de ma mère, m'incombaient, avaient miné ma santé ; je me sentais alourdie et dépourvue de ressort. Pierre ne paraissait pas en avoir conscience ; sa passion pour moi ne s'était pas démentie, mais celle de la forge le sollicitait en permanence ; elle ne l'éloignait pas de moi, mais je le sentais partagé.

* *
*

Un matin de mars, nous nous levâmes avec un goût d'orage sur les lèvres.

La vallée baignait dans une sorte de brume humide et froide, d'une viscosité qui ne présageait rien de bon. De toute la journée, nous ne vîmes pas le soleil paraître et la nuit tomba brusquement à 5 heures, avec une pluie lourde et glacée qui crépitait comme un troupeau d'ouailles sur la tuilée des communs. Dans cette nuit épaisse, nous ne distinguions que la gueule du haut-fourneau qui fumait sous l'orage.

De toute la journée du lendemain, le temps ne marqua aucun répit. Pierre revint de son inspection le visage soucieux : la Ganne était en crue et commençait à lécher le terre-plein du bocard proche de la rive.

Il tenta, avec une équipe d'ouvriers, de consolider les abords des installations avec des moellons prélevés sur le chantier du haut-fourneau dont les ouvriers maçons vinrent prêter main-forte. À la fin de la journée, sans que la pluie ait marqué une trêve, une petite digue colmatée de terre, étayée par des poutres, s'élevait entre la rivière transformée en torrent et la terre ferme.

« Si tu crois en Dieu, dit Pierre en remontant pour se changer, fais une prière pour que cette digue tienne bon. Sinon, le bocard sera noyé, et peut-être le chantier. »

Je le suivis jusqu'aux cantines à la tombée de la nuit, avec des vivres, du vin et de l'eau-de-vie à distribuer aux ouvriers dont la plupart, les chemins étant inondés et les ponceaux emportés, avaient été contraints de rester sur place. Nous leur tînmes compagnie à la lumière des lanternes. Ils mangeaient en silence, dressant l'oreille de temps à autre lorsque le vent nous apportait des rumeurs inquiétantes. Parfois l'un d'eux, emmitouflé d'une cape de pluie, muni d'une lanterne, se levait pour aller inspecter les lieux.

« La digue semble tenir le coup, patron, disait-il, mais on voit plus le barrage : il est noyé. »

Il buvait un verre de vin chaud, se coulait dans un coin d'ombre, près de la cheminée, et s'endormait. Quand Pierre se leva à son tour, j'insistai pour l'accompagner. La nuit était sinistre comme le shéol, cette région de l'enfer qui, chez les Hébreux, est le domaine des ombres. Des gifles de pluie et de vent me fouettaient le visage malgré le capuchon que j'avais noué ferme. Les ronds de lumière de nos lanternes n'éclairaient qu'une petite surface de boue fouaillée par l'averse.

« Nous allons nous approcher de la rivière, dit Pierre. Prends-moi la main et ne la lâche pas. »

La rivière ? Où était-elle ? Partout et nulle part. On devinait une immensité liquide qui s'étalait d'un bord à l'autre de la vallée. Une lune morte semblait ballottée dans le courant fou des nuages qui dessinaient vaguement les contours des collines dominant le versant opposé. À travers l'aigre odeur de boue et de verdure pourrie que le vent barattait, nous suivîmes en tâtonnant le chemin conduisant au ponceau de pierre d'où partait la route menant à Saint-Saturnin. Des feux follets de lanternes dansaient sur l'autre rive : des gens du bourg venus aux nouvelles et des familles de paysans inquiètes du sort des ouvriers qui n'avaient pu regagner leur domicile. Nous leur fîmes des signaux, nous les appelâmes, mais nos voix se perdaient dans les remous du vent et le tonnerre des eaux.

Dans l'encombrement du ciel, une petite éclaircie nous révéla l'étendue du désastre : on ne voyait surnager du lac d'eau et de boue que de rares installations : la soufflerie, le four à puddler, le hangar à charbon et le haut-fourneau que les ouvriers venaient d'abandonner. Protégés par la digue, le bocard et le chantier paraissaient intacts.

« Si la pluie cesse, me dit Pierre en revenant, nous en serons quittes pour quelques jours de retard dans la production. Il faudra rallumer le haut-fourneau et nettoyer les installations. Ce ne sera pas une petite affaire. »

La pluie cessa durant une heure ou deux puis, sur une foucade de vent de soulière, se remit à crépiter avec une sorte de rage, alors que nous venions de regagner les cantines et de boire un vin chaud.

« Tu devrais essayer de dormir, dis-je à Pierre. Ça n'avance à rien de veiller. Je te réveillerai si la situation s'aggrave.

– Ça me serait impossible. Dors, toi, si tu le peux. »

Je me sentais aussi impuissante que lui à trouver le sommeil. Des bruits sourds annonçaient la chute d'un arbre ou d'un bloc de rocher autour des cantines. Les plaintes du vent sous la tuilée, par la gueule des chatonnières, parlaient de fin du monde. Nous étions comme sur un navire démâté par la tempête, sans autre espoir que de voir se lever un jour calme.

Il n'y eut pas vraiment de jour, mais une sorte de crépuscule noyé de brume et de pluie, avec d'épaisses coulées de nuages bas, répandus comme des draps sales sur l'épaule des collines d'où s'écoulaient des torrents de boue charriant pêle-mêle des arbres, des rochers et de la terre. Une fumée tragique montait du haut-fourneau.

Le dernier ouvrier à faire la tournée d'inspection revint au pas de course en criant :

« La digue, nom de Dieu ! elle va foutre le camp ! Faut faire quelque chose !

– Allons-y, les gars ! » s'écria Pierre.

Je les suivis, luttant contre la pluie et le vent dont la démence paraissait culminer au paroxysme de leur fureur. Une batte ayant cédé dans la course, je perdis un de mes sabots en traversant un petit torrent de boue et me débarrassai de l'autre. Les pieds glacés, je parvins jusqu'au hangar à charbon d'où suintait un liquide noir. La colère de l'eau, déjà maîtresse des lieux, s'était acharnée contre le barrage dérisoire, descellant les moellons, rejetant les poutres, fouaillant du museau les premières structures du bocard et les entassements de laitier et de minerai. Les hommes luttaient à la désespérée ; ils avaient jeté leur manteau ou leur cape et travaillaient en chemise à consolider la digue tant bien que mal, avec de l'eau à mi-corps, s'accrochant les uns aux autres pour n'être pas emportés par cet énorme muscle d'eau boueuse qui charriait des branches, des arbres déracinés, des animaux noyés et des meubles arrachés aux moulins d'amont et aux fermes bordières.

Je ne quittais pas Pierre des yeux.

Il n'avait gardé que son pantalon pour plonger dans le courant et être mieux à même, en faisant corps avec la rivière, de lancer ses ordres à bon escient. Sa voix me parvenait, portée par le vent.

C'était, j'en avais conscience, une lutte dérisoire. Pour un moellon que les ouvriers parvenaient à maintenir en place, deux ou trois étaient balayés ; pour une poutre que l'on parvenait à bloquer, une autre cédait et partait à la dérive. J'avais envie de leur crier d'arrêter cette lutte inhumaine et inutile, mais cela n'aurait servi à rien : ils menaient une de ces batailles où l'on ne peut déserter.

Je ne pus retenir un cri lorsque je vis Pierre perdre l'équilibre, s'enfoncer jusqu'au cou dans le fleuve de boue en tentant de saisir une branche et disparaître en tournoyant. Affolée, je me précipitai et suivis le groupe des ouvriers qui se portait vers l'aval pour tenter de le repêcher. Nous le retrouvâmes accroché à la basse branche d'un vergne, les yeux révulsés, la bouche grande ouverte sur un cri que nous ne pouvions entendre. Le grand Estève, au risque d'être emporté à son tour, s'engagea dans la rivière jusqu'aux épaules, réussit à arracher Pierre à la branche à laquelle il se maintenait. Il parvint à le ramener sur la rive et à le porter au sec sur ses épaules.

Quand je m'agenouillai près de lui, Pierre ne sembla pas me reconnaître ; ses yeux et sa bouche restaient grands ouverts dans un visage couleur de terre. Il se détourna pour vomir en hoquets convulsifs une eau brunâtre. Il parvint à articuler d'une voix que j'avais du mal à entendre :

– Dis-leur… Dis-leur d'arrêter… C'est… inutile… »

Puis il ajouta :

« J'ai froid. Bon Dieu ! que j'ai froid… »

Je fis passer l'ordre par Estève. Un à un, dans la pénombre, les fantômes de boue se retirèrent, bras ballants, épaules basses, sans un mot.

« On va te porter jusqu'au château, dit Estève. Courage, patron ! Tu en seras quitte pour une baignade forcée. Ce soir, tu seras de nouveau sur pied.

– Laisse, dit Pierre. Je rentrerai seul. Si l'eau monte encore et atteint les cantines, dis à nos gens qu'ils se réfugient au château.

– Ah ! putain de Ganne ! s'écria Estève. Il lui arrive de se mettre en colère, mais elle nous avait jamais fait ce coup-là ! »

J'aidai Pierre à s'allonger sur le canapé du salon, près de la cheminée où nos servantes avaient fait un feu de brasse. Le cas échéant, il serait plus aisé de le soigner là que dans la chambre du haut. Il but avidement un bol de tisane additionnée d'eau-de-vie puis s'endormit d'un sommeil profond. Toute la nuit, je restai à le veiller, allongée dans le fauteuil. Le soir tomba avec un nouveau déluge, mais le ciel portait au couchant une plaie vive, couleur lie de vin, qui laissait présager une accalmie, comme nous l'annonça Lajorie. Durant la nuit, il y eut encore quelques sursauts de vent, quelques griffures d'averse aux vitres, mais, le matin, le temps était serein comme un repentir.

Je trouvai mon malade en meilleure condition, mais trop faible encore pour se lever ; la commotion qu'il avait éprouvée l'avait vidé de ce qui restait de ses forces. Il se plaignait de douleurs au côté – « comme des coups de poignard », disait-il –, de courbatures qui rendaient pénible le moindre mouvement, et il était secoué de lourds frissons.

« C'est un simple refroidissement, dis-je pour le rassurer. L'affaire de quelques jours. Il faut boire des tisanes et te reposer. Regarde ! le soleil est revenu et tout est fini. »

Il voulut se lever ; je l'en dissuadai. Toinon et Jeannette lui préparèrent un bain bouillant ; il s'y plongea en hurlant et s'y endormit. La boue qui suintait de tous les plis de son corps, de tous ses pores, surnageait sur l'eau en pellicule grise ; il en suintait même de ses moustaches et de ses cheveux. Il se sentait mieux en sortant du bain, mais il subsistait en lui, me dit-il, une impression d'irréalité, comme s'il était « ailleurs ». Il s'enferma le reste de la journée dans un mutisme dont il ne sortait que pour me demander si la digue avait tenu et ce qu'on avait pu sauver des installations. Estève, venu prendre de ses nouvelles, lui cacha la vérité sur la situation, qu'il me révéla à la cuisine.

« Nous avons subi d'énormes dégâts, dit-il. Les roues à aubes, la soufflerie sont endommagées ; des machines ont été arrachées de leur socle. Le bocard est encore sous l'eau, de même que le chantier, que le courant a pris à revers.

– Et le haut-fourneau ?

– Seules la base avec la bédière ont été inondées. Le hangar à charbon est intact ou presque. Patronne, la campagne est fichue. Il faudrait près d'un mois pour que tout soit de nouveau en état de fonctionner. »

Le déluge n'avait pas épargné les forges du voisinage. Les communications dans la vallée étaient devenues difficiles, plusieurs ponts ayant sauté. Un meunier de l'Auvézère s'était noyé et on ne comptait plus les bestiaux emportés par le torrent : on en voyait passer encore, le ventre gonflé, les pattes en l'air. Estève avait poussé jusqu'à la tombe de Mérillou : elle avait disparu et le corps était parti au fil de l'eau.

« C'est une catastrophe, maîtresse, dit-il. Qu'allons-nous faire ? »

Je répondis sans hésitation :

« C'est une campagne perdue. Il faut préparer la suivante, quoi qu'il nous en coûte. »

Pierre resta trois jours dans un état second. J'avais fait appeler le docteur Malefaye, mais le pauvre homme tarda à se présenter, assailli de toutes parts de demandes. Son diagnostic m'affligea : pleurésie double.

« C'est grave, mon enfant, me dit-il, mais ce n'est pas désespéré. Il faut lui faire boire les tisanes que je vais vous indiquer, lui tenir la poitrine bandée le plus serré possible pour éviter les douleurs dues à la respiration. J'insiste : repos absolu. Il n'était pas en très bonne santé, votre Pierre. Vous auriez dû lui éviter le surmenage.

– Facile à dire. Il ne tient pas en place. Il a dû remplacer des ouvriers.

– Il a une fièvre carabinée, et je n'aime pas ça. Je reviendrai dans trois jours, mais, si son état empire, faites-moi prévenir. »

Les douleurs pleurales s'accentuèrent sans priver le malade de sa sérénité ni de sa bonne humeur. Il interpellait joyeusement Toinon, qu'il appelait « petite velle » parce qu'elle avait le visage un peu bovin :

« Que mets-tu dans tes tisanes, "petite velle" ? De l'arsenic ? Donne-moi plutôt un verre de gnôle.

– C'est interdit, monsieur Pierre. Ça vous tuerait. »

Un matin où je m'étais absentée pour aller faire quelques emplettes à Saint-Saturnin, je trouvai au retour la maison sens dessus dessous, Toinon, Jeannette et Jean-Baptiste en larmes.

« Ah ! madame ! C'est M. Pierre ! Il a disparu ! »

« Monsieur Pierre », je savais où le trouver. Accompagnée d'Estève, je descendis à la forge. Pierre était assis au-dessus du bocard comme un général romain devant ses guerriers morts au milieu d'un champ de ruines. Il était en chemise, un manteau jeté sur les épaules. Il pleurait.

« Pierre, tu es fou ! Remonte vite ! »

Il dit d'une voix brisée :

« Tout est fichu… Je t'avais bien dit que je porte malheur. Tout ça est ma faute.

– Tu te prends pour le bon Dieu, dit Estève, le maître des éléments… »

Cette imprudence fut fatale à Pierre. Touché dans son esprit autant que dans sa chair, il semblait avoir renoncé à vivre. Ses douleurs au flanc, ses « coups de poignard », comme il disait, lui arrachaient des plaintes sourdes ; la fièvre baignait son visage et son corps de sueurs nauséabondes. Lorsque le médecin revint le visiter, il ne me cacha pas son inquiétude :

« Il n'y a rien d'autre à faire qu'attendre, dit-il. Le cœur s'est déplacé sous la pression des humeurs. Continuez le traitement que je vous ai ordonné. »

Il revint chaque jour et constata que l'état de son patient empirait. J'aimerais dire que Pierre lutta une semaine contre la mort, mais il y avait renoncé. Il ne sortait de sa léthargie que pour me prendre les mains et me demander pardon en pleurant, répétant que c'était sa faute, qu'il m'avait ruinée. Je le rassurais de mon mieux, mais il n'était pas dupe.

« Les dégâts sont moins importants que je ne croyais. Nous avons un gros travail de nettoyage et de remise en place des machines, mais tout sera prêt pour la prochaine campagne. »

Afin de lui redonner confiance, j'avançai des arguments auxquels moi-même je ne croyais guère :

« J'ai bien réfléchi : il nous faut d'autres enfants. Dès que tu seras remis nous y penserons. Je t'aime, Pierre. Tu dois vivre. »

J'avais beau dire, il n'en avait plus envie. Une nuit que je dormais profondément, il m'éveilla en criant mon nom.

« Séverine ! Je m'en vais, je le sens. Reste près de moi. »

Sa tête s'agita violemment, puis il soupira d'une voix changée, comme éteinte :

« Cette lumière blanche, ces signes… On dirait un message, mais que dit-il ? Aide-moi, Séverine ! Aide-moi à mourir, je t'en prie… »

Il prit ma main, la serra, puis sa pression se relâcha insensiblement. Il mourut en me regardant, un sourire sur ses lèvres décolorées, perdu dans cet alphabet mystérieux qui n'arrivait pas à composer un message.

* *
*

Ce printemps-là et l'été qui suivit, je ne parviens pas à m'en souvenir avec précision, comme si les eaux démentes de la Ganne avaient tout balayé en ne laissant que quelques îlots de conscience. Elle était redevenue très vite l'aimable rivière, à la fois laborieuse et amicale, que nous aimions comme si elle était notre bien propre, l'axe de notre destinée. C'est autour d'elle que s'ordonnait notre cadre de vie, en sa force que nous puisions notre richesse. Et voilà que, sur un coup de colère, elle était devenue une ennemie dévastatrice, une sorte d'Alphée bouleversant le monde pour retrouver la nymphe Aréthuse. Depuis cette colère de bête fauve, je me méfiais d'elle et n'effleurais ses eaux qu'avec réticence, comme si elle était prête à mordre.

Quand je lui fis part de ces appréhensions, Eugène sourit dans sa barbe et me dit :

« Superstition, Séverine. Cela prouve qu'il reste en toi un vieux fond de religiosité celtique. Je m'en réjouis et je t'envie, moi, l'incurable rationaliste… »

Pierre disparu, nos installations ravagées, notre situation financière critique, je me vis contrainte de faire face, pour mes enfants plus que pour moi. Et seule. Lajorie et Estève firent de leur mieux pour m'aider, mais ils ne pouvaient décider à ma place, et des décisions, Dieu sait qu'il me fallut en prendre durant cette période dramatique, la plus sombre de toute mon existence !

Nos clients : ceux de Ruelle, de Tulle, de Bordeaux, les forges voisines avec lesquelles nous travaillions en sous-traitance, me harcelaient de courriers pressants auxquels j'étais impuissante à répondre afin de justifier les retards dans nos livraisons. Il fallut trouver l'argent liquide nécessaire à la paie des ouvriers, au nettoyage, à la remise en place du matériel, qui se firent au cours de l'été. Je dus courir les routes pour trouver des semences et des plants destinés à redonner vie aux terres de la réserve et à aider les métayers éprouvés par la catastrophe. Au moment de rallumer le haut-fourneau, j'étais sans un sou vaillant et incapable d'assumer les intérêts de nos dettes.

Lajorie n'était guère optimiste.

« Vous ne vous en tirerez pas, madame Séverine. J'ai fait les comptes et vous en avez pris connaissance. L'argent de nos premières livraisons ne compensera pas votre arriéré de dettes et de dépenses. Il faut vendre quelques terres, vos métairies, votre vignoble de Puy-la-Brame, qui a été dévasté… »

Je me souvenais de ce que disait mon père, et qu'il tenait du sien : les bénéfices de la forge doivent servir à acquérir de la terre, et pas le contraire. Ils avaient raison, mais ils n'avaient pas connu le drame que nous venions de traverser.

« Il y a une autre solution, ajoutait Lajorie : vendre la forge, mais vous trouveriez difficilement un acheteur. Elle a trop souffert, et les propriétaires des forges voisines ont assez à faire à remettre les leurs en activité. En attendant des temps meilleurs, tâchez de vivre du mieux que vous pourrez. »

Sylvain, ayant appris nos malheurs, m'écrivit pour me proposer son aide et ses conseils, mais j'avais scrupule à faire appel à lui, bien qu'il fût toujours mon mari, et même, dans mes lettres, je m'efforçais de retoucher ce que le tableau pouvait avoir de sombre. Il n'était pas dupe et renouvelait ses propositions, arguant qu'il était le père de deux de mes enfants et qu'il en était responsable. J'acceptai tout au plus qu'il prît en charge les frais d'études des deux aînés.

Des images radieuses et affligeantes émergent des marécages de ce printemps du désastre.

Passée la tornade, le soleil avait, durant une quinzaine, rayonné sur le pays, et la récolte de foin s'annonçait exceptionnelle.

Pour échapper à ma peine et à mes obsessions, j'aidais les gens de la réserve aux travaux de fenaison. J'ai encore dans l'oreille, comme une musique lointaine et obsédante, le crissement de la pierre sur la lame du dail, les rires et les chants des faucheurs dans les matins de brume qui coulaient comme du lait sur l'immensité du plateau, le sifflement des faux dans l'herbe drue, qui montait jusqu'à la ceinture. Il me semblait sentir contre mon flanc l'humidité de l'eau contenue dans le coffin où trempait la pierre à affûter, sur mes joues et dans mon cou la sueur généreuse de l'effort sous un soleil ardent.

« Arrêtez donc un peu, madame Séverine, me disaient nos paysans. Demain il fera jour. *Milliard de Diou !* vous allez vous crever à la tâche. Laissez-nous faire… »

Ce travail était ma sauvegarde : il me donnait l'impression de remonter une pente, d'avancer un pion contre la fatalité, de marquer des points. Le temps du repos venu sous le chêne de lisière, je prenais une poignée d'herbe entre mes mains et son odeur me réconciliait un peu avec la vie. Pierre m'avait appris à reconnaître les plantes qui tombaient sous le fil du dail : l'avoine folle, la carotte sauvage, la centaurée, la consoude, la sauge, le mélilot… Elles étaient sèches comme le souvenir mais elles sentaient le bonheur.

Un matin de soleil lourd et de fatigue ardente, je vis trois silhouettes se dessiner au-dessus du *randal* limitant la prairie vers le sud, alors que je finissais ma crêpe du mérindé et mon verre de piquette. Elles avançaient lentement dans la brume chaude, le long des andains, tremblotantes comme de la gelée. Sylvain ! Il tenait Clarisse et Jérôme par la main. Derrière lui trottinait un petit elfe de lumière : Jean-Baptiste.

« Eh bien ! me dit-il en relevant sur son front son panama, tu as juré de te tuer au travail, à ce qu'il paraît ? »

Il me tendit la main pour m'aider à me relever et me fit un compliment qui me toucha :

« Tu n'as jamais été aussi belle. Une vraie Cérès… »

Il accepta un verre de piquette. Je me disais qu'il était beau, lui aussi, avec son teint avivé par la promenade, ses vêtements simples qui étaient ceux de son voyage, et ce chapeau clair qui lui allait mieux que le cérémonieux haut-de-forme qu'il portait parfois avec sa redingote, à Ruelle, et que je n'aimais pas.

Il m'expliqua qu'il avait pu se libérer pour quelques jours et comptait les passer avec moi, si j'étais d'accord. Je m'excusai de devoir reprendre mon travail : il me restait quelques rangs à terminer avant midi, et je n'aimais guère que les autres fassent l'ouvrage à ma place.

Il resta jusqu'au bout. Son attention me gênait un peu, mais l'ardeur que je mettais à la tâche me la fit vite oublier. Il avait laissé son tilbury au fond du pré, sous un coudrier dont la jument Poulette grignotait les jeunes pousses en s'ébrouant sous les mouches et les taons. Je montai dans la voiture, entre lui et Jean-Baptiste, Clarisse et Jérôme s'en retournant à pied par des escoursières.

Alors que je lui servais un verre de cognac à la fin du repas, Sylvain me dit :

« Ta situation est pire que tu ne me le disais dans tes lettres. Connaissant ta discrétion, je pensais d'ailleurs que tu me cachais la vérité. Ta situation est grave, n'est-ce pas ?

– Elle est désespérée, au point que je songe à vendre la forge. »

Sa main claqua sur la table.

« Je m'en doutais ! Il faut y renoncer. J'ai fait une courte inspection et j'ai pu constater que tout n'est pas perdu. Il reste encore du travail à faire, mais rien ne s'oppose sérieusement à une reprise en septembre. Les commandes ne manqueront pas. Le courage non plus, de ta part. Tu es une femme forte, Séverine. Ce n'est pas le moment de baisser les bras. »

Il ajouta en posant sa main sur la mienne :

« J'avais de l'estime pour Pierre. Il est venu à ton secours au moment où tu en avais besoin et s'est dévoué avec beaucoup d'abnégation, mais c'était un esprit porté à l'utopie. Cette idée d'un deuxième haut-fourneau était une absurdité. Vous auriez eu du mal à le rentabiliser, et vos installations sont trop éloignées des grands centres et des voies de communication. Il est vrai que les affaires reprennent, mais imagine que le gouvernement décide, pour faire plaisir à l'Angleterre, d'ouvrir nos frontières aux fers étrangers. Ce serait la faillite pour la plupart des entreprises sidérurgiques. Cela nous pend au nez. À Ruelle, on est très inquiet. »

Il se servit un autre verre de cognac et poursuivit :

« Je ne voudrais pas t'inquiéter outre mesure. Nous n'en sommes pas là et il y aura encore de beaux jours pour les petites forges du Périgord. Tu es faite pour la lutte. Alors, bats-toi !

– Mon père… »

Il m'interrompit d'un geste d'énervement :

« Ton père… Je connais ses principes : ne vendre de la terre que contraint et forcé. Eh bien, tu en es là !

Débarrasse-toi de tes métairies. Il ne manquera pas de bourgeois pour t'en offrir un bon prix. »

Je lui promis de réfléchir.

Comme il me l'avait annoncé, Sylvain resta trois jours au Paradou. Nous ne nous sommes pas quittés de tout ce temps que nous avons passé en promenades, mais surtout en travail autour de la table de la salle à manger, avec Lajorie. Il parvint à me convaincre que la situation était moins tragique que je le supposais. En liquidant cinq des sept métairies qui nous restaient nous pourrions retrouver une assise solide.

Au moment de remonter dans la voiture, il me prit dans ses bras et me dit :

« Séverine, je souhaite sincèrement que tu te sortes de ce mauvais pas. Je t'y aiderai…

– Nous sommes si loin l'un de l'autre…

– Je reviendrai, je te le promets.

– Je serai heureuse de te recevoir. N'es-tu pas chez toi ici !

– J'ai oublié de te le dire : je vis seul à Ruelle depuis le départ d'Ida. J'ai souffert par sa faute plus que tu ne peux le concevoir. Aujourd'hui, j'ai retrouvé la sérénité et je me suis promis de ne plus me laisser entraîner par la passion. Je vis comme un moine, Séverine.

– Et moi, dis-je, comme une nonne. »

Un mois plus tard, Sylvain était de nouveau l'hôte du Paradou, avec des cadeaux pour les enfants. Il paraissait heureux comme un collégien en goguette.

« J'ai une surprise pour toi, me dit-il, mais te plaira-t-elle ? »

Je redoutai qu'il sortît de sa poche un de ces bijoux de pacotille qu'il m'offrait au temps de nos fiançailles et qui plaisaient tant à Emma. Il me prit la main, m'entraîna jusqu'à la murette et s'assit au soleil près de moi.

« J'ai longuement réfléchi à nous deux, dit-il. Que dirais-tu si je te proposais de venir m'installer au Paradou ?

– Mais tu y es, Sylvain.

– J'y suis et je n'y suis pas. Je vais repartir dans deux jours et je ne sais quand je reviendrai. Je songeais que, peut-être, je pourrais m'y installer définitivement. »

Un vertige me fit chanceler.

– Sylvain... ce que tu me proposes...

– Je sais. Tout cela mérite réflexion, mais pour ce qui est de moi, rien ne s'oppose à ce projet. C'est une aventure, j'en ai conscience, mais elle me tente. Tu es libre ; je le suis aussi. Nous pourrions unir nos forces pour un but commun : faire revivre la forge. Je n'ai pas renoncé à me battre. À me battre et à te reconquérir, toi.

– Sylvain !

– Ne me réponds rien pour le moment. Si tu refuses, je ne t'en voudrai pas et je continuerai à t'aider. »

La mort de Pierre avait créé un tel vide en moi et autour de moi que je n'espérais plus voir ce désert fleurir de la moindre passion, de la moindre affection, sauf celle que je vouais à mes enfants. Je n'éprouvais plus pour Sylvain qu'amitié et reconnaissance. Il avait jadis répandu le sel à poignées sur ma vie, au point que j'avais renoncé à retrouver sur mon chemin une herbe tendre où me reposer. Mais Samuel était venu, puis Pierre. De nouveau, eux disparus, c'était le vide. Je me disais qu'à quarante ans il est imprudent de se lancer dans une aventure sentimentale, même en suivant des sentiers déjà balisés. D'autre part, j'appréhendais une fin d'existence solitaire, alors que rien en moi n'annonçait la moindre sclérose du cœur et de la chair.

Tandis qu'il attelait Poulette pour son voyage de retour, Sylvain me demanda si j'avais réfléchi à sa proposition de la veille.

« J'accepte, dis-je, mais il faudra me prendre comme je suis : pas toujours facile à supporter, un peu capricieuse et obstinée. "Une tête de mule..." disait mon père. Et je serai bientôt une vieille femme.

– Vieille, toi ? riposta Sylvain. Je t'aime et je te vois telle que tu es vraiment : une femme ardente et qui n'a pas renoncé à vivre. »

Il m'annonça qu'il allait liquider sa situation à Ruelle, repousser l'offre alléchante qui lui était faite par Festugière de prendre la direction de ses nouvelles installations à Brousseval, en Haute-Marne. Il rayonnait, brassait des projets à pleins bras, me prenait contre lui, me pressait à m'étouffer, m'embrassait dans le cou, me soulevait dans ses bras pour me faire tourner une valse de joie sous le tilleul.

« Dans moins d'un mois, dit-il, j'aurai tout réglé et je serai de retour. Tu peux commencer à dresser un arc de triomphe, avec des fleurs, beaucoup de fleurs ! »

Les enfants et moi ne prîmes pas cette requête à la légère.

Lorsque Sylvain, trois semaines plus tard, revint au Paradou, précédant le fourgon qui transportait ses affaires, il cria de plaisir, debout sur le tilbury, en passant sous le portail aussi fleuri que les grilles de la préfecture lorsque Louis-Napoléon avait rendu visite à notre province. Ivre de bonheur, il nous serra dans ses bras, arracha mon chapeau de paille et le jeta au loin pour mieux m'embrasser.

La table était prête pour le repas du soir, dans la salle à manger, sous la nouvelle lampe à pétrole au bel abat-jour vert opalin, que j'avais fait installer en son honneur et qui diffusait une lumière douce et régulière.

« Garde ton vin ! s'écria-t-il. Ce soir nous buvons du champagne. »

Son mobilier, qui était le mien aussi, trouva place dans les pièces du haut. Il s'installa dans la chambre qui avait été celle d'Alban puis de Pierre, et je gardai la mienne. Une semaine après son installation, au milieu d'une nuit chaude de juillet, il gratta à ma porte. Je lui ouvris. Il me fit l'amour avec un brin d'affèterie qui ne pouvait me faire oublier les assauts et les inventions de Samuel ni l'ardeur pathétique de Pierre. Nous étions un vieux couple ; il y avait entre nous une épaisseur de souvenirs qui refrénait nos élans, mais cela me donna l'impression réconfortante d'être encore une femme.

L'automne venu, nous procédâmes avec émotion et recueillement à l'allumage du haut-fourneau.

Estève était « venu gendre » chez un fermier aisé de Savignac. C'est sa fille âgée de trois ans qui eut l'honneur de procéder à la mise à feu bénie par le curé et qui, d'une main innocente, jeta dans le foyer l'image de saint Éloi. Nous avions embauché un nouveau chef de coulée recruté par Sylvain chez les Combescot qui avaient réduit leur personnel.

Fort de son expérience d'ingénieur, Sylvain apporta des modifications aux divers ateliers. Il rénova le bocard avec l'adjonction d'un tunnel de concassage, améliora les locaux de la bédière qu'il jugeait trop sommaires, fit des cantines des appartements convenables dont les fenêtres et les escaliers extérieurs s'ornèrent de géraniums et de pétunias.

Quelque temps qu'il fasse, il s'absentait parfois, mais pas pour des voyages d'agrément. Il filait vers Périgueux d'où il prenait la diligence de Bordeaux. L'aîné des Festugière, Adrien, avait épousé la fille d'un négociant en fer, Otard, qui possédait des entrepôts comptant parmi les plus importants du Sud-Ouest. Ami de Sylvain, il avait accepté sans réticence les fers du Paradou. Nos produits quittaient le grand port pour alimenter des pays d'outre-mer. Sylvain, plutôt que de faire apposer sur les pièces les plus importantes son nom et celui de notre famille, les faisait poinçonner par leur lieu d'origine : *Le Paradou.* J'éprouvais quelque orgueil à songer que des gens, à des milliers de kilomètres de nous, jusqu'aux Amériques, devaient s'interroger sur ce nom que j'ai retrouvé il y a deux ans dans un roman d'Émile Zola : *Le Docteur Pascal* – mais dans mon Paradou à moi, on ne meurt pas sous les fleurs.

Un matin, alors qu'il affûtait le fil de son rasoir sur une vieille ceinture accrochée à la fenêtre du cabinet de toilette, comme le faisaient Pierre et mon père avant lui, Sylvain me parla de Marie Capelle :

« Je sais que vous vous êtes rencontrées jadis et qu'elle était ton amie. Eh bien ! je t'annonce qu'elle vient d'être graciée par décret de l'empereur. Elle s'est retirée à Ussat, dans les Pyrénées. On ne saura jamais si elle était coupable ou non. »

Il m'arrivait souvent de penser à son calvaire dans les cellules de Tulle, de Brive, de Montpellier, où elle trompait son ennui en écrivant ses mémoires, que j'ai lus et qui m'ont émue sans me convaincre de son innocence. Nous aurions pu devenir de grandes amies ; je sentais en elle un élan sincère vers moi, comme une main tendue. Si Charles était décédé de mort naturelle, peut-être aurait-elle pris la direction de l'entreprise : Marie était comme moi – à ce qu'on dit – une femme de tête et qui s'était prise de passion pour le travail du fer.

C'était peu avant le plébiscite qui devait faire un empereur du neveu du grand Napoléon, sans soulever dans le pays les vagues qui l'avaient ébranlé lors du coup d'État du 2 décembre, ou *a fortiori* lors de la révolution prolétarienne de 48. Insensiblement, presque sans murmure, la nation avait glissé vers un nouvel ordre politique : une dictature à peine grimée des fards de la démocratie. Pour franchir ce pas, le mot de passe était : « l'ordre ». Lui seul pouvait relever le pays accablé par des décennies d'incertitude et de pagaïe, égaler la prospérité de l'Angleterre qui savait si bien dissimuler la misère des classes populaires derrière le paravent du libéralisme et de la richesse. L'ordre ? Tout le monde ou presque en était partisan, mais il fallait accepter la médaille avec son revers : l'oppression idéologique qui brimait les partis, les clubs, la presse, le prolétariat, et faisait de notre pays un troupeau de moutons sous la férule de Badinguet.

Je ne m'intéressais pas de très près à la politique. Pas plus que Sylvain, mais pas moins.

Du fait de ses déplacements et de ses rapports avec producteurs et négociants, il était tenu de s'informer des affaires de la nation. Il le faisait avec honnêteté, lisait les journaux autorisés par le gouvernement et les feuilles qui circulaient sous le manteau et qu'il détruisait ensuite prudemment.

Sylvain avait beaucoup changé. Je ne reconnaissais plus en lui le jeune ingénieur impertinent qui accompagnait les messieurs de Ruelle au Paradou, au début des années trente, et racontait avec une passion mal maîtrisée les événements parisiens auxquels il avait assisté. La levée en masse du peuple dans l'aube de la République, les rassemblements d'ouvriers qui faisaient le coup de feu sur les barricades, le sang clair de la liberté qui coulait sur le pavé avaient troublé cet esprit sensible. Non seulement le jeune M. Rousseau d'autrefois était séduisant, ses propos d'une éloquence feutrée, mais il faisait lever en moi des images d'épopée. Sa carrière, la nécessité où il s'était trouvé de se couler dans les moules du conformisme l'avaient amené à biseauter ses tendances naturelles, au contraire de Pierre qui, lui, n'avait jamais renié ses origines et se considérait toujours comme un prolétaire aidé par la chance autant que par ses propres talents.

Mon relatif isolement facilitait en moi l'éclosion de sentiments politiques qui ne devaient rien au pharisaïsme ambiant. On ne me demandait pas mes opinions pour acheter mes fers ; les discussions avec mes visiteurs tournaient court : on ne discute pas de politique avec une femme réputée ignorante, naïve, bornée comme toutes ses congénères ; je n'avais d'ailleurs ni la profondeur de pensée ni les notions pertinentes d'une George Sand pour tenir tête efficacement à mes interlocuteurs. Mon idéal en ce domaine pourrait se résumer en un mot : justice ; cette opinion rejoignait celle de Pierre : notre bourse est toujours restée ouverte pour soulager les misères les plus criantes ; nous avons toujours eu le souci de rendre moins inhumain le travail des ouvriers, surtout des femmes et des enfants, d'attribuer à tous un salaire décent et des avantages en nature ; l'école, dont cette fripouille de Lapouge se désintéressait, recevait de fréquentes visites de notre part, et jamais les mains vides. Aucune famille n'eut motif à se plaindre de nous.

Sylvain était d'une autre nature que Pierre : il s'intéressait moins aux conditions de travail qu'à la production. Un ouvrier qui, ayant un peu trop arrosé la pause dominicale, s'endormait et laissait refroidir le haut-fourneau, était renvoyé sans autre forme de procès ; une fonte ou un fer de mauvaise qualité déclenchait des sanctions sévères. Il se brouilla avec un charbonnier qui, blessé lors d'un accident de chasse, n'avait pu honorer une commande dans les délais prévus. Le travail des femmes n'échappait pas à sa vigilance : la moindre absence insuffisamment justifiée à son gré entraînait une sanction…

« Ton “monsieur”, me disait Estève, on le trouve trop dur avec l’ouvrier. Tu devrais lui en faire la remarque. »

J’avais essayé, mais notre situation difficile s’accommodait mal de la moindre faiblesse. Il me répondait :

« Je suis très exigeant avec moi-même. Pourquoi ne le serais-je pas avec le personnel ? Ceux qui se plaignent ont tort. Qu’ils aillent voir ce qui se passe ailleurs et ils constateront qu’ils n’ont pas à se plaindre. Que diable ! ce ne sont pas des esclaves, comme en Angleterre ! »

Parfois, le soir, lorsqu’il savourait son havane et son cognac, sous le tilleul par beau temps, nous évoquions la situation politique. Il me disait :

« Je ne partage pas tout à fait la position de l’empereur concernant l’ordre social, mais comment nier qu’il ait redonné confiance au pays en relançant l’industrie et le commerce ? D’ici quelques années, nous atteindrons un niveau de prospérité que le monde entier nous enviera.

– Mais à quel prix ? Celui de la tyrannie et de la guerre. Cette lutte que nous menons contre les Russes, en Crimée…

– C’est vrai, mais les gens d’industrie que nous sommes ne peuvent que se réjouir de l’ordre qui règne dans les affaires intérieures. »

Ce petit empereur que Victor Hugo flagellait de ses alexandrins et de sa prose dans son exil, je le détestais. Personnage incertain, à la recherche d’une identité suspecte, sa bâtardise originelle le poussait à s’imposer de toutes les façons. Les idées généreuses de sa jeunesse, ses belles théories, ses ouvrages sur le paupérisme, il les avait pudiquement enterrés. Ce « socialiste » porté au pinacle se proclamait le protecteur du peuple mais le privait de ses libertés. Cet ancien exilé qui affichait jadis des goûts de simplicité vivait aujourd'hui dans un luxe ostentatoire. Il était pour moi un nouveau Janus, l'effigie de la Contradiction et de l'Incohérence.

Sylvain en convenait volontiers :

« Tout cela est vrai, Séverine. Je n'ai guère de sympathie pour l'homme, mais tu dois convenir qu'il n'a pas renié tout à fait ses idéaux. Il aime sincèrement le peuple et la classe ouvrière. Il a créé des hôpitaux, des sociétés de secours mutuel, une retraite obligatoire, des écoles… Le peuple est calme. N'est-ce pas un signe ? »

Les mauvaises récoltes de 53 avaient nuancé ce rose de quelques ombres. Le pain avait renchéri, provoquant dans les campagnes des émeutes de femmes contre les « mouliniers ». D'étranges maladies avaient attaqué les vers à soie, la vigne, les pommes de terre. Insensiblement, le pays plongeait dans le marasme.

Et la guerre faisait rage en Crimée…

Bon an, mal an, notre situation financière se rétablissait, sans que nous ayons eu à vendre de la terre.

Un jour de l'année 55, Sylvain revint de Bordeaux rayonnant, des cadeaux plein le coffre de sa voiture. Par l'intermédiaire d'Adrien Festugière, il était parvenu à vendre à des industriels américains le brevet d'un four à cémentation d'un nouveau modèle, plus perfectionné que celui que Bessemer s'apprêtait à installer à Périgueux.

« Nous allons être riches ! s'écria-t-il. Pas autant que les Rothschild ou le marquis d'Abzac, mais c'est la fortune qui nous attend. Que dirais-tu de passer l'océan sur un navire à vapeur et d'aller vivre en Amérique ?

– Tu es fou, Sylvain ! Tu rêves ! N'es-tu pas bien, ici ?

– Je ne rêve pas, ma chérie. Ici, nous vivotons. En Amérique, nous serions riches et puissants. Comme disait Napoléon, l'Europe n'est qu'une "taupinière". Donne-moi ton consentement et nous partons avec les enfants. »

Les enfants étaient d'accord : on ne pouvait leur faire un plus beau cadeau. Jean-Baptiste seul était réticent : il s'intéressait à la forge et voulait rester au Paradou. Pour lui, l'Amérique était une terre sauvage peuplée d'Indiens coupeurs de scalps – à sept ans, il commençait à lire Fenimore Cooper…

Comme rien ne pressait, je laissai passer le temps sans me prononcer. À vrai dire, ma décision était prise : il n'y aurait pas d'Amérique. Je laissai Sylvain nourrir des projets mirifiques sans m'y opposer ouvertement, ce qui eût risqué de provoquer un conflit. Je le connaissais suffisamment pour savoir qu'il n'hésiterait pas à partir seul, et cette perspective m'affligeait.

À l'automne de l'année 56, il m'emmena avec les enfants à Périgueux pour assister à l'inauguration de la gare et de la première ligne de chemin de fer, à laquelle nous avions été invités.

Je garde de cette journée historique une image confuse, grouillante et colorée, toute chatoyante de drapeaux et de banderoles, sonore de fanfares. Je connus à cette occasion l'une des plus puissantes émotions de ma vie : la locomotive, un monstre bardé de cuivre, empanaché d'étendards, nous conduisit à cinquante kilomètres à l'heure à travers nos paisibles campagnes. Elle me fascinait et m'effrayait à la fois. Je me cramponnais à mon siège, le tympan torturé par les grondements, les sifflements, les grincements, suffoquée par l'épaisse fumée grise chargée d'escarbilles que crachait cette bête d'apocalypse, secouée comme dans les plus mauvaises chaises de poste, incapable de comprendre ce qui pouvait susciter l'enthousiasme de Sylvain et l'émerveillement des enfants.

« Nous venons, me disait Sylvain d'une voix mouillée d'émotion, de franchir un fossé entre deux civilisations et de pénétrer dans l'ère de la vitesse. Il faudra t'y faire. »

Je me disais que je ne m'y ferais jamais, que je laisserais à d'autres ce mode de transport. J'aurais pensé la même chose de l'automobile. Et aujourd'hui…

« Il faut que je me décide, dit Sylvain. Adrien Festugière m'attend à Bordeaux avec un groupe d'industriels américains intéressés par mon brevet. Je partirai demain pour signer le contrat. Veux-tu m'accompagner ?

– Il faut que je reste, tu le sais. Puisque l'Amérique t'appelle, eh bien ! pars ! D'ici quelques mois, si tes espoirs et tes ambitions aboutissent, peut-être accepterai-je de te rejoindre.

– Je te connais, dit-il tristement : tu refuseras de quitter le Paradou.

– Qui sait ? Ce serait peut-être un bien pour les enfants. Ils ne parlent que de ça. »

Sylvain devait s'absenter pour quelques jours seulement. Le grand départ ne se ferait, éventuellement, qu'à l'automne suivant, et nous étions encore en pleine campagne de fondage. Tout le temps qu'il resta absent, je me morfondais, confrontée à divers sentiments contradictoires. Moins que jamais, alors que notre situation s'améliorait, je n'éprouvais le désir d'émigrer, mais je craignais que le départ de Sylvain ne provoquât entre nous une rupture définitive. J'aimais le Paradou et j'aimais mon mari ; j'appréhendais les affres d'une nouvelle période de solitude, alors que Sylvain avait réveillé en moi le goût de la vie, de l'amour, de l'entreprise.

Le jour fixé pour son retour, je l'attendis durant des heures, assise sur la borne montoire du portail, attentive au moindre bruit de sonnailles qui retentirait au large du plateau dans le silence de cette fin d'hiver. Malgré moi et en dépit de toute logique, je nourrissais l'espoir que son projet n'aboutirait pas. Il allait descendre de voiture et me dire : « C'est fini, je ne pars plus. Les Américains ont renoncé à ce brevet... »

Il tenait à peine sur ses jambes quand il descendit du marchepied, au point que je le crus ivre. Il me repoussa quand je m'avançai vers lui et refusa de m'embrasser.

« Je ne sais ce qui m'a pris, dit-il. La fièvre me brûle, ma tête tourne et des boutons me sont sortis partout sur le corps. C'est peut-être contagieux...

– C'est sûrement une intoxication, dis-je. Qu'as-tu mangé qui ait pu causer cette irruption ? »

Il ne s'en souvenait pas. Des frissons le secouaient.

« Ne dételle pas la jument, dit-il. Laisse-la se reposer et donne-lui son picotin. Tu feras ensuite prévenir le médecin. »

Malgré ses réticences, je l'aidai à se coucher sur le canapé du salon, là où j'avais installé Pierre quand on l'eut sauvé de la noyade, avec un seau de toilette derrière le paravent. Il se laissa faire avec une parfaite passivité. Je me maîtrisai pour ne pas crier : une infinité de macules d'un rose vif avaient envahi le corps, notamment le visage et les avant-bras. Il ne s'agissait pas, à l'évidence, des symptômes d'une intoxication comme celle dont Jérôme avait souffert l'année précédente.

À peine couché, il se mit à grelotter et à se plaindre de maux de tête. Je le laissai à la surveillance de Toinon et partis chercher le jeune médecin remplaçant le docteur Malefaye qui avait pris sa retraite depuis peu. François Larribe était un jeune praticien frais émoulu des écoles et fier de ses diplômes dont il avait tapissé son cabinet. Il portait une fine barbe blonde qui donnait de la sévérité à son visage et des lorgnons à pince-nez qui lui conféraient l'air savant. Quand je lui eus décrit les symptômes de la maladie, il me demanda si j'avais eu des contacts avec mon mari. Sylvain était-il contagieux ?

« Je ne puis me prononcer encore, mais soyez prudente. Partez. Je vous rejoins le temps de préparer ma trousse. »

Je retrouvai Sylvain très abattu, le visage dévoré par cette pigmentation qui ne laissait intacts que les yeux et la bouche. Il paraissait inconscient, mais trouva la force de me dire :

« C'est fait, Séverine... le contrat... il est signé... J'ai touché une forte avance. Nous allons être... très riches... »

Quand il l'eut examiné, le docteur Larribe parut soucieux. En replaçant ses instruments dans sa trousse, il me regardait comme s'il hésitait à se confier à moi.

« Eh bien ! dis-je avec une pointe d'humeur, allez-vous enfin me dire ce qu'il a ? »

Il gratta sa barbe, fit claquer avec un bruit sec le fermoir de sa trousse.

« Je ne sais trop que vous dire. Où était-il ces jours derniers ?

– En voyage, à Bordeaux. »

Le médecin se laissa tomber sur une chaise.

« Voilà qui confirme mes craintes, dit-il. Ces macules, cette forte fièvre, ces maux de tête, les douleurs musculaires dont il se plaint...

– Dites, docteur. De quoi est-il atteint ?

– De la variole. Elle sévit à Bordeaux depuis quelques mois, venue sans doute d'outre-mer avec des bateaux de commerce, comme la peste ou le choléra. C'est une maladie... terrible. »

Je me laissai à mon tour aller sur une chaise, les jambes fauchées. Larribe poursuivait d'une voix mal assurée :

« Il arrive qu'on en réchappe quand le mal est traité à ses débuts, mais votre mari a trop attendu.

– Je le soignerai, je ne le quitterai pas une seconde, je…

– Ce serait inutile et dangereux pour vous. Il n'y a pas de remède à cette maladie. On aurait pu le soigner à Paris au début des éruptions, avec un vaccin, mais ce produit ne supporte pas le voyage et il est trop tard pour conduire votre époux à Paris.

– Alors, que peut-on faire ?

– Rien, je vous le répète. En revanche, je vous recommande instamment d'éviter tout contact avec le malade. Ce mal est très contagieux. À la moindre transgression vous risqueriez non seulement de contracter la maladie mais de déclencher une épidémie. Faites-lui boire des tisanes pour calmer ses douleurs et alimentez-le avec du bouillon. »

Je m'arrachai les mots de la gorge :

« Docteur, parlez-moi franchement : mon mari est perdu ?

– Je le crains. À moins d'un miracle… »

Il n'y eut pas de miracle. Le mal évolua suivant le processus que le médecin m'avait indiqué et qu'il venait lui-même constater chaque jour. Le surlendemain de sa première visite, les macules se transformèrent en cloques de la grosseur d'un pois, entourées d'une zone d'un rouge intense. Une semaine après, les cloques avaient pris une apparence de pustules ombiliquées d'où suintait un liquide opaque.

« C'est le processus normal, me dit Larribe. Nous allons voir dans les jours qui viennent apparaître le pus. Les pustules formeront ensuite des croûtes malodorantes. Ce ne sera pas le signe d'une amélioration et le mal restera très contagieux. Évitez de toucher les objets et les vêtements qui auront été au contact du malade. »

Il tint à m'examiner, ainsi que nos servantes. Dieu merci nous ne présentions aucun symptôme du mal.

« Ce qui me semble singulier, dit-il, c'est l'état d'apathie de votre époux. Il était apparemment robuste et en bonne santé avant de contracter cette maladie. On dirait qu'il accepte de mourir. »

En dépit de mes recommandations, Clarisse interrompit ses cours pour venir au Paradou. Jérôme resta au lycée, mais je lui écrivais presque chaque jour pour lui donner des nouvelles. Aucune inquiétude pour Jean-Baptiste : je l'avais placé chez les Cluzel. Par précaution, je fis brûler les vêtements que Sylvain avait portés à Bordeaux et les cadeaux qu'il avait rapportés. Devant l'autodafé, nous pleurions silencieusement.

Le calvaire de Sylvain dura trois semaines sans qu'il sortît de sa prostration, sinon pour gémir et se plaindre de ses névralgies et de ses douleurs aux flancs. Avec les premières chaleurs de printemps, l'odeur dans le salon était insoutenable. Le visage et le corps de Sylvain étaient recouverts d'une sorte de carapace squameuse, suintante de pus.

Le jour où il cessa de se plaindre, je compris que c'était la fin. Le médecin me le confirma :

« Il lui reste quelques heures à vivre. Soyez courageuse et, quoi qu'il arrive, ne l'approchez qu'avec beaucoup de précautions. »

Estève et Lajorie se proposèrent courageusement pour le placer tel qu'il était dans son cercueil et le conduire discrètement au cimetière, avec simplement pour l'accompagner, en plus des gens de la maison, le curé Coustillas pour bénir la tombe.

Une semaine plus tard, à la forge, nous procédions à l'extinction des feux.

* *
*

Le salon et la salle à manger désinfectés par des fumigations sur les instances du docteur Larribe, je fermai ces pièces à clé. Dans les semaines qui suivirent, je m'abstins d'y pénétrer, moins par crainte d'y contracter la variole que pour ne pas y affronter des vagues de souvenirs. Pierre… Sylvain… Les murs plongés dans la pénombre m'auraient renvoyé l'écho silencieux de ma détresse, mêlés à ceux des jours heureux.

La solitude qui semblait devenue une constante de ma vie m'était de plus en plus insupportable. À quarante ans passés, je me disais que j'arrivais au terme de mon existence, que désormais je devrais me résoudre à vivre en surface, comme ces poissons agonisants que nous voyions au temps des grandes chaleurs dériver dans le courant de la Ganne. Je dérivais de même, laissant à Estève et à Lajorie le soin de mes affaires.

Je n'avais jamais été aussi riche. Le contrat passé avec les industriels américains m'avait apporté la fortune, mais elle me laissait indifférente. Les commandes continuaient à affluer. Estève avait eu l'idée de diversifier notre production. Il avait fait confectionner des moules pour couler des taques que tous les bourgeois voulaient avoir dans leur cheminée, des landiers armoriés, des marmites et jusqu'à des heurtoirs à salamandre destinés à orner les portes des maisons nobles et bourgeoises.

C'est cette diversification qui sauva notre entreprise lors de la crise de 1857.

Un décret impérial avait ouvert nos frontières aux produits sidérurgiques d'Angleterre, de Belgique et des pays scandinaves, ainsi que Pierre puis Sylvain le redoutaient. Ils arrivaient par pleins navires dans les ports français, à des prix bien inférieurs aux nôtres, mais d'une qualité moindre.

De toutes parts, des usines de Lorraine, du Creusot, de Ruelle ou de Saint-Étienne, des doléances arrivaient au gouvernement, sans résultat. Des usines fermaient, d'autres travaillaient au ralenti. Nous eûmes au Paradou la visite des maîtres de forge des environs qui nous demandaient de signer des pétitions visant à obtenir du gouvernement qu'il limitât ce raz-de-marée. Peine perdue ! Notre carnet de commandes s'étrécissait comme peau de chagrin, si bien que nous fûmes dans la pénible obligation de licencier une bonne part de notre personnel, qui trouva de l'embauche à la « Compagnie » du P.O. pour lancer des lignes, construire des ponts ou des viaducs, creuser des tunnels, si bien qu'ils ne souffrirent pas trop de la crise.

Dans les années qui avaient précédé, nous ne nous étions guère fait d'illusions : nous savions que l'âge d'or de la sidérurgie, dans notre province notamment, aurait une fin prochaine. J'ai encore dans l'oreille les propos de Testugière, le maître de forge des Eyzies :

« Nous devons faire notre examen de conscience, encore qu'il soit trop tard. Nous avons vécu, travaillé comme si le monde s'était figé autour de nous et que rien ne doive venir déranger cette harmonie. En tournant le dos au progrès, nous n'avons pas voulu prendre conscience de l'avertissement que nous donnaient les grandes usines de Lorraine, qui, elles, se sont équipées de manière à faire face à la concurrence internationale qu'elles avaient prévue. Cet avertissement, nous l'avons dédaigné et aujourd'hui nous payons le prix de nos erreurs. La plupart des forges du Périgord vont disparaître. Certaines, les plus mal équipées pour résister, ont déjà abandonné. Nous sommes parmi celles qui subsisteront, parce que nos fontes et nos fers sont d'excellente qualité et que nous sommes restés ouverts au progrès dans la mesure de nos moyens, mais cela durera-t-il ? »

Ce maître de forge ne condamnait pas la politique impériale : l'empereur avait cédé à la pression des économistes désireux de rompre avec un régime de protection qui maintenait les prix à un haut niveau ; ils obligeaient ainsi nos industriels à s'armer pour affronter la concurrence. Cette admission des produits étrangers en franchise temporaire était, dans son principe, une idée audacieuse ; elle allait dans le sens du progrès, indissociable de la liberté du commerce.

Deux ans plus tard, en dépit des protestations des industriels français, Napoléon signait avec l'Angleterre le traité de libre-échange qui allait confirmer ses intentions de lancer la France sur la voie du progrès. La déflagration suscitée par cette mesure brisa nos vitres.

C'était, disait-on, « le décret le plus funeste pour la France depuis l'édit de Nantes ». Il apportait la ruine dans nos entreprises et le chômage dans tout le pays.

Les maîtres de forge du Périgord n'avaient pas renoncé à se défendre. Ils avaient créé une Union des producteurs et consommateurs de fer, dont je tins à faire partie. Nous adressâmes doléances et requêtes à l'empereur ; il fit la sourde oreille.

Durant les périodes fastes, nous avions employé au Paradou jusqu'à trente ouvriers ; il en restait une dizaine, et nous avions du mal à les occuper. Les campagnes de fondage étaient interrompues prématurément. Un hiver, je décidai d'arrêter la production au début de février, alors qu'il neigeait dru sur le pays. Le silence nocturne m'était insupportable. Il m'arrivait naguère de m'éveiller pour tâcher d'entendre entre rêve et sommeil le son grêle de la cloche des chargeurs, le ronflement du haut-fourneau, le tumulte étouffé des lourds broyant le minerai, les appels et les chansons des ouvriers… La nuit d'hiver était devenue un énorme creuset désespérément vide et silencieux où seule paraissait vivante la neige qui tissait inlassablement sa tapisserie entre ciel et terre, dessinait sur un voile de plâtre grisâtre les lignes confuses du paysage. Pierre était mort. Sylvain était mort. La forge allait mourir à son tour, et moi je vivais, sans joie comme sans espérance. La famille des Laveyssade, maîtres de forge depuis trois générations, ne tenait que par ce fil qui, lentement, échappait à ses mains.

Mes enfants eux aussi s'éloignaient de moi.

Clarisse s'était définitivement établie à Périgueux. Elle allait épouser un attaché de préfecture, séide inconditionnel du régime impérial, que je n'aimais guère et qui me le rendait bien.

J'avais fondé sur Jérôme des espoirs qui ne furent pas déçus : il avait trouvé un emploi dans la rédaction de *L'Écho de Vésone* et m'envoyait de temps à autre quelques coupures d'articles dont il était satisfait. La politique ne l'attirait guère ; il avait pris en main ce qu'il appelait le traitement des « futilités » : les critiques de livres et de spectacles. Il a été un des premiers, avec Alcide Dusolier, à saluer les débuts dans la littérature d'un certain Eugène Le Roy.

Jean-Baptiste fit de bonnes études au lycée de Périgueux où il avait succédé, au premier rang de la classe, à son frère aîné. Ses lectures, aussi abondantes que variées, lui avaient ouvert l'esprit. Au physique et au moral, il ressemblait à son père : je retrouvais en lui à chacune de ses visites les traits un peu lourds et abrupts de Pierre, son caractère obstinément attaché aux causes justes. Un peu prématurément il se disait républicain ; il s'était battu avec des élèves qui voulaient le forcer à chanter dans la chorale de l'établissement lors de la visite du préfet ; le directeur avait menacé de le renvoyer dans ses foyers, mais il coupa à cette punition grâce à l'intervention du fiancé de Clarisse. Aujourd'hui Jean-Baptiste occupe un poste de sous-préfet de la République dans un département de Bretagne. Cela fera bientôt trois ans que je ne l'ai pas revu. Il m'écrit chaque semaine des billets brefs mais tendres, à l'en-tête de la sous-préfecture. Il va se marier lui aussi, avec la fille d'un important maître pêcheur.

Les avances du docteur François Larribe, je les ai d'abord repoussées en les jugeant importunes. Il s'était déclaré timidement, avec des graviers dans la voix et une mine pitoyable, un an environ après le décès de Sylvain. À la manière dont il s'y prit, j'eus l'impression qu'il me demandait de consentir à prendre place à ses côtés sur un banc de galère. Je l'éconduisis avec ménagement, sans le décourager tout à fait, car cette cour de dindon triste m'amusait et que je supportais mal ma solitude. Il avait quelques années de moins que moi, un peu de fortune et, dans sa profession, une réputation de compétence et d'honnêteté.

François Larribe venait me rendre visite chaque dimanche. Il parlait en frisottant ses moustaches et en caressant sa barbe blonde pour cacher sa timidité. Lui qui avait une connaissance approfondie du corps humain ne s'aventurait qu'à pas timides dans le domaine des sentiments. Je l'écoutais d'un air distant me parler de ses malades et, comme il avait une clientèle étendue, il parlait d'abondance.

Nous nous retrouvions avec une certaine liberté et une confiance totale lorsque nous parlions politique. Il souhaitait et prophétisait la chute de Napoléon, « ce vautour qui se prenait pour un aigle », dont le régime sombrait lentement dans l'affairisme, les scandales et cette désastreuse guerre du Mexique. La prospérité que notre pays affichait aux yeux de l'étranger n'était qu'un riche paravent cachant un décor de misère.

François s'entendait parfaitement avec Jean-Baptiste ; ils évoquaient ensemble ces procès scandaleux que le régime soumis à l'Église faisait à des écrivains comme Eugène Sue, Emile Zola ou Baudelaire, dont ils lisaient et admiraient les livres.

À plusieurs reprises, j'acceptai les voyages que François me proposait : à Bordeaux, à Nice, à Paris... Il était aussi réservé et timide dans ses épanchements amoureux que dans nos rapports quotidiens ; c'était un amant attendrissant mais pitoyable et à la limite de l'impuissance.

Il souhaitait ardemment m'épouser ; je regimbais. La vie que nous menions, chacun de notre côté, me satisfaisait. Il insista ; je m'obstinai dans mon refus. Nous nous querellions trop souvent et d'une manière de plus en plus agressive pour que je puisse envisager une union à long terme. Quatre ans après notre première rencontre, il m'annonça d'un ton pathétique, l'œil humide, qu'il fallait rompre. Il allait se marier avec la fille d'un maire des environs, une jolie demoiselle un peu nescie, comme ont dit chez nous pour indiquer qu'elle n'a pas inventé la poudre.

Lajorie nous quitta dans les premiers jours de l'année 64 pour prendre à Génis la succession de son frère aîné, un riche aubergiste qui trempait la soupe pour les rouliers et les représentants de commerce. Je ne redoutais pas qu'Estève nous quittât à son tour : il avait quatre drôles et s'était enraciné solidement dans le pays. Je lui laissai en pleine confiance la direction de la forge, gardant pour moi celle de la réserve et des métairies. Il s'acquittait de sa tâche avec honneur et compétence, mais il n'avait sous sa direction que des ouvriers repêchés ici et là, prolétariat résiduel trop malingre pour travailler à la « Compagnie » ; il les appelait ses « bricoleurs » et les menait comme un troupeau.

Nous avions renoncé à utiliser le charbon de bois. Notre combustible venait désormais des mines de houille de Cublac et du Lardin, dans le pays de la Vézère, au sud de la province.

Je finis, l'âge aidant, par m'habituer à ma solitude et à ma relative oisiveté. Je n'avais plus de soucis matériels. Ma fortune s'était augmentée du reliquat du contrat de Sylvain et d'autres brevets de moindre importance cédés au maître de forge de Fumel qui s'était équipé à l'anglaise et résistait ainsi à la crise. Il me vint au surplus un héritage des parents de Sylvain, merciers à Paris, qui avaient amassé un joli magot. C'est cette fortune, placée avec intérêt chez maître Élie Laveyssade, notaire, qui me permet aujourd'hui de vivre sur un bon pied.

Étais-je heureuse ? C'est une question que je me posais rarement. Le Paradou convenait à mon bonheur. J'y vivais en bonne intelligence avec mes deux servantes. Chaque jour, je faisais une promenade avec ma jument Poulette, descendante indirecte de celle qu'affectionnait Sylvain, et qui était morte peu après lui. C'était un bel animal, docile par nature, gentiment capricieux par fantaisie. J'étais allée la choisir à la jumenterie de La Rivière, près de Pompadour, en

Limousin. Elle m'avait coûté cher, mais je pouvais m'offrir ce luxe.

Il ne se passait pas un jour sans que je ne fisse une visite à la forge. Finies les grosses productions qui partaient par fardiers vers Périgueux ou Ruelle. Les « bricoleurs » ne produisaient plus que de petits objets utiles, un peu comme on fait de la broderie. Estève avait rouvert l'atelier de fabrication de pointes et de clés pour boîtes de conserve qui partaient à pleins tonneaux vers des quincailleries et des sardineries. Les forges des environs n'étaient pas mieux loties ; personne ne croyait plus à une reprise, comme au beau temps des années trente. Les hauts-fourneaux s'éteignaient un à un, comme dans le finale de la *Symphonie des adieux*, de Haydn ; il y en avait eu environ deux cents en activité dans la province ; il en restait une vingtaine, et ils étaient pour la plupart en veilleuse.

Clarisse, en m'annonçant qu'elle allait quitter Périgueux pour Brive où son mari avait été nommé sous-préfet, me proposa de la rejoindre. Je refusai tout d'abord, puis je réfléchis et enfin acceptai.

J'étais à une période de ma vie où on se lasse de tout, même et surtout des souvenirs, et j'y macérais *ad nauseam* depuis longtemps. J'étais trop âgée pour envisager une nouvelle carrière sentimentale ou matrimoniale, trop jeune pour choisir le lieu de ma sépulture. La ville m'attirait, et Brive, qui venait de faire éclater sa ceinture de remparts pour conquérir les campagnes avoisinantes, était une ville à ma dimension et à mon goût.

Clarisse découvrit, en face de la sous-préfecture, près d'un vaste parc à demi sauvage, divisé en mille canaux par la Corrèze, une petite maison de pierre grise. J'y fis une visite ; elle me convint ; je l'achetai.

Quelques années plus tard il me prit fantaisie – « une folie », disait Clarisse – de m'offrir une des premières voitures automobiles du département et les services d'un factotum qui remplissait avec célérité les fonctions de chauffeur, de majordome, de cuisinier et de domestique : une perle.

« À ton âge, protestait Clarisse, que vas-tu faire d'une automobile ? On va te prendre dans la ville pour une excentrique. Même mon mari, même le directeur de la banque Roques n'en possèdent pas… »

Cela m'était indifférent. Cette automobile faisait de moi une petite reine, sans que j'attache à ce caprice aucun esprit ostentatoire. Je pensais consacrer ce véhicule à des promenades dans les campagnes des environs, qui étaient très belles, et surtout à des visites au Paradou, quand j'en aurais la nostalgie.

Quelques semaines après mon installation à Brive, je décidai de rompre définitivement avec mon passé et de mettre en vente le Paradou : la forge et tout le domaine. En dépit de l'éloignement, tout cela me pesait ; j'avais l'impression de traîner comme un boulet ces biens et les souvenirs qui y étaient attachés. Cette amputation me fut douloureuse, mais j'y gagnai à la longue un confort moral inestimable et un intense sentiment de liberté.

Oui, Clarisse, de *liberté.* À mon âge c'est le dernier luxe qui puisse me convenir.

* *
*

Passé Cherveix-Cubas, lorsqu'on l'aborde par son flanc orienté au nord-ouest, le château d'Hautefort se dresse comme une forteresse qui aurait été convertie en pensionnat religieux ou en couvent. L'allure est vertigineuse, mais tant de fenêtres rassurent ; il semble qu'on y entendait jadis plus volontiers les chorales des demoiselles que les chants de guerre de Bertran de Born, le troubadour, seigneur du lieu.

Dans le soir de juillet, la route monte un peu à travers la légère brume qui commence à floconner au-dessus des noyeraies et des champs de maïs. Séverine s'est endormie entre Savignac et Génis, dans cette tourmente de collines et de rivières noires : le ronron de la voiture, la fatigue aussi… Il y a longtemps qu'elle ne s'est sentie aussi lasse. Le docteur Bosredon l'avait pourtant prévenue :

« Vous n'êtes qu'une vieille folle ! Un jour, Dominique ramènera un cadavre de ces expéditions. »

Elle regimbait :

« Fichez-moi la paix ! Je me porte comme un charme et ce n'est pas demain que vous me ferez renoncer à ces promenades. C'est ma voiture, ce n'est pas la vôtre, et elle m'emmène où je souhaite aller !

– Au moins n'oubliez pas vos médicaments pour le cœur. À quand remonte votre dernière alerte ? »

Elle haussait les épaules. Qu'est-ce que ça pouvait bien lui faire, à ce jeune médecin qui la traitait comme une moribonde ? Elle avait le cœur malade ? Et puis après ? Cette vieille breloque avait fait son temps. Quand il s'arrêterait, le monde ne porterait pas le deuil de la « vieille dame à l'automobile ».

La route serpente à travers des espaces de noyers déjà chargés de fruits verts, gros comme des cerises, puis elle débouche sur une place où se dresse une bâtisse prétentieuse avec son dôme à campanile et sa chapelle aux lignes austères, raides comme la justice, qui semble faite pour les sermons de Bourdaloue.

« Prenez à droite, dit Séverine, par la grand-rue. »

Dominique hausse les épaules.

« Je connais le chemin, madame. Ce n'est pas la première fois que nous venons.

– Pardonnez-moi, Dominique, je radote. »

La maison – celle de la perception – est simplette. L'étroit jardinet de façade explose en gerbes de phlox et de roses trémières. C'est là que demeurait jadis ce malheureux inventeur du « vélocépède » et de la faucheuse automatique : M. Devars. Dominique arrête la voiture, vérifie les phares pour le retour et va ouvrir la portière de sa patronne.

« Je vous l'avais bien dit, mon petit Dominique, que nous arriverions chez Eugène avant la nuit. Il reste encore un peu de jour.

– Qu'est-ce que vous portez là, madame ?

– La peau de mon vieux compagnon le loup : un cadeau pour Eugène. Ça le fera rêver et il en fera peut-être un conte.

– Mais elle est toute mitée, votre vieille peau !

– Et alors ? C'est celle de mon *loup. D'ailleurs, ça ne vous regarde pas ! Aidez-moi plutôt à monter l'escalier.*

Il est raide et j'ai toujours peur de me casser une jambe. À mon âge, ce serait la fin. »

Marie, la femme d'Eugène, attend dans le vestibule. Discrète, peu causante, grisâtre, elle vit comme une ombre dans l'ombre d'Eugène ; il parle d'elle rarement, mais elle fait partie de sa vie, comme le pain et le vin. Ni plus ni moins. L'épouse idéale pour un écrivain.

On entend des bruits de voix, des rires sarcastiques, des chocs sonores comme des coups de poing sur une table.

« Nous dérangeons peut-être Eugène… dit Séverine. Il a des visiteurs ?

– C'est cet ingénieur, M. Artigue, le nouveau propriétaire du château, répond Mme Le Roy. Ça fait plus d'une heure qu'il est là, et je crains que cette discussion ne fatigue Eugène. Ils sont en train de se disputer au sujet de l'affaire Dreyfus.

– Je peux revenir un autre jour.

– Non, restez. J'ai préparé le dîner. Votre présence fera du bien à mon mari. Vous savez comme il vous aime. J'en suis presque jalouse. Donnez-moi votre ombrelle et votre chapeau. Mon Dieu ! qu'il est beau ! Toutes ces roses… »

Escalader ces marches, c'est toute une affaire, tant l'escalier est abrupt, étroit, mal éclairé ; il sent la cire, la soupe grasse : des odeurs de vieux. Dominique serre le bras de sa patronne qui se soutient de l'autre main à la rampe et s'arrête toutes les trois marches pour souffler, une pointe d'emphysème chantonnant au fond de la gorge. Sur le palier du premier étage, la porte s'ouvre dans un flux de lumière électrique verte.

« Vous, enfin, Séverine ! Je commençais à m'inquiéter.

– Nous étions au Paradou, monsieur, dit Dominique. Lorsque nous nous promenons dans cette région, madame perd la notion du temps. J'ai dû la rappeler plusieurs fois à l'ordre, mais vous la connaissez…

– Taisez-vous, impertinent ! dit Séverine. Eugène, je ne voudrais pas vous déranger.

– Je vais partir, dit M. Artigue, et ce sera sans regret. Votre ami, madame, est un socialiste incurable. Cette affaire Dreyfus lui a tourné la tête. Il parle comme Zola. On croirait lire J'accuse. *»*

Le colosse vêtu de sombre, petite moustache, lorgnons, chevelure plate et calamistrée, une grosse chaîne de montre en travers de la bedaine, s'écarte poliment.

« J'ose espérer, madame, dit-il en baisant la main de la visiteuse, que vous serez plus convaincante que moi et que vous parviendrez à lui faire comprendre que Dreyfus est à la solde de la juiverie internationale.

– Ce n'est pas mon intention, monsieur Artigue, d'autant que je suis moi-même une dreyfusarde, et aussi incurable que notre ami. Bonsoir, monsieur.

– Bravo, Séverine ! s'écrie Eugène. Vous lui avez rivé son clou. Nous reprendrons cet entretien, Artigue. Je ne désespère pas de vous convaincre. »

La pièce, exiguë et fraîche, baigne dans la lumière verte tombant d'un lustre biscornu fait de bois de cerf. Elle est imprégnée d'une odeur de vieux papiers à laquelle se mêle le parfum d'un bouquet de roses qui suffit à gommer ce que le mobilier peut avoir d'austère et de rigoureux. « Trop de rigueur pour un écrivain, songe Séverine. Eugène n'oubliera jamais qu'il est percepteur, donc homme d'ordre. » La fenêtre ouvre largement sur des lignes de pays noir et souple ; au loin, une prairie étalée comme un drap sur le pré flamboie dans un dernier rayon sous la ligne sombre d'une forêt. La rue ruisselle de cris d'enfants et d'aboiements de chiens.

« Pardonnez-moi, dit Eugène. Je viens de raccompagner mon visiteur. Par politesse. En vérité, j'avais plutôt envie de lui flanquer mon pied au derrière. C'est un réactionnaire de la pire espèce, mais j'aime discuter avec lui : il me donne une idée réconfortante des profondeurs insondables de la sottise quand elle est au service d'une cause lamentable. Cela me donne une meilleure idée de moi-même. »

Il ajoute en prenant la main de Séverine :

« Comment vous portez-vous, ma chère ?

– Pauvre… Tantôt bien, tantôt mal. C'est la fin. Vous recevrez bientôt le bristol vous annonçant mes obsèques.

– Allons donc ! Vous avez une mine superbe. Et ce cou de Sulamite, fin comme celui de ma "belle coutelière". À peine quelques rides sous la dentelle. Si j'étais libre, je vous demanderais en mariage.

– Vieux fou ! Ça ferait un bel attelage… Il est vrai qu'il y a vingt ans je vous aurais accordé sinon ma main du moins une oreille complaisante. »

Il s'assied près d'elle sur un escabeau. Elle retrouve cette image de patriarche chevelu et barbu, cette stature un peu lourde de paysan et jusqu'à ce regard aigu et vif sous les gros sourcils, le même qu'il a sur les photos qu'il lui envoie. Elle aimerait le voir avec ce canotier qui lui donne l'air d'un vieux dandy reconverti en gentleman-farmer, comme sur ce cliché pris par Élie, avec sa fille à côté de lui, dans une caverne préhistorique de la Vézère. Son amitié pour elle, où se mêle de la tendresse, ne se dément jamais : elle semble sourdre de son regard, de sa peau, de ses gestes.

« Qu'est-ce que vous portez sur les genoux, Séverine ?

– Un cadeau pour vous, Eugène. C'est la peau du vieux loup dont je vous ai parlé. Elle sera plus en sûreté chez vous que chez moi. À ma mort, ma fille l'aurait jetée aux ordures. Cette dépouille mérite un meilleur sort. »

Il laisse tomber ses mains sur ses genoux.

« Cessez de parler de votre mort. Vous nous enterrerez tous ! »

Il se lève, fouille sur son bureau, entre son appareil photographique, des piles de revues et quelques exemplaires du Moulin du Frau, *publié par un éditeur de Bergerac. Il se redresse en brandissant une lettre d'un air triomphant et s'écrie :*

« Vous tombez bien, Séverine ! J'ai reçu ce matin une lettre d'Alphonse Daudet. Il a lu mon livre. J'ignore s'il lui a rappelé Les Lettres de mon moulin, *mais il est enthousiaste. Écoutez !* Depuis l'"Ami Fritz", d'Erckmann et Chatrian, je n'ai pas reçu d'un livre un coup d'émotion pareil… Où êtes-vous ? Qui êtes-vous ? Si vous habitez Paris, venez me voir un jour. Je serai bien heureux de vous connaître et de vous exprimer ma joie, mieux que sur ce bout de carton. Ah ! les braves gens ! Ah ! le beau moulin !

– Une lettre de Daudet, s'exclame Séverine, mais c'est la gloire, mon ami ! Il est vrai que votre livre mérite ces compliments. Je vous ai dit moi-même ce que j'en

pensais. J'ai gardé en mémoire, pour l'avoir lu maintes fois, ce que vous dites de nos forges du Périgord : Toutes ces forges qui entretenaient le bien-être dans le pays sont arrêtées ou presque toutes. Les hauts-fourneaux sont éteints…

– Quelle tristesse… Quand on voit ce qu'elles ont été, ces forges, et ce qu'elles sont devenues. C'est la faute de Napoléon ! Pour faire plaisir à ses amis anglais, il a sacrifié cette petite civilisation industrielle qui donnait à nos campagnes, sinon la richesse, du moins une certaine aisance. Toutes ces vallées mortes sont à l'image de votre vieux loup.

– Je reviens de Paradou, Eugène, et c'est ma dernière visite. Même si je vivais encore dix ans je n'y reviendrais pas. Il est temps de me débarrasser de tous ces souvenirs, les bons comme les mauvais.

– Je croyais que les bons dominaient dans votre mémoire.

– Je ne sais plus. J'ai parfois l'impression d'avoir été chassée d'un paradis, moins par la faute des hommes et des événements que par une sorte de fatalité. Peut-être n'étais-je pas faite pour vivre là-bas. Peut-être ma présence n'était-elle pas désirée…

– Allons ! cessez de vous faire du mauvais sang. Vous avez pris le bon parti : celui de l'oubli. Vous êtes heureuse, non ? Vous ne manquez de rien.

– J'ai le nécessaire et le superflu, mais je sens que le temps vient où je serai indifférente à l'un comme à l'autre. Le détachement, c'est le lot de la vieillesse. Mon pauvre Eugène, je suis comme un arbre qui perd ses

dernières feuilles et qui n'a guère porté de fruits. Je suis... »

Elle porte la main à sa poitrine, halète :

« Dominique... mes cachets... dans mon sac... Avec de l'eau... »

Elle avale précipitamment un cachet avec l'eau que lui a apportée Marie, et elle retrouve son sourire.

« Ce n'est rien. Une nouvelle alerte. Et vous qui auriez voulu m'épouser...

– Nous allons passer à table. Marie vous a préparé du confit d'oie, comme vous l'aimez, avec des cèpes de l'automne dernier. Quelle récolte ! Il y en avait jusque dans le jardin... »

Au cours du repas, Séverine semble reprendre vie. Pour la distraire de ses idées sombres, Eugène parle d'abondance. De lui, de ses œuvres en cours. Il travaille à un roman qui s'intitulera : Mademoiselle de La Ralphie, *et il songe à l'histoire d'un gueux révolté, sous la Restauration ; son personnage central s'appellera Jacquou.*

Cette voix familière, un peu rocailleuse, c'est comme une main amicale qui la conduit à travers une brume sur des chemins incertains. Il se creuse en elle un vide sonore où les mots lui parviennent feutrés. Elle fait effort pour rester présente, sourire, répondre. Dominique, assis en face d'elle, ne la quitte pas des yeux. Il fait honneur au repas ; elle mange du bout des lèvres, s'en excuse : cette promenade aurait dû lui ouvrir l'appétit, mais elle a du mal à avaler. Dieu sait pourtant qu'elle aime le confit ; elle aidait sa mère à le préparer, jadis, dans la cuisine du Paradou.

« Il en va de la cuisine comme de la littérature, vaticine Eugène en réajustant sa serviette dans son col. Nos cuisiniers ont perdu cette notion essentielle : la simplicité. J'ai mangé récemment, à Périgueux, des mets dont la préparation était tellement alambiquée qu'on n'arrivait pas à en retrouver le goût. En littérature, c'est la même chose : les écrivains d'aujourd'hui, à quelques exceptions près, dont Zola, Flaubert, Loti, écrivent un charabia incompréhensible. »

Il ajoute :

« Que regardez-vous, Séverine ?

– Votre portrait en chasseur d'Afrique : il me rappelle mon frère Alban et Maxence de Damas. Ils portaient le même uniforme, mais avec des galons dorés.

– Maxence est mort il y a quelques années, le saviez-vous ? Il aurait aimé revenir à Hautefort, mais sa nouvelle épouse, une Anglaise, refusait de vivre ailleurs qu'à Paris. Il a dû vendre ce château qu'habite aujourd'hui Artigue. Il est mort ruiné par son épouse, par le duc de Bordeaux qui lui empruntait des sommes à fonds perdu, et par cette vieille bâtisse qui coûtait trop cher à restaurer et à entretenir. »

Marie revient de la cuisine en portant un plat fumant à bout de bras.

« Vous mangerez bien une tranche de meillassou, *madame Séverine ? Je l'ai fait exprès pour vous. La citrouille vient de notre jardin et le maïs du moulin. Je vous sers. Ce dessert se mange chaud. »*

Séverine se laisse servir une tranche fumante et fondante, rousse et dorée, croustillante sur les bords. Elle ferme les yeux, respire le fumet profond, riche de souvenirs : Jean-Baptiste raclant le fond du plat avec la pointe de son couteau, disputant à Jérôme la dernière tranche : celle du pauvre qui ne viendrait pas…

Elle avale une bouchée, repose la cuillère, secoue la tête :

« Il est délicieux, votre meillassou, *Marie, mais pardonnez-moi : ça ne passe pas. »*

Eugène pose sa serviette près de lui, soupire :

« Séverine, nous vous gardons cette nuit. Vous coucherez dans la chambre d'amis et Dominique sur le canapé de mon bureau, dès que j'en aurai fini avec quelques affaires urgentes. Je suis accablé de travail. On m'a confié la perception de quatorze communes. C'est vous dire… »

L'administration avait envisagé de le mettre à la retraite ; son successeur avait même été désigné. Il avait fallu l'intervention de son ami Dusolier auprès du ministre Caillaux pour que ce qu'il appelait la « guillotine » lui soit provisoirement épargné.

« Dominique, vous allez goûter cette liqueur. »

Il sort du buffet une bouteille verte, opaque et poussiéreuse, marquée d'une étiquette portant une date : 1850.

« Cette vieille prune a près de cinquante ans ! Elle a été mise en bouteille par mon père, du temps qu'il était régisseur du château. Elle est aussi bonne que le cognac des riches. Séverine, je ne vous en propose pas ? Vous m'entendez, Séverine ? »

La tête affaissée dans son col de dentelle, Séverine semble dormir.

« Ne la réveille pas, dit Marie. Elle est très fatiguée. À son âge, elle ne devrait plus s'éloigner de chez elle. »

Dominique se lève lentement, le visage contracté. Il s'avance vers sa maîtresse, lui secoue l'épaule.

« Madame… vous êtes souffrante ? »

Elle rouvre les yeux, s'efforce de sourire, comme pour s'excuser.

« Dominique… mes cachets… »

Elle en avale un avec de l'eau, respire profondément avec un léger grésillement dans son souffle, pareil à un bruit d'insecte. Dominique l'aide à se lever, la soutient jusqu'à la fenêtre où elle semble respirer avec délice l'air de la nuit. Le paysage est maintenant comme un océan sans limite, avec de petits bouquets d'étoiles qui crépitent sur le front des forêts. Dans une maison voisine, une horloge sonne 10 heures. La rue a retrouvé son calme. Des vieux somnolent sur le pas des portes en grattant le sol de la pointe de leur canne comme pour y inscrire des signes mystérieux.

« J'ai préparé votre lit, annonce Marie. Vous pourrez vous coucher quand vous voudrez.

– Merci, Marie. Pas encore. Pas encore. Tant que je suis debout j'ai l'impression d'être bien vivante.

– Sotte ! s'exclame Eugène. Allez-vous cesser de nous faire peur. Revenez vous asseoir. Voulez-vous du café ?

– Jamais de café, dit Dominique. Le médecin le lui a interdit. »

Elle marche au bras de Dominique jusqu'à sa place. Ses pas lui semblent s'enfoncer dans le tapis comme à la surface d'un nuage. Elle sent en elle un remuement profond et indéfinissable, mélange de sons étranges, de voix, de souffles, organe étranger à son corps, qui semble bouger en tous sens comme pour se faire une place dans le nid de brindilles du squelette. Cette présence mystérieuse la trouble et la rassure à la fois : ce mouvement doux et discret lui est agréable ; il lui donne l'impression d'être habitée par une vie qui se substitue à la sienne propre. Ce qui l'inquiète bien davantage, ce sont ces gens qui bougent autour d'elle, qui ouvrent une bouche dont ne sort aucun son.

Dominique la conduit jusqu'au canapé. Il défait le col de dentelle, écarte la croix d'or, cadeau de Sylvain à son retour au Paradou.

« Je me sens mieux, dit-elle. Beaucoup mieux. Ne vous inquiétez pas : tout se passera bien.

– Qu'est-ce qu'elle veut dire ? » demande Eugène d'une voix étranglée.

Elle lui fait signe d'approcher. Il s'agenouille, approche son oreille de la bouche de Séverine qui murmure :

« Ça pourra vous faire une fin pour un de vos romans. Allons ! ne soyez pas triste. Adieu, mon ami. Je vous aimais bien. Nous avons… nous avons passé de bons moments ensemble.

– Et ce n'est pas fini ! Tonnerre ! il nous reste encore quelques belles années à vivre.

– Hélas ! non, Eugène. Tout est fini pour moi. »

Elle a encore la force de lever la main, de caresser la barbe, puis elle ferme les yeux, se détend dans un murmure et laisse, comme par un mouvement de coquetterie, sa tête s'incliner sur son épaule. Eugène lui secoue le bras doucement, l'appelle d'une voix mouillée :

« Séverine, revenez à vous. Séverine ! SÉVERINE !

– Ne crie pas si fort, dit Marie. Tu vas la réveiller.

– Elle ne se réveillera pas, dit Dominique. Elle est morte. »

Table des matières

Du même auteur (suite)

Les Fêtes galantes, Robert Laffont, 2005.
Les Fleuves de Babylone, Presses de la Cité, 2005.
Le Pays du Bel Espoir, Presses de la Cité, 2004.
Les Amants maudits, Robert Laffont, 2004.
Les Bals de Versailles, Robert Laffont, 2004.
Fille de la colère, Robert Laffont, 2003.
Les Grandes Falaises, Presses de la Cité, 2003.
Un château rose en Corrèze, Presses de la Cité, 2003.
La Divine, Robert Laffont, 2002.
Le Roman de Catherine de Médicis, Presses de la Cité, 2002.
L'Auberge rouge, Pygmalion, 2001.
Le Roman des croisades tome II *Les étendards du Temple,* Robert Laffont, 2001.
Le Roman des croisades tome I *La croix et le royaume,* Robert Laffont, 2001.
La Cabane aux fées, Le Rocher, 2000.
La Tour des anges, Robert Laffont, 2000.
Les Chiens sauvages, Robert Laffont, 2000.
Jeanne d'Arc tome II *La couronne de feu,* Robert Laffont, 1999.
Jeanne d'Arc tome I *Et Dieu donnera la victoire,* Robert Laffont, 1999.
La Lumière et la Boue tome II *Les roses de fer,* Robert Laffont, 1999.
La Lumière et la Boue tome I *Quand surgira l'étoile Absinthe,* Robert Laffont, 1999.
Henri IV, Robert Laffont, 1998.
Lavalette, grenadier d'Égypte, Robert Laffont, 1998.
Suzanne Valadon tome II *Les Escaliers de Montmartre,* Robert Laffont, 1998.
Suzanne Valadon tome I *Le temps des ivresses,* Robert Laffont, 1998.
Cléopâtre, reine du Nil, Robert Laffont, 1997.

Henri IV tome III *Les amours, les passions et la gloire,* Robert Laffont, 1997.
Henri IV tome II *Ralliez-vous à mon panache blanc !,* Robert Laffont, 1997.
Henri IV tome I *L'enfant roi de Navarre,* Robert Laffont, 1997.
Les Dames de Marsanges tome I, Robert Laffont, 1997.
Louisiana, Presses de la Cité, 1996.
La Division maudite, Robert Laffont, 1995.
Les Demoiselles des écoles, Robert Laffont, 1995.
Les Empires de cendre tome I *Les portes de Gergovie,* Robert Laffont, 1995.
Martial Chabannes, gardien des ruines, Robert Laffont, 1995.
Le Beau Monde, Robert Laffont, 1994.
L'Orange de Noël, Robert Laffont, 1994.
Pacifique Sud, Presses de la Cité, 1994.
La Passion cathare tome II *Les citadelles ardentes,* Robert Laffont, 1993.
La Passion cathare tome II *Les fils de l'orgueil,* Robert Laffont, 1993.
Dieu m'attend à Médina, Robert Laffont, 1992.
Les Flammes du paradis, Robert Laffont, 1992.
Napoléon tome II *L'aigle et la foudre,* Robert Laffont, 1991.
Napoléon tome I *L'étoile Bonaparte,* Robert Laffont, 1991.
Les Dames de Marsanges tome III *Demain après l'orage,* Robert Laffont, 1990.
Le Printemps des pierres, Robert Laffont, 1990.
Les Dames de Marsanges tome II *La Montagne terrible,* Robert Laffont, 1989.
Le Bal des Ribaud, Robert Laffont, 1988.
La Passion Béatrice, Robert Laffont, 1987.
La Caverne magique, Robert Laffont, 1986.
Les Empires de cendre tome III *La porte noire,* Robert Laffont, 1986.

Les Empires de cendre tome II *La chair et le bronze,* Robert Laffont, 1985.
Les Lions d'Aquitaine, Robert Laffont, 1985.
L'Œil arraché, Robert Laffont, 1974.
Le Chevalier de Paradis, Casterman, 1971.
Le Retable, Robert Laffont, 1971.
Les Colosses de Carthage, Robert Laffont, 1967.
La Vallée des mammouths, Robert Laffont, 1966.
Les Dieux de plume, Presses de la Cité, 1965.
Les Cendrillons de Monaco, Robert Laffont, 1964.
L'Aigle des deux royaumes, Robert Laffont, 1959.
Divine Cléopâtre, Robert Laffont, 1957.
Paradis entre quatre murs, Robert Laffont, 1954.